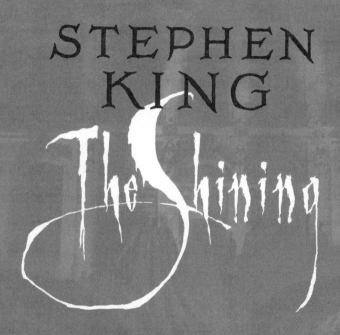

STEPHEN KING

The Shining

스티븐 킹 ┃ 샤이닝 (하)

3

STEPHEN KING

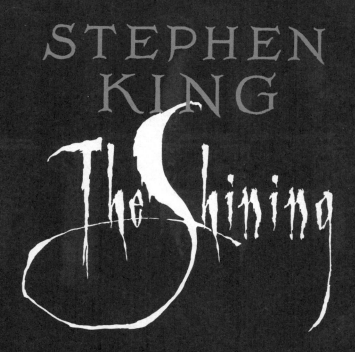

스티븐 킹 | 샤이닝 (하)

이나경 옮김

황금가지

THE SHINING
by Stephen King

차 례

4

THE SHINING

눈 속에 갇혀

드림랜드

뜨개질을 하던 웬디는 졸음이 왔다. 오늘은 버르토크의 음악마저 나른하게 느껴졌다. 아니, 조그만 오디오에 올려져 있는 것은 버르토크가 아니라 바흐였다. 손놀림이 점점 더 느려지더니 아들이 217호 실의 장기 투숙객과 대면하던 무렵, 웬디는 뜨개질 감을 무릎에 얹은 채 잠이 들었다. 그녀가 숨을 쉴 때마다 실과 바늘은 천천히 오르락내리락하고 있었다. 잠이 깊이 들어 꿈도 꾸지 않았다.

잭 토런스도 잠이 들었지만, 선잠이 들어 꿈이라고 하기에는 너무나 생생한 꿈을 꾸었다. 확실히 여느 때 꾸는 꿈보다 훨씬 더 생생했다.

수만 장은 되어 보이는 우유 계산서를 100개씩 묶어 놓은 뭉치를 뒤적이는 동안 잭의 눈꺼풀이 무거워지기 시작했다. 하지만 한 장 한 장 꼼꼼히 살펴보았다. 철저히 살피지 않으면 어딘가에 숨어있을 연결고리를 만드는 데 필요한 조각을 잃어버릴까 봐. 그는 한 손에 전기선을 들고 어둡고 낯선 방을 더듬어 소켓을 찾고 있는 사람 같았다. 그것을 발견하면 놀라운 광경을 볼 수 있을 것이다.

잭은 앨버트 쇼클리의 전화와 요구에 정면으로 맞섰다. 놀이터에서 겪은 이상한 경험이 도움이 되었다. 그것은 신경 쇠약 증세와 너무나 흡사했고, 그는 필시 자신의 정신이 집필 계획을 그만두라는 앨버트의 못되어 먹은 요구에 저항한 것이라고 생각했다. 어쩌면 그것은, 잭의 자존심을 완전히 무너뜨리면 최소한 이런 일이 생긴다는 신호였을지도 몰랐다. 그 책을 쓸 것이다. 그 때문에 앨버트 쇼클리와 관계를 끝내야 한다면 끝낼 것이다. 호텔의 역사를 솔직하게 쓸 것이고, 글머리에 전정 나무 동물들이 움직이는 환각을 본 이야기를 넣을 것이다. 제목은 아직 미정이었지만 '수수께끼의 리조트, 오버룩 호텔 이야기' 정도가 될 것이다. 그렇다, 솔직하게 쓸 것이다. 하지만 앨버트나 스튜어트 울먼이나 조지 햇필드나 자신의 아버지(비참한 술고래였다)에게 보복하기 위한 고발 형식의 글이 되지는 않을 것이다. 오버룩에 매료되었기 때문에 그 책을 쓰는 것이다. 달리 어떤 설명이 그렇게 명료하고 진실할 수 있을까? 그의 집필 동기 역시, 소설이든 비소설이든 다른 위대한 문학 작품의 집필 동기와 같았다. 진실은 밝혀지게 마련이라는. 결국 언젠가는 밝혀지게 마련이라는. 잭은 의무감을 느꼈기 때문에 그 책을 쓰는 것이다.

우유 1,850리터. 탈지유 380리터. 지불 완료. 회계 담당에게 청구. 오렌지 주스 140리터. 지불 완료.

잭은 영수증 묶음을 손에 쥔 채 의자에 몸을 기댔지만, 이제 눈은 영수증의 글자를 보고 있지 않았다. 초점이 흐려졌다. 눈꺼풀이 무거워졌다. 마음은 오버룩에서 벌린 종합 병원의 남자 간호사였던 아버지에게로 옮겨 갔다. 덩치 좋은 사람이었다. 키가 190

센티미터나 되는 아버지는 잭이 다 자라 180센티미터가 되었을 때에도 아들보다 더 컸다. 그때까지도 아버지는 별로 늙지 않았던 것이다. 그는 "요 꼬맹아."라고 잭을 부르며 툭 치고 웃곤 했다. 두 형들은 아버지보다 키가 컸고, 다섯 살에서 열 살 때까지는 잭보다 5센티미터밖에 작지 않았던 베키는 어린 시절 대부분 그보다 키가 더 컸다.

아버지와 그의 관계는 아름답게 피어날 수도 있었지만, 다 피고 나니 속이 썩어 있는 꽃과도 같은 것이었다. 일곱 살이 되었을 때까지 잭은 두드려 맞고 멍들고 이따금 눈까지 멍들어도, 키 크고 배 나온 아버지를 아무런 미움 없이 열렬히 사랑했다.

그는 행복했던 여름 밤을 기억하고 있었다. 큰형 브렛은 여자친구와 데이트하러 나가고, 작은형 마이크는 공부를 하고, 베키와 어머니는 거실에서 낡은 텔레비전을 보고 있어 집 안은 고요했다. 그럴 때면 잭은 잠옷만 입고 복도에 앉아 트럭을 가지고 놀았다. 실은 그러면서 아버지가 정적을 깨고 쾅 하고 문을 열고 들어와 재키가 기다리는 것을 보고는 반가워하는 순간을 기다리고 있었던 것이다. 복도 불빛에 분홍색 대머리를 빛내며 커다란 몸집의 아버지가 들어오면 잭도 기뻐서 소리를 질렀다. 그 불빛 아래서 아버지는 하얀 병원복을 입은 커다란 유령처럼 보였다. 아버지의 셔츠 소매는 항상 내려와 있었고(피가 묻어 있을 때도 있었다), 바지자락은 검은색 신발 위로 흘러 내려와 있었다.

아버지가 재키를 안아 올리면 어지럽게 위로 솟아오르곤 했는데, 그 속도가 너무나 빨라서 정수리에 공기의 압력을 느낄 정도였다. 둘은 함께 "엘리베이터! 엘리베이터!" 하고 소리를 지르곤 했다. 어떤 날 밤에는 아버지가 취해서 탄탄한 근육질 팔을 올리다 멈추지 않는 바람에 재키가 아버지 정수리 위를 지나 인간 로켓처럼 복도 바닥에 곤두박질 칠 때도 있었다. 하지만 다른 날 밤에는 웃으며 신이 날 정도로만 올려 주었다. 그래서는 안개처럼 맥주 냄새가 서려 있는 아버지 얼굴 앞으로 끌어올려, 이리저리 흔들었다가 딸꾹질을 하면서 발치에 내려 주었다.

손에 힘이 빠져 영수증이 미끄러져 떨어졌고 공중을 가르며 천천히 바닥으로 떨어졌다. 아버지의 모습이 보이며 덮였던 눈꺼풀은 약간 벌어졌다가 다시 닫혔다. 잭은 몸을 조금 움직였다. 의식은 영수증처럼, 가을 낙엽처럼 천천히 바닥으로 떨어졌다.

그것이 어린 시절 아버지와 그의 관계였고, 그 시절이 끝날 무렵에 잭은 누나 베키와 형들이 아버지를 미워하고, 중얼중얼거리는 것 말고는 거의 말이 없는 평범한 여인이었던 어머니는 카톨릭의 가르침에 따라 아버지를 참고 견딜 뿐이라는 사실을 알았다. 그 시절, 잭에게는 아버지가 주먹을 써서 아이들을 전부 이기는 것이 이상하게 느껴지지 않았고, 자신의 애정이 두려움과 어깨를 나란히 하고 있다는 사실도 이상하게 느껴지지 않았다. 어느 날 밤, 쿵 하고 떨어지며 다칠 수도 있는 엘리베이터 놀이의 두려움. 비번인 날, 아버지의 기분이 좋았다가도 갑자기 곰처럼 소리를 지르며 '고마운 오른손'으로 철썩 때리지 않을까 하는 두려움. 그리고 언제는 놀고 있다가 아버지의 그림자가 드리울까 봐 두려울 때도 있었다는 것이 기억났다. 그 시절이 끝날 무렵, 잭은 큰형이 여자 친구를 집에 데려온 적도, 마이크나 베키가 친구들을 데려온 적도 없다는 사실을 깨닫기 시작했다.

아버지가 어머니를 지팡이로 때려 입원시켰던 아홉 살 때 애정
은 얼어붙기 시작했다. 아버지는 자동차 사고로 다리를 절게 된
그전 해부터 지팡이를 짚기 시작했다. 그 사건 이후 아버지는 금
장 머리가 달린 굵고 긴 검은색 지팡이를 항상 갖고 다녔다. 그
지팡이가 공기를 가르며 잔인한 소리를 내고 벽에……, 또는 살
갗에 둔탁하게 맞던 것을 기억하며 졸던 잭은 몸을 움츠렸다. 아
버지는 아무 이유 없이 갑자기, 경고도 없이 어머니를 때렸다. 그
들은 저녁 식사 중이었다. 지팡이는 아버지 의자 옆에 세워져 있
었다. 일요일 밤이었고, 아버지가 술에 절어 보내는 사흘간의 주
말 마지막 날이었다. 로스트 치킨. 강낭콩. 으깬 감자. 아버지는
식탁 상석에 앉아 접시에 음식을 쌓아 놓고 졸다시피 하고 있었
다. 어머니는 접시를 나눠 주고 있었다. 그러다 갑자기 아버지는
퍼뜩 깨어났다. 두툼한 살에 박힌 눈알이 뭔가 멍청하고 악의적
인, 못마땅한 기색을 띠며 번득였다. 가족 한 사람, 한 사람을 차
례로 쏘아보더니 이마 한가운데 핏줄이 튀어나왔다. 그것은 언제
나 나쁜 징조였다. 검버섯이 난 커다란 한 손으로 지팡이의 금장
손잡이를 잡더니 쓰다듬었다. 그는 커피가 어떻다고 했다. 아버
지가 그때 "커피"라고 말한 것을 잭은 지금도 기억하고 있다. 어
머니가 대답하려고 입을 열자 지팡이가 공중을 가르며 날아와 어
머니의 얼굴을 쳤다. 코에서 피가 튀어나왔다. 베키 누나는 비명
을 질렀다. 엄마가 쓴 안경이 그레이비 소스 속으로 곤두박질쳤
다. 지팡이가 뒤로 물러나더니 다시 내려왔다. 이번에는 어머니
의 정수리에 맞아 머리가 찢어졌다. 엄마는 바닥으로 쓰러졌다.
아버지는 의자에서 일어나더니 어머니가 정신을 잃고 쓰러져 있

는 곳으로, 지팡이를 휘두르며 뚱뚱한 남자치고는 엽기적으로 재빠르게 달려갔다. 그러고는 이럴 때마다 아이들에게 늘 하듯 눈을 번득이며 턱을 덜덜 떨면서 말했다. "이럴 수가. 이럴 수가. 이제 벌을 받아야겠어. 개새끼. 개새끼 같으니라고. 이리 와서 벌을 받아." 지팡이를 일곱 차례나 더 휘두르고 나서야 브렛과 마이크가 아버지를 붙잡아 떼어 놓고 지팡이를 빼앗았다. 잭은

(꼬마 재키 등 뒤에서 가열로가 소리를 내는 동안 거미줄이 쳐진 캠프 의자에 앉아 졸고 있는 그는 지금 꼬마 재키였다)

그것이 몇 차례였는지 확실하게 알고 있었다. 어머니의 몸에 퍽 하고 지팡이가 부딪힐 때마다 바위를 끌로 파듯이 기억 속에 각인되어 있었으므로. 더도 덜도 아니고 딱 일곱 번. 잭과 베키는 렌즈 하나에 그레이비가 묻은 채로 으깬 감자 속에 처박힌 어머니의 안경을 보면서 어찌할 바를 모르고 울고 있었다. 브렛은 뒤에서 아빠에게 움직이면 죽여 버리겠다고 고함치고 있었다. 그리고 아빠는 계속 중얼거렸다. "빌어먹을 개새끼. 빌어먹을 개새끼 같으니. 내 지팡이를 내놔, 이 개새끼야. 이리 내놔." 브렛은 신경질적으로 지팡이를 휘두르며, 좋아요, 좋아요, 한 발자국만 움직이면 드리죠, 원하는 것에다 덤까지 얹어서 드리겠어요라고 말했다. 아주 많이 돌려드리죠. 엄마는 얼빠진 상태로 천천히 일어섰다. 얼굴은 공기를 너무 많이 넣은 낡은 타이어처럼 벌써 부어올랐고, 네다섯 군데에서 피를 흘리고 있었다. 엄마는 끔찍한 말을 했다. 아마도 엄마가 한 말 중에 재키가 한마디한마디 기억할 수 있는 유일한 말이었을 것이다. "누가 신문 가져갔니? 아빠가 만화 보고 싶댄다. 아직도 비가 오고 있니?" 그리고 어머니는 다시

주저앉았고, 부어오르고 피가 흐르는 얼굴에 머리카락이 늘어졌다. 마이크가 의사에게 전화를 걸었다. 지금 당장 와 주실 수 없나요? 어머니가 다쳤어요. 아뇨, 전화로는 어떤 상황인지 말씀드릴 수 없어요. 공동 회선으로는 말씀드릴 수 없어요. 그냥 빨리 와 주세요. 의사가 도착했고 아빠가 평생 일했던 병원으로 엄마를 데려갔다. 어느 정도 정신을 차린 (또는 궁지에 몰린 동물이 낼 수 있는 꾀를 부린) 아빠는 의사에게 엄마가 계단에서 굴렀다고 했다. 엄마의 소중한 얼굴을 닦아 주려고 했기 때문에 식탁보에 피가 묻어 있는 것이라고. 안경이 거실을 가로질러 식탁으로 굴러 들어와서는 으깬 감자와 그레이비에 착지했단 말인가? 의사가 진저리 나게 비꼬며 물었다. 그랬단 말인가, 마크? 금니 위에 라디오 방송국을 차렸다는 이야기도 들어보았고, 이마에 총을 맞고도 살아난 사람은 봤지만 이런 것은 처음 보네. 아빠는 고개를 저으며 모른다고만 했다. 엄마를 식당으로 부축해 올 때 안경이 얼굴에서 떨어진 모양이라고. 네 아이들은 그런 거짓말을 침착하게 하는데 경악해서 아무 말도 못했다. 나흘 후 브렛은 제재소 일을 그만두고 입대했다. 잭은 형의 결정이 아버지가 식탁에서 갑자기 화를 내며 구타한 것 때문이 아니라, 병원에서 어머니가 목사님의 손을 잡은 채 아버지의 말에 동조했다는 사실 때문이라고 생각해 왔다. 반항심에서, 브렛은 될 대로 되라고 그들을 버리고 떠난 것이다. 그는 1965년 베트남 전에서 죽었다. 그때 대학생이었던 잭 토런스는 종전을 요구하는 학생 시위에 참가했다. 그는 점점 더 수가 많아지는 시위대 속에서 형의 피가 묻은 셔츠를 흔들어 대었다. 하지만 연설할 때 눈앞에 어른거린 것은 형의 얼굴이 아니었다. 그것은 얼빠진 표정으로 "누가 신문 가져갔니?"라고 물던 어머니의 얼굴이었다.

마이크는 3년 후 잭이 열두 살이 되었을 때 집에서 도망쳤다. 그는 성적 우수 장학금을 받고 뉴햄프셔 주립 대학교에 들어갔다. 1년 후, 아버지는 수술 준비를 하던 중 급성 뇌졸중으로 돌아가셨다. 아버지는 펄럭거리는 병원복을 입은 채 쓰러졌고, 아마도 병원 바닥 타일에 부딪히기도 전에 숨을 거두었을 것이다. 그리고 사흘 후 재키의 삶을 지배하던 비이성적인 하얀 유령은 땅에 묻혔다.

비석에는 "자상한 아버지, 마크 안토니 토런스"라고 적혔다. 잭은 거기 한 줄을 덧붙이고 싶었다. '엘리베이터 놀이를 할 줄 아셨던 분'이라고.

대단히 많은 보험금이 들어왔다. 남들이 동전이나 우표를 모으듯 보험을 모아 대는 사람들이 있는데, 마크 토런스가 바로 그런 사람이었다. 그가 죽고 보험금이 들어오면서 동시에 매달 내던 보험 납부금과 술값이 끊어졌다. 5년 동안 그들은 부자로 살았다. 거의 부자로……

선잠이 든 그의 눈앞에 자신의 얼굴이 떠올랐다. 거울 속의 모습처럼, 자기 얼굴은 자기 얼굴이 아니었다. 복도에 앉아 트럭을 갖고 놀면서 아빠를 기다리는 소년의 커다란 눈과 순진한 입술. 하얀 유령을 기다리는, 찝찔한 술집 냄새가 나는 공기를 가르고 엘리베이터가 아찔한 속도로 올라가기를 기다리는. 어쩌면 그러다 밑으로 떨어지고, 아빠가 쩌렁쩌렁 울리는 소리로 웃음을 터뜨리기를 기다리며. 그리고 그것은

(대니의 얼굴로 변했다. 자신의 예전 얼굴과 너무나도 닮은 얼굴. 자신의 눈은 새파랗고 대니는 흐린 회색이었지만, 입술은 활 모양이었고 피부도 허옜다. 서재에서 체육복 바지를 입고 있는 대니, 원고가 전부 젖어 있고 맥주 냄새가 퍼지고 있었다······. 불같이 화내며 한 대······때리고, 효모의 날개를 타고 솟아오르는 술집 냄새······뼈가 부러지는 소리······술 취한 자신의 목소리 '대니, 괜찮니, 똘똘아?' 오 하느님 오 하느님 이 불쌍한 팔······그리고 그 얼굴은)

(엄마의 얼굴로 변했다. 얻어맞고 피를 흘리며 멍하게 탁자 아래서 일어서는 엄마의 얼굴로. 엄마는 말했다)

("네 아버지다. 반복한다. 네 아버지가 보내는 급전이다. 행복한 잭 주파수로 맞추고 잘 들어라. 반복한다. 지금 당장 행복한 시간 주파수로 맞추어라. 반복한다······.")

천천히 장면 전환. 컴컴하고 끝없는 복도처럼 뒤죽박죽된 음성이 메아리를 울렸다.

'자꾸 거치적거리는 일이 생겨, 사랑하는 토미······.'

'메덕, 여기 있어? 나는 다시 몽유병 환자가 되었어. 내가 두려워하는 건 비인간적인 괴물들이야······.'

'실례지만 울먼 씨, 여기 혹시······.'

······사무실이다. 서류 캐비닛과 울먼의 커다란 책상, 빈틈없는 울먼은 벌써 내년도 예약 장부를 제자리에 놓아 두었고 열쇠는 전부 고리에 가지런히 걸려 있었다.

(하나만 빼고, 뭐지, 마스터 키다······. 마스터 키, 마스터 키, 누가 마스터 키를 가져갔지? 위층으로 올라가면 알 수 있을 것이다)

그리고 선반 위에는 커다란 무전기.

잭은 그것을 켰다. 무선 송신이 짧게 끊기며 들려왔다. 그는 주파수를 바꾸었고, 음악, 뉴스, 웅성거리는 신도들과 목사의 설교, 일기 예보가 차례로 들려왔다. 그리고 어떤 목소리가 들리자 거기로 다이얼을 맞추었다. 그것은 아버지의 목소리였다.

"죽여라. 죽여야 해, 재키. 그녀도 말이다. 진짜 예술가는 고통을 겪어야 하거든. 사람은 누구나 사랑하는 것을 죽이는 법이니까. 저들은 언제나 너를 괴롭힐 음모를 꾸미고 너를 옴짝달싹 못하게 붙잡아 두려고 하거든. 지금 이 순간에도 네 아들은 가지 말아야 할 곳에 있다. 규칙 위반이지. 그게 바로 그 녀석이 하는 짓이다. 빌어먹을 개새끼야. 때려 주어라, 재키. 죽기 직전까지 때려 줘. 술을 마셔라, 내 아들 재키, 그리고 엘리베이터 놀이를 하자꾸나. 그리고 네가 그 녀석에게 벌을 줄 때 나도 함께 있어 주마. 물론 너는 그렇게 할 수 있다. 그 녀석을 죽여야 해. 죽여야 한다, 재키, 그녀도 말이다. 진짜 예술가는 고통을 겪어야 하거든. 사람은 누구나……."

아버지의 목소리는 점점 더 커지더니 전혀 사람의 목소리가 아닌 광기를 불러일으키는, 끼끼거리며 광기를 불러일으키는 유령, 돼지 유령의 소리가 되어 무전기에서 흘러나왔다. 그리고

"싫어!" 잭이 소리쳤다. "아버지는 죽었어요, 무덤에 계시다고요, 내 속에 계시는 게 아니에요!" 잭은 자기 속에 있는 아버지를 전부 내쳤으므로, 아버지가 살다 돌아가신 뉴잉글랜드의 도시에서 삼천 킬로미터나 떨어진 이 호텔까지 기어 돌아올 수는 없다.

그는 무전기를 들었다가 내동댕이쳤고, 그것은 바닥에 떨어져 부서지면서 낡은 용수철과 튜브가 튀어나왔다. 아버지의 목소리

는 사라지고 자신의 목소리, 잭의 목소리, 재키의 목소리만이 사무실의 차가운 현실 속에 울려 퍼졌다.

"죽었어, 아버지는 죽었어, 아버지는 죽었다고요!"

그러자 머리 위로 웬디가 놀라서 달려 나오더니 겁에 질린 목소리로 묻는 것이 들려왔다. "잭? 잭!"

그는 일어서서 박살난 무전기를 내려다보았다. 이제 그들을 바깥 세상과 연결해 주는 것은 장비 창고에 들어 있는 설상차뿐이었다.

잭은 양손으로 눈을 가리고 관자놀이를 눌렀다. 두통이 시작되었다.

긴장성 분열증

웬디는 신발도 신지 않고 복도를 달려와 중앙 계단을 두 단씩 뛰어내려 로비로 왔다. 그녀는 2층으로 이어진 카펫 깔린 계단을 올려다보지 않았다. 그랬더라면 대니가 그 꼭대기에서 꼼짝 않고 멍한 눈으로 허공을 바라보며 셔츠 깃과 어깨를 적신 채 엄지손 가락을 빨고 있는 것을 발견했을 것이다. 대니의 목덜미와 턱 바로 아래에는 부어오른 멍 자국이 있었다.

잭의 고함소리는 멎었지만, 그렇다고 웬디의 두려움이 가시지는 않았다. 너무나도 잘 기억하고 있는, 예전의 그 고함소리에 잠에서 깨어난 웬디는 아직도 꿈을 꾸고 있는 줄 알았다. 하지만 마음속 어딘가에서 현실임을 알았고, 그래서 더욱 두려웠다. 그녀는 사무실로 들어가면 뻗어 있는 대니 옆에 잭이 술에 취해서 서 있는 광경을 보게 될 것이라고 어렴풋이 예상했다.

그녀는 문을 밀치고 들어갔고, 잭은 거기서 손가락으로 관자놀 이를 문지르며 서 있었다. 얼굴은 유령처럼 창백했다. 발치에는 무전기가 산산조각 나서 흩어져 있었다.

"웬디?" 잭이 영문을 모른 채 물었다. "웬디……?"

당혹감이 점차 커졌고, 한순간 그녀는 그의 솔직한 표정을 보았다. 평소에는 아주 잘 감추고 있는 처절한 불행의 표정을, 정체를 알 수 없어 해롭지 않은 것으로 생각했던 덫에 걸린 짐승의 표정을. 그러자 근육이 움직이기 시작하여 피부 아래서 꿈틀거리고 입이 불안하게 떨리더니 가슴이 벌렁거리기 시작했다.

웬디의 당혹감과 경악에 충격이 겹쳤다. 그는 울음을 터뜨리려고 했다. 전에도 그가 우는 것을 본 적이 있었지만, 술을 끊은 다음에는 한번도 없었다……. 술에 잔뜩 취해서 병적으로 후회하던 시절 외에는 한번도 본 적이 없었던 것이다. 자제력이 강한 그가 감정을 억누르지 못하는 것을 보자 그녀는 다시 두려워졌다.

그는 눈물이 그렁그렁한 채로 그녀에게 다가왔다. 감정의 폭발을 피하려고 안간힘을 쓰듯이 고개를 저으며, 커다랗게 흐느낌을 내뱉느라 가슴을 헐떡이면서. 허시 퍼피를 신은 발이 무전기 잔해에 걸려 그녀의 품으로 쓰러지다시피 했다. 그러자 웬디는 그의 체중에 휘청거렸다. 얼굴에 그의 숨결이 느껴졌지만, 술 냄새는 나지 않았다. 물론 날 리가 없었다. 여기에는 술이 없으니.

"왜 그래?" 웬디가 온 힘을 다해 그를 안았다. "잭, 왜 그래?"

하지만 잭은 그녀에게 매달려 부서져라 껴안고, 무기력하게 덜덜 떨면서 머리를 그녀의 어깨에 얹은 채 흐느끼는 것 말고는 아무것도 할 수 없었다. 그는 목놓아 흐느꼈다. 셔츠와 청바지 아래 근육을 경련시키며 온몸을 떨고 있었다.

"잭? 왜 그래? 대체 왜 그러는지 말을 해!"

마침내 흐느낌이 말로 바뀌었다. 처음에는 앞뒤가 안 맞았지만 눈물이 다해 가자 점차 명확해지기 시작했다.

"꿈이야……, 꿈 같았지만, 너무 생생했어, 나는……엄마가 아빠가 무전기에 나올 거라고 했고 나는……아빠는……아빠가 나한

테……모르겠어, 나한테 소리를 지르고 있었어……. 그래서 라디
오를 부쉈어……. 입을 닥치게 하려고. 입을 닥치게 하려고. 아빠
는 죽었어. 꿈 같은 것도 꾸고 싶지 않아. 아빠는 죽었어. 오, 웬
디, 오. 그런 악몽은 처음이야. 다시는 꾸고 싶지 않아. 세상에!
끔찍했어."

· "사무실에서 잠이 든 거였어?"

"아니……. 여기 말고. 지하실에서." 그는 이제 몸을 조금 세워
그녀에게서 체중을 거두었고, 고개를 앞뒤로 흔들던 것도 잦아들
다 멈추었다.

"옛날 서류를 살펴보고 있었어. 아래 내려다 놓은 의자에 앉아
서. 우유 영수증이었어. 지루한 내용이었지. 그래서 졸기 시작한
것 같아. 그리고 꿈을 꾸기 시작했어. 아마 여기까지 잠든 채로
걸어왔나 봐." 그는 그녀의 목덜미에 대고 약간 웃었다. "그런 일
은 처음이야."

"대니는 어디 있어, 잭?"

"몰라. 당신이랑 같이 있지 않았어?"

"아냐……. 당신이랑 함께 지하실에 있지 않았어?"

그는 웬디의 표정을 보더니 얼굴이 굳었다.

"절대 그 일을 잊지 않을 거지, 그렇지, 웬디?"

"잭……."

"내가 임종을 맞을 때 당신은 내 귓가에 이렇게 말할 거야. '고
소하다. 당신이 대니의 팔 부러뜨린 것 기억나지?'"

"잭!"

"잭, 뭐?" 그는 성을 내며 벌떡 일어났다. "그렇지 않다고 할 거

야? 내가 대니를 다치게 했다는 생각을 안 했다고? 내가 그 애를
전에 다치게 했으니, 또 그럴 수도 있다고 생각하지 않았다고?"

"애가 어디 있는지 알고 싶을 뿐이야. 그것뿐이라고!"

"자, 어디 실컷 소리를 질러 봐. 그러면 다 좋아질 테니까. 그
렇지?"

웬디는 돌아서서 문 밖으로 나왔다.

잭은 한 손에 깨진 유리 조각으로 덮인 압지를 들고서 얼어붙
은 채로 아내가 나가는 모습을 보았다. 그리고 그것을 휴지통에
버리고 아내의 뒤를 쫓아 나가 로비 데스크 옆에서 붙잡았다. 그
는 그녀의 어깨를 붙잡아 돌려 세웠다. 웬디는 굳은 표정이었다.

"웬디, 미안해. 꿈 때문에 그래. 놀랐다고. 용서해 줄 거지?"

"물론이야." 웬디가 대답했지만 표정은 바뀌지 않았다. 돌처럼
굳은 어깨가 그의 손에서 빠져나갔다. 그녀는 로비 가운데로 걸
어가 아이를 불렀다. "애, 똘똘아! 어디 있니?"

정적이 돌아왔다. 그녀는 로비 문을 향해 걸어가 한쪽 문을 열
고 잭이 삽질로 만들어 놓은 길로 나갔다. 길이라기보다는 참호
에 가까웠다. 길에 쌓인 눈 더미는 웬디의 어깨까지 왔다. 그녀는
하얀 입김을 내며 아이를 다시 불러 보았다. 안으로 돌아온 그녀
는 두려운 표정을 짓기 시작했다.

짜증을 참으며 잭이 이성적으로 말했다. "자기 방에서 자고 있
는 것 아냐? 확실해?"

"말했잖아. 내가 뜨개질하고 있을 때 어디서 놀고 있었다니까.
아래층에서 소리가 들렸다고."

"당신도 잠들었어?"

"그게 무슨 상관이야? 그래, 잤어. 대니?"

"방금 아래층에 내려오기 전에 애 방에 가 봤어?"

"나는……." 웬디는 말을 멈췄다.

잭은 고개를 끄덕였다. "그럴 줄 알았어."

그는 그녀의 대답을 기다리지 않고 위층으로 올라갔다. 그녀도 뒤를 쫓아 달렸지만 그는 계단을 두 단씩 올라갔다. 그가 1층에 올라가 딱 멈추는 바람에 그녀는 그의 등에 부딪힐 뻔했다. 그는 눈을 휘둥그렇게 뜨고 위를 올려다보며 굳어 있었다.

"왜……?" 웬디가 말을 꺼내며 그가 바라보는 쪽을 쳐다보았다.

대니는 아직도 거기서 멍한 표정으로 손가락을 빨고 있었다. 복도의 전등 불빛에 목덜미의 자국이 참혹하게 드러났다.

"대니!" 웬디가 소리쳤다.

그 소리에 잭도 정신을 차리고 두 사람은 아이가 서 있는 위층으로 달려 올라갔다. 웬디는 아이 옆에 무릎 꿇고 앉아 품에 안았다. 대니는 순순히 안겼지만 엄마를 껴안지 않았다. 마치 나무토막을 껴안는 느낌이었고 웬디의 입안에 공포가 들척지근하게 퍼졌다. 아이는 손가락을 빨면서 아빠엄마 뒤의 계단을 멍하게 쳐다볼 뿐이었다.

"대니, 왜 그러니?" 잭이 물었다. 그는 대니의 부어오른 목덜미를 만지려고 손을 내밀었다. "누가 이런 짓을……."

"건드리지 마!" 웬디가 소리쳤다. 그녀는 대니를 꼭 안아 올리더니 혼란에 빠진 잭이 제대로 일어서기도 전에 계단 절반을 내려갔다.

"왜? 웬디, 대체 당신……."

"애한테 손대지 마! 다시 손대면 내가 죽여 버리겠어!"

"웬디……!"

"나쁜 자식!"

웬디는 돌아서서 계단을 내려가 1층으로 갔다. 그녀가 달리는 동안 대니의 머리가 조금씩 까딱거렸다. 아이의 엄지손가락은 입안에 들어가 있었다. 눈은 뿌옇게 흐려져 있었다. 그녀는 계단 아래서 오른쪽으로 돌았고 잭은 그녀의 발자국이 그 끝으로 사라지는 소리를 들었다. 침실 문이 쾅 하고 닫혔다. 빗장이 걸렸다. 자물쇠가 잠겼다. 잠시 침묵. 그러고는 가만히 달래는 소리가 들려왔다.

잭은 얼마가 지났는지도 모른 채, 그토록 짧은 시간에 일어난 일에 말 그대로 마비되어 서 있었다. 아직도 꿈 때문에 매사에 약간 비현실적인 느낌이 감돌았다. 아주 약한 흥분제에 취한 것 같았다. 웬디가 생각하는 것처럼 자신이 대니를 해친 것일까? 죽은 아버지가 시키는 대로 아들의 목을 조른 것일까? 아니. 그는 대니를 절대 해치지 않았다.

'계단에서 굴렀어요, 선생님.'

그는 이번에는 절대 대니를 해치지 않았다.

'살충제에 결함이 있었던 것을 내가 어떻게 알 수 있겠어?'

평생 술에 취하지 않았을 때 의도적으로 나쁜 짓을 한 적은 한 번도 없었다.

'조지 햇필드를 거의 죽여 놓았을 때를 빼고.'

"아냐!" 그는 어둠 속에서 고함을 질렀다. 그는 주먹으로 다리를 치고, 치고, 또 쳤다.

웬디는 대니를 무릎에 올려놓고 끌어안고는, 어찌되었건 나중에는 기억도 나지 않는 뜻 없는 말로 어르면서 창문 옆 푹신한 의자에 앉아 있었다. 대니는 밀어내지도 끌어안지도 않은 채 종이인형처럼 엄마 무릎에 앉아 있었다. 잭이 복도 어딘가에서 "아냐!"라고 고함쳤을 때 대니는 문 쪽을 쳐다보지도 않았다.

웬디는 약간 진정되었지만 그러고 나자 더 나쁜 것이 기다리고 있었다. 공포.

잭이 이렇게 한 것이라는 데에는 의심의 여지가 없었다. 자기 짓이 아니라고 한 것은 웬디에게 아무런 의미도 없었다. 그녀는 잭이 잠든 채 무전기를 부숴 버린 것처럼 잠든 사이에 대니의 목을 조르는 것도 백 번 가능한 일이라고 생각했다. 그는 일종의 신경 쇠약을 겪고 있었던 것이다. 하지만 웬디 자신이 어떻게 해야 할까? 이 방에 영원히 앉아 있을 수는 없었다. 식사를 해야 했다.

사실 질문은 딱 한 가지였고, 그것은 머릿속에서 냉혹하고 현실적인 목소리, 모성애의 목소리로 들려왔다. 차갑고 냉랭한 그 목소리는 어머니와 아이 사이에서 잭을 향하여 튀어나갔다. 그것은 아들을 보호한 다음에야 비로소 자신을 보호하려는 목소리였고, 문제는 이것이었다.

'대체 저 사람이 얼마나 위험한 존재인가?'

그는 이 짓을 한 것을 부인했다. 그는 멍 자국과 대니의 멍한 상태에 겁을 집어먹었던 것이다. 만일 그가 한 짓이라면, 제정신인 그와는 다른 별개의 부분이 한 것이다. 잠든 사이에 끔찍하게, 뒤틀어진 방식으로 아이를 해쳤다는 사실은 위로가 되었다. 그렇다면 두 사람을 여기서 나가게 해 줄 수 있지 않을까? 둘이 산을 내려가 떠날 수 있게. 그리고 그 다음…….

하지만 웬디는 자신과 대니가 사이드와인더의 에드먼즈 박사 진료실에 도착한 후의 상황이 그려지지 않았다. 그 이후는 달리 생각할 필요도 없었다. 현재의 위기만으로도 벅찼다.

웬디는 대니를 어르며 가슴에 꼭 안아 주었다. 아이의 어깨를 만져 보고 셔츠가 젖어 있다는 것을 알았지만, 그것은 그녀의 뇌에 좀더 정확한 정보를 전해 주지 않았다. 그 정보가 전달되었다면, 그녀는 사무실에서 자신에게 안겨 흐느끼던 잭의 손이 말라 있었다는 사실을 기억해 냈을지도 몰랐다. 그렇다면 그녀는 다시 생각해 보았을지도 몰랐다. 하지만 그녀는 여전히 다른 생각을 하고 있었다. 결정을 내려야 했다. 잭에게 다가가느냐, 마느냐?

사실 그것은 결정이라고 할 수도 없었다. 웬디 혼자 할 수 있는 일은 아무것도 없었으니까. 대니를 사무실로 데리고 내려가 무전기로 도움을 요청하는 것조차 혼자서는 불가능했다. 아이는 엄청난 충격을 입었다. 영구적인 손상을 입기 전에 아이를 빨리 데리고 가야 했다. 웬디는 이미 영구적인 손상을 입었을지도 모른다는 사실을 믿지 않으려 했다.

그리고 웬디는 그 문제를 놓고 혹시 다른 대안이 없을까 궁리하고 있었다. 그녀는 잭의 손이 닿는 곳에 대니를 데려가고 싶지 않았다. 이제서야 웬디는 자신과 대니가 원하지 않았는데도……, 잭을 위해서 눈에 갇혀 지내기로 한 결정을 후회했다. 또 이혼을 단념했던 것도 후회했다. 그녀는 또다시 실수를 하여 남은 여생 내내 한시도 쉬지 않고 후회하게 될까 봐 겁에 질려 온몸이 마비될 것 같았다.

이곳에는 총이 없었다. 주방에는 칼이 있었지만, 잭이 가로막고 있었다.

올바른 결정을 내리고 대안을 찾느라 고심하던 웬디는 자기 생각이 얼마나 우습게 뒤바뀌었는지 깨닫지 못했다. 한 시간 전까지만 해도 그녀는 모든 것이 원만하고 곧 더 좋아질 것이라 확신하면서 잠들어 있었다. 그런데 지금은 남편이 자신과 아들 사이를 간섭하려 한다면 식칼을 사용할 궁리를 하는 것이었다.

그녀는 마침내 대니를 안고 일어섰다. 다리가 후들거렸다. 다른 방법은 없었다. 잭이 깨어 있고 정신을 차려, 대니를 사이드와인더의 에드먼즈 박사에게 데려가는 것을 도와줄 것이라고 생각해야 했다. 만일 잭이 도와주지 않는다면 그는 죽음을 각오해야 할 것이다. 웬디는 문을 열었다. 대니를 어깨에 멘 다음 문을 열고 복도로 나갔다.

"잭?" 웬디가 불안한 목소리로 불러 보았지만 대답이 없었다.

점점 더 불안을 느끼며 계단 쪽으로 걸어가 보았지만 잭은 거기 없었다. 그래서 거기 서서 어찌할까 생각하던 중에 아래에서 노랫소리가 들려왔다. 낭랑하고 화난, 신랄하게 비꼬는 노랫소리가.

"나를 굴려 줘요
클로오버 풀밭에
나를 굴려 줘요, 나를 눕히고 다시 굴려 줘요."

웬디는 대답이 없었을 때보다도 그 소리에 더 놀랐다. 하지만 여전히 다른 방도는 없었다. 그녀는 계단을 내려가기 시작했다.

"그 여자였어요!"

잭은 계단에 서서 잠긴 문틈으로 비집고 나오는 아이 어르는 소리를 듣고 있었다. 그러자 서서히 혼란은 분노로 바뀌었다. 아무것도 바뀐 것이 없었다. 웬디에게는 아무것도 달라진 것이 없었다. 20년 동안 술을 끊고 지내도, 밤에 집에 돌아오면 아내가 문에서 자신을 포옹하면서 자신의 숨결에 스카치나 진 냄새가 나지 않는지 코를 킁킁거리는 것을 느끼게 될지도 몰랐다. 그녀는 항상 최악의 상황을 가정하려 한다. 자신과 대니가 차를 타고 가다가, 차에 부딪치기 직전에 뇌졸중으로 죽은 앞 못 보는 술주정뱅이를 치었다고 하더라도 그녀는 대니가 다친 것을 자신의 탓으로 돌리고는 돌아설 것이다.

대니를 빼앗아 갈 때 그녀가 지었던 표정이 어른거렸고, 잭은 갑자기 그 표정에 서린 분노를 주먹으로 날려 버리고 싶었다.

그 여자에게는 아무런 권리도 없었다!

그렇다, 처음에는 그랬을지도 모른다. 그는 고주망태가 되어서 끔찍한 짓도 했다. 대니의 팔을 부러뜨린 것은 끔찍한 짓이었다. 하지만 사람이 마음을 고쳐먹고 나면 언젠가는 믿어 주어야 하지 않느냐 말이다. 그런 대우를 받지 못한다면, 결국 욕 듣는 대로 바뀌어도 뭐라 할 수 없지 않는가? 만일 어떤 아버지가 처녀 딸에게 고등학교 남자애들과 전부 놀아난다고 계속 야단을 친다면, 그 딸도 결국에는 지겨워져서 그렇게 되지 않을까? 그리고 만일 어떤 아내가 은밀히, 아니 그다지 은밀하지도 않게 술을 끊은 남편이 술고래라고 믿는다면…….

잭은 일어서서 2층으로 천천히 내려가 거기에 잠시 서 있었다. 그는 주머니에서 손수건을 꺼내 입술을 닦고는 내려가서 침실 문을 두드리면서 아들을 볼 수 있게 문을 열라고 할지 생각해 보았다. 그녀에게는 그렇게 독단적으로 나올 권리가 없었다.

어쨌든, 그녀는 조만간 밖으로 나와야 할 것이다. 둘이서 극단적인 다이어트를 할 계획이 아니라면. 그 생각을 하자 추악한 미소가 입가에 떠올랐다. 그녀가 먼저 나오게 하자. 곧 나올 것이다.

잭은 아래층으로 내려가 잠시 멍하니 로비 데스크 옆에 서 있다가 오른쪽으로 돌았다. 그는 식당에 가서 문 바로 안쪽에 서 있었다. 깔끔하게 빨아 다린 하얀 아마포 식탁보 위에 깨끗한 비닐 덮개가 덮인 빈 탁자가 그를 바라보았다. 지금은 텅 비었지만,

만찬은 오후 8시에 제공될 예정입니다.
자정에 가면을 벗고 댄스파티가 시작됩니다.

잭은 탁자 사이를 걸으며 잠시 위층의 아내와 아들 일을 잊고, 꿈을 꾼 것과 무전기를 부순 것, 멍 자국을 잊었다. 그는 1945년 무더운 8월의 밤이 어땠을까 상상하면서 매끄러운 비닐 커버를 손가락으로 더듬어 보았다. 전쟁이 끝나고 미래는 꿈속에 등장하는 신천지처럼 화려하고 새롭게 펼쳐져 있었을 것이다. 화려하게

빛나는 일본식 등불이 둥글게 돌아 들어오는 도로에 줄줄이 매달려 있었고, 지금은 눈으로 덮여 있는 이 높은 창문에서 금빛 불빛이 흘러나오고 있었을 것이다. 의상을 차려입은 남녀들, 여기는 눈부신 공주님, 저기는 장화 신은 기사, 사방에서 번쩍이는 보석과 번뜩이는 기지가 넘쳐 나고, 춤과 넘쳐 나는 술. 우선 포도주, 그리고 칵테일, 그러고는 아마도 위스키, 대화가 점점 고조되다가 마침내 악단 지휘자의 연단에서 신나는 외침이 터져 나온다.

"가면을 벗으십시오! 가면을 벗으십시오!"

'그리고 붉은 사신이 모두를 덮쳤다……'

정신을 차려 보니 잭은 식당의 반대편, 콜로라도 라운지의 근사한 문 바로 앞에 서 있었다. 그곳이 바로 1945년의 그날 밤, 온갖 술을 공짜로 나눠 주던 곳이었다.

'이쪽으로 오시오, 술은 공짜요.'

그는 문을 열고 깊숙이 자리 잡은 컴컴한 바로 걸어갔다. 이상한 일이 일어났다. 그는 울먼이 남겨 둔 물품 목록을 점검하러 전에도 여기 와 본 적이 한 번 있었다. 그래서 이곳에 아무것도 없다는 사실을 알고 있었다. 선반은 싹 치워져 있었다. 그런데 지금은, 식당을 통해서 들어오는 불빛만 어슴푸레한(눈이 창문을 막는 바람에 식당도 어두웠다) 바 뒤에 수없이 많은 술병이 겹겹이 반짝거리며 세워져 있는 것이 보였다. 게다가 윤이 나도록 닦아 놓은 꼭지에서는 맥주 방울까지 떨어지고 있는 것이었다. 그렇다. 축축하고 감미로운 효모 냄새, 아버지가 집에 돌아올 때면 밤마다 얼굴에서 풍겨 나던 맥주 냄새도 났다.

그는 눈을 크게 뜨고 벽의 스위치를 찾았고, 천장에 걸린 수레

바퀴 세 개에 박아 놓은 20와트짜리 전구에서 아늑한 불빛이 비추었다.

선반은 전부 비어 있었다. 아직 먼지도 별로 쌓이지 않았다. 맥주 꼭지는 말라 있었고, 그 아래 하수구도 말라 있었다. 양쪽에는 비단 커버를 댄 좌석 칸막이가 높다랗게 세워져 있었다. 안에 들어가 앉는 커플에게 최대한의 사적인 공간을 보장하기 위한 것이었다. 바로 앞, 붉은 카펫이 깔린 바닥 맞은편에는 편자 모양의 바 둘레에 걸상이 마흔 개 놓여 있었다. 가죽을 씌우고 서클 H, 바 D 바, 로킹 W, 레이지 B 등 낙인을 찍어 놓은 걸상이었다.

잭은 당혹감에 고개를 약간 흔들며 그쪽으로 다가갔다. 그날 놀이터와 같았다……. 하지만 그 생각은 해 봐야 소용없었다. 지금도 그는 술병을 보았다고 맹세할 수 있었다. 그렇다, 어렴풋이. 커튼을 친 어두운 방에서 가구를 볼 때처럼. 부드러운 유리의 반짝임. 남아 있는 것은 맥주 냄새뿐이었다. 잭은 세상의 어느 술집에나 얼마간의 시간이 지나면 그런 냄새가 배어 든다는 것을 알고 있었다. 어떤 세제로도 지울 수 없는 냄새였다. 하지만 이곳의 맥주 냄새는 강렬했다……. 지금 갓 뽑은 것처럼.

잭은 걸상에 앉아 가죽 쿠션을 대어 놓은 모서리에 팔꿈치를 괴었다. 왼손이 놓인 자리에는 땅콩 그릇이, 물론 지금은 빈 채로 놓여 있었다. 열아홉 달 만에 처음으로 온 술집인데 술이 없다니. 재수도 없지. 그런데도 씁쓰름하고 강렬한 향수가 밀려들었다. 배에서 목구멍으로, 입과 코로, 온몸이 술을 원하며 뭔가 축축하고 묽고 차가운 것을 달라고 소리를 질러 댔다.

잭은 열렬하고 불합리한 희망을 느끼며 선반을 다시 쳐다보았지만, 전과 똑같이 비어 있었다. 고통과 불만을 느끼며 씩 웃었다. 서서히 쥔 주먹이 바의 가죽 모서리를 살짝 긁어 놓았다.

"어이, 로이드." 잭이 말했다. "좀 따분한 밤이네, 그렇지?"

로이드는 그렇다고 했다. 로이드가 그에게 무엇으로 주문하겠느냐고 물었다.

"물어봐 주니 정말 고맙군. 정말 고마워. 지갑에 20달러짜리 두 장이랑 10달러짜리 두 장이 있는데 내년 4월까지 그냥 갖고 있어야 할까 봐 걱정이었거든. 이 근처에는 세븐 일레븐이 없어, 그걸 믿을 수 있나? 빌어먹을 달나라에도 세븐 일레븐은 있는 줄 알았더니."

로이드는 유감이라고 했다.

"그러니 말이야." 잭이 말했다. "마티니 스무 잔을 만들어 주게. 딱 스무 잔. 금주하면서 지낸 달 수대로 열아홉 잔하고 축하하는 의미에서 한 잔. 그렇게 해 줄 수 있지? 바쁜 거 아니지?"

로이드는 전혀 바쁘지 않다고 대답했다.

"고맙군. 마티니를 바에 일렬로 세워 주면 내가 하나씩 해치울게. 내 책임진다니까, 로이드."

로이드는 마티니를 만들기 위해 돌아섰다. 잭이 돈을 꺼내려고 주머니에 손을 넣었더니 대신 엑세드린 병이 나왔다. 그의 돈은 침실 옷장에 있었고, 물론 말라깽이 아내가 침실 문을 잠가 놓아서 들어갈 수 없었다. 잘한다, 웬디. 나쁜 년.

"지금 주머니에 아무것도 없는 것 같은데. 외상은 어떤가?"

로이드는 무방하다고 했다.

"그거 멋지군. 자네 마음에 들어, 로이드. 자네는 언제나 최고야. 바와 메인 주 포틀랜드 사이에 있는 바텐더 중에서 최고. 아니지, 오리건 주 포틀랜드지."

로이드는 칭찬에 감사했다.

잭은 엑세드린 병 뚜껑을 열고 두 알을 꺼내 입에다 던져 넣었다. 잘 알고 있는 시큼한 맛이 녹아 나왔다.

갑자기 사람들이 의아한 눈빛으로, 경멸하듯 자신을 쳐다보는 것 같았다. 등 뒤의 자리가 꽉 차 있었다. 반백의 저명 인사들과 젊고 아름다운 여인들이 모두 의상을 차려입고서 싸늘한 표정으로 이 알량한 연극 연습을 바라보고 있었다.

잭은 걸상에서 휙 돌아앉았다.

라운지 문에서 오른쪽, 왼쪽으로 잭의 왼편 모서리에서 바가 구부러진 곳을 돌아, 실내를 가로로 꽉 메우고 있는 자리는 전부 비어 있었다. 가죽을 덧댄 의자. 반짝이는 포마이카 탁자, 탁자 위에는 재떨이가 놓여 있고 재떨이 안에는 성냥갑이 놓여 있었다. 금색 성냥갑에는 로고 위에 콜로라도 라운지라고 찍혀 있었다.

그는 다시 돌아앉아 얼굴을 찡그리며 녹은 엑세드린을 삼켰다.

"로이드, 대단하군. 벌써 차려 놓다니. 자네의 손놀림보다 멋진 건 나폴리 사람을 닮은 그 그윽한 눈매뿐이야."

잭은 가상의 마티니 스무 잔을 그려 보았다. 마티니 잔에는 작은 물방울이 맺혀 있었고 동그란 그린 올리브가 꽂혀 있었다. 진 냄새가 나는 것 같았다.

"금주 말이야. 술을 끊은 신사를 만나 본 적이 있나?"

로이드는 이따금 그런 사람을 만난다고 했다.

"금주를 그만둔 다음에도 다시 만나 본 적이 있나?"

로이드는 솔직하게 기억나지 않는다고 했다.

"그렇다면 만난 적이 없군. 그는 첫잔을 움켜쥐고 주먹을 입으로 가져가더니, 입을 벌리고 주먹을 들어 올렸다. 술을 삼키고 가상의 잔을 어깨 너머로 던졌다. 다시 사람들이 모여 있었다. 파티에서 금방 튀어나온 모습으로, 입으로 손을 가리고 웃어 대고 있었다. 그들의 존재를 느낄 수 있었다. 바에 저 쓸모 없는 빈 선반 말고 거울이 달려 있었다면 그들의 모습을 볼 수 있었을 것이다. 바라보라지. 마음대로 하라고. 보고 싶은 사람은 누구든지 봐.

"그렇군, 만난 적이 없구먼." 잭이 로이드에게 말했다. "그 전설 속의 금주 마차를 탔다가 돌아오는 사람은 거의 없지. 하지만 돌아오는 사람들은 아주 무서운 이야기를 들려줘. 처음에 거기 올라타면 아주 환하고 깨끗한 마차처럼 보여. 바퀴가 높다래서, 갈색 봉투랑 술병을 들고 술주정뱅이들이 쓰러져 있는 진흙탕에 닿지 않아. 자기를 역겹다는 눈으로 쳐다보고 새 생활을 하라느니 다른 동네로 이사 가라느니 하는 사람들도 없어지고. 진흙탕에서 살다 보면 금주 마차는 엄청나게 근사해 보이거든, 로이드 이 친구야. 앞에는 깃발이 나부끼고 악대가 연주도 하고 양쪽에 배턴 걸이 세 명 씩 나란히 서서 배턴을 던지면서 팬티를 보여 주잖아. 아, 그 마차를 타고는, 깡통에 든 알코올이나 자기가 토한 거 냄새나 맡고, 진흙탕을 뒤져서 담배꽁초를 찾는 중독자들과 헤어져야지."

잭은 가상의 술을 두 잔 더 비우고 잔을 어깨 너머로 던졌다. 잔이 바닥에 떨어지는 소리가 들리는 것 같았다. 기분이 정말로 좋아지기 시작했다. 엑세드린 탓이었다.

"그래서 올라타는 거야." 그가 로이드에게 말했다. "그러니 기쁘지 않겠어. 그럼, 그렇고말고. 그 마차는 행렬에서 제일 크고 멋진 것이라 거리에 늘어선 사람들이 전부 박수를 치고 환호를 하고 손을 흔들어. 진흙탕에 쓰러져 있는 중독자들만 빼고 말이야. 그자들은 전에는 친구였지만 이제 다 버리고 떠나는 거지."

잭은 빈손을 입으로 가져가 흘려 넣었다. 네 잔을 마시고 열여섯 잔이 남았다. 아주 잘 진행되고 있었다. 그는 걸상에서 약간 휘청거렸다. 볼 테면 보라지. 사진을 찍지그래, 그게 더 오래 남으니까.

"그러고 나면 보이는 게 있어, 로이드, 이 친구야. 진흙탕에서는 보지 못하던 것이지. 마차 바닥은 소나무 판인데, 하도 금방 베어온 것이라 아직도 수액을 흘리고 있지. 게다가 신발을 벗으면 반드시 가시에 찔리게 돼. 마차에 가구라고는 등받이 높고 쿠션도 없는 기다란 벤치뿐이고, 실은 그것도 찬송가가 놓여 있는 교회 의자이지. 그 마차 의자에 앉아 있는 사람들은 전부 가슴이 납작하고 레이스가 깃에 조금 달린 긴 드레스를 입고 머리를 싹싹 빗어 뒤로 올린 사람들뿐이야. 얼굴은 모조리 납작하고 하얗고 빛이 나지. 모두 '요르단 강 건너가 만나리, 며칠 후 며칠 후 요르단 강 건너가 만나리.'라고 노래를 부르고 있어. 맨 앞에는 금발 머리 여자가 풍금을 치면서 더 크게 부르라고 하고 있어. 그리고 어떤 자가 내 손에 쥔 찬송가를 탁 치면서 말하지. '더 크게 불러요, 형제. 이 마차에 남고 싶으면 밤낮으로 노래를 불러야 해. 특히 밤에는 더 열심히.' 바로 그때 그 마차의 정체를 깨닫게 되는 거야, 로이드. 그것은 창문에 창살을 친 교회야. 여자들한테는 교회이고 나한테는 감옥인 것이지."

잭은 말을 멈추었다. 로이드는 사라졌다. 더군다나 그는 처음부터 거기에 없었다. 술도 거기 없었다. 파티에서 나온 사람들만이 있었고, 그들이 손으로 입을 가리고 손가락질하면서 잔인하게 눈을 반짝이며 킥킥대고 웃는 소리가 들리는 것 같았다.

그는 다시 홱 몸을 돌렸다. "나를 그냥……."

(내버려 둬?)

자리는 전부 비어 있었다. 웃음소리는 가을 낙엽처럼 가라앉았다. 잭은 퀭한 눈을 크게 뜨고 텅 빈 라운지를 노려보았다. 이마 한가운데서 맥박이 쿵쿵 뛰었다. 몸 한가운데서 냉혹한 확신이 떠올랐다. 자신이 미쳐 간다는 확신이. 그는 옆의 걸상을 집어 들고 복수의 회오리바람처럼 그곳을 뒤집어 놓고 싶은 충동을 느꼈다. 대신 그는 바를 향해 돌아앉아 노래를 부르기 시작했다.

"나를 굴려 줘요
클로오버 풀밭에
나를 굴려 줘요, 나를 눕히고 다시 굴려 줘요."

대니의 얼굴이 떠올랐다. 보통 때 눈을 반짝이며 생기 넘치는 얼굴이 아니라, 멍하고 흐릿한 눈에 아기처럼 손가락을 입에 물고 있는, 분열증을 일으킨 낯선 아이의 좀비 같은 얼굴이. 아들이 정신 병원에 보내야 할 사람처럼, 윌리 홀리스의 말대로 흰옷을 입은 사람들이 데려가기 전에 빅 스텐저가 했다는 행동을 하고 있는 판국에, 여기 앉아서 우울한 십대처럼 혼잣말이나 지껄이고 있다니 대체 무슨 짓인가?

'하지만 나는 절대로 그 애한테 손대지 않았어! 빌어먹을, 절대로 안 했다고!'

"잭?" 머뭇거리는 목소리였다.

너무 놀라서 걸상에서 떨어질 뻔했다. 웬디가 호러 쇼에 나오는 밀랍 인형처럼 대니를 팔에 안고서 문 바로 안쪽에 서 있었다. 여기 모인 세 사람은 잭의 기억에 남는 연극의 한 장면을 연출했다. 중세극의 2막이 끝나기 직전이었는데, 하도 엉성하게 만든 것이라 연출자가 악당 소굴의 선반에 소품을 채워 놓는 것을 잊었던 것이었다.

"나는 절대로 손대지 않았어." 잭이 탁한 목소리로 말했다. "팔을 부러뜨린 그날 밤 이후로 한번도 그러지 않았어. 엉덩이도 때려 주지 않았다고."

"잭, 지금 그게 문제가 아냐. 문제는……."

"이것도 문제야!" 잭이 고함을 쳤다. 그는 주먹으로 바를 세게 내리쳤고 땅콩 그릇이 튀어 올랐다. "문제라고, 빌어먹을. 문제야!"

"잭, 애를 데리고 내려가야 해. 애가……."

대니는 엄마 품에서 움직이기 시작했다. 느슨하고 멍한 표정은 두꺼운 얼음처럼 부서지기 시작했다. 이상한 맛을 본 것처럼 입술이 일그러졌다. 눈이 더 커졌다. 눈을 가리려는 듯 손이 올라오더니 툭 떨어졌다.

갑자기 아이의 팔이 굳었다. 등이 활 모양으로 휘어 웬디가 휘청거렸다. 그러더니 별안간 미친 듯이 괴성을 지르기 시작했다.

그 소리가 텅 빈 아래층을 메우고는 유령처럼 되돌아왔다. 마치 대니가 백 명쯤 한꺼번에 소리를 지르는 것 같았다.

"잭!" 웬디가 겁에 질려 소리쳤다. "오, 하느님! 잭, 얘가 왜 이러지?"

그는 걸상에서 달려왔다. 허리 아래에 감각이 없었다. 평생 그 어느 때보다도 더 놀랐다. 대체 아들이 무슨 짓을 하다가 무엇을 본 것일까? 무엇을 들여다보다가 어떤 일을 당한 것일까?

"대니!" 잭이 고함쳤다. "대니!"

대니가 그를 보았다. 아이는 갑자기, 죽을힘을 다해 엄마를 밀치고 나와 웬디는 잡을 도리가 없었다. 웬디는 탁자 한 곳에 부딪히고는 쓰러질 뻔했다.

"아빠!" 대니가 겁에 질려 눈을 커다랗게 뜨고 소리 지르며 잭에게 달려갔다. "오, 아빠아빠, 그 여자였어요! 그 여자요! 그 여자! 오 아아아아빠아아……."

아이는 쏜살처럼 아빠 품으로 달려가 부딪혔고, 잭은 휘청거렸다. 대니는 아빠를 미친 듯이 끌어안았다. 처음에는 아빠를 칠 것 같더니 허리띠를 붙잡고 셔츠에 얼굴을 묻고는 흐느꼈다. 잭은 배에 닿은 아들의 뜨거운 얼굴을 느낄 수 있었다.

'아빠, 그 여자였어요.'

잭은 서서히 웬디의 얼굴을 들여다보았다. 그의 눈은 조그만 동전처럼 빛났다.

"웬디?" 부드럽고 만족스럽기까지 한 목소리. "웬디, 애한테 무슨 짓을 한 거야?"

웬디는 믿을 수 없다는 듯이 경악한 표정으로 새하얗게 질려 그를 마주 보았다. 그녀는 고개를 저었다.

"오, 잭, 당신도 알잖아……."

밖에는 또 눈이 내리기 시작했다.

주방에서 오간 대화

잭은 대니를 주방으로 안고 갔다. 아이는 아직도 흐느껴 울면서 잭의 가슴에서 고개를 들지 않으려 했다. 주방에서 그는 아직도 얼이 빠져 믿을 수 없다는 표정을 짓고 있는 웬디에게 대니를 도로 안겨 주었다.

"잭, 얘가 무슨 소리를 하는지 모르겠어. 제발, 그건 믿어 줘야 해."

"물론 믿어." 하지만 이렇게 놀랍게, 예상치 못할 정도로 빨리 웬디가 자기 입장이 되어 보았다는 데 모종의 쾌감을 느꼈음을 내심 인정해야 했다. 그러나 웬디에게 화를 낸 것은 잠시 속이 뒤틀렸던 것뿐이었다. 그는 웬디가 대니에게 손찌검을 하느니 자기 몸에 휘발유 한 통을 들이붓고 성냥을 긋는 쪽을 택할 것임을 잘 알고 있었다.

레인지의 안쪽 버너에 올려놓은 커다란 찻주전자가 달그락거리고 있었다. 잭은 커다란 도자기 잔에 티백을 하나 넣고 뜨거운 물을 반쯤 부었다.

"요리할 때 쓰는 셰리 술 있지?" 그가 웬디에게 물었다.

"뭐……? 아, 그럼. 두세 병 있을 거야."

"찬장 어디 있어?"

웬디는 손가락으로 가리켰고 잭은 병 하나를 꺼냈다. 그는 찻
잔에 술을 꽤 많이 붓고, 병을 도로 넣은 다음 우유로 잔의 나머
지 분량을 채웠다. 그리고 설탕을 세 숟가락 넣고 저었다. 그는
그것을 대니에게 가져갔다. 대니의 흐느낌은 점점 잦아들었다.
하지만 아직도 온몸을 떨면서 눈을 커다랗게 뜨고 있었다.

"이걸 마셨으면 좋겠다, 똘똘아." 잭이 말했다. "맛은 이상하겠
지만 몸이 훨씬 나아질 거야. 아빠를 위해서 마실 수 있지?"

대니는 할 수 있다고 고개를 끄덕이더니 잔을 받았다. 아이는
조금 마시더니 인상을 쓰면서 의아한 표정으로 잭을 쳐다보았다.
잭이 고개를 끄덕이자 대니는 다시 마셨다. 웬디는 마음 어딘가
에서 낯익은 질투심이 치밀어 올랐다. 자신을 위해서라면 아들은
그것을 마시지 않았을 것이므로.

그 감정의 꼬리를 물고 불편한, 심지어 놀라운 생각이 들었다.
자신은 잭이 한 짓이라고 생각하고 싶었던 것일까? 그 정도로 질
투심을 느꼈던 것일까? 그건 자기 어머니의 사고 방식이었고, 정
말로 끔찍한 것이었다. 그녀는 어느 일요일 아빠가 자신을 공원
에 데려갔다가 정글짐에서 떨어져 양쪽 무릎을 다친 일이 기억났
다. 아버지가 자신을 데리고 집에 오자 어머니는 이렇게 소리를
질렀다. 무슨 짓이야? 어째서 아이를 보고 있지 않았어? 대체 무
슨 아버지가 그래?

(어머니는 아버지를 죽도록 몰아세웠다. 아버지가 어머니와 이혼
한 것은 이미 너무 늦은 후였다.)

웬디는 잭이 한 짓이 아닐지도 모른다는 의심조차 하지 않았
다. 눈곱만큼도. 웬디는 아직도 낯이 뜨거웠고 만일 똑같은 일이

다시 벌어진다 해도 똑같이 행동하고 생각했을 거라는 어쩔 수 없는 결론에 도달했다. 그녀 역시 좋든 나쁘든 어머니와 닮은 구석이 있었던 것이다.

"잭……." 웬디가 말을 꺼냈다. 사과를 하려는 건지, 변명을 하려는 건지 확실히 알지 못한 채. 어느 쪽도 소용없을 것임은 알고 있었다.

"나중에 얘기해." 그가 말했다.

대니가 그 커다란 잔에 든 것을 반쯤 마시는 데 15분이 걸렸고, 그러자 눈에 보이게 안정을 찾았다. 떨림은 거의 가라앉았다.

잭은 진지하게 아들의 어깨에 손을 얹었다. "대니, 대체 무슨 일이 있었는지 정확하게 얘기해 줄 수 있겠니? 아주 중요한 일이다."

대니는 잭과 웬디를 번갈아 보았다. 침묵 속에서 두 사람의 표정과 상황이 모든 것을 말해 주었다. 밖에는 바람이 불어 새로 내린 눈을 북서쪽에서 몰아왔다. 오래된 호텔은 또 한 차례 바람에 적응하느라 끽끽거리는 신음소리를 냈다. 심장 아래를 가격당하는 것처럼 갑작스럽게, 웬디는 자신들이 단절되었음을 깨달았다.

"전부……, 이야기하고 싶어요." 대니가 말했다. "전에 했으면 좋았을 텐데." 아이는 따스함을 느끼려는 듯 잔을 쥐고 있었다.

"왜 그러지 않았니, 얘야?" 잭이 땀에 젖어 흐트러진 대니의 머리카락을 이마에서 쓸어 넘겨주었다.

"앨버트 아저씨가 아빠한테 일자리를 주었으니까요. 그리고 여기 있는 것이 아빠한테 좋기도 하면서 나쁘기도 하다는 것을 이해할 수 없었어요. 그건……." 아이는 엄마아빠에게 도움을 청하는 눈으로 쳐다보았다. 적절한 말이 생각나지 않았던 것이다.

"딜레마라고?" 웬디가 부드럽게 물었다. "어떤 선택을 해도 좋지 않은 것?"

"예, 그거예요." 아이는 고개를 끄덕였다.

웬디가 말했다. "당신이 나무를 다듬었던 날, 대니랑 나는 트럭에서 이야기를 했어. 그날 처음으로 눈이 왔지. 기억나?"

잭이 고개를 끄덕였다. 나무를 다듬었던 날은 똑똑히 기억났다.

웬디가 한숨을 쉬었다. "우리가 충분히 이야기를 한 것 같지 않구나. 그렇지, 똘똘아?"

고뇌에 찬 표정을 짓고 있던 대니는 고개를 끄덕였다.

"대체 무슨 이야기를 했는데?" 잭이 물었다. "그런 건 별로 좋지 않아. 내 아내랑 아들이……."

"당신을 얼마나 사랑하는지 의논하는 것?"

"그게 뭐든 이해가 안 가. 나는 꼭 막간이 지나가고 나서 극장에 들어온 사람 같잖아."

"당신에 대해서 의논했어." 웬디가 조용히 말했다. "어쩌면 굳이 말로 안 해서 그렇지, 우리 둘 다 알고 있었을 거야. 나는 당신 아내이고 대니는……, 그냥 알 수 있으니까."

잭은 입을 다물고 있었다.

"대니가 꼭 맞은 말을 했어. 이곳이 당신에게 좋은 것 같았어. 스타빙튼에서 당신을 불행하게 한 온갖 부담에서 벗어났잖아. 당신이 책임을 맡고, 육체 노동을 하고, 머리를 아껴 둘 수 있었어. 저녁에 글을 쓸 수 있도록 말이야. 그런데……, 언제인지는 모르겠지만……, 이곳이 당신에게 좋지 않게 느껴지기 시작했어. 내내 지하실에서 낡은 서류, 과거 일을 뒤적거리면서 말이야. 잠꼬

대도 하고……."

"잠꼬대를 했어?" 잭이 물었다. 놀랍고 조심스러운 표정이 떠올랐다. "내가 자면서 말을 해?"

"대부분 웅얼거리는 거야. 한번은 화장실에 가려고 일어났는데 당신이 이렇게 말하더라고. '집어치워. 슬롯머신이라도 가져와. 아무도 모를 거야. 절대 아무도 모를 거야.' 또 한번은 당신이 이렇게 소리를 질러서 잠에서 깬 적도 있었어. '가면을 벗으십시오, 가면을 벗으십시오, 가면을 벗으십시오.'"

"세상에." 잭이 말하고는 손으로 얼굴을 문질렀다. 그는 창백해졌다.

"옛날 술 마실 적 버릇도 다 돌아왔잖아. 엑세드린을 씹어 먹고. 내내 입을 닦아 대고. 아침에 짜증을 내고. 그리고 아직도 그 희곡 완성 못했지, 그렇지?"

"그래. 하지만 시간 문제야. 지금은 다른 거……, 새로운 기획을 구상하는 중이야."

"이 호텔 말이지. 앨버트 쇼클리가 그래서 전화한 거잖아. 당신더러 그만두라고 하려고."

"그건 어떻게 알았어?" 잭이 으르렁거렸다. "엿들었던 거야? 당신……."

"아니. 엿듣고 싶어도 들을 수 없었을 거야. 당신도 잘 생각해 보면 알 수 있잖아. 그날 밤에 대니랑 나는 아래층에 있었어. 스위치 보드는 꺼져 있었다고. 외선이랑 바로 연결되어 있으니까, 작동하는 전화는 위층 전화뿐이었어. 당신이 그렇다고 나한테 말해 줬잖아."

"그러면 앨버트가 뭐라고 했는지 어떻게 알았어?"

"대니가 말해 줬어. 대니가 알고 있었어. 잃어버린 물건이나 이혼 생각 같은 것을 알아낼 때랑 똑같이."

"의사 말로는……."

그녀는 고개를 홰홰 저었다. "그 의사는 아무것도 몰랐어. 그건 우리 둘 다 알고 있었어. 우리는 내내 알고 있었다고. 대니가 소방차 보고 싶다고 했을 때 기억나? 그건 직감이 아니었어. 대니는 아직 아기였다고. 저 애는 아는 거라고. 지금 나는……." 웬디는 대니 목에 난 멍을 쳐다보았다.

"앨버트 아저씨가 나한테 전화한 것을 정말로 알았니, 대니?"

대니가 고개를 끄덕였다. "아저씨는 정말로 화가 나 있었어요, 아빠. 아빠가 울먼 씨에게 전화를 하고, 울먼 씨가 아저씨에게 전화를 했기 때문에요. 앨버트 아저씨는 아빠가 이 호텔에 대한 글을 쓰는 것을 바라지 않았어요."

"세상에." 잭이 다시 말했다. "그 멍 말이다, 대니. 누가 네 목을 조르려고 했니?"

대니의 표정이 어두워졌다. "그 여자요. 저 방에 있는 여자요. 217호 실이에요. 죽은 여자요." 입술이 다시 떨리기 시작하자 아이는 찻잔을 쥐고 마셨다.

잭과 웬디는 아이의 숙인 머리 위로 두려운 눈빛을 주고받았다.

"이 일에 대해서 아는 것 있어?" 잭이 웬디에게 물었다.

웬디는 고개를 저었다. "몰라."

"대니?" 잭이 아들의 겁먹은 고개를 들게 했다. "말해 봐, 얘야. 아빠랑 엄마가 들어줄게."

"여기가 안 좋은 곳이라는 건 알고 있었어요." 대니가 기어 들어가는 소리로 말했다. "볼더에 있었을 때부터요. 토니가 꿈에서 보여 주었거든요."

"무슨 꿈인데?"

"다는 기억나지 않아요. 토니가 밤중의 오버룩 모습을 보여 주었어요. 앞에 해골이랑 뼈가 있었어요. 그리고 쿵쿵거리는 소리도 났어요. 뭔가······기억은 안 나는데······, 저를 쫓아왔어요. 괴물이었어요. 토니는 '해살'도 보여 주었어요."

"그게 뭐니, 똘똘아?" 웬디가 물었다.

아이는 고개를 저었다. "몰라요."

"햇살이라니, 반짝반짝 햇빛 말이야?" 잭이 물었다.

대니가 다시 고개를 저었다. "몰라요. 그리고 우리는 이곳으로 왔고, 할로런 씨가 차에서 이야기를 해 주었어요. 그분도 빛을 갖고 있으니까요."

"빛이라고?"

"그건······." 대니는 양손으로 커다란 원을 그렸다. "아는 능력이에요. 아는 것 말예요. 보기도 해요. 제가 앨버트 아저씨의 전화를 안 것처럼요. 할로런 씨가 엄마아빠가 저를 '똘똘이'라고 부르는 걸 알아낸 것처럼요. 할로런 씨는 군대에서 감자를 깎다가 동생이 기차 사고에서 죽은 것을 알았대요. 그래서 집으로 전화하니까 사실이더래요."

"세상에." 잭이 중얼거렸다. "꾸며 낸 이야기는 아니지, 그렇지, 댄?"

대니는 고개를 세게 끄덕였다. "예. 하느님께 맹세해요." 그리고 자랑스러운 기색으로 덧붙였다. "할로런 씨가 만나 본 사람 중에 제가 가장 강한 빛을 가졌대요. 입을 다물고도 서로 이야기를 주고받을 수 있었어요."

부모는 어안이 벙벙한 표정으로 다시 서로를 쳐다보았다.

"할로런 씨가 저랑 따로 이야기를 한 건 걱정이 되어서였어요." 대니의 이야기가 이어졌다. "그분은 이곳이 빛을 가진 사람들에게는 살기 나쁜 곳이라고 했어요. 이상한 것이 보였다고 했어요. 저도 봤어요. 아저씨와 이야기를 한 바로 다음에요. 울먼 씨가 구경시켜 주었을 때."

"그게 뭐였니?" 잭이 물었다.

"프레지덴셜 스위트룸에서요. 침실로 들어가는 문 옆의 벽에서. 피랑 이상한 게 잔뜩 묻어 있었어요. 괴상한 것이. 저는⋯⋯, 그 괴상한 게 뇌였다고 생각해요."

"이런, 세상에." 잭이 말했다.

웬디는 새하얗게 질렸고 입술은 거의 잿빛이 되었다.

"이곳을 한참 전에 나쁜 놈들이 소유했던 적이 있었어." 잭이 말했다. "라스베이거스에서 온 조직 사람들이."

"악당들이오?" 대니가 말했다.

"응, 악당들이." 그는 웬디를 보았다. "1966년에 비토 기넬리라는 거물이 거기서 살해되었어. 경호원 두 명이랑 함께. 신문에 사진도 났어. 대니가 방금 말한 건 그 사진이랑 똑같아."

"할로런 씨는 다른 것도 보았다고 했어요." 대니가 말했다. "놀이터에서 한 번. 한 번은 그 방에서요. 217호요. 여자 직원도 그걸 보고 이야기를 해서 일자리를 잃었대요. 그래서 할로런 씨도 올라가서 보았대요. 하지만 일자리를 잃을까 봐 말하지 않았대요. 저한테는 절대 거기 들어가지 말라고만 했어요. 그런데 들어가 봤어요. 할로런 씨가 여기서 보이는 것이 사람을 해치지는 못할 거라고 한 말을 믿었거든요." 마지막은 거의 기어 들어가다시피 하는 쉰 목소리로 한 말이었고, 대니는 자기 목에 부어오른 멍 자국을 만졌다.

"놀이터는 왜?" 잭은 이상하게 아무렇지도 않은 목소리로 물었다.

"모르겠어요. 놀이터라고만 했어요. 그리고 전정 나무랑요."

잭은 조금 움찔했고 웬디는 그를 의아한 표정으로 쳐다보았다.

"거기서 뭐 본 것 있어, 잭?"

"아니." 잭이 대답했다. "아무것도 못 봤는데."

대니는 아빠를 쳐다보았다.

"아무것도 못 봤어." 그는 다시 더 침착하게 말했다. 그리고 그 말은 사실이었다. 그는 환상을 본 것뿐이다. 그게 전부였다.

"대니, 그 여자 얘기 좀 해 보렴." 웬디가 부드럽게 말했다.

그래서 대니는 이야기를 했지만, 말하면서 어서 말을 내뱉어 떨쳐 버리려고 서두르는 바람에 알아들을 수 없는 소리로 들렸다. 아이는 이야기하면서 엄마 품에 점점 더 꼭 들러붙었다.

"안으로 들어갔어요. 마스터 키를 훔쳐서 들어갔어요. 도저히 참을 수가 없었어요. 너무너무 알고 싶었어요. 그리고 그……, 그 여자가……, 욕조 안에 있었어요. 죽어 있었어요. 온몸이 퉁퉁 불어서. 그……아니, 아니……, 아무것도 안 입고 있었어요." 대니는 불쌍한 눈으로 어머니를 쳐다보았다. "그러고는 일어나서 나를 잡으려고 했어요. 느낄 수 있었어요. 그 여자는 엄마나 아빠처럼 생각하지도 않았어요. 온통 새카맣기만 했어요……. 그건……, 그건 밤중에 제 방에 들어온 말벌 같은 거였어요! 해칠 생각밖에 없었어요. 말벌처럼요."

아이는 입을 다물었고 말벌 생각이 모두 사라지는 동안 잠시 침묵이 흘렀다.

"그래서 달렸어요. 달려갔지만 문이 닫혀 있었어요. 열어 놨는데 닫혔어요. 그냥 열고 뛰어나올 생각을 못 했어요. 무서웠어요. 그래서 그냥……, 문에 기대서 눈을 감고 할로런 씨가 그건 책에 나오는 그림 같다고 말한 것을 생각했어요. 그래서……, 제가 너는 거기 없어, 꺼져라, 너는 거기 없어라고 생각하면……, 그 여자가 사라질 거라고요. 하지만 소용없었어요."

아이의 목소리가 날카롭게 커졌다.

"그 여자가 저를 붙잡았어요. . 그리고 제 몸을 돌렸어요……그 여자 눈을 봤어요……어떻게 생겼는지……그리고 목을 조르기 시작했어요……냄새도 맡았어요……죽은 사람 냄새가 났어요……."

"그만, 쉬잇." 웬디가 놀라서 말했다. "그만해, 대니. 괜찮아. 그건……."

웬디는 다시 어르기 시작했다. 웬디 토런스의 다양한 어르기. 토닥이고, 흔들고.

"끝까지 이야기하게 해." 잭이 퉁명스럽게 말했다.

"그게 끝이에요." 대니가 말했다. "정신을 잃었어요. 그 여자가 목을 졸라서 그런지 아니면 겁이 나서 그런지. 정신을 차리니까 엄마랑 아빠가 나 때문에 싸우고 있고, 아빠가 나쁜 일을 다시 하고 싶어하는 꿈을 꾸었어요. 그리고 그게 꿈이 아니란 것도 알았어요……. 제가 깨어 있다는 것도……. 그리고……, 바지에 오줌을 쌌어요. 아기처럼 바지에." 아이는 웬디의 스웨터에 머리를 묻고 힘없이 무릎 위에 손을 떨군 채 흐느껴 울기 시작했다.

잭이 일어섰다. "애를 보고 있어."

"어쩌려고 그래?" 웬디의 얼굴에 두려움이 서렸다.

"그 방에 올라가 볼 거야. 그럼 어쩌라고? 커피나 마시라고?"

"안 돼! 가지 마, 잭. 부탁이야, 가지 마!"

"웬디, 호텔에 누군가가 들어왔으면 우리가 알아야 해."

"우리만 남겨 놓고 가지 마!" 웬디가 악을 썼다. 그 바람에 입술에서 침이 튀어나왔다. 잭이 말했다.

"웬디, 그런 건 당신 엄마랑 정말 닮았군."

그러자 그녀는 울음을 터뜨렸고 대니를 안고 있느라 얼굴을 가리지도 못했다.

"미안해. 하지만 나는 가 봐야 해. 나는 빌어먹을 관리인이라고. 그래서 돈을 받는 거잖아."

웬디는 더 크게 울 뿐이었고, 잭은 그녀를 내버려 둔 채 주방을 나가 문을 닫으면서 손수건으로 입을 닦았다.

"걱정 마세요, 엄마." 대니가 말했다. "아빠는 괜찮을 거예요. 아빠는 빛이 없잖아요. 여기 아무것도 아빠를 해칠 수 없어요."

웬디는 울면서 말했다. "아니, 마음이 놓이지 않아."

다시 217호 실로

잭은 엘리베이터를 타고 올라가는 동안 기분이 이상했다. 이사 들어온 후로 아무도 엘리베이터를 타지 않았기 때문이다. 그는 구리 손잡이를 위로 올렸고, 그러자 엘리베이터는 진동하며 통로 위로 올라갔고 미친 듯이 덜컹거렸다. 그는 웬디가 엘리베이터에 폐소공포증을 느낀다는 것을 알고 있었다. 그는 바깥에 눈보라가 치는 와중에 세 식구가 엘리베이터에 갇혀 있는 상상을 했고, 그들이 점점 마르고 쇠약해지다가 굶어죽는 모습을 그릴 수도 있었다. 또는 럭비 선수들이 그랬듯이 서로를 잡아먹거나. 볼더에서 "럭비 선수들은 자기 시체를 먹는다."라고 씌어진 자동차 스티커를 본 기억이 났다. 다른 말도 생각났다. "먹는 것이 그 사람을 말해 준다." 메뉴에 적힌 글귀도. 로키산맥의 자랑 오버룩 식당에 오신 것을 환영합니다. 세계의 지붕에서 진미를 맛보십시오. 성냥불에 끓인 인간 궁둥이 살 특별 요리. 잭의 얼굴에 다시 비웃음이 떠올랐다. 엘리베이터 통로 벽에 1자가 올라갈 때 손잡이를 원위치로 돌리자 엘리베이터는 끽 소리를 내며 멈추었다. 잭은 주머니에서 엑세드린을 꺼내 세 알을 꺼내며 문을 열었다. 오버룩에는 겁낼 것이 없었다. 그는 자신과 오버룩이 잘 맞는다고 생각했다.

그는 복도를 걸어가며 엑세드린을 입안에 털어 넣고 한 알씩 씹어 먹었다. 그리고 모서리를 돌아 중앙 복도에서 짧은 통로로 들어섰다. 217호 실의 문은 열려 있었고 자물쇠에 마스터 키가 꽂힌 채 매달려 있었다.

짜증이 밀려오고 화까지 치밀어 올라 그는 인상을 썼다. 어찌 되었든 아들은 규칙을 어긴 것이다. 이 호텔에는 가면 안 되는 곳이 있다고 단단히 주의를 주었다. 장비 창고, 지하실, 그리고 객실 전체. 대니가 회복하는 대로 다시 주의를 줄 작정이었다. 이성적으로, 그러나 엄격하게. 다른 아버지들 중에는 말로만 끝내지 않을 사람들도 많을 것이다. 흠씬 때려 줄 사람들도 있을 것이며, 어쩌면 대니에게는 그것이 필요할지도 몰랐다. 아이가 겁을 먹었다면, 적어도 응분의 벌은 받은 것 아니었을까?

잭은 문으로 걸어가 마스터 키를 빼내어 호주머니에 넣고 안으로 들어갔다. 전등이 켜져 있었다. 그는 침대가 흐트러지지 않았는지 확인한 다음 곧바로 욕실 문 앞으로 걸어갔다. 영문을 알 수 없는 확신이 들었다. 왓슨이 이름이나 객실 번호는 말해 주지 않았지만, 잭은 이것이 바로 그 변호사의 아내와 젊은 놈이 같이 썼던 방이고, 그 여자가 진통제와 콜로라도 라운지의 술에 잔뜩 취한 채 죽어 있는 것이 발견된 욕실도 바로 이곳이라는 확신을 느꼈다.

그는 거울 달린 욕실 문을 밀어서 열고 안으로 들어갔다. 이 안의 불은 꺼져 있었다. 잭은 불을 켜고 오버룩의 모든 욕실과 마찬가지로, 20세기에 개조한 19세기 초 스타일로 장식된 내부를 살펴보았다. 3층의 욕실은 예외였는데, 그것은 이곳에 묵어 온 왕족,

정치가, 영화 배우, 마피아 두목에게 어울리는 비잔틴 스타일이었다.

창백하고 연한 분홍빛의 샤워 커튼이 긴 욕조 주위를 에워싸고 있었다.

'그렇지만 그것들은 정말로 움직였다.'

그러자 잭은 대니가 자신에게 달려오며 "그 여자였어요! 그 여자였어요!"라고 외쳤을 때 들었던 확신이 처음으로 사라지는 것을 느꼈다. 싸늘한 손가락이 등뼈를 쓰다듬는 느낌에 체온이 뚝 떨어졌다. 그 느낌은 더해졌고, 갑자기 등에서 정수리까지 스치고 지나가며 잭의 척추를 장난감처럼 갖고 놀았다.

대니에 대한 분노는 날아가 버렸다. 앞으로 걸어나가 샤워 커튼을 젖히는 동안 입은 바싹 말랐고 아들에 대한 동정심과 자신에 대한 공포만이 느껴졌다.

욕조에는 아무것도 없었고 물기도 없었다.

안도와 짜증에, 꽉 다문 입술 사이로 아주 작은 폭탄처럼 "푸하." 하는 소리가 터져 나왔다. 시즌이 끝날 때 욕조는 깨끗하게 닦아 놓았다. 수도꼭지 아래 녹슨 자국 외에는 반짝반짝 빛나고 있었다. 세제 냄새가 희미하지만 분명히 남아 있었다. 그런 것은 사용한 지 몇 주, 몇 달씩 남아서 코를 찌르기도 했다.

잭은 허리를 숙이고 욕조 바닥에 손가락을 대어 보았다. 바싹 말라 있었다. 물기 한 방울 없었다. 아들은 환상을 보았거나 새빨간 거짓말을 한 것이다. 다시 화가 치밀어 올랐다. 바로 그때 바닥의 욕실 매트에 시선이 갔다. 그는 그것을 내려다보며 이마를 찌푸렸다. 어째서 욕실 매트가 여기 와 있지? 침대보랑 수건, 베갯잇과 함께 건물 끝 리넨 벽장에 들어가 있어야 하는데. 리넨은 전부 거기 보관되어 있었다. 객실 침대에는 침구도 없었다. 매트리스는 투명 비닐에 넣어 커버로 덮어 두었다. 그는 대니가 아래층에서 가져온 것일지도 모른다고 생각했다. 마스터 키로 리넨 벽장도 열 수 있으니까. 하지만 왜? 잭은 손가락으로 매트를 쓰다듬었다. 매트도 바싹 말라 있었다.

그는 욕실 문 쪽으로 가서 섰다. 아무것도 이상한 것은 없었다. 아이는 꿈을 꾸고 있었던 것이다. 이상한 것은 하나도 없었다. 물론 욕실 매트는 약간 이상한 일이었지만, 시즌 마지막 날 미칠 듯이 바빴던 직원 하나가 치우는 것을 잊었을 수도 있었다. 그 밖에 모든 것은…….

잭이 코를 약간 킁킁거렸다. 소독 세제의 독보적인 위생감을 자랑하는 냄새. 그리고…….

비누?

아니다. 하지만 그 냄새를 확인하자 너무 뚜렷해서 아니라고 할 수가 없었다. 비누 냄새였다. 게다가 호텔이나 모텔에 놓아두는 엽서 크기의 아이보리 비누도 아니었다. 이 향기는 여성용 향수 비누였다. 화사한 냄새라고나 할까. 스타빙튼 시절에 웬디가 늘 쓰던 카메이나 로윌라 같은 브랜드의.

'아무것도 아냐. 상상력 때문이야.'

'그렇지 전정 나무처럼 하지만 그것은 정말로 움직였어.'

'움직이지 않았다니까!'

잭은 불규칙적으로 머리가 쑤시기 시작하는 것을 느끼며 복도로 나가는 문 쪽으로 황급히 걸어갔다. 오늘은 너무 많은 일이 일어났다. 지금까지 너무 많은 일이 일어났어. 그는 아들을 때리거나 야단치지 않고 이야기만 할 것이다. 하지만 217호 실에 대해서는 신경 쓰지 않을 것이다. 마른 욕실 매트랑 로월라 비누 향기가 희미하게 났다고 해도. 그는…….

갑자기 등 뒤에서 달칵거리는 금속성 소리가 났다. 문 손잡이를 잡으려는 순간, 손잡이가 찰칵 하고 돌아가겠다고 생각했을 그 순간. 잭은 눈을 커다랗게 뜨고 다른 얼굴 근육을 긴장시켜 인상을 찌푸리며 경련을 일으켰다.

그러고는 약간 진정한 다음, 손잡이를 놓고 조심스럽게 돌아보았다. 온몸의 마디마디가 삐걱거렸다. 그는 무거운 발걸음을 떼어 욕실 문 쪽으로 걸어가기 시작했다.

욕조를 들여다보기 위해 걷어 놓았던 샤워 커튼이 다시 드리워져 있었다. 잭에게는 납골당에서 뼈가 덜컥거리는 소리처럼 들렸던 그 금속성 소리는 샤워 커튼 고리가 낸 소리였던 것이다. 잭은 커튼을 노려보았다. 얼굴에 마치 두꺼운 밀랍을 뒤집어써서, 겉의 피부는 전부 죽어 버리고 안쪽에는 뜨거운 공포만이 흐르는 것 같았다. 놀이터에서 느꼈던 것과 똑같이.

분홍색 비닐 샤워 커튼 뒤에 뭔가 있었다. 욕조 안에 뭔가 있었다.

비닐을 통해 흐릿하게 보여 형태를 분간할 수 없긴 했지만, 잭도 그것을 볼 수 있었다. 뭐라고 보아도 좋을 것 같았다. 불빛에 의한 착각. 샤워 장치의 그림자. 죽은 지 오래된 여자가 욕조에 드러누워 굳어 가는 한 손에 로월라 비누를 쥐고 누군지 몰라도 연인을 기다리고 있는 것일 수도.

잭은 용감하게 걸어 나가 샤워 커튼을 걷으라고 스스로에게 말했다. 거기 뭐가 있는지 보라고. 대신 그는 홱 돌아서서 가슴을 쿵쾅거리며 꼭두각시처럼 성큼성큼 걸어 침실 겸 거실로 돌아 나왔다.

복도로 나가는 문은 닫혀 있었다.

잭은 그 문을 아주 오랫동안이라고 느껴지는 시간 동안 노려보았다. 이제 공포의 맛이 느껴졌다. 그것은 마치 버찌를 통째로 삼킨 것처럼 목구멍에 걸려 있었다.

잭은 다시 성큼성큼 걸어서 문 앞으로 가 손잡이를 꽉 잡았다.

'열리지 않을 거야.'

그러나 문은 열렸다.

잭은 허둥지둥 불을 끄고 복도로 나와 뒤도 돌아보지 않고 문을 닫았다. 문 안쪽에서 물이 텀벙거리는 소리가 들리는 것 같았다. 뭔가 신이 나서 욕조에서 튀어나온 것처럼, 방문객을 맞으려는 것처럼, 인사도 하기 전에 방문객이 떠난 것을 알고는 온통 시퍼런 몸뚱이로 씩 웃으며 다시 불러들이려고 달려 나오는 것처럼. 아마도 영원히 붙잡아 두려고.

문에 다가오는 발자국 소리인가, 아니면 자신의 귓전에 울리는 맥박 소리인가?

잭은 마스터 키를 더듬어 찾았다. 열쇠가 뻑뻑하게 걸려 자물쇠 속에서 돌아가지 않으려는 것 같았다. 힘을 주어 열쇠를 돌렸다. 갑자기 문이 열렸고, 그는 복도 맞은편 벽에 기대어 서서 조그만 안도의 한숨을 내쉬었다. 그는 눈을 감았고, 머릿속에서는 문구들이 행진을 시작했다. 아마도 백 개는 되는 것 같았다.

'맛이 가다 정상 상태를 벗어나다 돌다 상태가 안 좋다 이상해 졌다.'

전부 같은 뜻이었다. 정신 이상이 된다는.

"아냐." 잭은 훌쩍였다. 자신이 어린아이처럼 눈을 감고 훌쩍이고 있다는 사실도 깨닫지 못한 채. "오 아냐, 하느님. 제발, 하느님, 제발."

하지만 뒤죽박죽이 된 사고 아래서, 맹렬하게 뛰는 심장 아래서, 잭은 갇혀 있는 무엇, 그를 만나고 싶어하는 무엇, 밖에서는 폭풍이 불고 밝은 햇빛이 새카만 밤으로 변하는 동안 그의 가족과 인사를 나누고 싶어하는 무엇이 문 손잡이를 앞뒤로 돌리면서 나지막하고 공허한 소리를 내는 것을 들을 수 있었다. 눈을 뜨고 손잡이가 돌아가는 것을 본다면 미쳐 버릴 것 같았다. 그래서 그는 눈을 감고 있었고, 얼마가 지났는지 알 수 없는 시간이 흐르자 정적만 남았다.

잭은 억지로 눈을 떴다. 눈을 뜨면 그녀가 앞에 서 있을 거라고 생각하면서. 하지만 복도는 비어 있었다.

그는 누군가가 보고 있는 느낌이 들었다.

문 한가운데 구멍이 보이자 거기 다가가 안을 들여다보면 어떻게 될지 궁금해졌다. 누구와 눈알을 맞대고 있게 될 것인가?

발이 움직였다.

'이제 발이 말을 듣는다.'

그가 깨닫기도 전에. 그는 문에서 돌아서 중앙 복도로 걸어갔다. 발이 카펫에 스치는 소리가 조그맣게 들렸다. 그는 계단 쪽으로 가다가 걸음을 멈추고 소화전을 쳐다보았다. 호스가 접힌 것

이 약간 달라졌다고 생각했다. 복도로 들어왔을 때에는 구리 노
즐이 엘리베이터를 향하고 있었던 것이 분명했다. 지금은 다른
쪽을 향하고 있었다.

"아까 제대로 보지 못한 거야." 잭 토런스는 분명하게 말했다.
얼굴은 해쓱하고 초췌해졌고 입은 자꾸 미소를 지으려고 했다.

그러나 잭은 내려갈 때 엘리베이터를 타지 않았다. 그것은 벌
어진 아가리처럼 느껴졌다. 너무나 비슷했다. 그는 계단으로 내
려갔다.

보고

잭은 왼손으로 마스터 키 고리를 짤랑거리며 던져 올렸다가 다시 받으면서 부엌으로 들어왔다. 대니는 창백하고 지친 얼굴을 하고 있었다. 웬디는 울고 있었던 것을 알 수 있었다. 눈은 충혈되고 눈두덩이 퀭했다. 그 모습이 흡족하게 느껴졌다. 자기 혼자만 고통을 겪은 것이 아니었던 것이다.

그들은 말없이 잭을 쳐다보았다.

"아무것도 없어." 자기 목소리가 힘찬 데 놀라면서 그가 말했다. "아무것도 없다고."

그는 위로하듯 미소를 지으며 마스터 키를 던졌다, 잡았다, 던졌다, 잡았다 했다. 그들의 얼굴에 안도의 표정이 퍼지는 것을 바라보면서 잭은 평생 지금처럼 술 생각이 간절했던 적은 없었다고 생각했다.

침실

　그날 오후 늦게 잭은 1층 창고에서 어린이 침대를 가져와서 그들 부부 침실 구석에 놓았다. 웬디는 아들이 잠들려면 한밤중이 되어야 할 것이라고 생각했지만, 대니는 「월튼 가 사람들」이 절반도 지나기 전부터 꾸벅꾸벅 졸기 시작했고, 아이를 눕힌 지 15분이 지나자 꼼짝도 않고 한 손을 턱 밑에 괴고서 깊이 잠들어 버렸다. 웬디는 앉아서 아이를 보면서 자기 자리에 누워 두툼한 문고판 『캐셀마라』를 들고 있었다. 잭은 책상에 앉아서 희곡을 들여다보고 있었다.

　"오, 빌어먹을." 잭이 말했다.

　웬디는 대니에게서 눈을 들었다. "응?"

　"아냐."

　그는 짜증을 억누르며 희곡을 들여다보았다. 어떻게 이 따위를 잘 썼다고 생각할 수 있었을까? 유치하기 짝이 없었다. 천 번은 고친 것이었다. 더군다나 결말을 어떻게 할지 아무런 생각도 나지 않았다. 전에는 아주 간단하게 느껴졌다. 분개한 덴커가 난로에서 부지깽이를 집어 올려 게리를 죽도록 때리는 것이었다. 그리고 한 손에는 피 묻은 부지깽이를 쥐고 시체 옆에 다리를 떡 벌리고 서서 관객에게 고함을 친다. "그것이 여기 어딘가 있을 것이니 내가 찾아내겠어!"그러고 나서 조명이 어두워지고 막이 서서히 내리면, 관객들은 게리의 시체가 엎어져 있고 덴커가 책장에 가서 미친 듯이 책을 꺼내어 쳐다보고는 옆으로 던지는 모습을 보게 된다. 그는 그 장면이 고전적이면서도 참신해서, 그 참신함만으로도 브로드웨이로 직행하여 성공할 것이라 생각했다. 이 5막짜리 비극이.

그러나 오버룩의 역사로 관심을 갑자기 돌린 것 말고도 또 다른 일이 벌어진 것이다. 잭은 자신이 만든 인물들에게 반감이 생겼다. 이것은 상당히 새로운 일이었다. 그는 선하든 악하든 보통 자기 인물들을 모두 좋아했다. 그래서 기뻤다. 그러면 그들을 다각적으로 바라보고 동기를 좀더 분명하게 이해할 수 있었다.《콘트라밴드》라고 하는 조그만 메인 주 남부 지역 잡지에 팔린, 그가 가장 좋아하는 단편의 제목은 「원숭이는 여기 있어, 폴 들롱」이었다. 그 단편은 자기 방에서 자살하려는 아동 학대범의 이야기였다. 그의 이름은 폴 들롱이었고, 친구들 사이에서 별명은 원숭이였다. 잭은 원숭이를 매우 좋아했다. 그는 과거 세 차례의 강간 살해를 저지른 것이 원숭이 자신만의 잘못이 아님을 알고 있었기 때문에 그의 기묘한 욕구에 공감할 수 있었다. 우선 부모가 나쁜 사람들이었다. 잭의 아버지처럼 원숭이의 아버지도 폭력을 휘둘렀고, 어머니도 허약하고 말없는 부엌데기였다. 초등학교 시절 동성애 경험. 남들 앞에서 모욕당한 경험. 고등학교와 대학교에서는 더 지독한 경험들. 그는 스쿨버스에서 내리는 어린 소녀 두 명 앞에 나체를 드러냈다가 체포되어 기관에 보내어졌다. 그중에서도 최악은, 담당관이 그에게 문제가 없다고 판단하는 바람에 그 기관에서 거리로 돌려보내겼다는 것이다. 이 사람의 이름은 그리머였다. 그리머는 원숭이 들롱에게 노출증이 있다는 것을 알고 있었지만 희망적인 보고서를 작성해 주어 내보내 버렸다. 잭은 그리머도 좋아했고 공감을 느꼈다. 그리머는 경비와 직원이 모자라는 기관을 운영해야 했고, 그래서 침을 뱉고 으름장을 놓고 유권자들의 비위를 맞추어야 하는 국회 의원이 보내는 인색한 지출금을 써서 이 모든 것을 돌아가게 하려고 기를 쓰며 살았다. 그리머는 '원숭이'가 다른 사람들과 관계를 가질 수 있다는 것과 바지를 더럽히거나 같은 수감자들을 가위로 찌르려고 하지 않는다는 것을 알았다. 그는 그를 나폴레옹이라고 생각하지 않았다. 원숭이의 사건을 담당한 정신과 의사는 원숭이가 부랑자가 될 가능성이 높다고 생각했고, 그들은 둘 다 기관에 오래 있던 사람은 마약 중독자처럼 폐쇄된 환경을 더 필요로 하게 된다는 것을 알고 있었다. 그리고 한편 사람들이 자꾸만 들어왔다. 편집증 환자, 분열증 환자, 조울증 환자, 긴장증 환자, 비행 접시를 타고 하늘나라에 갔다 왔다는 남자, 아이의 성기를 라이터로 태워 버린 여자, 알코올 중독자, 방화광, 도벽 환자, 우울증 환자, 자살 중독자. 살기 어려운 세상이었다. 정신 똑바로 차리고 있지 않으면 서른도 되기 전에 흔들리다 뒤집혀서 굴러가 버릴 것이다. 잭은 그리머의 문제에 공감할 수 있었다. 그는 희생자들의 부모에게도 공감할 수 있었다. 물론, 살해당한 아이들에게도. 그리고 원숭이 들롱에게도. 비난은 독자들이 하게 하라. 그 시절의 잭은 비판하고 싶지 않았다. 도덕주의자 행세는 그에게 어울리지 않았다.

「작은 학교」역시 똑같이 열린 태도로 시작했다. 그러나 최근

들어 한쪽 편을 들게 되었고, 게다가 주인공 게리 벤슨이 역겨워지기 시작했다. 본래 돈 때문에 망하는 총명한 소년으로 구상했으며, 아버지의 압력이 아니라 자기 힘으로 입학 허가를 따내어 일류 대학에 가기 위하여 좋은 성적을 따는 것을 무엇보다도 바랐던 게리가 잭의 눈에 바보 같은 녀석, 위선자, 겉으로는 보이스카우트의 미덕을 실천하는 사람처럼 보이지만 속으로는 (처음에 생각했던) 진정한 총명함이 아니라 동물적인 잔꾀만 가득 들어찬 냉소가로 보이게 된 것이다. 극 내내 그는 덴커를 항상 "선생님" 이라고 불렀다. 잭이 아들에게 나이 많고 높은 사람들에게 "선생님"이라는 호칭을 쓰라고 한 것처럼. 그는 대니가 그 말을 진심으로 쓴다고 생각했고, 본래 구상했던 게리 벤슨 역시 그렇다고 생각했다. 그러나 5막을 쓰기 시작하면서 게리가 그 말을 비꼬아서, 겉으로는 진지한 얼굴을 했지만 속으로는 덴커에게 인상을 쓰고 째려보며 말한다는 생각이 점점 더 강하게 들었다. 게리가 가진 것을 아무것도 가져 보지 못했던 덴커에게. 평생 고작 조그만 학교 교장이 되려고 일해 왔던 덴커에게. 그는 이제 이 잘생기고 순진해 보이는, 졸업 시험에서 부정 행위를 하고는 교활하게 그 사실을 감춘 부잣집 도련님 때문에 파멸을 맞이하게 된 것이다. 잭은 선생님으로서 덴커를 바나나 공화국에서 잘난 척하며 돌아다니는 남미의 독재자들, 스쿼시나 핸드볼 코트 벽에 맞서 일어선 반체제 인사들, 상대적으로 조그만 개천에서 나온 애국자, 내뱉는 말마다 사회 운동을 부르짖는 그런 사람과 별다를 바 없다고 생각했더랬다. 처음에 그는 이 극을 권력 남용을 보여 주는 사회의 축소판으로 이용하고자 했다. 그런데 지금은 덴커를 자꾸만

칩스 선생님제임스 힐튼의 「안녕, 칩스 선생님」의 주인공. 고집스러운 면도 있지만 평생 학교에 애정을 바
친 좋은 선생과 같은 인물로 보게 되었고, 비극의 핵심은 게리 벤슨의
지적 갈등이 아니라 오히려 소년의 탈을 쓰고 돌아다니는 이 괴물
의 속임수를 간파하지 못하는 늙은 교사와 교장의 파멸에 있었다.

　도저히 이 극을 마칠 수 없었다.

　잭은 우울한 표정으로 이 상황을 타개할 방법이 있는지 궁리하
며 앉아 있었다. 도리가 없을 것 같았다. 그가 시작했던 극과 전
혀 다른 극이 되어 있었던 것이다. 자, 그런들 어떤가. 어쨌든 이
극은 이미 끝장났다. 어쨌든 이 극은 엉망진창이었다. 그렇다면
왜 오늘 밤 이것을 놓고 괴로워하고 있는가? 오늘과 같은 날을 보
내고서는 제대로 생각을 집중할 수 없는 것도 당연했다.

　"……내려 보내지?"

　잭은 거미줄처럼 얽힌 상념을 떨쳐 버리려고 애쓰며 고개를 들
었다. "응?"

　"어떻게 대니를 내려 보내느냐고 했어. 여기서 내보내야 해,
잭."

　잠시 그는 하도 멍해서 웬디가 무슨 말을 하고 있는지도 헛갈
렸다. 그러다 깨닫고는 짤막하게 웃었다.

　"아주 쉽게 말하네."

　"그런 게 아니라……."

　"문제없어, 웬디. 내가 로비에 있는 전화 부스에서 옷을 갈아입
고 덴버로 날아가는 길에 데려다 주면 되니까. 슈퍼맨 잭 토런스.
왕년에 나를 그렇게들 불렀지."

　웬디는 천천히 상처 받은 표정을 지었다.

"어렵다는 건 나도 알아, 잭. 무전기가 고장 났지. 눈도…….
그렇지만 대니의 상태를 생각해야지. 그렇지 않아? 저 애는 병에
걸린 거야, 잭! 깨어나지 않으면 어떡해?"

"하지만 깨어났잖아." 잭이 짧게 말했다. 그도 역시 대니의 멍
한 눈빛과 수척한 얼굴을 보고 겁먹었다. 물론이었다. 처음에는.
하지만 생각하면 할수록 벌을 받지 않으려고 연기를 한 것이 아닐
까 하는 의혹이 자꾸만 들었다. 결국, 규칙을 어긴 것이었으니까.

"그렇다고 해도." 웬디가 말했다. 그녀는 그에게 다가가 책상
옆 침대 끝에 앉았다. 그녀는 놀라고 염려스러운 표정이었다.
"잭, 저 애 목에 멍 자국 말이야! 뭔가 저 애를 붙잡았던 거야! 거
기서 벗어나게 해 주고 싶어!"

"소리 지르지 마. 머리가 아파, 웬디. 나도 당신만큼 걱정하고
있다고. 그러니까 제발……소리 좀……지르지 마."

"알았어." 웬디가 목소리를 낮추었다. "소리 지르지 않을게. 하
지만 이해를 못 하겠어, 잭. 이곳에 우리 말고 누군가가 있다고.
별로 좋은 사람도 아닌 것 같아. 사이드와인더로 내려가야 해. 대
니만 말고 우리 모두 말이야. 빨리. 그런데 당신은……, 거기 앉
아서 희곡이나 읽고 있다니!"

"'내려가야 해, 내려가야 해.'라고 계속 말하는데. 내가 진짜
슈퍼맨인 줄 아는 모양이군."

"내 남편인 줄 아는 거야." 웬디가 조용히 말하고는 자기 손을
내려다보았다.

분노가 치밀었다. 잭은 쾅 하고 원고를 내려놓고는, 가지런하
지 못한 원고 뭉치 가장자리를 두드려 바닥에 깔린 종이가 구겨

지게 했다.

"이제 당신도 우리 가정 사정을 좀 이해해야 한다고. 웬디. 당신은 사회학자들 말대로 그걸 내면화하지 못한 것 같아. 그게 당신 머릿속에 당구공처럼 굴러만 다니고 있는 거야. 당신은 그걸 주머니에다 집어넣어야 해. 우리가 눈에 갇혔다는 사실을 이해해야 한다고."

갑자기 대니가 침대에서 몸을 움직였다. 잠든 채로 아이는 몸을 비틀고 뒤치락거리기 시작했다. 우리가 싸울 때면 저 애는 늘 저래. 웬디가 우울하게 생각했다. 그리고 우리는 다시 싸우고 있는 것이고.

"아이를 깨우지 마, 잭. 부탁이야."

그는 대니를 쳐다보았고 얼굴의 홍조가 다소 가라앉았다. "좋아. 미안해. 화를 내서 미안해, 웬디. 당신 때문이 아냐. 하지만 내가 무전기를 부쉈잖아. 만일 누구에게 책임을 전가해야 한다면 바로 내 탓이야. 그건 바깥하고 연락할 수 있는 중요한 도구였어. 듣고 계세요. 우리 좀 데리러 와 주세요, 순찰자 아저씨. 이렇게 늦게까지밖에 있을 수가 없어요."

"그러지 마." 웬디가 말하면서 그의 어깨에 한 손을 얹었다. 그는 그 손에 머리를 기댔다. 웬디는 다른 손으로 그의 머리카락을 쓰다듬었다. "당신이 한 말이 옳은 것 같아. 나는 어머니를 닮은 데가 있어. 나쁜 여자처럼 굴 수도 있어. 하지만 당신이 이해해 줘야 해. 어떤 것은……, 잊기가 힘들어. 그걸 이해해 줘야 해."

"애 팔 말이야?" 잭의 입술이 얇아졌다.

"그래." 웬디가 대답하더니 서둘러 덧붙였다. "하지만 당신뿐만이 아냐. 나는 아이가 놀러 나가도 염려돼. 내년에는 두 발 자전거를 사 달라고 할까 봐 걱정이 돼. 이도, 눈도, 빛이라고 하는 이것도 다 걱정이 돼. 걱정이 되어서 죽겠어. 아이는 어리고 너무 연약하고, 그리고……, 그리고 이 호텔에서 뭔가가 저 애를 원하는 것 같아서. 아마 우리를 이기고 아이를 데려갈 거야. 그래서 대니를 내보내야 한다는 거야, 잭. 나는 알 수 있어! 느낄 수 있다고! 아이를 데리고 나가야 해!"

웬디는 흥분해서 잭의 어깨를 아프도록 꽉 쥐었지만 잭은 피하지 않았다. 한 손에 그녀의 왼쪽 가슴이 단단하게 와 닿았고, 그는 셔츠 위로 그것을 쓰다듬기 시작했다.

"웬디." 그가 말을 꺼내다 멈추었다. 웬디는 잭이 다시 말을 시작하기를 기다리고 있었다. 가슴을 쓰다듬는 그의 굳센 손길이 위로가 되었다. "눈신을 신고 데려갈 수 있을지도 모르겠어. 혼자서도 조금은 걸을 수 있을지 모르지만 대부분은 내가 업고 움직여야 할 거야. 그렇다면 하루나 이틀, 어쩌면 사흘 밤을 야영해야 할지도 몰라. 그러면 식량이랑 침낭을 운반할 썰매도 만들어야 해. AM/FM 라디오는 있으니 일기 예보에서 사흘 동안 날씨가 좋다고 할 때를 골라야 해. 하지만 예보가 틀리다면……." 잭은 나지막하고 침착한 목소리로 말을 끝맺었다. "우리는 죽을 거야."

웬디의 얼굴이 창백해졌다. 거의 유령처럼 하얀 빛이 났다. 잭은 계속 그녀의 가슴을 쓰다듬으며 엄지손가락으로 젖꼭지를 부드럽게 문질렀다.

웬디는 나지막한 소리를 내었다. 그 말 때문인지, 가슴을 부드럽게 눌렀기 때문인지 잭은 알 수 없었다. 그는 손을 조금 움직여 웬디가 입은 셔츠의 맨 위 단추를 끌렀다. 웬디는 자세를 약간 바꾸었다. 갑자기 청바지가 너무 꽉 끼는 것처럼, 불쾌하지는 않은 자극을 주는 것처럼 느껴졌다.

"당신은 눈신을 못 타니까 혼자 기다리고 있어야 할 거야. 그러면 사흘 동안 연락이 끊길 수도 있어. 그래도 좋겠어?" 잭의 손이 두 번째 단추를 끌렀고 가슴이 갈라진 맨 윗부분이 드러났다.

"아니." 웬디가 약간 쉰 목소리로 말했다. 그녀는 대니를 쳐다보았다. 아이는 뒤척이기를 멈추었다. 엄지손가락이 도로 입에 들어가 있었다. 그렇다면 괜찮은 거였다. 하지만 잭은 뭔가 중요한 것을 빼먹었다. 아주 어렴풋하게 생각이 났다. 그 밖에도 뭔가 있었는데……, 뭐였지?

"여기 계속 있으면……." 잭이 일부러 천천히 세 번째와 네 번째 단추를 끄르며 말했다. "공원 순찰원이나 수렵구 관리인이 찾아와서 우리가 어찌 지내고 있는지 살펴볼 거야. 그때 그에게 내려가고 싶다고 말하면 돼. 그가 도와줄 거야." 잭은 V자로 셔츠를 열어 그녀의 맨 가슴을 드러내고 고개를 숙여 젖꼭지 주변에 입술을 갖다 대었다. 그것은 단단하게 곤두서 있었다. 잭은 웬디가 좋아하는 식으로 그 주위를 천천히 혀로 핥았다. 웬디는 작은 신음소리를 내면서 등을 구부렸다.

'잊은 것이 뭐였지?'

"여보?" 웬디가 물었다. 그녀의 손이 잭의 뒤통수를 누르는 바람에 대답이 묻혀 잘 들리지 않았다.

"순찰원이 우리를 어떻게 데리고 가는데?"

그는 약간 고개를 들고 대답하더니 다른 쪽 젖꼭지에 입을 문었다.

"헬리콥터가 없으면 아마 설상차를 타야 할 거야."

'!'

"그럼 우리도 설상차가 있잖아! 울먼이 말했어!"

한순간 그녀의 가슴에 갖다 댄 입이 얼어붙은 듯 가만 있더니 그는 일어나 앉았다. 웬디의 얼굴이 약간 상기되었고 눈은 반짝였다. 한편 잭은 아내와 전희를 한 것이 아니라 지루한 책을 읽고 있던 사람처럼 침착한 얼굴이었다.

"설상차가 있으면 문제없어." 웬디가 신나서 말했다. "셋이 함께 내려갈 수 있어."

"웬디, 나는 설상차를 몰아 본 적이 한번도 없어."

"어려울 리 없어. 버몬트에 살 때 열 살짜리 꼬마들이 들판에서 타는 걸 봤잖아……, 물론 그걸 허락한 부모들 심정은 이해할 수 없었지만. 게다가 우리 처음 만났을 때 당신은 오토바이도 탔잖아." 그는 350cc짜리 혼다 오토바이를 갖고 있었다. 그는 웬디와 동거하기 시작한 직후 그것을 사브 자동차로 바꾸었다.

"탈 수 있을 것 같기는 해." 그는 천천히 말했다. "하지만 관리를 얼마나 잘해 놓았는지는 모르겠어. 울먼과 왓슨……, 그 사람들은 이곳을 5월에서 10월까지만 운영한다고. 여름 중심의 사고를 가지고 있지. 휘발유도 들어 있지 않을 거야. 플러그나 배터리도 없을지 몰라. 너무 기대하지 말았으면 좋겠어, 웬디."

웬디는 셔츠 밖으로 가슴을 내놓고 잭에게 기댄 채 완전히 흥분해 있었다. 그는 가슴 한쪽을 잡아 웬디가 소리 지를 때까지 비틀고 싶은 충동을 느꼈다. 그렇게 해 주면 입을 닥칠지도 모를 일이었다.

"휘발유는 문제없어." 웬디가 말했다. "폭스바겐이랑 호텔 트럭에 가득 들어 있잖아. 지하실 응급 발전기에 넣을 휘발유도 있고. 또 장비 창고에도 휘발유 통이 분명 있을 거야."

"그래." 잭이 말했다. "있어." 실제로 15리터짜리 두 통, 8리터짜리 한 통이 있었다.

"점화 플러그랑 배터리도 거기 있을 거야. 설상차랑 그 플러그랑 배터리를 따로 놔둘 사람은 없지 않아?"

"그럴 리는 없겠지?" 잭은 일어서서 대니가 자고 있는 곳으로 걸어갔다. 아이의 이마에 머리카락이 흘러내려 있었고 잭은 부드럽게 그것을 쓰다듬어 올렸다. 대니는 꼼짝도 하지 않았다.

"그러면 설상차를 움직일 수 있게 되면 우리를 데려가 줄 거지?" 웬디가 등 뒤에서 물었다. "라디오에서 날씨가 좋다고 하면 바로?"

잠시 그는 대답하지 않았다. 그는 아들을 내려다보고 있었고, 복잡한 감정은 밀려오는 사랑에 녹아들었다. 아들은 엄마 말대로 상처받기 쉽고 연약했다. 목의 상처는 아주 뚜렷했다.

"그래." 그가 말했다. "움직이게 해서 최대한 빨리 떠나자."

"다행이야!"

그는 뒤를 돌아보았다. 웬디는 셔츠를 벗고서 배를 드러내고 가슴은 꼿꼿하게 천장을 향한 채 침대에 누워 있었다. 그녀는 젖꼭지를 손가락으로 건드리며 장난치고 있었다. "서둘러요, 신사 여러분." 그녀가 나지막이 말했다. "시간 됐어요."

대니가 자기 방에서 가져온 야간등 말고는 방 안의 불을 다 끄고 웬디는 평온함을 느끼며 남편의 팔을 베고 누워 있었다. 그녀는 오버룩에 잔인한 밀항자가 함께 있다는 사실이 믿기 어려웠다.

"잭?"

"흐음?"

"저 애를 붙잡은 게 뭐였을까?"

그는 바로 대답하지 않았다. "대니는 뭔가를 갖고 있어. 우리 같은 사람들에게는 없는 능력이겠지. 아니, 우리 같은 대부분의 사람들이라고 해야 정확하지. 그리고 어쩌면 오버룩에는 뭔가가 있을 지도 모르고."

"유령 말이야?"

"나도 몰라. 앨저넌 블랙우드의 소설에 나오는 유령 같은 것은 아니고. 여기 살았던 사람들의 감정의 앙금 같은 것이지. 좋은 것도 있고, 나쁜 것도 있고. 그런 의미에서 큰 호텔에는 어디든 유령이 산다고 생각해. 특히 오래된 곳에는 말이야."

"그렇지만 욕조 안에 죽은 여자라니……. 잭, 대니가 이상해지는 건 아니지. 그렇지?"

그는 아내를 짧게 안아 주었다. "대니가……이따금……음, 딱히 적당한 말이 생각 안 나는군……. 최면에 걸리는 것은 우리도 알잖아. 그러다가 이따금 뭔가를……보곤 한다는 것도……. 자기도 모르는 걸 말이야. 예지 최면이 가능하다면, 그건 아마도 잠재 의식의 기능일 거야. 프로이트는 잠재 의식은 우리에게 사실 그대로 말해 주지 않는다고 했잖아. 상징을 통해서만 말해 준다고. 영어로 말하는 사람이 없는 빵집에 간 꿈을 꾼다면, 그건 가족을 먹여 살릴 걱정을 하고 있다는 의미일 수도 있어. 혹은 아무도 자기를 이해해 주지 못한다는 뜻일 수도 있고. 어디서 떨어지는 꿈은 전형적인 불안의 표현이라는 글을 읽은 적이 있어. 수수께끼 같은 거지. 한쪽에는 의식, 다른 한쪽에는 잠재 의식이 터무니없는 그림을 이리저리 보여 주는 거야. 정신병이나 직감 같은 것도 마찬가지이고. 그러니 예지력도 다를 게 뭐가 있겠어? 어쩌면 대니는 정말로 프레지덴셜 스위트룸 벽에 온통 피가 묻어 있는 장면을 보았을지도 몰라. 그 또래 아이에게 피의 이미지와 죽음의 개념은 거의 같은 것이니까. 아이들에게 이미지는 개념보다 훨씬 더 쉽게 이해할 수 있는 것이고. 윌리엄 칼로스 윌리엄스[20세기 미국 시인]는 그걸 알고 있었어. 소아과 의사였거든. 나이를 먹어 가면서 점차 개념 쪽이 더 쉬워지고 이미지는 시인들만의 몫이 되는 것이지……. 횡설수설하고 있군."

"당신의 횡설수설을 듣는 것이 좋아."

"그렇게 말했지. 그렇게 말했어. 기억해 둬야지."

"목에 멍 자국 말이야, 잭. 그건 진짜야."

"그래."

한동안 아무 말도 없었다. 웬디는 잭이 잠들었다고 생각하고 자신도 잠에 빠져 드는 중에 그가 이렇게 말했다.

"거기에 대해서는 두 가지 설명이 가능한 것 같아. 하지만 그중 어느 것을 들어도, 호텔에 다른 누가 산다는 뜻은 아냐."

"뭐?" 웬디가 한쪽 팔꿈치를 베고 누웠다.

"어쩌면 성흔일지도 몰라."

"성흔이라고? 성금요일에 사람들이 피를 흘리고 그러는 거 말이야?"

"응. 그리스도를 깊이 믿는 사람들은 고난 주간에 손발에 핏자국이 생기곤 해. 지금보다는 중세 때 더 흔했지. 그 시절에는 그런 사람들이 신에게 축복받았다고 생각했어. 카톨릭 교회가 그것을 기적이라고 공표하지는 않았던 것 같은데, 그건 현명한 일이라고 생각해. 성혼은 요가 수행자들이 할 수 있는 거나 다르지 않거든. 지금은 그것에 대해서 좀더 잘 이해하게 되었지. 정신과 육체의 상호 관계를 이해하는, 아니, 이해한다고는 볼 수 없지. 그것을 연구하는 사람들은 과거에 생각했던 것보다 우리가 무의식적인 기능에 훨씬 더 많은 통제력을 지닌다고 믿어. 열심히 정신을 집중하면 심장 박동도 늦출 수 있어. 신진 대사를 빠르게 할 수도 있고. 땀을 더 많이 흘릴 수도 있고. 아니면 피를 흘릴 수도 있고."

"대니가 생각을 해서 자기 목에 멍 자국을 만들었다는 거야? 잭, 그건 믿을 수 없어."

"나도 그럴 것 같지는 않지만, 그럴 수 있다는 건 믿어. 그보다 더 가능성이 높은 건 대니가 스스로 그렇게 했다는 것이지."

"자해를 했다고?"

"그 '최면' 상태에 빠져서 전에도 자해를 했잖아. 저녁 식사하던 중에 있었던 일 기억나? 2년쯤 되었을 거야. 우리는 서로 거의 말을 안 하고 지냈잖아. 그때 갑자기 애가 눈을 뒤집더니 접시에 머리를 처박았지. 그러더니 바닥에 떨어지고. 기억나?"

"응." 웬디가 말했다. "당연히 기억나지. 발작을 일으킨 줄 알았어."

"또 공원에 갔을 때도 그랬어." 잭이 말했다. "대니랑 나 둘만 갔을 때야. 토요일 오후에. 대니는 그네를 타고 있었어. 그러더니 땅으로 떨어진 거야. 꼭 총에 맞은 것 같았어. 달려가서 안아 올렸더니 갑자기 정신을 차리더라고. 눈을 깜박거리면서 나를 보더니 이러는 거야. '배가 아파요. 비가 오면 엄마한테 침실 창문을 닫으라고 해 주세요.' 그러더니 그날 밤에 비가 억수같이 왔어."

"응. 하지만……."

"게다가 대니는 팔꿈치를 베고 긁혀 갖고 돌아오잖아. 정강이는 무슨 전쟁터 같고. 그래 갖고 당신이 여기는 왜 다쳤냐고 물으면 '그냥 놀다가요.'라고는 끝이지."

"잭, 애들은 다 다치고 멍들고 그래. 남자애들은 걷기 시작할 때부터 열두 살, 열세 살이 될 때까지 계속 그런다고."

"그렇다면 대니도 그렇겠군." 잭이 대답했다. "활동적인 아이니까. 하지만 그 공원 갔던 날이랑 저녁 식사 때는 기억에 남아. 그리고 우리 아이의 상처나 멍 자국이 그냥 기절한 것 때문에 생긴 것 아닌지 싶다고. 에드먼즈 박사가 대니는 이상 없다고 했잖아, 제기랄!"

"그래. 하지만 저 멍은 손가락 자국이라고. 그건 분명해. 애가 쓰러져서 생긴 것이 아냐."

"저 애는 최면 상태가 되잖아. 어쩌면 그 방에서 무슨 일이 벌어지는 걸 보았을지도 몰라. 말다툼이나. 자살. 격렬한 감정. 그건 영화 구경이랑 달라. 아이는 암시에 걸리기 아주 쉬운 상태라고. 거기에 완전히 몰두해. 대니의 잠재 의식이 거기서 벌어진 일을 상징적으로 보여 준 것일지도 몰라……, 되살아난 죽은 여자,

좀비, 귀신, 유령, 뭐든 마음대로 불러."

"소름 끼쳐." 웬디가 쉰 소리로 말했다.

"나도 그래. 나는 심리학자는 아니지만 딱 들어맞는 설명 같아. 죽은 여자가 걸어다니는 건 죽은 감정, 죽은 생명, 포기하고 떠나려고 하지 않는 것들의 상징이지……. 하지만 그 여자는 잠재 의식 속의 인물이야. 그 여자는 대니이기도 해. 최면 상태에서 대니의 의식은 가라앉아. 잠재 의식이 조종을 맡지. 그래서 대니는 자기 목을 붙잡고……."

"그만. 무슨 말인지 알겠어. 낯선 사람이 복도를 어슬렁거리고 돌아다니는 것보다 그게 더 무섭다, 잭. 낯선 사람은 피할 수 있잖아. 자신에게서는 피할 수가 없다고. 정신 분열증이란 말이잖아."

"굳이 따지자면 그렇지." 잭은 조금 불편한 기색으로 말했다. "그리고 아주 특별한 경우이고. 대니는 남의 생각을 읽을 수 있고 정말로 예지력을 갖고 있는 것 같으니까. 아무래도 그건 정신병이라고 볼 수 없는 것 같아. 어쨌든 사람은 누구나 정신 질환의 잠재성을 갖고 있거든. 대니가 나이 들면 점점 더 나아질 거라고 생각해."

"당신 말이 옳다면 우리는 꼭 애를 데리고 나가야 해. 병이든 뭐든, 이 호텔 때문에 더 악화되고 있어."

"그렇지는 않아." 잭이 반대했다. "시키는 대로 했다면, 대니는 애초에 그 방에 올라가지도 않았을 거야. 그런 일은 일어나지 않았을 거라고."

"세상에, 잭! 목이 졸려 죽을 뻔한 게……, 응분의 벌을 받은 거라는 말이야?"

"아니……, 아냐. 물론 그런 건 아냐. 하지만……."

"관둬." 웬디가 고개를 마구 저으며 말했다. "다 추측일 뿐이야. 그게 블랙홀인지, 공포 영화인지는 모르겠지만……, 아이가 언제 거기 빠져 들지 우린 모르는 거야. 우리는 아이를 데리고 나가야 해." 어둠 속에서 웬디는 조금 웃었다. "다음번에는 우리도 이상한 걸 보게 될 거야."

"말도 안 되는 소리 하지 마." 잭이 말했다. 그러자 어둠 속에서 전정 나무 사자들이 오솔길 주위에 몰려들어 지키는 모습이 보였다. 굶주린 11월의 사자들이. 이마에서 식은땀이 솟았다.

"당신은 정말 아무것도 보지 못했지?" 웬디가 물었다. "그러니까 그 방에 올라갔을 때 말이야. 아무것도 못 봤지?"

사자들은 사라졌다. 이제 어두운 그림자가 비치는 분홍색 샤워 커튼이 보였다. 닫힌 문. 황급히 움직이는 소리와 그 후에 이어진 달리는 발자국 소리. 마스터 키를 가지고 쩔쩔매는 동안 무시무시하게 쿵쾅거리던 자신의 심장 소리.

"못 봤어." 잭이 말했다. 그 말은 사실이었다. 그는 긴장해서 제대로 살펴보지 못했던 것이다. 생각을 가다듬고 아들 목에 난 상처를 이성적으로 해명할 기회도 없었던 것이다. 그 역시 엄청나게 암시에 걸리기 쉬운 상태였다. 환각은 전염될 수도 있다.

"그리고 마음 바꾼 거 아니지? 설상차 말이야."

잭은 갑자기 양손의 주먹을 꽉 쥐었다.

'잔소리 좀 그만해!'

"그러겠다고 했잖아? 알았어. 이제 자자. 힘든 하루였어."

"정말." 웬디가 말했다. 그녀가 옆으로 다가와 어깨에 입을 맞추자 이불이 부스럭거렸다. "사랑해, 잭."

"나도 사랑해." 잭이 말했지만 그렇게 말한 것은 입뿐이었다. 양손은 아직도 주먹을 쥐고 있었다. 마치 팔 끝에 바위가 달린 것 같았다. 이마가 지끈거렸다. 그녀는 내려간 다음, 파티가 끝난 다음 어떻게 할지에 대해서는 한마디도 하지 않았다. 단 한마디도. 대니가 이렇고 대니가 저렇고 잭 너무 겁이 나라는 소리뿐이었다. 오 그렇지. 그녀는 장롱 귀신과 그림자에 겁을 내었다. 하지만 실질적인 문제에는 아무런 두려움이 없었다. 사이드와인더로 내려가면 가진 것이라고는 60달러랑 입은 옷밖에 없을 것이다. 차도 한 대 없을 것이다. 사이드와인더에 혹시 전당포가 있다 하더라도, 웬디의 90달러짜리 다이아몬드 반지랑 소니 AM/FM 라디오밖에 맡길 것이 없었다. 전당포에서 20달러쯤 줄지도 모른다. 그것도 친절한 사람이라면. 3달러짜리 막노동 일 외에 파트타임이든, 정기 근무든 일자리는 없을 것이다. 서른 살, 한때 《에스콰이어》에 글을 싣고, 잭 토런스, 10년 후에는 미국 저명 작가가 될 꿈을 품기도 했던 그가 사이드와인더 자동차 회사의 삽을 어깨에 메고 초인종을 누르는 모습……. 갑자기 그 광경은 전정 나무 사자보다 더 뚜렷하게 떠올랐고 잭은 주먹을 더욱 꽉 쥐었다. 손톱이 손바닥에 박히면서 신비한 초승달 모양으로 피가 몰리는 것을 느끼며. 60달러를 식권으로 바꾸려고 줄 서 있는 잭 토런스. 구호 물품을 받으려고 사이드와인더 감리 교회 앞에 줄 서 있다가 사람들의 경멸 섞인 시선을 받는 잭 토런스. 앨버트에게 그냥 떠나야 했다고, 보일러를 끄고, 오버룩을 설상차를 타고 다니는 도둑놈들 손에 넘겨준 채 떠나야 했다고 해명하는 잭 토런스. 있잖아,

앨버트, 호텔에 유령이 있어서 아들을 괴롭혔어. 안녕, 앨버트. 제4장, 잭 토런스에게도 봄이 오다. 그러면? 그러면 대체 어쩐다? 폭스바겐을 타고 웨스트 코스트로 갈 수는 있을지도 모른다는 생각이 들었다. 연료 펌프를 새로 갈면 될 것이다. 여기서 서쪽으로 80킬로미터이고 전부 내리막길이니 그놈의 차의 기어를 중립으로 놓고 유타로 갈 수 있을 것이다. 오렌지와 기회의 땅, 찬란한 캘리포니아로. 알코올중독, 학생 구타, 유령과의 조우라는 빛나는 경력을 가진 남자라면 분명 뭔가 해낼 수 있을 것이다. 원하는 것은 뭐든지. 관리 기사——그레이하운드 고속 버스 청소부. 자동차 사업——고무 장화 신고 세차하기. 요식업, 아마도 식당에서 설거지하기. 아니면 좀더 책임감을 요하는 주유소 직원 같은 것. 그런 일자리는 거스름돈을 주거나 신용 카드를 쓰는 지적인 활동을 요구하기도 할 것이다. '최소한의 급료로 주 25시간 일하게 해 줄 수 있습니다.' 그것은 빵 한 덩어리에 60센트 하던 해 들려오던 소리였다.

손바닥에서 피가 흐르기 시작했다. 그렇다, 성흔처럼. 그는 주먹을 더 꽉 쥐어 자신을 괴롭혔다. 아내는 옆에서 자고 있었다. 못 잘 것도 없지 않은가? 아무 문제 없으니. 남편이 자신과 아들을 커다랗고 사악한 유령에게서 데려 나가기로 했으니 아무 문제도 없었다. 있잖아, 앨버트, 내 생각에 최선의 방법은……

'그녀를 죽여.'

어디선가에서 그 생각이 아무런 수식도 없이 벌거벗은 채 솟아올랐다. 벌거벗은 채, 막 잠에서 깨어나 뭐가 뭔지 모르는 상태의 그녀를 침대에서 쫓아내고 싶은 욕구. 그녀에게 달려들어 어린

느티나무 가지 같은 목을 붙잡아 엄지손가락으로 숨통을 누르고 나머지 손가락으로 척추 맨 끝을 눌러 조르고 싶은 욕구. 머리를 바닥에다 대고 쾅, 쾅, 쿵, 쿵, 자꾸만자꾸만 부딪히고 싶은 욕망. 신경질을 내, 여보. 떨고 찡얼거리고 굴러 봐. 그녀에게 벌을 받게 할 것이다. 마지막까지 남김없이. 쓰디쓴 마지막까지 남김없이.

잭은 뜨겁게 소용돌이치는 자신의 내면 세계 바깥 어디선가 신음소리가 들리는 것을 어렴풋이 깨달았다. 방 모서리를 쳐다보니 대니가 다시 침대에서 담요를 구기며 몸부림치고 있었다. 아들은 목구멍 깊은 곳에서 작게 신음소리를 내고 있었다. 무슨 꿈을 꾸는 것일까? 죽은 지 오래된 시퍼런 여자가 호텔 복도에서 쫓아오는 꿈? 왠지 그렇지 않을 거라는 생각이 들었다. 뭔가 다른 것이 대니를 쫓아다니고 있었다. 뭔가 더 나쁜 것이.

적의로 가득했던 감정의 사슬이 끊어졌다. 잭은 침대에서 나가 아들에게 갔다. 자신에 대한 혐오와 수치심을 느끼며. 그가 걱정해야 하는 것은 웬디도 아니고 자기 자신도 아니고 대니였다. 대니만을. 그리고 아무리 사실을 부정하려 해도, 그도 마음속으로는 대니를 바깥으로 데리고 나가야 한다는 사실을 알고 있었다. 그는 아들의 담요를 펴 주고 침대 발치에서 누비 이불을 끌어올려 주었다. 대니는 다시 잠잠해졌다. 잭이 잠든 아이의 이마를 짚어 보니

(이 두개골 뒤에서 어떤 괴물들이 뛰어다니고 있기에?)

따뜻하지만 뜨겁지는 않았다. 그리고 아이는 다시 평화롭게 잠자고 있었다. 이상했다.

그는 다시 침대로 돌아와 잠을 청했다. 잠들기가 어려웠다.

이렇게 되어 버리다니 너무나 억울했다. 불운이 자신을 따라다니는 것 같았다. 결국 여기로 온다고 해서 불운을 떨쳐 버리지 못했던 것이다. 내일 오후 사이드와인더에 도착할 무렵이면 황금의 기회가 증발해 버렸을 것이다. 옛날 룸메이트 녀석이 곧잘 말했듯 파란 스웨이드 신발을 신고 영원히. 만일 내려가지 않고, 어떻게든 여기서 버텨 낼 수 있는 경우의 차이를 생각해 보라. 희곡을 마칠 수 있을 것이다. 어떻게 하든 그는 결말을 내고 말 것이다. 등장인물에 대한 불확신이 본래의 결말에 모호성을 가미하여 더욱 매력적인 작품이 될 수도 있을 것이다. 그것으로 돈을 좀 벌수 있을지도 모른다. 불가능한 이야기는 아니다. 그것이 없더라도, 앨버트는 스타빙튼에 그를 복직시키도록 설득할 가능성도 있다. 잭도 물론 찬성하고 길면 3년 정도 스타빙튼에서 지내겠지만, 만일 술을 마시지 않고 글을 계속 쓸 수 있다면 3년씩이나 거기서 지낼 필요는 없을 것이다. 물론, 전에는 스타빙튼을 별로 좋아하지 않았다. 숨이 막히고 산 채로 매장당한 기분이었지만 그건 아직 철모르던 시절 이야기였다. 더군다나 이틀 내지는 사흘에 한 번씩 머리가 터질 것 같은 숙취 속에서 첫 세 시간 수업을 하는 사람에게 교사 일이 뭐가 얼마나 즐거웠겠는가? 다시는 그런 일이 없을 것이다. 그는 자신의 책임을 훨씬 더 잘 감당할 수 있을 것이다. 그것을 확신했다.

그런 생각을 하던 중, 잭은 잠으로 빠져 들기 시작했다. 마지막으로 하던 생각은 종소리처럼 따라왔다.

여기에서는 평화를 찾을 수 있을지도 모른다는 생각이 들었다. 마침내 평화를. 그들이 허락만 한다면.

깨어나자 잭은 217호 실의 욕실에 서 있었다.

(또 자면서 걸어왔다는 것인가? 어째서? 여기에는 망가뜨릴 무전기도 없는데)

욕실 전등이 켜져 있었고 등 뒤의 객실은 어두웠다. 샤워 커튼이 욕조 둘레에 드리워져 있었다. 그 옆에 놓인 욕실 매트는 구겨진 데다 물에 젖어 있었다.

잭은 염려가 되었지만, 두려움이 꿈처럼 느껴져서 이것은 현실이 아님을 알 수 있었다. 하지만 그렇다고 두려움이 사라지는 것은 아니었다. 오버룩에서는 너무나 많은 것이 꿈 같았다.

잭은 그러고 싶어서가 아니라 발걸음을 돌릴 수 없어서 욕조 쪽으로 걸어갔다.

커튼을 열어젖혔다.

욕조 속에 벌거벗고서 물속에 둥둥 떠 있는 것은 조지 햇필드였다. 가슴에 칼이 꽂힌 채. 물은 밝은 분홍색이 되어 있었다. 조지의 눈은 감겨 있었다. 성기는 다시마처럼 힘없이 부유하고 있었다.

"조지……." 자신의 목소리가 들렸다.

그 말에 조지는 눈을 번쩍 떴다. 눈은 은빛이 되어 전혀 사람의 눈 같지 않았다. 조지는 물고기처럼 하얀 두 손으로 욕조 가장자리를 붙잡더니 몸을 일으켜 세워 앉았다. 양쪽 젖꼭지 정중앙에 꽂혀 있던 칼이 튀어나왔다. 상처는 보이지 않았다.

"당신이 타이머를 일찍 맞추어 놓았어." 은빛 눈의 조지가 말했다.

"아냐, 조지, 그러지 않았어. 나는……."

"나는 말을 더듬지 않아."

조지는 계속해서 인간의 것이 아닌 은빛 눈으로 노려보며 일어섰다. 입은 시체처럼 찡그리며 미소를 지었다. 그는 욕조 가장자리 위로 한쪽 다리를 들어 올렸다. 하얗고 주글주글한 한쪽 발이 욕실 매트 위에 놓였다.

"당신은 처음에는 자전거를 타고 있던 나를 치려고 하더니 그다음에는 타이머를 일찍 맞추고 그러고는 나를 찔러 죽이려고 했지만 그래도 나는 말을 더듬지 않아." 조지는 손가락을 약간 구부린 채 두 손을 뻗고서 그를 잡으려고 다가왔다. 그에게서는 비 맞은 나뭇잎처럼 축축한 곰팡이 냄새가 났다.

"너를 위해서 그런 거였어." 뒷걸음치면서 잭이 말했다. "너를 위해서 시간을 당겨 놓은 거라고. 게다가 나는 네가 졸업 시험에서 부정 행위를 한 것을 알고 있어."

"나는 그런 짓 하지 않아……. 그리고 말도 더듬지 않아."

조지의 손이 잭의 목에 닿았다.

잭은 돌아서 달렸다. 역시 꿈에서 흔히 겪는 것처럼 마치 물속을 떠가듯 느릿느릿 달렸다.

"아냐! 너는 부정 행위를 했다고!" 그는 어두운 침실을 지나며 공포와 분노를 느끼면서 소리 질렀다. "내가 증명하겠어!"

조지의 손이 다시 목에 닿았다. 잭의 가슴은 두려움에 터질 듯이 부풀어 올랐다. 그리고 결국 그는 문 손잡이를 붙잡아 돌려 문을 활짝 열었다. 밖으로 달려 나왔다. 그러나 바깥은 2층 복도가 아니라 지하실이었다. 거미줄이 쳐진 전등이 켜져 있었다. 삭막하게 생긴 캠프 의자가 그 아래 놓여 있었다. 그리고 주변에는 종이 상자와 나무 상자, 끈으로 묶은 서류와 청구서 뭉치 등이 산맥 모양으로 쌓여 있었다. 안도감이 몰려왔다.

"내가 찾아내겠어!" 자신이 외치는 소리가 들렸다. 그는 곰팡이가 슬고 있는 축축한 판지 상자를 붙잡았다. 그가 쥐자 상자가 터지더니 누런 종이가 콸콸 쏟아졌다. "여기 어딘가에 있어! 내가 찾아내고 말겠어!" 그는 종이 더미 속으로 깊이 손을 쑤셔 넣었고, 한 손에는 바싹 마른 종이 같은 말벌집을, 다른 손에는 타이머를 쥐고 꺼냈다. 타이머는 똑딱거리며 작동하고 있었다. 그 뒷면에는 긴 전선이 연결되어 있었고 그 전선의 다른 쪽 끝에는 다이너마이트 뭉치가 연결되어 있었다. "여기!" 그가 소리쳤다. "자, 이거 받아!"

안도감은 절대적인 승리감으로 바뀌었다. 그는 조지에게서 도망친 것뿐만이 아니었다. 그를 이긴 것이다. 이 부적을 손에 쥐고 있으면 조지는 다시 그에게 손대지 못할 것이다. 조지는 겁에 질려 달아날 것이다.

잭이 조지와 맞서기 위해 돌아서려고 하는 순간, 조지의 손이 그의 목을 감고, 비틀어, 숨 막히게 했다. 마지막으로 한 번 숨을 들이쉰 이후에 호흡이 완전히 멎어 버렸다.

"나는 더듬지 않아." 조지가 등 뒤에서 속삭였다.

잭은 말벌집을 떨어뜨렸고, 말벌들은 누런 갈색 파도를 일으키며 집에서 쏟아져 나왔다. 허파에 불이 난 것 같았다. 당황했던 그는 타이머를 생각해 내었고 정당한 분노의 파도와 함께 다시 승리감이 돌아왔다. 타이머는 다이너마이트에 연결된 것이 아니라 단단한 검은 지팡이의 금색 손잡이로 연결되었다. 우유 배달 트럭에 사고가 난 이후 아버지가 들고 다니던 것과 같은 지팡이에.

잭이 그것을 잡자 전선이 끊어졌다. 지팡이는 묵직했고 손에 잘 맞았다. 그는 지팡이를 어깨 너머로 제쳤다. 지팡이를 들어 올리는 동안 전구가 매달려 있던 전선에 스치는 바람에 불빛이 앞뒤로 왔다 갔다 흔들렸고, 그림자가 바닥과 벽에 기괴하게 흔들리며 비쳤다. 지팡이를 내리치자 뭔가 훨씬 더 단단한 것에 부딪혔다. 조지가 비명을 질렀다. 잭의 목을 붙잡은 손아귀의 힘이 약해졌다.

그는 조지의 손아귀에서 벗어나 돌아섰다. 조지는 무릎을 꿇고 고개를 숙이고 양손을 머리 위에 얹고 있었다. 손가락 사이로 피가 차올랐다.

"제발." 조지가 초라하게 빌었다. "잠깐만요, 토런스 선생님."

"이제 벌을 받아라." 잭이 호통을 쳤다. "이제 벌을 받아. 이 개새끼야. 쓸모 없는 잡종 개새끼. 당장 말이다. 끝까지. 끝까지 받아라!"

불빛이 머리 위에서 왔다 갔다 흔들리며 그림자가 춤추는 동안, 잭은 지팡이를 들어 올려 기계처럼 팔을 움직여 내리치고 또 내리쳤다. 조지의 피 묻은 손가락은 머리에서 떨어졌고, 잭은 지팡이로 그의 목과 어깨 등과 팔을 내리치고 또 내리쳤다. 그 지팡이는 더 이상 지팡이가 아니었다. 그것은 줄무늬 있는 손잡이가 달린 방망이 같았다. 끝에는 피와 머리카락이 들러붙어 있었다. 그리고 살에 부딪히는 방망이의 단조롭고 둔탁한 소리는 멍하게 웅웅거리는 메아리 소리로 바뀌었다. 그의 목소리도 똑같이, 몸에서 분리되어 울부짖는 소리로 바뀌었다. 하지만 앞뒤가 안 맞게도 그 소리는 약하고 혀 꼬부라진, 변덕스러운 소리처럼 들렸다……, 마치 그가 술에 취한 듯.

무릎을 꿇고 있던 것이 천천히 고개를 들었다. 마치 애원하듯. 그것은 딱히 얼굴이라 부를 수가 없었다. 피를 뒤집어쓴 얼굴에 눈만 보였다. 잭은 마지막, 마지막으로 바람을 가르며 방망이를 들어 올렸고, 정통으로 때리기 직전, 그 애원하는 얼굴이 조지가 아니라 대니임을 보았다. 그것은 아들의 얼굴이었다.

"아빠……."

그리고 방망이는 정통으로 맞아 대니의 정수리를 때렸고, 두 눈은 영원히 감겼다. 그러자 어딘가에서 뭔가가 웃고 있는 것 같았다…….

'안 돼!'

잭은 벌거벗은 채 대니의 침대 옆에 서 있었다. 빈손으로 온몸을 땀에 적신 채. 마지막으로 지른 비명은 마음속에서 지른 것이었다. 그는 다시 낮은 목소리로 그 말을 되풀이했다.

"안 돼. 안 돼, 대니. 절대로."

잭은 감각이 없어진 다리로 침대로 돌아갔다. 웬디는 곤하게 자고 있었다. 스탠드 위의 시계가 5시 15분을 가리키고 있었다. 잭은 대니가 깨어나 움직이기 시작한 7시까지 잠들지 못하고 누워 있었다. 그리고 그는 침대 밖으로 나와 옷을 입기 시작했다. 지하로 내려가 보일러를 점검할 시각이었다.

설상차

그들 모두 선잠을 자고 있던 자정을 지난 시각, 쌓여 있던 눈 위에 20센티미터가 새로 쌓인 다음에야 눈이 멎었다. 신선한 바람이 구름을 흩어 놓았고 잭은 동쪽으로 열린 더러운 창문으로 햇빛이 비스듬히 새어 들어오는 칙칙한 창고 안에 서 있었다.

그곳은 화물차 한 칸 길이에 높이도 그 정도 되는 공간이었다. 윤활유와 석유, 휘발유 냄새가 났고 향수를 불러일으키는 마른 풀향기도 어렴풋이 났다. 남쪽 벽에는 전동 잔디 깎는 기계 네 대가 병정처럼 서 있었다. 그중 두 대는 소형 트랙터처럼 올라탈 수 있는 것이었다. 그 왼쪽에는 구멍 파는 도구, 골프 연습용 녹지를 다듬는 데 쓰는 둥근 삽, 쇠사슬 톱, 전기 전정 가위, 꼭대기에 붉은 깃발이 달린 가늘고 긴 장대가 놓여 있었다. 캐디, 10초 안에 내 공을 가져오면 그 안에 25센트짜리 동전이 들어 있으니 갖게. 예, 사장님.

오전의 햇빛이 가장 강하게 비치고 있는 동쪽 벽에는 탁구대 세 대가 쓰러진 카드 집처럼 나란히 기대어 세워져 있었다. 네트는 따로 떼어 내어 그 위의 선반에 올려놓았다. 구석에는 셔플보드 원반과 로크 세트가 놓여 있었다. 로크 세트는 철사로 묶어 놓은 삼주문(三柱門), 달걀판처럼 생긴 데다

ㄷ배의 갑판에서 하던 원반 밀어치기 놀이

87

넣어 둔 밝은 색으로 칠한 공(왓슨, 여기에는 희한한 암탉이 있군요…… 그렇소, 잔디밭의 동물들도 봐야 할 거요, 하하), 방망이 두 세트로 이루어져 있었다.

잭은 분명 호텔 트럭에 썼던 낡은 배터리 하나와 배터리 충전기, J. C. 페니 백화점에서 사 온 드릴 케이블 말아 놓은 것을 지나 걸어갔다. 그는 앞줄에서 손잡이가 짤막한 방망이를 하나 꺼내, 전투에 나가기 전 왕에게 인사하는 기사처럼 얼굴 앞에 들어올려 보았다.

이제 온통 뒤죽박죽되어 어렴풋해지던, 꿈속에서 보았던 장면이 조각조각 떠올랐다. 조지 햇필드와 아버지의 지팡이가 등장했다는 기억만으로도 그는 심란해졌고, 이상하게도 여느 정원에서나 하는 로크 방망이를 잡고 있는 것만으로도 죄책감이 느껴졌다. 로크는 이제 더 이상 정원에서 하는 여느 게임이 아니었다. 그 사촌에 해당하는 크로케가 훨씬 더 인기 있었다……. 그리고 어린이들이 할 수 있도록 변형시킨 게임도. 그러나 로크는……, 상당히 재미있는 경기였음에 틀림없었다. 잭은 지하실에서, 오버룩에서 북미 로크 토너먼트 경기가 벌어지던 20년대 초 시절의 로크 규칙집을 찾아내었다. 상당히 재미있는 경기였다.

'분열증.'

잭은 이마를 잠깐 찌푸렸다가 미소를 지었다. 그렇다. 그것은 말하자면 분열적인 경기였다. 방망이는 그것을 완벽하게 표현해 주었다. 부드러운 끝과 단단한 끝. 교묘함과 조준을 요하는 경기, 억센 힘을 요하는 경기.

잭은 공중에 방망이를 휘둘러 보았다……, 휘이익. 그는 바람을 가르는 강한 소리에 약간 미소를 지었다. 그러고는 방망이를 제자리에 두고 왼쪽으로 고개를 돌렸다. 거기서 눈에 띈 것은 그를 다시 찌푸리게 했다.

장비 창고 한가운데 설상차가 놓여 있었다. 거의 새것이었다. 잭은 그 모양이 전혀 마음에 들지 않았다. 그를 마주하고 있는 엔진 덮개 옆에 '봄바르디에 스키두' 라는 이름이 검은 글씨로 적혀 있었고, 속도를 보여 주듯 뒤로 날리는 글씨체였다. 앞으로 튀어 나온 스키도 검은색이었다. 엔진 덮개의 오른쪽과 왼쪽에는 검은 파이프가 있었는데, 그것은 스포츠카의 줄무늬 같았다. 그러나 본체의 색깔은 밝은 노란색이었고, 잭은 바로 그것이 마음에 들지 않았다. 노란 몸체에 검은 파이프, 검은 스키, 검은 조종간을 하고서 아침 햇빛을 받으며 앉아 있는 그 모습은 기계로 변한 괴물 말벌 같았다. 달리면 말벌 같은 소리도 낼 것이다. 붕붕거리고 윙윙거리며 쏠 태세를 취하는. 하지만 달리 무엇을 닮으랴? 녀석은 적어도 거짓말을 하는 건 아니었다. 그 설상차가 임무를 마치고 나면, 그들은 엄청난 고통을 겪게 될 테니. 셋 모두가. 봄이 되면 토런스 가족은 너무나 괴로워서, 대니의 손에다 말벌이 한 짓은 어머니의 입맞춤처럼 느껴질 것이다.

잭은 바지 뒷주머니에서 손수건을 꺼내어 입을 닦고는 스키두^{설상(雪上) 스쿠터} 쪽으로 걸어갔다. 그는 서서 그것을 내려다보았다. 이제 아주 심하게 찡그리며 손수건을 호주머니에 구겨 넣었다. 밖에서 돌풍이 장비 창고에 불어닥쳐 창고 전체가 흔들거리며 소리를 냈다. 잭이 창 밖을 내다보자 돌풍이 반짝이는 눈의 결정을 호텔 뒤쪽으로 몰아왔다가 새파란 하늘 높이 몰아가는 광경이 보였다.

바람은 멈추었고 잭은 다시 기계를 쳐다보았다. 혐오스러운 물건이었다, 정말로. 꽁무니에는 길고 나긋나긋한 침이 솟아 나와 있을 것만 같았다. 잭은 빌어먹을 설상차가 전부터 싫었다. 그것은 겨울의 성스러운 고요함을 산산조각내 놓았다. 그것은 야생 생물을 놀라게 했다. 그것은 뒤에 푸른 휘발유 연기를 뭉게뭉게 내뿜어 공기를 오염시켰다. 콜록콜록 켁켁 숨 좀 쉬자고. 그것은 어쩌면 화석 연료 시대 최후의 기괴한 장난감일지도 몰랐다. 열 살짜리 꼬마들에게 크리스마스 선물로 주는.

그는 스타빙튼에서 읽었던 신문 기사 하나가 기억났다. 메인 주 어딘가에서 일어난 사건이었다. 한 아이가 설상차를 타고서 난생 처음 다녀 본 길을 내달린 것이다. 시속 45킬로미터로. 한밤중에. 헤드라이트도 끄고서. 양쪽 기둥 사이에 묵직한 체인이 걸려 있고 그 중앙에 '통과 금지'라는 표지가 매달려 있었다. 아무래도 아이가 그것을 보지 못했던 것 같다고 기자는 말했다. 달이 구름에 가렸을지도 몰랐다. 체인에 아이는 머리를 잘렸다. 그 기사를 읽은 잭은 고소하다는 기분을 느꼈고, 지금 이 기계를 내려다보고 있으니 그때의 기분이 되살아났다.

'대니만 아니라면, 저 방망이를 하나 집어서 엔진 덮개를 열고 두들겨 주었으면 딱 좋겠다.'

잭은 참고 있던 숨을 서서히 길게 내쉬었다. 웬디 말이 옳았다. 어떤 곤경이 닥치더라도, 또는 생활 보호를 받게 되더라도 웬디 말이 옳았다. 이 기계를 두들겨 부수는 것은 엄청난 바보 짓이 될 것이다. 아무리 그 바보 짓이 즐겁다 하더라도. 그것은 자기 아들을 때려죽이는 것이나 다름없는 짓이었다.

"러다이트^{작업 기계화에 반대하는 운동가}는 무슨 놈의." 잭이 소리 내어 말했다.

그는 설상차 뒤로 가서 연료구 뚜껑을 돌려 열었다. 벽에 가슴 높이 정도의 선반에서 깊이를 재는 막대기를 발견하고 그것을 밀어 넣었다. 맨 끝의 0.5센티미터 정도가 젖어 나왔다. 별로 많은 양은 아니지만, 이놈의 것이 움직이는지 확인하는 데에는 충분했다. 나중에 폭스바겐과 호텔 트럭의 휘발유를 뽑아내면 되었다.

잭은 뚜껑을 다시 닫고 엔진 덮개를 열었다. 점화 플러그도 없고 배터리도 없었다. 다시 선반으로 가서 드라이버와 렌치, 낡은 잔디 깎기에서 나온 카뷰레터, 여러 가지 크기의 나사와 못, 볼트가 들어 있는 플라스틱 상자를 밀치고 뒤지기 시작했다. 선반은 오래된 기름으로 뒤덮여 시커멓고 끈적끈적했다. 그 위에는 해묵은 먼지가 모피처럼 들러붙어 있었다. 그것에 손대고 싶지 않았다.

잭은 연필로 '스키두'라고 적힌, 기름에 전 작은 상자 하나를 발견했다. 흔들어 보자 뭔가 안에서 덜컥거렸다. 플러그. 그는 장비를 찾지 않고 갭의 크기를 짐작해 보려고 햇빛 쪽으로 플러그를 들어올려 보았다. 빌어먹을 하고 짜증을 내면서 플러그를 상자에 도로 집어넣었다. 갭이 맞지 않는다면 지독하게 재수 없는 일이었다. 엿 같은 일이었다.

문 뒤에는 걸상이 하나 있었다. 그것을 끌어와 앉아서 네 개의 점화 플러그를 설치하고 그 위에 작은 고무 마개를 끼워 넣었다. 그 일을 마치자 잭은 자석 발전기를 재빨리 쓰다듬었다. 내가 피아노 앞에 앉으면 그들은 웃어 댔다.

다시 선반으로. 이번에는 원하는 것, 작은 배터리를 찾을 수 없었다. 소형 배터리. 소켓 렌치, 드릴이 가득 든 상자, 잔디 비료 주머니, 꽃밭 비료는 있었지만 설상차 배터리는 없었다. 그것은 조금도 짜증스럽지 않았다. 사실, 기분이 좋았다. 마음이 놓였다. 나는 최선을 다했습니다, 대령님. 하지만 어쩔 수 없었습니다. 괜찮네. 은성 훈장과 자주색 설상차를 탈 후보로 올리겠네. 자네는 연대의 자랑이야. 감사합니다, 대령님. 열심히 했습니다.

잭은 마지막 남은 선반을 뒤지는 동안 「붉은 강의 계곡」을 신나게 휘파람으로 불기 시작했다. 하얀 입김과 함께 곡조가 흘러나왔다. 선반을 샅샅이 뒤졌지만 그것은 없었다. 어쩌면 누군가가 집어 갔을지도 몰랐다. 아마도 왓슨이 그랬을 것이다. 잭은 소리를 내어 웃었다. 사무실에서 물건 훔치기. 종이 클립 몇 개, 종이 몇 뭉치, 아무도 탁자보나 골든 리걸 식기 세트를 찾지 않을 것이다……. 그러니 이 설상차 배터리인들 어떠랴? 그렇다. 손쉬운 일이었을 것이다. 배낭에 집어넣기만 하면 되니. 화이트 컬러 계층의 범죄. 누구나 집어 가는 건 좋아하는 법이지. 어릴 적에는 "재킷 밑으로 슬쩍하는 디스카운트"라고도 부르곤 했지.

잭은 설상차 쪽으로 다시 걸어가 그 옆구리를 한번 보기 좋게 걷어차 주었다. 자, 이걸로 끝이다. 그는 웬디에게 미안해, 여보라고 말하기만 하면 되었다. 그런데…….

문 옆 구석에 상자 하나가 놓여 있었다. 걸상이 놓여 있던 자리 바로 아래. 그 위에는 연필로 스키두라고 적혀 있었다.

그것을 쳐다보는 잭의 입가에서 미소가 사라졌다. 보십시오, 대령님. 기병대가 왔습니다. 연기 신호가 결국 제대로 작동한 것 같습니다.

억울해.

빌어먹을, 이건 정말 억울해.

운인지, 운명인지, 섭리인지는 몰라도 뭔가 그를 구해 주려고 했다. 뭔가 다른, 행운이. 그런데 마지막 순간 잭 토런스를 항상 따라다니는 불운이 끼어든 것이다. 아직도 운명의 장난은 끝나지 않았다.

증오심, 그 잿빛 덩어리가 목구멍에 치밀어 올랐다. 손은 다시 주먹을 꽉 쥐었다.

'억울해, 빌어먹을, 억울하다고!'

왜 다른 곳을 쳐다보지 않았을까? 어디든지 다른 곳을! 어째서 목에 경련을 일으키거나 코가 가렵거나 눈을 깜박거리지 않았던 것일까? 그런 사소한 일 가운데 한 가지만 했더라면, 그것이 눈에 띄지 않았을 것인데.

음, 그는 보지 않았다. 그러면 됐다. 그것은 어젯밤 위층에서 있었던 일이나 빌어먹을 전정 나무 동물원에서 보았던 것과 다름 없는 환상이었던 것이다. 순간적인 착오, 그것이었다. 환상, 나는 구석에서 설상차 배터리를 본 줄 알았다. 전투로 피로해서 그런 것 같습니다, 대령님. 죄송합니다. 기운 내게. 그런 일은 누구나 겪는 법이니.

잭은 경첩이 끊어질 정도로 문을 세게 열어젖히고 눈신을 안으로 잡아끌었다. 눈신에는 눈이 들러붙어 있었고, 바닥에 세게 내리치자 눈이 풀썩 하고 튀어 올랐다. 잭은 왼쪽 신발에 왼쪽 발을 넣었다……. 그리고 멈추었다.

대니가 주방 뒷문 앞에 서 있었다. 아마도 눈사람을 만들려고 하면서. 잘되지 않을 것이다. 눈이 너무 차가워 뭉쳐지지 않기 때문이었다. 그래도 아이는 눈부신 아침, 바깥에 나와 열심히 만들고 있었다. 반짝이는 눈 위, 반짝이는 하늘 아래, 옷을 잔뜩 껴입은 소년의 모습. 야구 선수 칼튼 피스크처럼 모자를 거꾸로 쓰고서.

'대체 무슨 생각을 하고 있었던 거야?'

대답은 당장 돌아왔다.

'나. 내 생각을 하고 있었어.'

잭은 그 전날 밤, 침대에 누워 있다가 문득 아내를 죽일 생각을 했던 일이 갑자기 기억났다.

그 순간, 거기 무릎을 꿇고 있던 잭은 모든 것을 분명하게 깨달았다. 오버룩은 대니에게만 영향을 미치는 것이 아니었다. 잭 자신에게도 영향을 미치고 있었던 것이다. 문제는 대니가 아니었다. 자신이었다. 자신이야말로 영향받기 쉬운, 부러질 때까지 구부리고 뒤틀 수 있는 사람이었던 것이다.

(가서 잠들 때까지……만일 잠든다면 잠이 들 때)

잭은 창틀 쪽을 올려다보았고 햇빛은 겹겹의 유리창에 눈부신 빛을 던지고 있었지만, 그래도 그는 쳐다보았다. 처음으로 그것이 눈동자와 너무도 흡사하다는 생각이 들었다. 그것은 햇빛을 반사하고 자신의 어둠을 붙들어 놓고 있었다. 그들이 쳐다보고 있었던 것은 대니가 아니었다. 바로 자신이었다.

그 몇 초 동안 잭은 모든 것을 깨달았다. 어린 시절 교리 문답 교실에서 어떤 흑백 그림을 본 기억이 났다. 수녀는 이젤 위에 그 그림을 올려놓고 보여 주며 하느님의 기적이라고 불렀다. 학생들은 멍하게 쳐다보았지만, 아무런 의미도, 규칙도 없는 흰색과 검은색의 뒤죽박죽으로밖에 보이지 않았다. 그러자 세 번째 줄에 앉은 아이 하나가 놀란 목소리로 말했다. "예수님이다!" 그 아이는 1등을 했기 때문에 새 성경책과 달력을 받아서 집에 돌아갔다. 다른 아이들은 더욱 열심히 쳐다보았고, 잭 토런스도 그 가운데 하나였다. 하나 둘씩 다른 아이들도 비슷한 탄성을 올렸다. 거의 황홀경에 빠진 어린 소녀 하나는 새된 소리로 외쳤다. "보여요! 주님이 보여요!" 그 아이도 성경책을 받았다. 결국 모든 아이들이 그 얼룩 속에서 예수님의 얼굴을 보았다. 잭만 빼고. 이제 겁이 난 잭은 더욱 열심히 들여다보았다. 마음 한구석으로 모두가 비어트리스 수녀님을 기쁘게 하기 위해 거짓말을 하는 것이라고 생각하고, 또 한구석으로는 자신이 학생들 가운데 가장 나쁜 죄인이라 하느님이 보여 주지 않기로 하셨기 때문이라고 생각하면서. "보이지 않니, 재키?" 비어트리스 수녀님이 슬프고 다정한 목소리로 물었다. 수녀님의 가슴이 보이네요, 절망에 빠진 잭은 심술궂게 생각했다. 그는 고개를 젓다가 짐짓 흥분한 척 소리쳤다. "아, 보여요! 와! 정말로 예수님이네요!" 그러자 모인 아이들 모두가 웃으며 박수를 쳤고, 잭은 의기양양하고 부끄럽고 두려워졌다. 훗날 모두가 성당 지하에서 올라가 거리로 나갔을 때에도 잭은 남아서 비어트리스 수녀님이 이젤 위에 놓고 간 의미 없는 뒤죽박죽 그림을 쳐다보았다. 그들은 모두 자신처럼 거짓말을 한 것이다. 수녀님까지도. 그건 완전 사기였다. "똥불 지옥불 똥불." 잭은 조그맣게 속삭인 다음 밖으로 나가려고 돌아섰다. 그 순간, 흘끗 예수의 얼굴이 보였다. 슬프고 현명한 얼굴이. 잭은 심장이 튀어나올 것 같은 기분으로 다시 돌아섰다. 모든 것이 갑자기 제

자리를 찾았고 잭은 두렵고 놀란 기분으로 그림을 응시했다. 여태까지 보지 못했다는 사실을 믿을 수 없어하면서. 두 눈, 시름에 젖은 이마에 드리운 갈지자 모양의 그림자, 오똑한 콧대, 인정 많은 입술. 잭 토런스를 바라보는 시선. 뜻도 없던 낙서가 갑자기 주 예수 그리스도의 흑백 판화로 바뀌었던 것이다. 두려움과 놀람은 공포로 바뀌었다. 잭은 예수의 얼굴 앞에서 욕을 했던 것이다. 그는 저주받을 것이다. 죄인들과 함께 지옥에 떨어질 것이다. 그리스도의 얼굴은 내내 그 그림 속에 있었던 것이다. 내내.

이제 햇빛 속에 앉아, 호텔이 드리우는 그늘에서 아들이 놀고 있는 모습을 본 잭은 그게 전부 사실이었음을 깨달았다. 호텔은 대니를 원하고 있었다. 어쩌면 그들 전부를 원할지도 몰랐지만, 대니는 확실히 원했다. 전정 나무는 정말로 움직였다. 217호 실에는 죽은 여자가, 전에는 사람을 해치지 않는 유령이었을지 몰라도 지금은 분명 위험한 존재가 된 여자가 있었다. 사악한 태엽 장난감처럼 그 여자는 대니의 특별한 정신……, 그리고 자신의 정신에 의하여 움직이게 된 것이다. 어떤 남자가 로크 코트에서 뇌졸중으로 죽었다는 이야기를 해 준 것이 왓슨이었던가? 아니면 울먼이었던가? 상관없었다. 4층에서는 총살이 벌어졌다. 대체 얼마나 많은 싸움과 자살과 뇌졸중이 벌어졌던 것인가? 얼마나 많은 살인이? 그레이디가 건물 서쪽 어딘가에서 도끼를 들고 숨어 있었던 것일까? 대니가 자신을 움직이게 해 주도록 기다리면서?

대니 목에 난 부어오른 멍 자국.

텅 빈 라운지에서 반짝이다 사라진 술병들.

무전기.

꿈.

지하실에서 발견한 스크랩북.

'메덕, 여기 있어? 나는 다시 몽유병 환자가 되었어……'

잭은 벌떡 일어나 눈신을 도로 문 밖으로 집어던졌다. 전신이 떨렸다. 그는 문을 쾅 닫고 배터리가 든 상자를 집어들었다. 그것이 떨리는 손가락 사이로 미끄러졌다.

'오 이런, 부서졌으면 어쩌지.'

그리고 옆으로 쿵 하고 떨어졌다. 잭은 상자의 뚜껑을 열고 배터리를 꺼냈다. 혹시 배터리가 부서졌으면 산이 흘러나왔을지도 모르지만 괘념치 않았다. 부서진 곳은 없었다. 입에서 작은 한숨이 새어 나왔다.

그것을 안고 잭은 스키두 쪽으로 가서 엔진 앞쪽 플랫폼에 장착했다. 선반 한 곳에서 작은 렌치를 하나 찾아 배터리 선을 재빨리 잘 부착시켰다. 배터리는 충전되어 있었다. 충전기를 쓸 필요가 없었다. 탁탁 소리를 내며 전기가 통했고, 양극 케이블을 그 단자에 끼워 넣자 오존 냄새가 약간 났다. 일을 마치고 잭은 일어서서 색 바랜 청바지에 손을 닦아 댔다. 자. 움직여야 한다. 움직이지 않을 이유가 없었다. 설상차도 오버룩의 일부이고 오버룩이 정말로 그들이 나가는 것을 원치 않는 것 말고는 움직이지 않을 이유가 없었다. 전혀 없었다. 오버룩은 신나게 재미를 보았다. 겁을 줄 어린아이가 있었고, 서로 싸우게 할 남자와 여자가 있었고, 잘만 하면 그들은 셜리 잭슨의 소설에 나오는 실체 없는 그림자처럼 오버룩의 복도를 떠돌아다니는 최후를 맞을 수도 있을 것이다. 소설 속의 힐 하우스에서 떠돌아다닌 유령은 혼자였지만, 오버룩에서는 혼자가 아닐 것이다. 그렇다, 여기에서는 동지를 잔뜩 만날 것이다. 그러나 설상차가 움직이지 않을 이유는 정말로 없었다. 물론

'자신이 여전히 떠나고 싶지 않다는 것 외에는'

그렇다. 그것 외에는.

잭은 얼어붙은 깃털 모양으로 입김을 내면서 스키두를 쳐다보고 서 있었다. 그는 예전으로 돌아가고 싶었다. 여기 처음 왔을 때에는 아무런 의심이 없었다. 산을 내려가는 것은 잘못된 판단이라고, 그때는 그렇게 생각했다. 웬디는 신경 예민한 어린아이가 상상해낸 유령에 겁을 집어먹은 것뿐이라고. 이제, 불현듯 그녀의 말을 이해할 수 있게 되었다. 그것은 마치 그의 희곡, 저주받을 희곡 같았다. 그는 더 이상 누구 편을 들어야 할지, 결말이 어떻게 될지 알 수 없었다. 일단 그 흑백의 얼룩 속에서 예수님의 형상을 보고 나면 모든 것이 분명해졌다. 다시는 그것을 못 볼 수 없는 것이다. 다른 이들은 웃으며 그건 아무것도 아니라고, 아무런 의미도 없는 낙서라고, 아무 때나 그릴 수 있는 것이라고 말할 수 있겠지만, 그것을 한번 본 사람은 거기서 자신을 바라보는 우리 주 예수 그리스도의 얼굴을 항상 보게 될 것이다. 의식과 무의식이 뒤섞이는 충격적인 인지의 순간, 형태가 완전히 변화를 일으키는 가운데 그것을 본 것이다. 그러면 언제나 그것을 보게 될 것이다. 그것을 언제나 보게 될 저주를 받은 것이다.

'나는 다시 몽유병 환자가 되었어…….'

대니가 눈 속에서 놀고 있는 것을 보기 전까지는 아무 문제도 없었다. 그것은 대니의 잘못이었다. 모든 것이 대니의 잘못이었

다. 빚이든 뭐든, 그걸 가진 것은 대니였다. 그것은 빚이 아니라 저주였다. 자신과 웬디 둘만 그곳에 있었다면 아주 평화롭게 겨울을 보낼 수 있었을 것이다. 아픔도 스트레스도 없이.

'떠나고 싶지 않아. 떠날 수 없어?'

오버룩은 그들이 떠나는 것을 원치 않았고, 그도 그들이 떠나는 것을 원치 않았다. 대니조차도. 어쩌면 자신도 오버룩의 일부가 되었을지도 모르겠다. 어쩌면 어슬렁어슬렁 산책하는 거대한 새뮤얼 존슨18세기 영국 작가이자 전기 편찬자. 『산책하는 사람』이라는 연작 에세이를 썼음과도 같은 오버룩은 잭을 자신의 보스웰존슨의 전기를 쓴 사람로 골랐을지도 모른다. 새로운 관리인이 글을 쓴다고 했지? 아주 좋았어, 그 사람을 채용해. 우리 편을 정해야겠군. 하지만 저 여자와 코흘리개 아이는 우선 제거해 버리세. 그 사람을 방해하는 건 원하지 않아. 우리는……

설상차의 조종간 옆에 서 있던 그는 머리가 다시 아프기 시작했다. 어떻게 하나? 떠나거나 남는다. 아주 간단하다. 간단히하자. 떠날 것인가, 남을 것인가?

떠난다면 사이드와인더의 방 한 칸을 구하는 데 얼마나 걸릴 것인가? 그 안의 목소리가 물었다. 후진 컬러 텔레비전이 한 대 놓여 있고, 면도도 안 한 실업자들이 낮 시간에 텔레비전을 보며 시간을 보내는 어둠침침한 그런 곳? 남자 화장실의 지린내가 이천 년은 묵은 것 같고, 세면대에는 담배꽁초가 항상 굴러다니는 그런 곳? 맥주 한 잔에 30센트에 거기다 소금을 타서 마시고, 주크박스에는 70년대 컨트리 송만 들어 있는 그런 곳?

얼마나 버틸까? 오, 잭은 거기서 버틸 수 있는 기간이 결코 길지 않을 거라는 사실이 너무나 두려웠다.

"나는 이길 수 없어." 잭이 아주 나지막이 말했다. 그랬다. 그
것은 에이스를 빼고 카드를 치려고 하는 것과 같았다.

갑자기 그는 스키두의 모터 부분에 허리를 숙이고 자석 발전기
를 뽑아내었다. 그것은 진저리 나도록 쉽게 빠져나왔다. 그는 잠
시 그것을 쳐다보다가 장비 창고의 뒷문으로 가서 문을 열었다.

이곳에서는 산의 경치가 막힌 데 없이 보였다. 아침 햇살에 눈
부시게 반짝이는 그림 엽서처럼 아름다운 광경이. 1.5킬로미터 떨
어진 곳의 소나무 숲까지 눈밭이 펼쳐져 있었다. 그는 최대한 멀
리 눈 속으로 발전기를 던져 버렸다. 생각보다 훨씬 더 멀리 날아
갔다. 그것이 떨어지자 눈이 조금 날렸다. 산들바람이 눈가루를
새로운 곳으로 날려 보냈다. 거기서 쉬어라. 아무것도 볼 것 없
다. 모두 끝났다. 쉬어라.

마음이 편해졌다.

그는 문가에 한참 동안 서서 신선한 산 공기를 마셨고, 문을 단
단히 닫은 다음 다른 쪽 문으로 나갔다. 머무르게 되었다고 웬디에
게 전하러. 가는 길에 그는 걸음을 멈추고 대니와 눈싸움을 했다.

전정 나무

11월 29일. 추수 감사절 사흘 후였다. 지난 주는 즐겁게 보냈고 추수 감사절 저녁 식사는 그들 가족에게 여태까지 중에서 최고의 만찬이었다. 웬디는 딕 할로런의 칠면조를 완벽하게 요리했고, 그들은 배가 터지기 직전까지 먹었지만, 고기에는 아직 손도 안 댄 부분도 있었다. 잭은 남은 겨우내 칠면조 고기를 먹게 될 거라고 투덜거렸다. 칠면조 수프, 칠면조 샌드위치, 칠면조 국수.

아냐, 웬디는 살짝 웃으면서 말했다. 크리스마스 때까지만이야. 그때가 되면 닭고기가 있거든.

잭과 대니는 함께 신음소리를 내었다.

대니의 목에 난 멍 자국은 엷어졌고, 그것과 함께 그들의 두려움도 엷어진 것 같았다. 추수 감사절 오후에 웬디는 대니를 썰매에 태워 끌고 다녔고 잭은 이제 거의 완성된 희곡을 다듬고 있었다.

"아직도 겁나니, 똘똘아?" 달리 어떻게 물어봐야 좋을지 몰랐던 웬디가 이렇게 물었다.

"예." 아들은 짧게 대답했다. "하지만 이제 안전한 곳에서만 지내요."

"아빠는 조만간 삼림 경비원들이 우리가 왜 무전기를 켜지 않는지 의아하게 생각할 거라고 해. 그들이 무슨 일이 없는지 보러 올 거야. 그러면 우리는 내려갈 수 있어. 너랑 나만. 그리고 아빠는 겨우내 여기 계실 거야. 아빠는 그래야 하신단다. 어쨌든, 똘똘아……, 네가 이해하기 힘들 거라는 것은 알지만……, 우리는 막다른 골목에 온 거야."

"네." 대니는 모호하게 대답했다.

사방이 반짝이는 이날 오후, 둘은 위층에 있었고 대니는 그들이 사랑을 나누고 있다는 것을 알았다. 이제 그들은 졸고 있었다. 엄마아빠가 행복하다는 것을 대니는 알았다. 어머니는 여전히 조금 겁을 냈지만 아버지의 태도는 달랐다. 그것은 그가 아주 어려운 일을 제대로 해냈을 때의 감정이었다. 하지만 그 일이 정확히 무엇인지는 알 수 없었다. 아버지는 그것을 조심스럽게 감추고 있었다. 자기 마음속에서조차도. 뭔가를 해내서 기쁘면서도 부끄러워서 그 생각을 하지 않으려 한다는 것이 가능한가, 대니는 의아했다. 그 질문은 심란했다. 대니는……, 정상적인 정신 상태에서는 그런 것이 가능하다고 생각지 않았다. 아버지의 마음속을 열심히 캐내어 보아도, 뭔가 문어같이 생긴 것이 새파란 하늘을 향해 올라가는 흐릿한 모습밖에 보이지 않았다. 그리고 대니가 이것을 알아내려고 열심히 집중했던 때 두 번 모두, 아빠는 갑자기 날카로운 눈빛으로 자신을 노려보고 있었다. 마치 대니가 무슨 짓을 하고 있는지 아는 것처럼.

대니는 밖에 나갈 채비를 하고 로비에 있었다. 대니는 썰매를 타거나 눈신을 타고 밖에서 자주 놀았다. 호텔 밖으로 나가는 것이 좋았다. 햇빛 반짝이는 밖으로 나가면 어깨에서 묵직한 짐을 떼어놓은 것 같았다.

대니는 의자를 하나 갖다 놓고 그 위에 올라서서, 벽장에서 파카와 방수 바지를 꺼낸 다음, 의자에 앉아 그것을 입었다. 부츠는 부츠 상자에 들어 있었고, 대니는 그것을 꺼내었다. 신발 끈을 묶느라 집중하는 동안 혀끝이 입술 가장자리로 튀어나왔다. 그는 장갑을 끼고 스키 마스크를 하고 준비를 마쳤다.

대니는 주방을 가로질러 뒷문으로 걸어가다 멈추었다. 뒷마당에서 노는 것이 지겨워졌고, 이 시간에는 호텔의 그림자가 노는 장소에 드리워질 것이다. 아이는 오버룩의 그늘 속에 있는 것도 좋아하지 않았다. 대니는 눈신을 신고 놀이터로 내려가기로 했다. 딕 할로런이 전정 나무에 가까이 가지 말라고 했지만, 전정 나무 동물들은 별로 싫지 않았다. 그것들은 이제 눈에 파묻혀 토끼의 머리나 사자의 꼬리였던 자리에 어렴풋한 혹이 보일 뿐이었다. 원래 모습대로 눈에서 비어져 나와 있는 꼬리는 무섭기보다는 오히려 우스꽝스러워 보였다.

대니는 뒷문을 열고 눈신을 들었다. 5분 후 아이는 정문에서 눈신을 신고 있었다. 아빠는 대니가 눈신을 사용하는 법을 터득했다고 했다. 느릿느릿 발을 끌며 걷는 법, 부츠가 다시 내려오기 직전 발목을 비틀어 끈에서 눈가루를 떨어내는 법. 그리고 남은 것은 허벅지와 종아리, 발목에서 필요한 근육을 키우는 것뿐이었다. 대니는 발목이 가장 먼저 지친다는 것을 알았다. 눈신을 신고 걷는 것은 스케이트만큼이나 발목에 무리가 가는 운동이었다. 계속해서 끈에서 눈가루를 떨어내야 하기 때문이었다. 5분에 한 번씩 다리를 벌리고 걸음을 멈추어 눈신을 눈밭에 편평하게 놓아 발목을 쉬게 해야 했다.

하지만 놀이터로 내려갈 때에는 내리막이었으므로 쉴 필요가 없었다. 오버룩의 정문 앞에 생긴 기괴한 눈 언덕을 겨우겨우 올라간 다음 10분도 채 안 되어 대니는 장갑을 끼고서 놀이터 미끄럼틀 위에 서 있었다. 숨도 헐떡이지 않았다.

놀이터는 가을보다도 눈에 덮여 있을 때 훨씬 더 근사해 보였다. 그것은 마치 요정 나라의 조각상 같았다. 그네 체인은 기묘한 모습으로 얼어붙었고, 큰 아이들이 타는 그네는 눈에 달라붙어 있었다. 정글짐은 고드름 이빨이 지키는 얼음 동굴이 되었다. 오버룩 장난감 집의 굴뚝만이 눈 위로 솟아올라 있었다.

'우리가 사는 오버룩도 그렇게 묻혀 버렸으면 단지 우리가 그 속에 들어 있지 않을 때'

시멘트 링의 꼭대기는 에스키모의 이글루처럼 두 곳에서 솟아나와 있었다. 대니는 그쪽으로 걸어가 웅크리고 앉아서 눈을 파기 시작했다. 오래지 않아서 그 가운데 한 곳의 어두운 아가리를 파내었고, 대니는 차가운 굴 속으로 미끄러져 들어갔다. 그는 스위스 산속에서 KGB 첩보원들에게 쫓기는 비밀 첩보원 패트릭 맥고헌이 되기로 했다(벌링턴 텔레비전 채널에서 그 프로그램을 두 번 재방송해 주었고 아빠는 그것을 꼭 보았다. 아빠는 모임에도 나가지 않고 집에서 「비밀 첩보원」이나 「보복」을 보았고 대니도 항상 함께 보았다). 그 지역에는 산사태가 일어났고 악명 높은 KGB 요원 슬로보가 독화살로 그의 여자 친구를 죽였지만 근처 어딘가에 러시아의 반중력 기계가 있었다. 어쩌면 이 굴 끝에. 대니는 자동 권총을 겨누고 콘크리트 굴을 따라 들어갔다. 눈을 크게 뜨고 입김을 내뿜으면서.

콘크리트 링의 반대쪽은 눈으로 단단히 막혀 있었다. 대니는 그것을 파고 나가려고 해 보았지만 너무나 단단한 데 놀랐다(그리고 약간 불안해졌다). 추위와 계속해서 쌓인 눈 때문에 얼음처럼 변한 것이다.

첩보원 놀이는 갑자기 끝나 버렸다. 갑자기 갇힌 것 같은 기분이 들었고 갑갑한 시멘트 링 속에서 너무나 불안하게 느껴졌다. 자기 숨소리가 들렸다. 그 소리는 축축하고 빠르고 공허했다. 대니는 눈 속에 파묻힌 셈이었고 자기가 판 구멍 속으로는 빛이 하나도 들어오지 않았다. 갑자기 대니는 햇빛 속으로 나가고 싶었다. 아빠와 엄마는 자고 있어서 자기가 어디에 있는지 모르니 구멍이 내려앉으면 갇힐 것이고, 오버룩은 대니를 별로 좋아하지 않는다는 생각이 문득 들었다.

대니는 겨우 방향을 바꾸어 링을 따라 콘크리트를 도로 기어 나왔다. 눈신이 덜그덕거리는 소리를 냈고, 지난가을 떨어진 버드나무 낙엽 위를 손바닥이 스치자 바스락거리는 소리가 났다. 끝에 닿자마자 위에서 차가운 빛이 비추었고 바로 그때 눈이 정말로 내려앉았다. 적은 양이었지만, 대니의 얼굴에는 눈이 떨어졌고 대니가 파고 내려온 입구가 막혀 사방이 캄캄해졌다.

순간 기겁을 한 대니는 사고력이 얼어붙었다. 생각할 수가 없었다. 그때 멀리서 아빠가 스타빙튼 쓰레기 수거장에서는 절대 놀지 말라고, 바보 같은 사람들이 냉장고의 문을 떼지 않고 버리기 때문에 거기 들어갔다가 문이 닫히는 날에는 나올 수 없다고 한 말이 들려왔다. 어둠 속에 갇혀 죽을 거라는.

'그렇게 되기를 바라지 않지, 그렇지, 똘똘아?'

'네, 아빠.'

하지만 그렇게 되어 버렸다. 이성을 잃은 그의 마음이 말했다. 정말로 그렇게 되었다. 대니는 어둠 속에 갇혔고 냉장고만큼이나 추웠다. 그리고…….

'뭔가 이 안에 나와 함께 있다.'

놀라서 숨이 딱 멈추었다. 공포가 혈관을 통해 들어왔다. 그렇다. 그렇다. 뭔가, 오버룩이 딱 이런 기회를 위해 아껴 두었던 무시무시한 것이 여기에 자신과 함께 있었다. 낙엽 밑으로 파고 들어가 웅크리고 있던 거대한 거미, 또는 들쥐……, 아니면 이곳 놀이터에서 죽은 어린아이의 시체. 그런 일이 있었던가? 그렇다, 대니는 그랬을지도 모른다고 생각했다. 대니는 욕조 안의 여자를 떠올렸다. 프레지덴셜 스위트룸의 벽에서 본 피와 뇌. 어떤 어린아이가 정글짐이나 그네에서 떨어져 머리가 쪼개진 채 어둠 속에서 씩 웃으며 기어오고 있다면. 영원한 놀이터에서 같이 놀 친구를 잡으러. 영원히. 한순간, 그 애가 기어오는 소리가 들리는 것 같았다.

콘크리트 링의 반대쪽에서 낙엽이 부스럭거리는 소리가 대니에게는 뭔가 자신을 잡으러 기어오는 소리로 들렸다. 당장이라도 그 차가운 손이 발목을 붙잡을 것만 같았다…….

그 생각이 들자 마비 상태가 풀렸다. 대니는 콘크리트 링의 끝을 막고 있던 눈을 파헤치느라 땅 파는 강아지처럼 두 다리 사이로 눈가루를 밀쳐 냈다. 위에서 푸른 빛이 스며 들어왔고 대니는 깊은 물속에서 솟구쳐 나오는 다이버처럼 위로 뛰어올랐다. 콘크리트 링 입구에 등을 긁혔다. 눈신 하나는 다른 신에 걸려 비틀어졌다. 스키 마스크와 파카 깃 속으로 눈이 흘러 들어왔다. 대니는 눈을 파고 나갔다. 눈이 마치 자신을 잡으려고, 보이지 않는, 바스락거리는 것이 숨어 있는 콘크리트 링 속으로 끌어들여 거기에 잡아 두려고 하는 것 같았다. 영원히.

대니는 밖으로 나왔다. 얼굴에 햇빛이 비추었다. 숨을 몰아쉬며 반쯤 묻힌 시멘트 링에서 기어 나왔다. 눈가루로 뒤덮인 얼굴은 우스꽝스러울 정도로 하얗게 질렸다. 대니는 절뚝거리며 정글짐 위로 올라갔고 거기 앉아 눈신을 고쳐 신고 숨을 가다듬었다. 신을 똑바로 신고 끈을 죄는 동안, 대니는 콘크리트 링의 구멍에서 눈을 떼지 않았다. 뭐가 기어 나오는지 지켜보았다. 아무것도 나오지 않았고 삼사 분이 지나자 대니의 숨소리도 줄어들기 시작했다. 뭔진 모르지만 햇빛을 무서워하는 것이었다. 그것은 저 아래 숨어 있다가 아마도 어두워지면……, 아니면 둥근 감옥의 양쪽 끝이 다 눈으로 막혔을 때만 밖으로 나올 수 있는 것일지도 몰랐다.

'하지만 이제 나는 안전해 나는 안전해 이제 그냥 돌아가야지 이제 안전.'

뭔가 등 뒤에서 조용히 쿵 하며 떨어졌다.

호텔 쪽으로 등을 돌리고 쳐다보았다. 하지만 쳐다보기 전에도 '이 그림에서 인디언들이 보이니?'

무슨 일인지 알 수 있었다. 그 부드러운 소리가 무엇인지 알고 있었기 때문이다. 그것은 커다란 눈 무더기가 호텔 지붕에서 땅에 떨어질 때 나는 소리였다.

'보이니……?'

그렇다. 보였다. 전정 나무 강아지에게서 눈이 떨어졌던 것이다. 놀이터로 내려올 때 그것은 아무렇지도 않은 눈덩이였을 뿐이다. 지금은 눈이 시리게 온통 새하얀 눈 속에 혼자서만 푸른 얼룩을 드러내고 서 있었다. 강아지는 사탕이나 과자 부스러기를 달라는 듯 앞발을 들고 있었다.

하지만 이번에는 정신을 잃지 않을 것이다. 침착함을 잃지 않을 것이다. 적어도 캄캄한 구덩이에 갇힌 것은 아니니까. 햇빛이 비치고 있었다. 그리고 그건 강아지일 뿐이다. 오늘은 꽤 따뜻하니까 라고 대니는 희망적으로 생각했다. 햇빛 때문에 강아지에서 눈이 녹는 바람에 덩어리째 떨어진 것뿐일지도 몰랐다. 아마도 그럴 것이다.

'그곳 가까이 가지 마라……, 절대로.'

대니는 눈신을 단단히 신고 있었다. 일어서서 거의 눈에 파묻히다시피 한 콘크리트 링을 돌아보았다. 그리고 자신이 기어 나온 입구를 보자 가슴이 얼어붙었다. 그 끝에는 동그랗게 어두운 부분이 있었는데, 대니가 안으로 들어가기 위해 구멍을 판 자리의 그림자였다. 이제, 눈에 빛이 반사되기는 하지만 거기에 뭔가 있는 것이 보였다. 뭔가 움직이는 것이. 손이었다. 너무나도 불행한 어떤 아이가 흔드는 손, 도와달라고, 구해 달라고, 물에 빠진 아이가 흔드는 손.

'살려 줘 오 제발 나를 살려 줘 살려 줄 수 없다면 나랑 놀아 주기라도 해…… 영원히. 영원히. 영원히.'

"싫어." 대니는 쉰 목소리로 중얼거렸다. 그 말은 물기 하나 없이 건조하게 입에서 떨어졌다. 대니는 그 객실의 여자를……, 아니 그건 생각하지 않는 것이 좋겠다. 그때처럼 정신이 혼미해지는 것을 느낄 수 있었다.

대니는 현실의 끈을 놓치지 않으려고 꽉 붙잡았다. 밖으로 나가야 했다. 거기 집중해. 침착해. 비밀 첩보원처럼 행동하라고. 패트릭 맥고헌이 어린애처럼 울면서 바지에 오줌을 싸겠니?

아빠라면 그랬겠니?

그렇게 생각하자 마음이 조금 가라앉았다.

등 뒤에서 또 눈덩이가 떨어지는 소리가 들려왔다. 대니가 뒤를 돌아보자 이번에는 사자 한 마리의 대가리가 드러나 자신을 보고 으르렁거리고 있었다. 그것은 원래보다 가까운 곳, 놀이터 정문 바로 앞에 다가와 있었다.

공포가 솟아나려고 했지만 대니는 억눌렀다. 그는 비밀 첩보원이었고 탈출할 것이다.

대니는 눈이 오던 날 아버지가 했던 것처럼 돌아가는 길을 선택하여 놀이터를 빠져나가기 시작했다. 아이는 눈신을 타는 데 집중했다. 천천히, 뚜벅뚜벅 걷는다. 발을 너무 높이 들어 올리면 균형을 잃는다. 발목을 흔들어 갈지자로 맨 끈에서 눈을 털어라. 너무나 느리게 느껴졌다. 대니는 놀이터 모서리에 닿았다. 눈이 높게 쌓여 있어서 대니는 울타리를 넘을 수 있었다. 반쯤 넘었을 때 뒷발에 신은 눈신이 울타리 기둥에 걸려서 자빠질 뻔했다. 대니는 바깥쪽으로 기우뚱하면서 팔을 휘휘 저으며 쓰러지고 나면 얼마나 일어나기 힘들지 생각했다.

오른쪽에서, 또 눈덩이가 떨어지는 부드러운 소리가 들려왔다. 돌아보니 예순 발자국쯤 떨어진 곳에 사자 두 마리가 앞발까지

드러낸 채 나란히 서 있었다. 눈이었던 푸른 자국이 대니를 노려보고 있었다. 개는 고개를 돌렸다.

'그런 일은 쳐다보지 않을 때만 일어난다.'

"앗! 으아……."

눈신이 걸리는 바람에 대니는 팔을 휘저으며 눈 속으로 고꾸라졌다. 모자와 목, 부츠 안으로 눈이 마구 들어왔다. 대니는 눈 밖으로 빠져나와 눈신을 제대로 신으려고 애썼다. 이제 심장은 미친 듯이 쿵쿵거렸다.

'비밀 첩보원 명심해 너는 비밀 첩보원이야.'

잠시 대니는 거기 누워 하늘을 쳐다보았다. 그냥 포기하는 것이 더 쉽겠다고 생각하면서.

그러다 콘크리트 굴 안에 있는 것이 생각났고 포기할 수 없음을 깨달았다. 대니는 일어서서 전정 나무 쪽을 쳐다보았다. 이제 사자 세 마리가 함께 모여 있었다. 마흔 발자국도 떨어지지 않은 곳에. 개는 사자들의 왼쪽에서 대니의 후퇴를 막으려는 듯 서 있었다. 놈들은 목과 주둥이 말고는 모두 눈을 털어 낸 상태였다. 놈들은 모두 대니를 노려보고 있었다.

숨이 차올랐고, 마치 머릿속에서 들쥐가 몸을 비틀며 갉아먹고 있는 것처럼 아무 생각도 나지 않았다. 대니는 공포와 싸웠고 눈신과 싸웠다.

'아빠의 목소리: 아니, 눈신과 싸워서는 안 돼, 대니. 그게 네 발이라고 생각하고 걸어라. 자연스럽게 걸어.'

'예, 아빠.'

대니는 아빠와 연습했던 자연스러운 박자를 되찾으려고 애쓰며 다시 걷기 시작했다. 조금씩 박자를 되찾았지만, 그러자 자신이 얼마나 지쳤는지, 두려움에 얼마나 기운이 빠졌는지 깨달았다. 허벅지와 종아리, 발목의 힘줄이 뜨끈뜨끈하고 떨렸다. 앞에는 오버룩이 보였다. 오버룩은 약올리듯 멀찌감치 서서 흥미로운 시합이라도 구경하듯이 자신을 쳐다보고 있었다.

대니는 뒤를 돌아보았고, 몰아쉬던 숨소리가 딱 멎었다가 다시 더 빠르게 헉헉대기 시작했다. 가장 가까이 쫓아온 사자는 겨우 스무 발자국 뒤에서 연못에서 헤엄치는 개처럼 눈을 헤치며 다가오고 있었다. 다른 두 마리는 놈의 양쪽에서 따라오고 있었다. 놈들은 마치 순찰 중인 군인 같았고, 왼쪽에서 계속 따라오는 개는 정찰병 같았다. 가장 가까이 다가온 사자가 고개를 숙였다. 모가지 위로 어깨가 불쑥 튀어 올랐다. 대니가 쳐다보기 직전까지 위아래로 흔들고 있었던 것처럼, 꼬리는 위로 솟아 있었다. 대니는 놈이 쥐를 죽이기 전에 실컷 갖고 노는 커다란 고양이처럼 생겼다고 생각했다.

'쓰러진다……'

아니, 쓰러지면 죽음이다. 놈들은 자신을 절대 일어서지 못하게 할 것이다. 놈들이 달려올 것이다. 대니는 미친 듯이 팔을 휘저었고 중력 중심이 바로 코앞에서 왔다 갔다 춤을 추었다. 대니는 중심을 잡고 서둘러 뒤를 돌아보았다. 뜨거운 잔처럼 마른 목에서 김이 뿜어 나왔다.

온 세상에 새하얀 눈, 초록 전정 나무, 쉭쉭거리는 눈신 소리만 존재했다. 그리고 또 하나. 부드럽게 발을 끄는 소리. 대니는 더 빨리 움직이려고 했지만 그럴 수 없었다. 이제 눈 덮인 도로 위를 걷고 있었다. 파카 모자에 얼굴을 거의 다 파묻은 조그만 소년이. 고요하고 화창한 오후였다.

대니가 다시 돌아보자 이제 사자는 다섯 발자국 뒤까지 쫓아왔다. 놈은 웃고 있었다. 입을 벌리고 허리를 용수철처럼 긴장시킨 채. 사자들 뒤에는 토끼가 보였다. 토끼는 눈 밖으로 밝은 초록색 머리를 쳐들고 이 추적의 결말을 구경하려는 듯 멍한 표정으로 쳐다보고 있었다.

오버룩의 원형 도로와 정문 사이의 잔디밭까지 온 대니는 공포에 못 이겨 눈신을 신고 허둥지둥 달리기 시작했다. 감히 뒤를 돌아보지도 못한 채 앞으로, 앞으로, 몸을 숙이고는 눈먼 사람이 앞을 더듬듯 양팔을 뻗고서. 모자가 뒤로 젖혀지면서 새하얗게 질린 얼굴과 붉게 상기된 뺨, 두려움에 튀어나온 두 눈을 드러내었다. 이제 현관문까지 거의 다 왔다.

뒤에는 뭔가 뛰어오를 때처럼 눈을 세게 밟는 소리가 들렸다.

대니는 소리 없이 비명을 지르며 현관 계단에 넘어졌다. 눈신은 덜커덕거리며 꺾였고 아이는 계단에 엎어졌다.

공중에서 휙 하는 소리가 나더니 갑자기 다리가 아팠다. 옷이 찢어지는 소리. 그의 마음속에 있었을지도 모르는, 있었을 것이 분명한, 어떤 것.

으르렁거리는 성난 포효소리.

피비린내와 상록수 냄새.

대니는 입안 가득 쇠 냄새를 느끼고 흐느끼면서 현관에 뻗었다. 가슴에서 심장이 천둥소리를 내고 있었다. 코에서 피가 조금 흘러나왔다.

대니는 로비 문이 열리고 아빠가 청바지와 슬리퍼를 입고 달려 나올 때까지 얼마나 거기 누워 있었는지 알 수 없었다. 엄마도 뒤따라 나왔다.

"대니!" 엄마가 소리쳤다.

"똘똘아! 대니, 이런 세상에! 왜 그러니? 무슨 일이야?"

아빠가 일으켜 세워 주었다. 무릎 아래 바지가 찢어져 있었다. 그 안에 신은 모직 스키 양말도 찢어져 있었고 종아리에는 긁힌 상처가 나 있었다……. 빽빽한 상록수 숲을 헤치고 나오다 나뭇가지에 긁힌 것처럼.

대니는 뒤를 돌아보았다. 저 아래, 골프장 녹지를 지나 잔디밭에는 형체를 알 수 없는 눈덩이가 여러 개 서 있었다. 전정 나무 동물들. 놀이터 사이에. 도로 사이에.

다리에 힘이 빠졌다. 잭이 붙잡아 주었다. 아이는 울기 시작했다.

로비

　대니는 엄마아빠에게 전부 이야기했다. 콘크리트 링 입구를 눈이 막았을 때 벌어진 일만 빼고. 그 이야기는 도저히 다시 입에 담을 수가 없었다. 그리고 차가운 어둠 속에서 죽은 버드나무 이파리가 마구 부스럭거리는 소리를 들었을 때 느꼈던 섬뜩한 공포를 제대로 표현할 방법도 몰랐다. 그러나 눈덩이가 떨어지는 부드러운 소리를 들은 이야기는 했다. 사자가 머리와 어깨를 드러내고는 눈 밖으로 나와 자신을 쫓아온 이야기도. 대니는 마지막에 토끼가 고개를 돌려 구경했던 것까지 이야기했다.

　셋은 로비에 있었다. 잭은 벽난로에 불을 활활 피웠다. 대니는 전에, 백만 년 전에는 수녀 셋이서 줄이 짧아지기를 기다리는 동안 소녀처럼 웃으며 앉아 있었던 조그만 소파에 담요를 두르고 앉아 있었다. 대니는 머그 잔에 담긴 뜨거운 누들 수프를 마시고 있었다. 웬디는 그 옆에 앉아 아이의 머리카락을 쓰다듬어 주었다. 잭은 바닥에 앉아 있었고, 대니가 이야기하는 동안 그의 표정은 점점 더 딱딱해졌다. 그는 두 차례 뒷주머니에서 손수건을 꺼내어 쓰라릴 것 같은 입술을 문질러 댔다.

　"그러고는 저를 쫓아왔어요." 대니가 말을 마쳤다. 잭은 일어서더니 창가로 가서 등을 돌리고 서 있었다. 대니는 엄마를 쳐다보았다. "현관까지 저를 쫓아왔어요." 대니는 침착한 목소리를 내려고 무진 애를 썼다. 침착하게 말하면 부모가 믿어 줄지도 모르기 때문이었다. 스텐저 씨는 침착하게 굴지 않았다. 그는 울기 시작했고 울음을 그치지 않아서 '흰옷 입은 사람들'이 와서 데려간 것이다. 울음을 멈출 수 없다는 것은 제정신을 잃었다는 뜻이니까. 그러면 언제 돌아오나? 아무도 모른다. 파카와 바지와 눈덩이가 붙은 눈신은 커다란 현관문 바로 안쪽 깔개 위에 놓여 있었다.

'나는 울지 않을 거야 나는 절대 울지 않을 거야.'

그리고 대니는 할 수 있다고 생각했지만 떨림은 멈출 수 없었다. 대니는 불을 쳐다보며 아빠가 무슨 말을 하기를 기다렸다. 검은 석재 벽난로에 노란 불꽃이 타오르고 있었다. 탁 하는 소리를 내면서 소나무가 타들어 갔고 불꽃이 위로 솟아올랐다.

"대니, 이쪽으로 와 봐." 잭이 뒤를 돌아보았다. 아직도 빳빳하게 긴장한 얼굴이었다. 대니는 그 표정을 보고 싶지 않았다.

"잭……."

"잠깐 이리 와 보라는 것뿐이야."

대니는 소파에서 미끄러져 내려가 아빠 옆으로 갔다.

"그래. 지금 뭐가 보이니?"

대니는 창가에 가지 않아도 뭐가 보이는지 알고 있었다. 그들이 보통 운동을 하는 곳에는 부츠 자국, 썰매 자국, 눈신 자국이 나 있고, 오버룩의 눈 덮인 잔디밭 아래를 따라 내려가면 전정 나무와 놀이터가 있었다. 거기에는 발자국이 두 개 나 있었는데, 하나는 현관에서 놀이터로 이어지는 긴 직선이었고, 또 하나는 돌아오는 긴 곡선이었다.

"내 발자국밖에 없어요, 아빠. 하지만……."

"전정 나무는, 대니?"

대니의 입술이 떨리기 시작했다. 울음이 나올 것 같았다. 참지 못하면 어쩌지?

'울지 않을 거야 울지 않을 거야 절대 절대 절대로'

"모두 눈에 덮여 있어요." 아이가 조그맣게 말했다. "하지만 아빠……."

"뭐? 더 크게 말해 봐!"

"잭, 당신 지금 애한테 심문하는 거야! 애가 놀란 것 모르겠어, 지금……."

"입 다물어! 뭐, 대니?"

"나를 할퀴었어요, 아빠. 다리를……."

"눈이 언 데서 다리를 긁힌 거야."

그러자 웬디가 창백한 얼굴에 화난 표정으로 끼어들었다. "왜 이러는 거야? 살인을 자백하라고? 대체 왜 이러는 거야?"

그때 잭의 두 눈에 서려 있던 낯선 빛이 사라진 것 같았다. "애한테 현실과 환상의 차이를 구별하는 법을 가르쳐 주려는 거야. 그뿐이야." 그는 대니 앞에 무릎 꿇고 앉아 눈높이를 맞추고, 아이를 꼭 안아 주었다. "대니, 그건 실제로 일어난 일이 아냐. 알겠니? 네가 가끔 정신을 잃을 때 보는 것이랑 같은 거야. 그런 거라고."

"아빠?"

"응, 댄?"

"다리를 얼음에 긁힌 게 아니에요. 얼음 같은 건 없어요. 전부 눈가루뿐이에요. 뭉쳐지지도 않는걸요. 눈싸움했을 때 기억나죠?"

대니는 아버지가 화를 내는 것을 느꼈다. "그럼, 현관 계단에서 그랬겠지."

대니는 뒤로 물러섰다. 갑자기 그것이 느껴졌다. 이따금 그러하듯이, 그 회색 남자 바지에 들어가고 싶어했던 여자의 생각처럼, 그렇게 번쩍하는 섬광처럼 느껴졌다. 대니는 눈을 크게 뜨고 아버지를 빤히 쳐다보았다.

"아빠는 제 이야기가 사실이라는 걸 알아요." 아이는 충격을 받은 채 작은 소리로 말했다.

"대니……." 잭의 얼굴이 굳어졌다.

"그건 아빠도……."

잭의 손바닥이 대니의 얼굴을 때리는 소리는 둔탁했다. 찰싹 하는 극적인 소리는 전혀 아니었다. 아이의 머리는 옆으로 돌아갔고 뺨에는 낙인처럼 손자국이 빨갛게 남았다.

웬디는 신음했다.

한순간, 세 사람은 전부 아무 말이 없었다. 그러다 잭이 아들을 붙잡고 말했다. "대니, 미안하다. 괜찮니, 똘똘아?"

"애를 때렸잖아, 이 나쁜 자식!" 웬디가 소리쳤다. "이 더러운 나쁜 자식!"

웬디는 아들의 다른 쪽 팔을 붙잡았고, 두 사람이 대니를 잡아당겼다.

"아, 나를 잡아당기지 좀 마요!" 대니가 소리를 질렀고, 너무나 비통한 목소리라 두 사람은 아이를 놓아주었다. 그러자 아이는 눈물을 흘렸고 소파와 창문 사이에 주저앉아 울었다. 부모는 어찌할 바를 모르고 아이를 쳐다보고 있었다. 아이들이 서로 제 것이라고 싸우다가 부서진 장난감을 쳐다볼 때처럼. 난로에서는 또 소나무가 타면서 수류탄처럼 폭발음을 내었고 모두 깜짝 놀랐다.

웬디는 아들에게 어린이 아스피린을 먹였고, 잭은 저항 없는 아이를 침대 이불 밑에 눕혔다. 아이는 손가락을 입에 넣자마자 바로 잠들었다.

"저러는 거 싫어." 웬디가 말했다. "퇴행 현상이잖아."

잭은 대답이 없었다.

웬디는 화를 내지도 미소를 짓지도 않고 그를 가만히 쳐다보았다. "나쁜 자식이라고 부른 것, 사과하라고? 좋아, 사과할게. 미안해. 그래도 애를 때린 건 잘못했어."

"나도 알아." 잭이 부루퉁하게 대답했다. "나도 안다고. 대체 왜 그랬는지 나도 모르겠어."

"다시는 때리지 않겠다고 약속해 줘."

잭은 성난 표정으로 웬디를 쳐다보았고, 그러다 분노는 무너졌다. 웬디는 갑자기 노인이 되었을 때 잭의 모습이 어떨지 보이는 것 같아 가련하기도 하고 두렵기도 했다. 그녀는 전에는 그런 남편의 모습을 본 적이 없었다.

'어떤 모습?'

무너진 모습. 그녀는 속으로 대답했다. 그는 지친 모습이었다.

잭이 말했다. "나는 늘 약속을 지킬 수 있을 줄 알았어."

웬디는 그에게 다가가서 팔을 잡았다. "괜찮아, 지나간 일인걸. 그리고 경비대가 우리를 보러 오면, 우리 모두 내려가겠다고 하는 거야. 그렇지?"

"그래." 잭이 말했다. 그 순간만큼은 진심이었다. 예전에 아침마다 욕실 거울에서 창백하고 지친 자기 얼굴을 보면서 늘 진심으로 말했던 것처럼. 이제 끊을 거야. 딱 끊어 버릴 거야. 하지만 아침은 낮이 되었고, 낮이 되면 기분이 좀 나아졌다. 낮은 밤에게 자리를 내주었다. 20세기의 위대한 사상가가 말했듯이 밤은 반드시 오는 법.

잭은 웬디가 전정 나무에 대해 물어봐 주기를, 대니가 아빠는 제 이야기가 사실이란 걸 안다고 말한 게 무슨 말이냐고 물어봐 주기를 바랐다. 그랬다면 그는 전부 털어놓았을 것이다. 모조리. 전정 나무, 객실의 여자, 위치가 바뀐 것 같은 소화전 호스에 대해서도. 하지만 고백을 어디서 멈춰야 할까? 자신이 설상차 발전기를 던져 버렸고, 그러지 않았다면 지금쯤 모두 사이드와인더에 가 있을 거라고까지 말할 수 있을까?

하지만 웬디가 한 말은, "차 마실래?"

"응. 차 한 잔 하면 좋겠군."

웬디는 문 쪽으로 가더니 걸음을 멈추고 스웨터 위로 팔을 문질렀다. "내 탓이기도 해. 대니가 저……, 꿈인지 뭔지를 꾸는 동안에 우리는 뭘 했지?"

"웬디……."

"우린 자고 있었어. 십대 청춘처럼 자고 있었어."

"그만해. 지나간 일이야." 잭이 말했다.

"아니." 웬디가 대답하더니 그를 향해 낯설고 불안한 미소를 지었다. "끝나지 않았어."

그녀는 차를 끓이러 나갔다. 남편에게 아이를 지키게 하고서.

엘리베이터

잭은 끝없는 눈밭에서 커다랗고 형체를 알 수 없는 것에게 쫓기며 선잠을 자다가 깨어났다. 처음에는 다른 꿈을 꾸는 줄 알았다. 어둠 속에서 갑자기 뭔가 시끄러운 기계음이 들려오기 시작했다. 틱틱거리고 탁탁거리고 웅웅거리고 덜컥거리고 휙휙거리고.

웬디도 옆에서 일어나 앉았고, 그래서 꿈이 아님을 알 수 있었다.

"뭐지?" 차가운 대리석 같은 웬디의 손이 그의 손목을 잡았다. 그는 그 손을 뿌리치고 싶은 충동을 억눌렀다. 무슨 소리인지 그인들 대체 어떻게 알겠는가? 스탠드 위의 야광 시계를 보니 12시 5분이었다.

웅웅거리는 소리가 다시 들려왔다. 크고 지속적으로, 아주 약간씩 변하며. 그 소리가 멈추자 철컥거리는 소리가 났다. 덜컹거리고. 쿵. 그러고는 다시 웅웅거리는 소리.

엘리베이터였다.

대니가 일어나 앉았다. 졸립고 겁나는 목소리였다.

"여기 있어, 똘똘아. 이쪽으로 들어와. 엄마도 일어났어."

대니가 둘 사이로 들어오자 이불이 부스럭거리는 소리를 냈다.

"엘리베이터예요." 아이가 속삭였다.

"맞아." 잭이 말했다. "별것 아냐. 엘리베이터야."

"별것 아냐라니, 무슨 소리야?" 웬디가 따졌다. 그 목소리에는 얼음장 같은 신경질이 서려 있었다. "지금은 한밤중이라고. 누가 저걸 탄 거야?"

우우우우우우우웅. 틱. 탁. 이제 바로 위에서 들렸다. 문이 덜컹덜컹 열리는 소리. 쿵 하고 닫히는 소리. 그리고 모터와 케이블 소리.

대니는 울기 시작했다.

잭은 침대에서 발을 꺼내더니 바닥에 섰다. "전기 단락 때문일지도 몰라. 나가 볼게."

"이 방에서 나가지 마!"

"바보 같은 소리 하지 마." 잭이 가운을 걸치며 말했다. "이건 내 일이야."

웬디도 대니를 데리고 침대에서 내려왔다.

"우리도 갈래."

"웬디……."

"왜 그래요?" 대니가 근심 어린 목소리로 물었다. "왜 그래요, 아빠?"

대답 대신 그는 성난 굳은 표정으로 돌아섰다. 문 앞에서 가운에 허리띠를 매고 문을 연 다음 어두운 복도로 걸어 나갔다.

웬디는 잠시 머뭇거렸고 먼저 움직이기 시작한 것은 대니였다. 웬디는 재빨리 따라왔고 그들은 함께 밖으로 나섰다.

잭은 불을 켜지도 않았다. 웬디는 스위치를 더듬어 찾아 중앙 통로로 연결되는 복도 전등을 켰다. 성큼성큼 걸어간 잭은 이미 모서리를 돌아가고 있었다. 이번에는 대니가 스위치 보드를 찾아 스위치 세 개를 전부 켰다. 계단으로 내려가는 복도와 엘리베이터 통로에 불이 들어왔다.

잭은 긴 의자와 재떨이가 놓인 엘리베이터 앞에 서 있었다. 그는 닫힌 엘리베이터 문 앞에 꼼짝하지 않고 서 있었다. 색 바랜 체크 무늬 가운을 걸치고 낡은 갈색 가죽 슬리퍼를 신고서, 자느라 머리카락을 헝클어뜨린 잭은 웬디 눈에 20세기의 햄릿같이 보였다. 비극에 넋이 빠져 그 흐름을 돌리거나, 그것을 바꾸어 놓을 수 없는 우유부단한 인물.

'제발 그런 미친 생각 좀 그만둬…….'

대니의 손이 웬디의 손을 아프도록 꽉 쥐었다. 대니는 불안한 표정으로 엄마를 빤히 올려다보았다. 아이는 엄마가 생각하는 것을 파악하고 있던 것임을 웬디는 알 수 있었다. 얼마나 많이, 또는 얼마나 조금 느끼는지는 알 수 없었지만 마치 자위 행위를 하다가 들킨 것처럼 웬디는 얼굴이 붉어졌다.

"가자." 웬디가 말했고 둘은 복도를 따라 잭에게로 갔다.

웅 하는 소리와 덜컹거리고 쿵 하는 소리는 여기에서 더 크게 들려왔고 이따금 오싹했다. 잭은 닫힌 문을 열심히 쳐다보고 있었다. 웬디는 엘리베이터 문 중앙의 마름모꼴 창문으로 조금씩 움직이는 케이블을 분간할 수 있을 것 같았다. 엘리베이터는 발 밑, 로비 층에서 철컥 하며 멈추었다. 그들은 문이 열리는 소리를 들었다. 그리고…….

'파티.'

왜 파티라고 생각했을까? 아무 까닭도 없이 웬디의 머릿속에 파티라는 단어가 떠올랐다. 오버룩은 엘리베이터 통로에서 나는 이상한 소리 외에는 완전히 적막에 휩싸여 있었던 것이다.

'대단한 파티였을 거야'

'무슨 파티?'

한순간 웬디의 마음속에는 마치 기억처럼 뚜렷한 모습이 떠올랐다……. 여느 기억이 아니라 소중한 추억, 아주 특별한 경우에만 떠올리고 함부로 입에 담지 않는 추억. 불빛……, 수백 개, 아니 수천 개의 불빛. 불빛과 휘장, 샴페인 터뜨리는 소리, 글렌 밀러의 「인 더 무드」를 연주하는 오케스트라. 하지만 웬디가 태어나기도 전에 글렌 밀러는 죽었는데 어떻게 글렌 밀러를 추억할 수 있을까?

웬디가 쳐다보자, 대니는 자신에게는 들리지 않는 무슨 소리를 듣고 있는 것처럼 고개를 한쪽으로 갸우뚱하고 있었다. 얼굴은 새하얗게 질려 있었다.

쿵.

문이 다시 닫혔다. 엘리베이터가 올라가기 시작하자 웅 하는 소리. 웬디는 마름모꼴 창문으로 엘리베이터 꼭대기의 엔진을 보았고, 그러고는 구리 문 옆에 만들어진 다이아몬드 모양을 통하여 실내를 보았다. 엘리베이터 실내에는 따스한 노란 불빛이 비추고 있었다. 안은 비어 있었다. 엘리베이터는 비어 있었다. 비어 있었지만

(파티가 있는 날 밤에는 열 몇 명씩 가득 타고 있었을 것이다. 안전 수칙보다 더 많은 사람들이 타고 있었겠지만, 물론 그 시절 엘리베이터는 새것이었고 그들은 모두 가면을 쓰고 있었다)

'무슨 가면?'

3층에서 엘리베이터가 정지했다. 웬디는 대니를 쳐다보았다. 대니는 눈을 휘둥그렇게 뜨고 있었다. 아이는 놀라 입술에 핏기가 가실 정도로 꽉 다물고 있었다. 위에서 구리 문이 덜컹거리며 열렸다. 엘리베이터 문이 쿵 하고 열렸다. 시간이 되었으니까. 이제 때가 왔다.

'안녕히……안녕히……오, 정말 멋졌답니다……아뇨, 가면 벗는 시간까지 있을 수는 없어요……일찍 자고 일찍 일어나야죠. 오, 저 사람이 실라였어요……? 수도승이? 재밌지 않아요, 실라가 수도승 차림을 하다니? 예, 안녕히……안녕.'

쿵.

기어가 끽 하는 소리를 내었다. 모터가 작동했다. 엘리베이터는 다시 내려가기 시작했다.

"잭." 웬디가 속삭였다. "왜 저래? 왜 저러는 거지?"

"단락 때문이야." 잭이 말했다. 나무토막 같은 얼굴이었다. "말했잖아, 전기 단락이라고."

"머릿속에서 말소리가 자꾸 들려!" 웬디가 소리쳤다. "이게 뭐지? 뭐가 잘못된 거지? 미쳐 가고 있는 것 같다고!"

"무슨 소리?" 잭은 멍한 표정으로 그녀를 쳐다보았다.

웬디는 대니를 돌아보았다. "너도……?"

대니가 고개를 천천히 끄덕였다. "예. 음악 소리도요. 아주 옛날 같아요. 머릿속에서."

엘리베이터가 다시 멈추었다. 호텔은 조용해졌다가 삐걱거렸다. 텅 빈 채로. 밖에서는 어둠 속에 처마 밑으로 바람이 불었다.

"아마 둘 다 미쳤나 보군." 잭이 아무렇지도 않게 말했다. "엘리베이터가 딸꾹질하는 소리 말고는 빌어먹을 아무 소리도 안 들려. 둘이 듀엣으로 히스테리를 일으키려면 일으키라고. 하지만 난 빼 줘."

엘리베이터가 다시 내려왔다.

잭은 가슴 높이 벽에 유리 상자가 장착되어 있는 오른쪽으로 자리를 옮겼다. 그는 맨주먹으로 그것을 부쉈다. 유리는 안으로 깨어졌다. 주먹 두 군데에서 피가 흘렀다. 잭은 안으로 손을 넣어 기다랗고 매끄러운 몸통이 달린 열쇠를 끄집어내었다.

"잭, 하지 마. 그러지 마."

"내 일을 하는 거야. 그러니까 간섭하지 마, 웬디!"

웬디는 남편의 팔을 잡으려고 했다. 잭은 웬디를 뒤로 밀쳤다. 발이 가운 자락에 걸려 그녀는 쿵 하는 소리를 내며 카펫 위로 쓰러졌다. 대니는 비명을 지르며 엄마 옆에 무릎을 꿇고 앉았다. 잭은 엘리베이터 쪽으로 돌아서서 소켓에 열쇠를 집어넣었다.

엘리베이터 케이블이 사라졌고 작은 창에 엘리베이터의 바닥이 보였다. 잠시 후 잭은 열쇠를 세게 돌렸다. 엘리베이터가 갑자기 정지하자 끽 하며 긁히는 소리가 들렸다. 잠깐 동안 지하실의 모터에 클러치가 나가자 더 큰 소리를 내더니, 차단기가 들어오자 오버룩에는 오싹한 정적이 감돌았다. 바깥에 부는 바람은 상대적으로 매우 시끄럽게 들렸다. 잭은 회색 엘리베이터 문을 멍청히 쳐다보았다. 긁힌 주먹에서 떨어진 피 세 방울이 열쇠 구멍에 떨어져 있었다.

잭은 웬디와 대니를 향해 돌아섰다. 그녀는 앉아 있었고 대니는 엄마를 안고 있었다. 둘은 마치 잭을 처음 보는 낯선 사람, 위험한 사람처럼 가만히 응시하고 있었다. 그는 입을 열었지만 무슨 말이 나올지 자신도 몰랐다.

"이⋯⋯, 웬디, 이건 내 일이야."

웬디가 또렷하게 말했다. "일 같은 것 집어치워."

잭은 엘리베이터를 향해 돌아서서 문 오른쪽의 틈에 손가락을 넣고 조금 열었다. 그러자 체중을 전부 실어 문을 완전히 열 수 있었다.

엘리베이터는 도중에 멈추어, 바닥이 잭의 가슴 높이에 와 있었다. 아래 엘레베이터 통로의 끈적한 어둠과 대조적으로 따스한 불빛이 계속 스며 나오고 있었다.

잭은 한참을 들여다본 것 같았다.

"비었어." 그리고 말했다. "내가 말한 것처럼 전기 단락이라고." 그는 문 뒤의 가느다란 구멍에 손가락을 걸고는 잡아당겨 닫기 시작했다⋯⋯. 그때 그녀의 손이 잭의 어깨를 붙잡더니 놀라울 정도로 세게 그를 밀었다.

"웬디!" 잭이 소리쳤다. 하지만 웬디는 이미 엘리베이터의 바닥을 붙잡고 몸을 밀어 올려 안을 들여다보았다. 그러더니 어깨 근육과 복근을 써서 위로 올라가려고 했다. 한순간 어찌될 것인지 의아했다. 웬디의 두 발이 엘리베이터 통로의 어둠 속에서 흔들거렸고 분홍색 슬리퍼 한 짝이 떨어져 보이지 않는 곳으로 미끄러져 내려갔다.

"엄마!" 대니가 소리쳤다.

그리고 웬디는 위로 올라갔다. 뺨은 빨갛게 상기되고 이마는 등불처럼 새하얗게 빛을 내며. "이건 뭐야, 잭? 이것도 단락이야?" 그녀가 뭔가를 집어던지자 갑자기 복도는 빨강, 하양, 파랑, 노랑 색종이 가루로 가득 찼다. "이것도?" 오래되어 빛 바랜 녹색 파티 테이프였다.

"그리고 이것도?"

웬디가 던진 것은 정글 무늬 카펫 위에 떨어졌다. 검은 실크 고양이 가면, 관자놀이 쪽에 금박이 장식되어 있는 것이었다.

"이게 당신한테는 전기 단락으로 보여, 잭?" 웬디는 소리 질렀다.

잭은 고개를 앞뒤로 흔들며 서서히 걸어 나왔다. 색종이 가루가 흩어진 복도 카펫 위에서 고양이 가면이 천장을 응시하고 있었다.

연회장

12월 1일이었다.

대니는 건물 동쪽의 연회장에서 쿠션을 잔뜩 댄 등받이 높은 의자에 서서 유리 아래 시계를 쳐다보고 있었다. 시계는 연회장의 높다랗고 화려한 벽난로 중앙에 서 있었고, 양쪽에는 커다란 상아 코끼리가 한 마리씩 서 있었다. 대니는 그 코끼리가 다가와 엄니로 자신을 찌를 것이라고 예상했지만 그것들은 움직이지 않았다. '안전' 했다. 엘리베이터가 움직이던 밤 이후로 대니는 오버룩의 모든 것을 두 가지로 나누게 되었다. 엘리베이터, 지하실, 놀이터, 217호 실, 프레지덴셜 스위트룸, 그곳은 위험한 곳이었다. 그들의 숙소, 로비, 현관은 안전한 곳이었다. 아마도 연회장도 그런 듯 했다.

'어쨌든 코끼리는 안전했다.'

대니는 다른 곳에 대해서는 확실히 알지 못했으므로 가까이 가지 않는 것을 원칙으로 삼았다.

대니는 유리 돔 안에 든 시계를 쳐다보았다. 그것은 유리 안에 들어 있어서 톱니바퀴와 기어, 용수철이 전부 보였다. 이 장치 바깥에는 크롬, 아니면 쇠로 만든 트랙이 둘러져 있었고 시계 문자반 바로 아래에는 양쪽 끝에 맞물린 톱니바퀴가 하나씩 달린 작은 축대가 있었다. 시계 바늘은 XI시 15분을 가리키고 있었고, 대니는 로마 숫자를 몰랐지만 바늘 위치로 보아 몇 시에서 멈추었는지 짐작할 수 있었다. 시계는 벨벳 판 위에 서 있었다. 그 앞에는 돔의 곡면 때문에 약간 구부러진 채 섬세하게 세공한 은열쇠가 놓여 있었다.

대니는 로비 벽난로 옆의 캐비닛에 들어 있는 화려한 난로용 도구나 식당 뒷면에 놓여 있는 커다란 도자기 장식장처럼 그 시계도 만지면 안 되는 것 가운데 하나라고 생각했다.

갑자기 부당하다는 느낌과 성난 반항심이 치밀어 올랐다.

'내가 뭘 만지면 안 되는지 신경 쓰지 마, 신경 쓰지 말라고. 나를 건드렸잖아, 그렇지? 나를 갖고 놀았잖아, 그렇지?'

그랬다. 게다가 그것은 대니 자신이 부숴지지 않게 조심하지도 않았다.

대니는 손을 내밀어 유리 돔을 붙잡아 옆으로 들어 올렸다. 그리고 잠시 시계 장치를 쓰다듬어 보았다. 검지 안쪽으로 기어를 더듬어 보고 톱니바퀴를 만져 보았다. 아이는 은제 열쇠를 집어 들었다. 그 열쇠는 어른 손에는 너무 작아서 쥐기 어려웠겠지만 대니의 손가락에는 꼭 맞았다. 대니는 그것을 문자반 한가운데 열쇠 구멍에 넣었다. 조그맣게 찰칵 하는 느낌이 들었고 열쇠는 쏙 들어갔다. 물론, 오른쪽으로 돌아갔다. 시계 방향으로.

대니는 열쇠를 끝까지 돌렸다가 빼내었다. 시계는 움직이기 시작했다. 기어가 돌아갔다. 커다란 바퀴가 반원을 그리며 앞뒤로 움직였다. 바늘도 움직이기 시작했다. 머리를 꼼짝하지 않고 눈을 크게 뜨고 있으면 분침이 지금부터 45분쯤 후 시침과 만나기 위해 다가가는 것을 볼 수 있었다. XII시에.

'그리고 붉은 사신이 모두를 덮쳤다.'

대니는 인상을 쓰고는 그 생각을 떨쳐 버렸다. 그것은 아무 의미도, 아무 관련도 없는 생각이었다.

대니는 다시 검지를 내밀어 분침을 시침 위로 돌려 놓았다. 무슨 일이 벌어질까 궁금해하면서. 그것은 뻐꾸기 시계는 아니었지만 레일에는 뭔가 용도가 있을 것 같았다.

틱틱 하는 소리가 조그맣게 나더니 시계에서 스트라우스의 「푸른 도나우 왈츠」가 울리기 시작했다. 폭이 5센티미터도 안 되는 천 두루마리가 펼쳐지기 시작했다. 조그만 타악기들이 올라왔다 내려갔다. 문자반 뒤에서 트랙을 타고 발레 무용수 둘이 미끄러져 나왔다. 왼쪽에서는 폭신폭신한 치마와 흰 스타킹을 신은 소녀가, 오른쪽에서는 몸에 착 붙는 검은색 무용복과 발레화를 신은 소년이 나왔다. 둘은 머리 위에서 손을 맞잡아 무지개 모양을 만들었다. 그들은 한가운데 'VI' 앞에서 만났다.

대니는 그 인형의 팔꿈치 바로 아래 아주 작은 홈이 있는 것을 발견했다. 이 홈으로 축대가 미끄러져 들어가더니 또 찰칵 하는 소리가 들렸다. 축대 양쪽 끝의 기어가 움직이기 시작했다. 「푸른 도나우」가 울려 퍼졌다. 무용수들의 팔이 내려오더니 서로를 안았다. 소년이 소녀를 머리 위로 들어 올리더니 축대 위로 던졌다. 그러더니 둘은 납작 엎드렸다. 소년의 머리는 소녀의 짧은 발레 스커트 아래 묻혔고, 소녀의 얼굴은 소년의 무용복 한가운데를 눌렀다. 그들은 열광하며 몸을 떨었다.

대니는 코를 찡그렸다. 소년과 소녀는 쉬 누는 데다 뽀뽀를 하는 것이었다. 그것을 보고 있으니 메스꺼워졌다.

조금 있으니 모든 것은 거꾸로 돌아가기 시작했다. 소년은 축대 위로 넘어갔다. 그는 소녀를 똑바로 세웠다. 둘은 손을 다시 올리며 서로에게 인사했다. 그들은 등장했던 대로 퇴장했고「푸른 도나우」가 끝남과 동시에 사라졌다. 시계는 은종 소리를 내기 시작했다.

'자정입니다! 자정을 알리는 종소리입니다!'

'가면을 벗으십시오!'

대니는 의자에서 돌아서다가 떨어질 뻔했다. 연회장은 비어 있었다. 성당 창문 너머 새로이 흩날리는 눈이 보였다. 붉은 실과 금실로 풍성하게 수놓은 커다란 연회장 카펫(물론 춤출 때는 걷어 둔다)은 바닥에 그대로 놓여 있었다. 그 둘레에는 자그마한 이인용 탁자가 놓여 있었고, 그 위에는 거미처럼 생긴 의자가 다리를 천장으로 향한 채 올려져 있었다.

그곳은 텅 비어 있었다.

하지만 정말로 빈 것이 아니었다. 이곳 오버룩에서는 모든 일이 계속해서 이어지니까. 이곳 오버룩에서는 모든 시간이 하나였다. 1945년 8월의 밤, 웃음소리가 터져 나오고, 술이 돌고, 선택받은 소수의 손님들이 엘리베이터를 타고 오르내리고, 샴페인을 마시며 서로에게 인사를 늘어놓던 시간은 영원히 끝나지 않았다. 20년 전 6월, 아직 날이 밝기도 전 조직의 자객들이, 찢겨져 피 흘리는 세 사람의 시체에 엽총 탄환을 쏟아 부었던 시간도 끝나지 않았으며, 그들은 영원히 고통을 겪고 있었다. 2층의 한 객실에서는 한 여자가 욕조에 누워 손님을 기다리고 있었다.

오버룩의 모든 것이 생명을 얻었다. 마치 호텔 전체를 은열쇠로 돌려놓은 것 같았다. 시계는 움직이고 있었다. 시계는 움직이고 있었다.

자신이 바로 그 열쇠라고, 대니는 서글프게 생각했다. 토니가 경고했지만 대니는 결국 일이 벌어지게 하고 말았다.

'나는 겨우 다섯 살이야!'

대니는 연회장 안에 있는 것처럼 느껴지는 존재에게 소리쳤다.

'내가 겨우 다섯 살이라고 해도 상관없어?'

대답은 없었다.

대니는 머뭇거리며 다시 시계 쪽으로 돌아섰다.

아이는 그것을 미루고 있었던 것이다. 자신이 토니를 다시 부르지 않도록 누군가가 도와주길 바라며. 순찰대가 오든지, 헬리콥터나 구조대가 오기를. 텔레비전 프로그램에서는 언제나 그들이 제 시간에 와서 사람들을 구했다. 텔레비전에서는 수색대와 구조대, 의료 팀은 대니가 세상에서 인식하는 혼란스러운 악에 맞서는 친구였다. 사람들이 어려움에 처하면, 도움을 받고 곤경에서 빠져나올 수 있었다. 그들은 스스로의 힘으로 헤쳐 나올 필요가 없었다.

'응?'

대답은 없었다.

대답이 없었다. 그리고 토니가 온다 해도 악몽은 똑같을까? 짜증을 내는 쉰 목소리와 뱀처럼 생긴 카펫? 해살?

또 뭐가 있을까?

'응? 제발?'

대답은 없었다.

떨리는 한숨을 내쉬며 대니는 시계를 쳐다보았다. 기어가 돌아가더니 다른 기어와 맞물렸다. 톱니바퀴는 앞뒤로 움직이고 있었다. 그리고 머리를 움직이지 않고 가만히 있으면 분침이 계속해서 'XII'에서 'V'로 내려가는 것을 볼 수 있었다. 머리를 움직이지 않고 가만히 있으면⋯⋯.

문자반이 사라졌다. 그 자리에 둥글고 검은 구멍이 나 있었다. 그 구멍은 영원으로 통하는 곳이었다. 구멍이 커지기 시작했다. 시계가 사라졌다. 그 뒤에는 방이 있었다. 대니는 비틀거리다 문자반 뒤에 내내 도사리고 있던 어둠 속으로 빠져 들어갔다.

의자에 서 있던 조그만 아이는 갑자기 주저앉더니 이상한 자세로 드러누웠다. 목을 뒤로 젖히고 눈은 높다란 연회장 천장을 멍하게 주시한 채로.

아래로 아래로 아래로 아래로⋯⋯.

복도, 복도에 쭈그리고 앉아 있던 대니는 엉뚱한 방향으로 돌았다. 계단으로 돌아가려던 아이는 엉뚱한 쪽으로 돌았고 이제, 이제⋯⋯.

아이는 프레지덴셜 스위트룸으로만 이어지는 막다른 복도에 서 있다는 것을 알았다. 쿵쿵거리는 소리가 점점 가까이 다가왔고, 로크 방망이가 바람을 가르며 벽을 쳐 실크 벽지를 갈라 놓았다. 풀썩풀썩 먼지가 일어났다.

'빌어먹을, 이리 나와! 벌을'

하지만 복도에는 또 한 사람이 있었다. 냉담한 모습으로 벽에 기대고 서 있었다. 유령처럼.

아냐. 유령이 아냐. 하얀 옷을 차려입었어. 하얀 옷을 입었다고.

'내가 찾아내겠어, 이 빌어먹을 쥐새끼 같은 자식!'

대니는 그 소리에 몸을 움츠렸다. 이제 3층 중앙 복도로 올라오고 있었다. 그 목소리의 주인은 곧 모서리를 돌아올 것이다.

'이리 나와! 이리 나와, 이 망할 자식!'

하얀 옷을 입은 사람은 몸을 조금 세우고 입에 꼬나 물고 있던 담배를 손에 들더니 아랫입술에 붙어 있던 담배 조각을 뱉었다. 그것은 할로런이었다. 대니는 알아보았다. 마지막 날 입었던 파란 양복 대신 조리사의 하얀 옷을 입고 있었던 것이다. 할로런이 말했다.

"혹시 문제가 있으면, 나를 불러라. 좀 전에 한 것처럼 크게 불러. 플로리다에 있더라도 들을 수 있을지 모르니. 혹시 듣거들랑 당장 달려오마. 당장 달려오마. 당장 달려……."

'그럼 당장 오세요! 당장 오세요! 당장! 오 딕 아저씨가 필요해요 우리 모두 아저씨가 필요해요'

"오마. 미안하다. 하지만 가야 해. 미안하다, 대니. 귀여운 똘똘이, 하지만 나는 가야 한단다. 재미있었지만, 애야, 하지만 서둘러야 한다. 나는 가야 해."

'안 돼요!'

그러나 대니가 지켜보는 가운데 딕 할로런은 돌아서더니 다시 담배를 물고 냉담한 표정으로 벽으로 걸어 들어갔다.

대니를 홀로 남겨 놓고.

바로 그때 그림자가 모서리를 돌아왔고 시뻘건 눈만 뚜렷이 보였다.

'여기 있었군! 이제 잡았다. 이 새끼! 이제 버릇을 가르쳐 주마!'

그것은 로크 방망이를 휘둘러 대며 무시무시한 속도로 그를 향해 다가왔다. 대니는 비명을 지르며 뒷걸음쳤고 갑자기 벽을 통해 쓰러져서 구멍으로 데굴데굴 굴렀다. 토끼굴 속으로, 이상한 것들이 가득한 나라로.

토니도 훨씬 아래에서 떨어지고 있었다.

'난 이제 올 수 없어, 대니……그 사람이 나를 네 곁에 못 오게 해……아무도 나를 못 오게 해……딕을 불러……딕을 불러…….'

"토니!" 대니가 소리쳤다.

그러나 토니는 사라졌고 대니는 불현듯 어두운 방에서 정신을 차렸다. 그러나 완전히 캄캄하지는 않았다. 어디선가 약한 불빛이 흘러나왔다. 그곳은 엄마아빠의 침실이었다. 아빠의 책상이 보였다. 그러나 방은 엉망진창 흐트러져 있었다. 대니는 전에도 이 방에 와 보았다. 엄마의 오디오가 바닥에 엎어져 있었다. 레코드는 산산조각 나 있었다. 매트리스는 침대에서 떨어져 나와 있었다. 그림은 벽에서 찢겨져 있었다. 대니의 침대는 죽은 개처럼 옆으로 뒤집혀 있었고 폭스바겐 자동차는 박살 나서 보라색 플라스틱 조각이 되어 있었다.

불빛은 반쯤 열린 욕실에서 새어 나오고 있었다. 그 바로 너머에는 손가락 끝에서 피 흘리는 손 하나가 힘없이 축 처져 있었다. 그리고 약장 거울에는 '해살'이라는 단어가 깜박이고 있었다.

갑자기 그 앞에 커다란 유리 돔에 든 시계가 나타났다. 문자반에는 시계 바늘도 숫자도 없었다. 붉은 글씨로 날짜만 적혀 있었다. 12월 2일. 그리고 공포에 질려 눈을 휘둥그렇게 뜬 대니는 '해살(Redrum)'이라는 단어가 유리 돔에 희미하게 비친 것을 보았다. 이중으로 반사된 것이었다. 그리고 대니는 그것을 '살해(Murder)'라고 읽었다.

대니 토런스는 끔찍한 공포에 비명을 질렀다. 문자반에서 날짜가 사라졌다. 문자반 전체가 사라지더니 검은 구멍으로 바뀌어 점점 더 커졌다. 홍채가 커지듯이. 그것은 모든 것을 빨아들였고 대니는 앞으로 넘어져서 떨어지기 시작했다. 계속, 대니는……

……의자에서 떨어졌다.

한동안 대니는 숨을 몰아쉬며 연회장 바닥에 누워 있었다.

해살.
살해.
해살.
살해.

'붉은 사신이 모두를 덮쳤다!'

'가면을 벗으십시오! 가면을 벗으십시오!'

그러자 반짝이는 아름다운 가면 뒤에 어두운 복도를 따라 시뻘건 눈을 크게 뜨고 죽일 듯이 대니를 쫓아왔던 그 형체의 여태까지 보지 못한 얼굴이.

오, 대니는 가면을 벗을 시간이 되면 어떤 얼굴이 드러날지 두려웠다.

'딕!'

　대니는 온힘을 다해 소리쳤다. 그 기세에 머리가 흔들리는 것
같았다.

'오 딕 오 제발 제발 제발 와 주세요!'

　머리 위에서는 대니가 은열쇠로 돌려놓은 시계가 일 초, 일 분,
한 시간, 계속해서 움직이고 있었다.

5

THE SHINING

생사의 문제

플로리다

　할로런 부인의 셋째 아들, 딕은 흰 조리복을 입고, 러키 스트라
이크 한 대를 입에 꼬나 물고는 농산물 도매 시장에서 캐딜락을
몰고 천천히 건물을 돌아 나왔다. 현재 공동 소유주이기는 하지
만 예전 2차 대전 시절 따 놓은 허가를 놓고 지금까지 복잡한 문
제에 휘말려 있는 매스터튼이 높다랗고 어두운 건물 속으로 양상
추 상자를 밀어 넣고 있었다.

　할로런은 버튼을 눌러 옆 좌석 쪽 차창을 내리고는 고함쳤다.
"저 아보카도는 너무 비싸, 이 사기꾼아!"

　매스터튼은 뒤를 돌아보더니 금니 세 개가 다 드러나도록 입을
찢으며 씩 웃고 맞받아쳤다. "그걸 어디다 넣을 건지 내 잘 알지,
이 친구야."

　"난 그런 소리는 놓치지 않아, 동생."

　매스터튼은 가운뎃손가락을 들어 보였다. 할로런도 따라서 인
사를 차렸다.

　"오이 샀지?" 매스터튼이 물었다.

　"어."

　"내일 일찍 오라고. 네놈이 처음 보는 토실토실한 햇감자를 줄
테니."

"애를 보낼게." 할로런이 말했다. "오늘 밤에 올 거야?"

"자네가 술은 내나?"

"온다는 말이군."

"갈게. 집에 갈 때는 그놈의 것 좀 떼고 가. 응? 여기서 세인트 피트까지 경찰이라는 경찰은 다 네 이름을 알 거다."

"다 아는구먼, 응?" 할로런이 씩 웃으면서 물었다.

"너보다는 더 잘 알지."

"이 늙다리 검둥이가 말하는 것 좀 보게. 응?"

"자, 이제 가라. 이 양상추에 맞기 전에."

"한번 던져 보시지. 공짜는 뭐든 환영이니까."

매스터튼은 양상추 던지는 시늉을 했다. 할로런은 몸을 피하더니 창문을 올리고 차를 몰아 갔다. 기분이 좋았다. 한 30분째 오렌지 냄새가 났지만 이상할 것 없었다. 지난 30분 동안 과일 야채 시장에 와 있었으니까.

12월 1일, 동부 표준시로 오후 4시 30분이었다. 미국 대부분 지역에 서리가 내렸지만 이곳 남자들은 반팔 셔츠의 단추를 풀고 다니고 여자들은 얇은 민소매 드레스와 반바지를 입고 다녔다. 플로리다 퍼스트 뱅크 건물 꼭대기에 커다란 자몽으로 장식된 디지털 온도계는 26도에서 점점 더 올라가고 있었다. 플로리다가 있어서 다행이야. 할로런이 생각했다. 모기들까지 전부 다.

리무진 뒷자석에는 아보카도 스무 알, 오이 한 자루, 오렌지 한 자루, 자몽 한 자루가 실려 있었다. 봉투 세 개에 인자하신 하느님이 창조한 야채 가운데 가장 달콤한 버뮤다 양파, 전채 요리에 내보내면 열에 아홉은 손도 안 댄 채 돌아오는 질 좋은 완두콩,

그리고 전적으로 자신이 먹을 푸른 호박 하나가 들어 있었다.

할로런은 버몬트 거리 신호등의 우회전 차로에서 멈추었고, 푸른 화살표가 들어오자 219번 고속도로로 나서 시내를 떠나 주유소, 버거킹, 맥도널드 등이 있는 교외로 나설 때까지 시속 65킬로미터로 계속 달렸다. 오늘은 장 볼 것이 별로 없었기 때문에 조수 베데커에게 심부름을 보낼 수도 있었지만, 베데커는 고기 사는 날 장 볼 기회를 기다리고 있었고, 또, 할로런은 될 수 있으면 오랜 친구 프랭크 매스터튼과 이야기를 한마디씩 주고받을 기회를 놓치고 싶지 않았다. 매스터튼은 오늘 밤 식당으로 와서 텔레비전을 보면서 할로런이 내는 부시밀즈 위스키를 마실지도 몰랐다. 또는 안 그럴지도. 어쨌든 상관없었다. 그러나 그를 만나는 것은 중요했다. 이제는 매번 만날 때마다 중요했다. 이제 그들은 젊은이가 아니니까. 지난 며칠 동안 할로런은 그 사실을 골똘히 생각했던 것 같았다. 예순이 다 되어 가면 더 이상 청년이 아니다(아니, 솔직히 말하면 청년 시절은 끝났다). 그리고 갈 때를 대비해야 하는 것이다. 언제라도 떠날 수 있다. 그리고 할로런은 이번 주에 그 생각을 하고 있었다. 그렇다고 우울해하는 것이 아니라 사실로 받아들인 것이다. 죽음도 삶의 일부이다. 온전한 사람이 되고자 한다면 죽음을 생각해야 한다. 그리고 자신이 죽는다는 사실을 이해하기는 어렵더라도 최소한 그 사실을 받아들이는 것은 불가능하지 않다.

왜 이런 생각이 떠올랐는지는 알 수 없었지만, 이렇게 직접 장을 보러 나온 또 하나의 이유는 프랭크의 술집 위층에 있는 작은 사무실에 올라가기 위해서였다. 지금 그 위에는 변호사가 한 사람 있었다(작년에 거기 세들었던 치과 의사는 파산한 모양이었다). 매키버라는 흑인 청년이었다. 할로런은 안으로 들어가서 매키버라는 자에게 유언장을 만들고 싶은데 도와줄 수 있느냐고 물었다. 음, 매키버가 말했다. 언제까지 작성하고 싶으신가요? 어제요, 할로런이 대답하고는 고개를 젖히고 웃어 댔다. 뭔가 복잡한 일이 있습니까? 매키버의 다음 질문이었다. 할로런은 아니라고 했다. 캐딜락, 구천 달러 정도 되는 저축, 얼마 안 되는 예금 통장, 옷장 하나에 든 옷이 재산의 전부였다. 할로런은 그것을 전부 누이에게 주기로 했다. 만일 동생께서 먼저 돌아가시면? 매키버가 물었다. 상관없소, 할로런이 말했다. 그렇게 되면 유언장을 새로 만들 테니. 유언장은 세 시간도 되지 않아 완성되었고 서명도 끝났다. 악덕 변호사치고는 빠른 일이었다. 그리고 할로런은 그것을 '유언장'이라고 고풍스러운 글씨체로 박아 넣은 두꺼운 파란 봉투에 넣어서 접은 다음 가슴 주머니에 넣어 두었다.

할로런은 몇 년씩 미뤄 왔던 일을, 하필이면 이 화창한 여름날, 이렇게 기분이 좋을 때 하기로 마음먹었는지 알 수 없었다. 그러나 문득 그러고 싶은 마음이 들었고 거부하지 않았다. 그는 육감을 따르는 데 익숙했다.

그는 이제 시내에서 꽤 벗어나 있었다. 리무진을 90킬로미터가 넘는 과속으로 몰았고, 왼쪽 차선으로 달리면서 피터스버그로 가는 차들을 앞질렀다. 할로런은 지금도 리무진이 140킬로미터에서도 강철처럼 묵직하게 달릴 수 있고 심지어 180킬로미터로 달려도 별로 흔들리지 않는다는 것을 경험으로 알고 있었다. 하지만 폭주하던 시절은 지나간 지 오래였다. 리무진을 180킬로미터로

질주시킨다고 생각해 봤자 겁만 났다. 그는 늙어 가는 것이다.

'세상에, 오렌지 냄새 한번 지독하네. 썩은 것 아냐?'

차창에 벌레들이 부딪혔다. 할로런은 라디오 주파수를 마이애미 소울 방송국으로 맞추고 앨 그린의 부드러운 목소리를 들었다.

"우리 함께 보낸 시간 얼마나 아름다웠는지,
이제 늦었으니 헤어져야 한다네……"

할로런은 창문을 내리고 담배꽁초를 던진 다음 창문을 더 활짝 열어서 오렌지 냄새가 날아가게 했다. 그는 운전대를 손가락으로 퉁기면서 조그만 소리로 콧노래를 불렀다. 백미러에 걸려 있던 성 크리스토퍼 메달이 앞뒤로 조금씩 흔들렸다.

그러자 갑자기 오렌지 냄새가 강하게 풍겨 왔고 할로런은 무슨 일이 벌어질 것임을 알았다. 백미러에는 놀라서 휘둥그런 그의 눈이 비쳤다. 그리고 갑자기 그 일이 벌어졌다. 모든 것을 날려 버리는 커다란 광풍처럼. 음악도 앞에 놓인 도로도 자신을 오직 하나뿐인 인간이라고 생각하는 할로런의 자의식까지도 전부 날아가 버렸다. 마치 누군가가 그의 머리에 마음의 총을 겨누고 45구경 발포 소리를 내며 쏘아 대는 것 같았다.

'오 딕 오 제발 제발 제발 와 주세요!'

리무진은 작업복을 입은 남자가 모는 핀토 스테이션 웨건과 나란히 섰다. 작업복을 입은 그 사람은 리무진이 자기 차선으로 들어오는 것을 보고 경적을 울렸다. 캐딜락이 계속해서 밀려 들어오자 그는 누가 운전하는지 흘끗 보았고 덩치 좋은 흑인 남자가 운전대 앞에 꼿꼿이 앉아 눈을 멍하게 위로 치켜뜨고 있는 것을 보았다. 나중에 그는 아내에게, 요즘 흑인들이 다 머리를 그렇게 하고 다니는 건 알고 있었지만, 그 순간에는 그 작자의 머리털이 전부 곤두서 있는 것 같았다고 이야기했다. 그는 그 흑인이 심장 마비를 일으킨 줄 알았다고 생각했다.

그 운전자는 브레이크를 세게 밟아 다행히 그 뒤의 빈 공간으로 들어갔다. 캐딜락의 짐칸 쪽이 앞으로 들어왔고, 그 사람은 자기 범퍼와 1센티미터도 안 되는 간격을 두고 로켓 모양의 미등이 밀려 들어오는 순간 공포에 질려 쳐다보았다.

그 사람은 계속해서 경적을 울리며 왼쪽 차선으로 옮겼고, 술취한 사람처럼 비틀거리는 리무진에다 대고 소리 질렀다. 그는 리무진 운전자에게 혼자서 불법 섹스 행위나 하라고 했다. 설치류와 새하고 말씨름을 벌이라고도 했다. 흑인은 전부 고향 대륙으로 돌아가야 한다는 주장도 펼쳤다. 리무진 운전자의 영혼이 저승으로 가야 한다는 믿음도 표명했다. 그는 리무진 운전자의 어머니를 뉴올리언스 사창가에서 봤다는 말로 욕설을 마쳤다.

그러고 나서 그는 리무진을 따돌리고 위험에서 벗어났으며, 그제야 자기가 바지에 오줌을 지린 것을 깨달았다.

할로런의 머릿속에는 그 생각이 떠나지 않았다.

'와 주세요 딕 제발 와 주세요 딕 제발'

하지만 방송 지역을 벗어나려고 하면 라디오 방송이 사라지듯이 그 소리도 희미해지기 시작했다. 할로런은 자신의 차가 시속 80킬로미터가 넘는 속도로 갓길을 따라 달리고 있다는 사실을 어렴풋이 깨달았다. 그는 다시 차로로 들어갔고, 제자리를 찾기 전

뒷바퀴가 옆으로 잠깐 미끄러지는 것을 느꼈다.

바로 앞에 루트비어 아이스크림 가게가 있었다. 할로런은 방향등을 켜고 그쪽으로 들어갔다. 심장은 터질 듯이 뛰어 댔고 얼굴은 창백한 잿빛이 되었다. 그는 주차장에 차를 세운 다음, 주머니에서 손수건을 꺼내어 이마를 두드렸다.

'오 하느님!'

"무엇을 도와드릴까요?"

하느님의 음성이 아니라 열린 차창 앞에 주문서를 들고 서 있는 귀엽게 생긴 점원의 목소리였지만 할로런은 또 깜짝 놀랐다.

"아, 그래요. 루트비어 플로트로 줘요. 바닐라 두 덩이로."

"예, 손님." 점원은 빨간 나일론 제복 아래 엉덩이를 보기 좋게 흔들며 걸어갔다.

할로런은 가죽 시트에 기대앉아서 눈을 감았다. 이제는 더 이상 들리지 않았다. 여기 들어와서 여급에게 주문하는 사이에 마지막 남은 소리는 사라졌다. 남은 것은, 뇌를 잡아빼어 널어서 말렸던 것인 양 지끈지끈 쑤시는 두통뿐이었다. 울먼의 사업장에서 소년 대니에게 자신을 향해 빛을 발해 보라고 했을 때 느꼈던 것과 똑같은 두통이었다.

하지만 이번 것이 훨씬 더 강했다. 그때는 장난을 친 것뿐이었다. 이번에는 완전히 겁에 질린 상태에서 한마디한마디를 강하게 소리쳤던 것이다.

할로런은 팔을 내려다보았다. 뜨거운 햇빛이 내리쬐고 있었지만 아직도 소름이 돋아 있었다. 그는 아이에게 도움이 필요하면 자신을 부르라고 했다. 그것은 기억하고 있었다. 그리고 소년이 부르고 있었다.

할로런은 대체 어떻게 그런 빛을 지닌 아이를 거기다 두고 올 생각을 했는지 갑자기 의아해졌다. 분명 문제가 일어났을 것이다. 아주 심각한 문제가.

그는 갑자기 리무진의 시동을 켜고 고속도로로 되돌아갔다. 엉덩이를 흔들며 걷던 여급은 손에 루트비어 플로트가 놓인 쟁반을 들고 가게문을 나오던 참이었다.

"대체 뭐하는 짓이야?" 그녀는 소리를 질렀지만 할로런은 이미 사라졌다.

지배인은 큄스라는 남자였고, 할로런이 들어왔을 때 경마 물주와 통화 중이었다. 그는 로커웨이에서 단승식을 원했다. 아니, 연승식이고 복승식이고 쌍승식이고 다 필요 없었다. 한 건에 600달러를 따는 단승식만 원했다. 그리고 일요일에 제츠라니. 무슨 소리야, 제츠가 빌즈랑 붙는다고? 제츠의 상대가 누군지 모른단 말인가? 500백, 7점 차. 지친 표정으로 전화를 끊는 큄스를 보고서야 할로런은, 그가 어째서 이 조그만 온천 호텔을 운영하여 일 년에 오만 달러를 벌고도 엉덩이가 반질반질하게 낡은 양복을 입고 다니는지 알 수 있었다. 큄스는 어젯밤 마신 버번 때문에 충혈된 눈으로 할로런을 쳐다보았다.

"무슨 일이 있소, 딕?"

"예, 큄스 씨. 일이 좀 있어요. 사흘만 휴가를 내야겠습니다."

큄스의 얇은 셔츠 가슴 주머니에 켄트 담뱃갑이 비쳐 보였다. 그는 담뱃갑을 꺼내지 않고 주머니에서 바로 담배 한 개비를 꺼내더니 언짢은 표정으로 마이크로나이트 필터에 꽂았다. 그는 책상에 놓인 라이터로 불을 붙였다.

"그건 나도 마찬가지요. 그런데 무슨 일이오?"

"사흘 동안 볼일이 있어요. 아들 때문에." 할로런이 말했다.

큄스는 할로런의 왼손을 쳐다보았고, 거기에 반지는 없었다.

"1964년에 이혼했습죠." 할로런이 끈기 있게 설명했다.

"딕, 주말 상황을 알잖소. 예약이 다 찼소. 싸구려 좌석까지 말이오. 일요일 밤에는 플로리다 룸까지 손님을 받아야 돼요. 그러니까 차라리 내 시계를 달라고 해요. 내 지갑을, 연금을 내놓으라고 해요. 좋아, 원하면 마누라를 달라고 해도 좋아요. 하지만 휴가는 내놓으라고 하지 마시오. 무슨 일인데 그러시오, 병이라도 났소?"

"예, 지배인님." 할로런이 싸구려 모자를 비틀며 눈을 굴리는 자기 모습을 떠올리려고 애쓰면서 대답했다. "총에 맞았어요."

"총에!" 큄스가 말했다. 그는 미시시피 대학 마크가 찍힌 재떨이에 담배를 내려놓았다. 그는 그 학교의 경영학과 출신이었다.

"예, 지배인님." 할로런이 근심 어린 표정으로 대답했다.

"사냥하다 사고가 난 거요?"

"아닙니다." 할로런이 대답하고서 목소리를 더 낮게 깔았다. "재너, 그 여자가 트럭 운전사랑 살고 있지요. 백인입니다. 그놈이 제 아들을 쐈습니다. 콜로라도, 덴버 병원에 있답니다. 중태랍니다."

"대체 그걸 어떻게 알았소? 채소를 사러 간 줄 알았더니."

"예, 그랬습죠." 할로런은 스테이플턴 공항에 렌트카를 예약하려고 여기 오기 직전에 웨스턴 유니언 사무소에 들렀다. 나오기 직전에 웨스턴 유니언 전보지를 한 장 슬쩍했다. 이제 그는 호주 머니에서 그 용지 접은 것을 꺼내어 큄스의 뻘건 눈앞에 흔들었다. 전보지를 다시 주머니에 넣고는 또 목소리를 깔았다. "재너가 보냈습니다. 방금 전에 돌아오니 제 우편함에 들어 있었어요."

"이런, 이런 세상에." 큄스가 말했다. 그의 얼굴에는 아주 심각한 염려의 표정이 떠올랐다. 할로런이 잘 아는 표정이었다. 그것은 대상이 흑인이거나 수수께끼에 휩싸인 흑인 아들일 경우, 자신이 '유색 인종에게 친절하다'고 생각하는 백인에게 떠오르는 동정심의 표정이었다.

"그래요, 좋아요, 가시오." 큄스가 말했다. "베데커가 사흘은 맡을 수 있을 거요. 보이가 도와줄 수 있을 테니."

할로런은 더욱 침울한 표정으로 고개를 끄덕였지만 급사 아이가 베데커를 도와준다고 생각하니 속으로 웃음이 나왔다. 여느 때에도, 할로런은 그 급사 녀석이 한 방에 오줌을 변기에 맞추는 일이나 제대로 할 수 있을지 의심스러워했다.

"이번 주의 급료는 돌려드리고 싶습니다." 할로런이 말했다. "전부 다요. 저 때문에 굉장히 난처하게 되신 것 알고 있습니다. 큄스 씨."

큄스의 표정은 더욱 심각해졌다. 마치 목에 생선 가시라도 걸린 표정이었다. "그 얘기는 나중에 합시다. 가서 빨리 짐을 싸요. 베데커에게는 내가 이야기하겠소. 비행기 예약을 해 줄까요?"

"아닙니다, 지배인님. 제가 하겠습니다."

"좋소." 큄스는 일어서더니 진지한 표정으로 상체를 숙이고는 켄트 담배가 피워 올리는 연기를 들이쉬었다. 그는 한참 기침을 했고 홀쭉한 하얀 얼굴이 붉어졌다. 할로런은 침울한 표정을 유지하려고 안간힘을 썼다. "잘되기를 바라겠소, 딕. 무슨 일 있으면 전화하시오."

"그러지요."

둘은 책상 위로 악수를 했다.

할로런은 1층으로 내려가 고용인 숙소로 가서는 고개를 흔들며 껄껄 웃어 댔다. 아직도 미소를 머금고 손수건으로 눈물을 닦고 있을 때 짙은 오렌지 냄새가 풍겨 왔다. 그러고는 외침이 날아와 머리를 때렸다. 할로런은 술 취한 사람처럼 비틀거리며 분홍색 벽에 부딪혔다.

　　　'제발 와 주세요 딕 제발 와 주세요 빨리 빨리요!'

잠시 후 할로런은 정신을 좀 차리고, 마침내 아파트의 실외 계단을 올라갈 수 있을 듯한 상태가 되었다. 그는 현관 매트 아래에 열쇠를 두었고, 그것을 집으려고 허리를 숙이자 안주머니에서 뭔가가 쿵 하는 소리를 내며 2층 바닥에 떨어졌다. 할로런의 머릿속은 아직도 울려 대는 목소리로 가득 차 있어서 한 순간 그는 그게 뭔지도 모르고 푸른 봉투를 멍하게 쳐다보았다.

그러다 봉투를 뒤집어 보니 '유언장'이라는 꼬불꼬불한 단어가 그를 빤히 쳐다보았다.

'오 하느님 바로 이거였습니까?'

답은 알 수 없었다. 하지만 그럴 수도 있었다. 일주일 내내 죽음에 대한 생각이 마치……, 음,

'그래, 말해 버려'

예감처럼 머릿속에서 떠나지 않았던 것이다.

죽음? 한순간 자신의 평생이 눈앞을 스쳐 지나갔다. 할로런 부인의 셋째 아들 딕이 살아온 과정이 시간 순서나 지역 순서로 흘러가는 것이 아니라 동시다발적으로 지나간 것이다. 마틴 루터 킹은 총에 맞아 순교자의 길을 가기 얼마 전 산에 올랐다고 말한 적이 있었다. 딕은 그렇게 말할 수는 없었다. 산은 아니었지만, 오랜 노력 끝에 햇빛 잘 비치는 평원에는 도달했다. 좋은 친구들을 만났다. 어디서든 일자리를 구할 수 있는 경력을 쌓았다. 같이 잘 여자가 필요하면, 뭐, 꼬치꼬치 캐묻거나 무슨 의미 같은 걸 따지지 않는 싹싹한 사람을 사귈 수도 있었다. 그는 흑인이라는 자신의 정체성을 받아들였다. 만족했다. 그는 예순 살을 넘기고 있었고, 다행히도 순조롭게 살고 있었다.

그런데 거기, 자신의 삶에 종지부를 찍겠다는 말인가? 알지도 못하는 백인 세 사람을 위해서?

하지만 그건 거짓말이었다.

할로런은 그 소년을 알고 있었다. 마음씨 좋은 친구들과 40년을 사귀고도 나눌 수 없는 것을 둘은 교감했던 것이다. 그는 소년을 알았고 소년은 그를 알았다. 둘은 각자 머릿속에 원하지는 않았지만 거저 받은 탐조등 같은 것을 갖고 있었기 때문이다.

'아니, 네 것은 회중 전등이고, 그 애 것이 바로 탐조등이야.'

이따금 그 빛, 그 번득임은 상당히 좋은 것처럼 느껴질 때도 있었다. 경마에서 딸 수도 있었고 그 아이가 말한 것처럼 아빠한테 잃어버린 짐 가방을 찾아 줄 수도 있었다. 그러나 그건 드레싱, 샐러드에 얹은 소스일 뿐이었고, 샐러드 안에 오이가 들어 있듯 그 속에는 아주 쓰디쓴 씨앗이 숨어 있었다. 고통과 죽음과 눈물을 맛볼 수도 있었다. 그리고 지금 그 소년이 그곳에 갇혀 있으니 그는 갈 것이다. 소년을 구하기 위해. 왜냐하면 여느 사람들처럼 입으로 말하면서 대화할 때면, 자신과 소년은 공통점이라고는 없는 흑인 노인과 백인 소년 사이에 지나지 않았기 때문이다. 그러니까 가려는 것이다. 할로런 자신이 도울 수 있는 일이 있다면 할 것이다. 그렇게 하지 않으면 소년은 할로런의 머릿속에서 죽어 버릴 테니까.

그러나 그도 인간이었기에, 그 잔을 거두어 가 주셨으면 하는 씁쓸한 바람이 드는 것은 어쩔 수 없었다.

'그 여자는 밖으로 나와서 그를 쫓아왔다.'

할로런이 여행 가방에 갈아입을 옷을 쑤셔 넣고 있을 때 그 생각이 문득 떠올랐고, 그 일이 기억날 때면 언제나 그랬듯 온몸이 얼어붙는 것 같았다. 가급적 그 일은 생각하지 않으려고 노력했다.

그 직원, 들로레스 비커리라는 여자는 히스테리를 일으켰다. 그리고 다른 객실 담당 여직원들에게 뭐라고 말했고, 심지어는 손님 가운데 몇몇에게도 말했다. 그 말이 울먼에게 전해지자 아무리 바보라도 짐작할 수 있었을 것이다. 그가 그 여자를 해고할 것임을. 들로레스는 울면서 할로런에게 왔다. 해고당한 것 때문이 아니라 그 객실에서 본 것 때문이었다. 그녀는 수건을 교환하러 217호 실로 들어갔고 메이시 부인이 욕실에 죽은 채 누워 있었다고 했다. 물론, 그건 불가능한 일이었다. 그 전날, 메이시 부인의 사체는 비밀리에 치워졌고 그 시각에는 뉴욕으로 돌아가던 중이었을 것이다. 늘 타는 일등석이 아니라 화물칸에 타고서.

할로런은 들로레스를 별로 마음에 들어하지 않았지만, 그날 저녁 살펴보러 올라가 보았다. 들로레스는 일거리가 줄어드는 시즌 끝 무렵이 되면 여급 일을 맡았던, 얼굴 색이 가무잡잡한 스물세 살의 처녀였다. 그녀는 아주 조금 빛을 갖고 있다고, 할로런은 판단을 내렸다. 쥐새끼처럼 생긴 남자 하나와 옅은 색 코트를 입은 그의 경호원이 저녁을 먹으러 들어오곤 했고, 들로레스는 자기가 담당한 탁자를 그들의 탁자와 바꾸곤 했다. 생쥐 같은 남자는 접시 아래 10달러짜리 지폐를 놓아 두었다. 탁자를 바꾼 여급에게는 재수 없는 일이었다. 하지만 더욱 나쁜 것은 들로레스가 그것을 보고 깔깔거리며 웃는 것이었다. 그녀는 게을렀고, 농땡이를 용납하지 않는 사람 밑에 있으면서도 농땡이를 부렸다. 그녀는 리넨 창고에 앉아서 싸구려 잡지를 읽으며 담배를 피우곤 했지만, 울먼이 불시에 나타날 때마다. 그래서 다리를 쉬고 있던 여직원들이 걸릴 때마다 그녀는 잡지책은 선반 높이 올려놓고 재떨이는 제복 주머니에 안전하게 숨긴 다음 부지런히 일하고 있었다. 그렇다, 그녀는 농땡이에다 싸가지였고 다른 여직원들이 싫어했지만 약간의 빛을 갖고 있었던 것이다. 그녀는 항상 그 덕을 보았다. 그렇지만 217호 실에서 본 것은 너무나도 끔찍했기 때문에 들로레스는 울먼이 쓴 해고장을 들고 떠날 수 있게 된 것이 기쁠 지경이었다.

왜 그녀가 자신에게 온 것일까? 빛은 빛을 알아보는 법이라고, 할로런은 생각했다.

그래서 그날 밤 할로런은 위층으로 올라가 다음 날 새로운 손님이 들어올 그 방으로 가 보았다. 그는 사무실의 마스터 키를 써서 안으로 들어갔는데 만일 울먼이 그가 그 열쇠를 갖고 있는 것을 보았다면 그 역시 들로레스 비커리와 함께 실업자 대열에 동참했을 것이다.

　욕조에 샤워 커튼이 드리워져 있었다. 그는 그것을 열어젖혔다. 하지만 그러기 전에도 이미 무엇을 보게 될지 예감하고 있었다. 자주색으로 불어터진 메이시 부인이 물이 반쯤 차 있는 욕조에 힘없이 누워 있었다. 그녀를 내려다보며 서 있자 목에서 맥박이 세차게 뛰었다. 오버룩에는 다른 것들도 있었다. 불규칙적인 간격으로 기분 나쁜 꿈을 자꾸 꾸었다. 무슨 가장무도회 같은 것도 있었고, 그때 할로런은 오버룩의 연회장에서 음식을 제공하고 있었다. 그리고 가면을 벗으라는 외침에 모두가 얼굴을 드러내는데, 거기에는 구더기가 들끓고 있었다. 그리고 전정 나무 동물들도 있었다. 두 번, 아니 세 번, 그는 그것이 아주 조금 움직이는 것을 보았다(또는 본 것 같았다). 개는 앞발을 들고 있는 자세에서 약간 구부린 자세로 바뀌었고, 사자들은 놀이터의 아이들을 위협하듯 앞으로 움직이는 것 같았다. 작년 5월 울먼은 할로런에게 다락에 올라가 지금 로비 벽난로 옆에 세워져 있는 화려한 난로 도구를 찾아다 달라고 했다. 그 위에 올라가 있는 동안 천장에 달려 있던 전구 세 개가 꺼졌고 그는 뚜껑문으로 돌아가는 길을 잃었다. 그는 가늠할 수도 없는 시간 동안 사방을 더듬었고, 점점 더 공포에 질려 정강이를 상자에 부딪히고 여러 가지 물건에 머리를 박았다. 뭔가 어둠 속에서 자신을 쫓아오고 있다는 느낌이 점점 더 강하게 들었다. 불이 꺼졌을 때, 목조 건물에서 뭔가 커다랗고 무시무시한 것이 스며 나온 것 같았다. 그러다가 뚜껑문의 고리에 손이 닿자, 그는 최대한 재빨리 검댕을 묻히고는 엉망이 되어서 아래로 내려왔고 문은 열어 두었다. 나중에 울먼은 친히 주방으로 찾아와 그가 다락 전등을 켜 놓고 문을 열어 놓은 채로 두었음을 알려 주었다. 할로런 씨는 손님들이 그 위에 올라가 보물찾기를 하기를 바랍니까? 전기가 무료라고 생각합니까?

그리고 할로런은 손님 중에서도 뭔가를 보거나 들은 사람들이 있다고 추측했다. 아니, 확신에 가까웠다. 그곳에서 지내 온 3년 동안, 프레지덴셜 스위트룸은 아홉 번 예약되었다. 거기 묵었던 손님 가운데 여섯 명은 호텔을 계획보다 일찍 떠났고, 그중에는 눈에 띄게 불편한 기색을 한 사람들도 있었다. 다른 객실에 묵었던 손님들도 마찬가지로 갑작스럽게 떠나곤 했다. 1974년 8월의 어느 날, 해 질 무렵, 한국 전쟁에서 훈장을 두 개나 받은 남자(그 사람은 현재 대기업 세 곳의 위원으로 있으면서 저명한 텔레비전 뉴스의 앵커맨을 개인 재량으로 파면시켰다는 설도 있었다)가 갑자기 골프 연습용 녹지에서 비명을 지르며 신경질적인 발작을 일으킨 적이 있었다. 그리고 할로런이 오버룩에 근무하는 동안, 뚜렷한 이유도 없이 그냥 놀이터에 가지 않겠다고 하는 아이들을 열 명도 더 보았다. 한 아이는 콘크리트 링에서 놀다가 발작을 일으켰지만 그것이 오버룩이 부르는 죽음의 노래 탓인지는 알 수 없었다. 잘생긴 영화 배우의 외동딸이었던 그 아이는 간질 환자였는데, 그날 약 먹는 것을 잊었던 것뿐이라는 이야기가 직원들 사이에서 오갔다.

그렇기에, 메이시 부인의 시체를 내려다보던 할로런은 놀라기는 했지만 공포에 질린 것은 아니었다. 전혀 예상치 못했던 것은 아니었다. 그러나 그 여자가 눈을 뜨고 멍한 은색 눈동자를 드러내고는 자신을 보고 씩 웃기 시작하자 공포감이 들었다. 공포감이 든 것은

(그 여자가 밖으로 나와 자신을 따라나왔을 때였다.)

할로런은 헐떡거리며 도망쳤고, 문을 닫고 나와 잠그고 나서도 마음이 놓이지 않았다. 사실, 여행 가방의 지퍼를 잠그고 있는 지금에 와서야 인정하는 것이지만 그 후로 오버룩에서는 두 번 다시 안전하다는 느낌을 받지 못했다.

그런데 지금 그 소년이 도와달라고 부르고 있었다. 소리를 지르고 있었다.

할로런은 시계를 보았다. 오후 5시 30분이었다. 그는 현관문 쪽으로 갔다가, 콜로라도는 지금 한겨울이며 특히 산속은 추울 것이라는 사실을 기억해 내고 옷장으로 돌아갔다. 그는 폴리우레탄 드라이클리닝 백에서 양털로 안을 댄 긴 외투를 끄집어내어 팔에 걸쳤다. 그것이 할로런이 갖고 있는 유일한 겨울 옷이었다. 그는 전등을 전부 끄고 집 안을 둘러보았다. 뭔가 잊은 것이 없던가? 있다. 한 가지. 그는 가슴 주머니에서 유언장을 꺼내어 경대 거울 앞에 잘 보이게 올려놓았다. 운이 좋으면 돌아올 수 있을 것이다.

그렇다. 운이 좋으면.

할로런은 아파트 바깥으로 나와 문을 잠그고, 열쇠를 매트 밑에 넣고는 실외 계단으로 내려가 캐딜락으로 갔다.

마이애미 국제 공항까지 절반쯤 가서, 큄스나 그의 일당들이 돌아다닐 법한 곳에서 충분히 멀어지자 할로런은 쇼핑 센터의 셀

프 세탁소에 들러 유나이티드 항공사에 전화를 걸었다. 덴버까지 비행기 편 좀 알려 주십시오.

6시 36분 발 비행기가 하나 있었다. 그 시간까지 닿을 수 있습니까?

할로런이 시계를 보자 6시 02분이었고 할 수 있다고 말했다. 좌석은 있습니까?

잠시만 기다려 주십시오.

귓전에서 철컥 하는 소리가 나더니 달콤한 음악이 들려왔다. 아마도 기다리는 시간을 즐겁게 해 주려는 것인 듯했다. 하지만 그렇지 않았다. 할로런은 발을 구르며, 시계와 잠든 아기를 업고 동전 세탁기에 든 세탁물을 꺼내는 젊은 여자를 번갈아 가며 보았다. 그 여자는 생각보다 집에 늦게 돌아가게 되어 고기는 타고 남편——마크? 마이크? 매트?——이 화를 낼까 봐 걱정하고 있었다.

1분이 지났다. 2분. 할로런이 일단 차를 몰아 가 보자고 마음을 먹는 순간, 항공사 예약 담당 직원이 다시 나왔다. 취소된 좌석이 하나 있었다. 일등석이라고 했다. 일등석이라도 괜찮으십니까?

예. 할로런은 그 자리를 예약했다.

현금으로 지불하시겠습니까, 신용 카드로 지불하시겠습니까?

현금이오, 현금. 빨리 가야 합니다.

성함이……?

할로런이오. 나중에 봅시다.

할로런은 전화를 끊고 문 쪽으로 달려갔다. 고기가 탈까 봐 걱정하는 여자의 단순한 생각이, 미칠 것 같은 지경이 될 때까지 자꾸만자꾸만 전해 왔다. 이따금 그런 일이 있었다. 아무 이유도 없

이, 아무 상관도 없는 아주 순수하고 뚜렷한 생각을……. 그리고
보통 전혀 쓸모 없는 생각을 포착하곤 했다.

할로런은 거의 시간에 맞출 뻔했다.

그는 시속 150킬로미터로 달리고 있었고, 공항이 시야에 나타
나는 순간, 플로리다 경찰관에게 붙잡혔다.

할로런은 창문을 내리고 장부를 펼치고 있던 경찰을 향해 입을
열었다.

"압니다." 경찰은 위로하듯 말했다. "클리브랜드에서 장례식이
있으시죠. 아버지 장례식. 시애틀의 결혼식도 있으시죠. 여동생
의 결혼식. 샌호세의 할아버지 사탕 가게에 불이 나서 폭삭 망했
다고. 캄보디아 빨갱이가 뉴욕 시 터미널 로커에서 지금 기다리
고 있다고. 저는 공항 바로 옆의 이 길을 좋아합니다. 어린 시절
에도 이야기 시간을 좋아했거든요."

"들어 보시오, 경찰관 양반. 내 아들 놈이……."

장부 페이지를 찾아낸 경찰관이 말했다. "이야기 전체에서 제
가 알아맞힐 수 없는 부분은, 과실을 저지른 운전자 또는 이야기
꾼의 면허증 번호와 주민증 정보입니다. 그러니 말씀해 주시죠."

할로런은 경찰관의 침착한 푸른 눈을 들여다보고 아들이 중태
라는 이야기를 생각하다가 그러면 일이 더 복잡해질 뿐이라고 판
단을 내렸다. 이 사람은 큅스가 아니었다. 그는 지갑을 꺼냈다.

"좋습니다." 경찰이 말했다. "면허증을 꺼내 주시겠습니까? 내
용을 확인해야겠습니다."

묵묵히 할로런은 면허증과 플로리다 주민증을 꺼내 교통 경찰

에게 내주었다.

"아주 좋습니다. 그래서 상을 드리겠습니다."

"네?" 할로런이 희망을 갖고 물었다.

"이 번호를 다 적고 나면 풍선을 드릴 테니 불어 주십시오."

"오, 이이런!" 할로런이 신음했다. "보십시오, 비행기가……."

"쉿." 교통 경찰이 말했다. "소란 피우지 맙시다."

할로런은 눈을 감았다.

할로런은 6시 49분. 비행기 시간이 미루어졌기를 바라며 유나이티드 데스크에 도착했다. 따로 물어볼 필요는 없었다. 수속 데스크 앞에 걸려 있는 출발 모니터가 알려 주었다. 덴버행 동부 표준시 6시 36분 발 901편은 6시 40분에 떠났다. 9분 전에.

"이런 빌어먹을." 딕 할로런이 말했다.

그때 갑자기 짙은 오렌지 냄새가 났고 그는 바로 화장실로 달려갔다. 공포에 질려 귀가 먹먹해지도록 외치는 소리가 들려오기 전에.

'와 주세요 제발 와 주세요 딕 제발 제발 와 주세요!'

계단에서

그들이 버몬트에서 콜로라도로 이사 오기 얼마 전 유동 자산을 늘리기 위해 판 것 가운데 하나는 잭이 모아 온 200장의 로큰롤과 알앤비 앨범이었다. 그것들을 장당 1달러에 벼룩 시장에서 팔았다. 이 앨범 가운데, 대니가 좋아하던 것은 에디 코크런의 두 장짜리 레코드 세트로, 레니 케이가 쓴 네 쪽짜리 레코드 해설이 들어 있었다. 웬디는 짧은 생을 살다 요절한 이 사람의 앨범에 대니가 반한 것에 종종 놀라곤 했다. 사실, 그는 웬디가 열 살 때 죽은 사람이었다.

산지 표준시 7시 15분, 딕 할로런이 큄스에게 전처의 백인 남자 친구에 대해 이야기하고 있었을 때, 웬디는 대니가 로비와 2층 사이의 계단 중간쯤에 앉아서 빨간 고무공을 이 손에서 저 손으로 던지며 그 앨범에 실려 있던 노래를 부르는 것을 보았다. 아이의 목소리는 나지막하고 높낮이가 없었다.

"그래서 나는 계단을 하나 둘, 계단을 셋, 넷 오르네." 대니가 노래했다. "다섯 계단, 여섯 계단, 일곱 계단 더……, 꼭대기에 올라가면 지쳐서……."

웬디는 곁으로 와 계단에 앉아서, 대니의 아랫입술이 보통 때의 두 배로 부풀어오른 데다 턱에는 피가 말라붙어 있는 것을 보았다. 놀라서 심장이 내려앉았지만 겨우 아무렇지도 않은 목소리로 말했다.

"무슨 일 있었니, 똘똘아?" 웬디는 빤히 알고 있었지만 물어보았다. 잭이 때린 것이다. 그렇다, 물론이었다. 또 때린 것이다. 쳇바퀴 같은 상황. 조만간 예전으로 돌아갈 것이다.

"토니를 불렀어요." 대니가 말했다. "연회장에서요. 의자에서 떨어졌나 봐요. 이제 아프지 않아요. 그냥……, 입술이 너무 커진 듯한 것뿐이에요."

"정말이야?" 웬디는 심란한 표정으로 아이를 쳐다보며 물었다.

"아빠가 한 것 아니에요." 아이가 대답했다. "오늘은 아니에요."

웬디는 으스스한 기분으로 아이를 쳐다보았다. 공이 한 손에서 다른 손으로 갔다. 대니는 웬디의 마음을 읽고 있었던 것이다. 아들이 그녀의 마음을 읽고 있었다.

"토……토니가 뭐라고 하든, 대니?"

"상관없어요." 아이의 얼굴에는 표정이 없었고 목소리는 싸늘할 정도로 무관심했다.

"대니……." 웬디는 아이의 어깨를 잡았다. 생각보다 더 세게. 그렇지만 아이는 찡그리지 않았다. 엄마의 손에서 벗어나려 하지도 않았다.

'오 우리가 이 아이를 망가뜨리고 있어. 잭뿐만이 아냐, 나도 마찬가지야, 게다가 우리 둘만이 아닐지도 몰라, 잭의 아버지, 내 어머니, 그 사람들도 여기 있는 것일까? 그래, 그럴 거야. 이곳에는 어쨌든 유령들이 모여 있으니, 두 명쯤 더 없을 까닭도 없지 않겠어? 오 주여 이 아이는 텔레비전에 나오는 수트케이스처럼 비행기에서 떨어져 나와 공장의 분쇄기로 들어가고 있어. 타이맥스 시계처럼. 두들겨 맞으면서도 계속 가고 있어. 오 대니 너무나 미안하다.'

"상관없어요." 아이가 또 말했다. 공은 한 손에서 다른 손으로 갔다. "토니는 이제 올 수 없어요. 그 애를 보내 주지 않아요. 그 애는 쫓겨났어요."

"누구한테?"

"호텔에 있는 사람들한테요." 아이가 말했다. 아이는 엄마를 쳐다보았고 눈빛은 전혀 무관심하지 않았다. 깊고 겁먹은 눈빛이었다. "그리고……, 호텔에 있는 것들도요. 온갖 것이 다 있어요. 호텔에는 그것이 잔뜩 모여 있어요."

"너는 볼 수……."

"보고 싶지 않아요." 대니는 조그만 소리로 말하더니 한 손에서 다른 손으로 옮겨 다니는 고무공을 다시 쳐다보았다. "하지만 이따금 밤늦게 소리가 들려요. 바람처럼 전부 한숨을 내쉬고 있어요. 다락에서요. 지하실이랑. 객실에서. 온통. 제 잘못이라고, 제가 이런 아이라서 그렇다고 생각했어요. 열쇠라서요. 조그만 은열쇠."

"대니, 그러지 마……. 그렇게 자책하지 마."

"하지만 아빠도 마찬가지예요." 대니가 말했다. "아빠랑. 엄마도요. 호텔은 우리를 전부 원해요. 아빠를 괴롭히고 놀리고 자신을 가장 원한다고 생각하게 만들어요. 저를 가장 원하지만, 우리를 전부 데려갈 거예요."

"저 설상차만……."

"그렇게 내버려 두지 않을 거예요." 대니는 똑같이 조그만 소리로 말했다. "아빠가 그 부품을 눈 속에 던지게 만들었어요. 멀리. 꿈에서 보았어요. 아빠는 그 여자가 정말로 217호 실에 있다는 것을 알아요." 대니는 겁먹은 눈으로 엄마를 쳐다보았다. "제 말을 믿든지 말든지 상관없어요."

웬디는 아들에게 팔을 둘렀다.

"네 말 믿어. 대니, 사실대로 말해 주렴. 잭이……, 아빠가 우리를 해칠까?"

"그들이 그렇게 시킬 거예요. 저는 할로런 씨를 부르고 있어요. 그 아저씨가 필요하면 부르라고 했어요. 그래서 부르고 있어요. 하지만 정말 힘들어요. 그러느라 지쳤어요. 그리고 아저씨가 제가 부르는 것을 듣는지 못 듣는지 알 수 없다는 게 정말 힘들어요. 거리가 너무 멀어서 아저씨는 대답을 할 수 없어요. 그런데 저한테도 너무 먼 건지 아닌지 모르겠어요. 내일……."

"내일 뭐?"

아이는 고개를 저었다. "아니에요."

"지금 어디 계시니? 아빠는?"

"지하실에 계세요. 오늘 밤에는 올라오지 않을 것 같아요."

웬디는 벌떡 일어섰다. "여기서 기다리렴. 5분 만."

형광등이 켜진 주방은 춥고 을씨년스러웠다. 웬디는 식칼이 걸려 있는 곳으로 갔다. 그녀는 가장 길고 날카로운 칼을 골라 행주로 감은 다음 주방을 나와서 불을 껐다.

대니는 계단에 앉아서 손에서 손으로 날아가는 고무공을 쳐다보고 있었다. 아이는 노래를 불렀다. "그 여자는 시내 20층에서 살고 있는데 엘리베이터가 고장 났다네. 그래서 나는 계단을 하나, 둘 계단을 셋, 넷……."

'루, 루, 깡총 뛰어라 루……'

노래가 끊어졌다. 대니는 귀를 기울였다.

'깡총 뛰어라 루 내 사아아랑……'

그 목소리는 대니의 머릿속에서 들려왔다. 너무나도 자신의 일부와 같았고, 섬뜩할 정도로 비슷해서 자기 생각의 일부일지도 모른다고 여겨졌다. 그것은 부드럽고 엄청나게 간교했다. 그를 놀렸다. 이렇게 말하는 것 같았다.

'오 그래, 여기 마음에 들 거야. 시험해 보라고, 마음에 들 거라니까. 시험해 봐, 아아아아주 마음에 들 거야……'

귀를 기울이자 소리가 다시 들렸다. 유령인지 영혼인지 아니면 호텔 전체인지, 그곳은 모든 것이 죽음으로 끝나는 무시무시한 놀이 공원이었고, 알록달록 그려 놓은 유령이 정말로 살아 있고 전정 나무가 걸어다니고 조그만 은열쇠로 지저분한 쇼를 시작할 수 있는 곳이었다. 그곳은 가만히 한숨을 쉬고, 밤이면 처마 밑에 불어 대는 끝없는 겨울 바람처럼, 여름 관광객들은 절대로 들어보지 못하는 바람 소리처럼 바스락거렸다. 마치 땅 벌집에서 잠자던 여름 말벌들이 깨어나는 소리 같았다. 높이는 삼천 미터나 되었다.

'까마귀랑 책상의 닮은 점이 무엇이겠나? 높을수록 적다는 거지, 물론! 차 한 잔 더 마시게!'

그것은 살아 있는 소리였지만, 사람의 음성도 숨소리도 아니었다. 철학자라면 영혼의 소리라고 불렀을지도 모른다. 1900년대 초, 남부에서 자라난 딕 할로런의 할머니는 그것을 도깨비라고 불렀을 것이다. 심령 연구자는 긴 이름을 붙였을 것이다. 심령 감응, 사이코키네시스, 염력. 하지만 대니에게 그것은 계속해서 삐걱거리며 점점 더 그들의 주위로 다가오는 늙은 괴물, 호텔의 소리일 뿐이었다. 이제 시간뿐 아니라 공간도 뒤죽박죽되어서 굶주린 그림자와 편히 쉬지 못하는 손님들이 몰려나오고 있었다.

어두운 연회장. 유리 돔 안의 시계가 짧은 음악 소리와 함께 7시 30분을 알렸다.

술에 취한 쉰 목소리가 고함쳤다. "모두 가면을 벗고 놀아나 봅시다!"

로비를 가로질러 대니에게 오던 웬디는 움찔하며 멈추었다.

웬디는 아직도 공을 이쪽저쪽 던지고 있는 대니를 쳐다보았다. "무슨 소리 들었니?"

대니는 엄마를 쳐다보면서 공을 던질 따름이었다.

그날 밤, 그들은 문을 잠그고 함께 잤지만 깊이 잠들지 못할 것이다.

그리고 어둠 속에서 눈을 뜬 대니는 생각했다.

'아빠는 저들과 같이 되어서 영원히 살고 싶어해. 바로 그걸 원하는 거야.'

웬디는 생각했다.

'안 되면 애를 데리고 위로 올라가겠어. 죽을 거면 차라리 산에서 죽을 테야.'

웬디는 행주에 싼 식칼을 침대 밑에 두었다. 그리고 바로 옆에 손을 대고 있었다. 그들은 깜빡깜빡 잠이 들었다. 호텔은 삐걱거리는 소리를 내었다. 밖에는 납덩이같은 하늘에서 눈이 흩날리기 시작했다.

지하실에서

'보일러 빌어먹을 보일러!'

그 생각은 새빨간 테두리를 하고서 잭 토런스의 머리에 전속력으로 경고를 보냈다.

'잊는 날에는 압력이 계속 올라가서 당신이랑 가족이 깨어나보면 저놈의 달에 가 있을지도 몰라요……. 250이라고 되어 있지만 그보다 훨씬 전에 터질 거요……. 다이얼이 180이 되면, 여기 가까이 오면 안 돼요.'

잭은 밤새 이 지하실에서 시간이 점점 부족해지고 있으며, 서둘러야 한다는 생각에 사로잡혀 옛날 기록이 들어 있는 상자를 뒤지고 있었다. 아직도 가장 중요한 실마리, 모든 것을 명백히 밝혀 줄 연결 고리를 찾지 못했다. 오래된 종이 때문에 손가락엔 누런 먼지가 묻어 있었다. 그리고 너무나 열중하느라 잭은 보일러 점검을 한 번 빠뜨렸던 것이다. 그는 어제 저녁 6시경, 여기 처음 내려왔을 때 압력을 낮추었다. 지금은…….

시계를 본 잭은 옛 구매서 더미 위로 펄쩍 뛰어올랐다.

세상에, 새벽 5시 15분이었다.

뒤에서는 가열로가 계속 소리를 냈다. 보일러는 쉭쉭거리는 신음소리를 내고 있었다.

잭은 그쪽으로 달려갔다. 지난 한 달 동안 더 수척해진 얼굴은 이제 거뭇거뭇한 수염이 더부룩했고, 그는 강제 수용소 수용자처럼 멍한 표정을 짓고 있었다.

보일러 압력계는 210을 가리키고 있었다. 그는 누덕누덕 덧댄 보일러가 엄청난 압력에 옆구리를 헐떡거리고 있는 광경이 보이는 것 같았다.

'애가 움직이거든…… 180이 되면 여기 가까이 오면 안 돼요.'

갑자기 싸늘하고 유혹적인 음성이 들려왔다.

'내버려 둬. 가서 웬디랑 대니를 데리고 여길 나가 버려. 하늘 높이 날아가 버리라고 해.'

잭은 폭발 광경을 그릴 수 있었다. 두 차례 우레가 먼저 이곳의 심장을 찢어 버리고, 그러고는 영혼을 앗아 갈 것이다. 보일러는 바닥에 온통 뜨겁게 타오르는 파편을 쏟아 부으면서 주황색과 자주색 불꽃을 내며 터질 것이다. 잭은 마음속으로 기괴한 당구공처럼 바닥에서 벽으로, 벽에서 천장으로, 시뻘겋게 달아오른 금속 조각이 죽음의 소리를 내면서 터져 나가는 광경을 그릴 수 있었다. 분명, 그중 일부는 저 돌문을 통과하여 맞은편의 오래된 문서에 불을 붙일 것이고 엄청나게 활활 타오를 것이다. 비밀을 제거하라, 실마리를 태워 버려라. 이제 살아 있는 사람은 절대 풀지 못할 수수께끼가 될 것이다. 그러면 가스가 폭발을 일으키고 불꽃이 터져 올라 거대한 불씨가 호텔 중심부 전체를 보일러로 바꾸어 놓을 것이다. 프랑켄슈타인 영화의 마지막 장면에 나오는 성처럼, 계단과 복도, 천장과 객실에 불이 붙을 것이다. 불꽃은 건물 양쪽 끝으로 퍼지고 열광적인 손님들처럼 푸른색과 검은색의 카펫을 타고 올라갈 것이다. 실크 벽지는 꺼멓게 타들어 가 쭈그러들 것이다. 천장의 자동 소화 장치는 없고 구식 호스뿐이지만 그것을 쓸 사람은 없을 것이다. 3월 말이 될 때까지 이곳에 닿을 수 있는 소방차는 없다. 타올라라, 호텔이여. 타올라라. 열두 시간 만 지나면 앙상한 뼈다귀 말고는 아무것도 남지 않을 것이다.

압력계 바늘이 212로 올라갔다. 보일러는 침대에서 나오려는 노파처럼 삐걱거리며 신음소리를 내고 있었다. 덧댄 자리에서 증기가 새어 나오기 시작했다. 납땜 자국에서 칙칙 소리가 나기 시작했다.

잭은 보지도 듣지도 않았다. 압력을 빼내고 불길을 꺾을 밸브에 갖다 댄 손을 꼼짝하지 않고 있던 잭의 두 눈은 사파이어처럼 번득였다.

'이게 나의 마지막 기회야.'

이제 현금으로 바꾸지 않은 것은 스타빙튼에서 지낸 첫해와 이듬해에 웬디와 공동으로 가입한 생명 보험뿐이었다. 사망 시 4만 달러, 잭이나 웬디가 열차 사고, 비행기 사고, 또는 화재로 사망할 시에는 두 배의 보상금을 받게 되어 있었다.

'화재……, 8만 달러.'

대피할 시간은 있을 것이다. 자고 있던 중이라 하더라도 대피할 시간은 있을 것이다. 잭은 그것을 믿었다. 그리고 오버룩이 불에 타기 시작하면 전정 나무나 다른 무엇이 그들을 붙잡으려 하지 않을 거라는 생각이 들었다.

'불꽃.'

기름에 절어 거의 불투명한 계기반 안에 든 바늘이 제곱 인치

당 215파운드로 올라갔다.

또 하나의 기억이 떠올랐다. 어린 시절의 기억이. 잭 가족이 살던 집 뒤쪽, 사과나무 아래쪽 가지에 말벌집이 있었다. 지금은 누구였는지 기억나지 않지만, 형 가운데 한 명이 아빠가 나뭇가지에 매어 둔 낡은 타이어로 그네를 타다가 벌에 쏘였다. 늦여름, 말벌이 가장 사나울 때였다.

흰 제복을 입고 얼굴 주변에 맥주 냄새를 풍기며 막 집에 돌아온 아버지는 브렛, 마이크, 꼬마 재키를 모두 모아 놓고서 말벌을 없애 주겠다고 했다.

"자, 봐라." 아버지는 웃으며 약간 비틀거리면서 (그때는 지팡이를 짚지 않았다. 우유 트럭 사고는 한참 후의 일이었다) 말했다. "너희들도 잘 보고 배워라. 나도 아버지한테서 배웠지."

아버지는 벌집이 매달린 가지 아래서 비에 젖은 낙엽 더미를 긁어 모았다. 벌집은 9월이면 열리는 쭈글쭈글하지만 맛좋은 사과보다 무서운 열매였다. 아버지는 낙엽에 불을 붙였다. 그날은 청명하고 바람이 없었다. 낙엽에서는 연기가 피어올랐지만, 불이 붙지는 않았다. 잭은 매년 가을 남자들이 캐주얼 바지에 가벼운 바람막이를 입고 함께 모여 낙엽을 긁어 태울 때마다 그 냄새, 그 향기가 떠올랐다. 풍요롭고 추억 어린, 쌉싸름하고 달콤한 냄새가 풍겨 나왔다. 낙엽이 엄청난 연기를 뿜어 올려 벌집은 보이지 않게 되었다.

아버지는 그날 오후 내내 낙엽에서 연기가 나도록 했고, 현관에 앉아 맥주를 마시며 빈 깡통을 아내의 플라스틱 쓰레기통에 던져 넣었다. 그러는 동안 형 둘은 옆에 앉아 있었고 꼬마 재키는 아버지 발치의 계단에 앉아 장난감을 가지고 놀면서 단조롭게 노래를 부르고 또 불렀다. "나를 속인 네 마음……너도 울게 될 거야……나를 속인 네 마음……너를 괴롭힐 거야."

6시 15분. 저녁 먹기 직전 아빠는 아들들을 조심스레 뒤에 거느리고 사과나무 쪽으로 갔다. 아빠는 한 손에 괭이를 들고 있었다. 그는 낙엽을 여기저기 뒤져 보았다. 그러고는 괭이 손잡이를 위로 올려 벌집을 두세 번 흔들어 보더니 쳐서 땅에 떨어뜨렸다.

아들들은 안전한 현관으로 달아났지만 아빠는 혼자서 벌집을 발로 차서 이리저리 굴렸다. 재키는 살금살금 돌아가 구경했다. 말벌 몇 마리가 느릿느릿 집에서 기어 나왔지만 날려고 하지는 않았다. 벌집 안, 새카맣고 낯선 그곳에서 절대 잊을 수 없는 소리가 나왔다. 나지막하고 졸린 듯 웅웅거리는 소리. 마치 고압선의 소리 같았다.

"왜 쏘려고 하지 않아요, 아빠?" 재키가 물어보았다.

"연기에 취한 거다, 재키. 가서 내 휘발유 통을 가져와라."

잭은 달려가서 그것을 가져왔다. 아빠는 벌집에 휘발유를 뿌렸다.

"뒤로 물러나라, 재키. 안 그러면 눈썹 탄다."

잭은 뒤로 물러났다. 하얀 상의 어딘가에서 아빠는 부엌 성냥을 꺼냈다. 엄지손톱으로 불을 붙이더니, 그것을 벌집에 던졌다. 흰색과 주황색의 불꽃이 터져 나왔고 맹렬하지만 소리는 거의 없었다. 아빠는 낄낄 웃어 대며 뒤로 물러섰다. 벌집은 삽시간에 사라졌다.

"불이야." 아빠는 미소를 지으며 재키를 돌아보았다. "불은 뭐든지 다 죽이거든."

저녁을 먹은 다음, 해가 저무는 가운데 아이들은 진지한 표정을 짓고 새카맣게 탄 벌집 주위에 모여 서 있었다. 뜨거운 벌집 안에서 팝콘처럼 말벌 터지는 소리가 나왔다.

압력계는 220을 가리켰다. 그 속에서 쇠가 녹는 소리가 나지막이 들려왔다. 수증기가 수백 군데에서 고슴도치 가시처럼 삐죽삐죽 솟아 나왔다.

'불은 뭐든지 다 죽이거든.'

잭은 깜짝 놀랐다. 졸고 있었던 것이다……, 졸다가 천국으로 갈 뻔했던 것이다. 대체 무슨 생각을 하고 있었던 것일까? 호텔을 지키는 것이 그의 일이었다. 그는 관리인이었다.

두려움에 손바닥에서 땀이 솟아 나오는 바람에 잡고 있던 커다란 밸브를 놓쳤다. 다시 손가락을 구부려 꽉 쥐었다. 그는 밸브를 한 번, 두 번, 세 번 돌렸다. 용이 내뿜는 연기처럼 엄청난 수증기가 뿜어져 나왔다. 보일러 아래서 열대 지방처럼 뜨뜻한 안개가 나와 잭을 뒤덮었다. 한동안 계기반이 보이지 않았지만 너무 늦었다는 생각이 들었다. 보일러 내부의 끼익거리는 신음소리는 더 높아지더니 무겁게 덜컥거리고 금속 긁히는 소리가 연달아 나왔다.

수증기가 어느 정도 사라지자, 잭은 압력계가 200으로 내려갔으며 계속 내려가고 있는 것을 확신할 수 있었다. 덧댄 부분에서 새어 나오던 수증기의 힘도 약해지기 시작했다. 끼익거리는 소리도 잦아들기 시작했다.

190……180……175…….

'그는 내리막길로 내려가고 있었다. 시속 145킬로미터로. 그때

휘파람은 비명으로······'

그러나 이제는 보일러가 터질 것이라고 생각하지 않았다. 압력은 160으로 내려갔다.

'사람들은 그가 손을 레버 위에 얹은 채, 증기에 데어 죽어 있는 것을 발견했다'

잭은 숨을 몰아쉬며 온몸을 떨면서 보일러에서 떨어져 나왔다. 손을 쳐다보자 벌써 손바닥에 물집이 잡히기 시작했다. 물집이야 뭐, 그는 생각했다. 그리고 불안하게 웃었다. 「97호 열차의 잔해」에 나오는 기관사 케이시처럼 한 손을 레버에 얹은 채 죽을 뻔했다. 게다가 그는 오버룩을 죽일 뻔했다. 최후의 실패. 그는 교사로서, 작가로서, 남편으로서, 아버지로서 실패했다. 심지어 술주정뱅이로서도 실패했다. 그러나 관리를 맡은 건물을 폭파시키는 것은 어떤 것에도 견줄 수 없는 기록이 되었을 것이다. 그리고 이 건물은 여느 건물이 아니었다. 절대로.

아, 술 생각이 간절했다.

압력은 80psi로 떨어졌다. 잭은 조심스럽게, 손이 아파 약간 찡그리면서 밸브를 다시 닫았다. 지금부터는 보일러를 전보다 더 세심하게 관찰해야 할 것이다. 기계에 심각한 손상이 갔을지도 몰랐다. 잭은 남은 겨울 동안 100psi 이하로 유지하기로 마음먹었다. 좀 춥더라도 웃으며 참아내야 할 것이다.

잭은 물집 두 개를 터뜨렸다. 손은 썩은 이처럼 쑤셨다.

술. 술 한잔이면 정신을 차릴 수 있을 텐데. 이놈의 집에는 조리용 셰리 말고는 아무것도 없었다. 이 시점에서 술은 치료의 효과가 있을 것이다. 바로 그것이다. 마취제. 잭은 임무를 다했으니 약간의 마취제를 쓸 수도 있었다. 엑세드린보다 좀 강한 것으로. 하지만 아무것도 없었다.

잭은 그림자 속에서 반짝이던 술병들을 기억했다.

그는 호텔을 구했다. 호텔은 그에게 보상해 주려고 할 것이다. 그렇다는 확신이 들었다. 잭은 뒷주머니에서 손수건을 꺼내며 층계로 갔다. 입을 문질렀다. 술 조금만. 한잔만. 통증을 가라앉히기 위해서.

오버룩을 구해 주었으니 이제 오버룩이 봉사할 것이다. 잭은 확신했다. 층계를 오르는 발걸음은 빠르고 힘찼다. 길고 고단한 전쟁에서 돌아온 사람의 바쁜 발걸음이었다. 동부 표준시 오전 5시 20분이었다.

새벽

대니는 무서운 꿈을 꾸고서 숨을 몰아쉬며 깨어났다. 폭발이 일어났다. 불이 났다. 오버룩이 불에 타고 있었다. 대니와 엄마는 앞 잔디밭에서 그 광경을 보고 있었다.

엄마가 말했다. "저봐, 대니. 전정 나무를 봐."

대니가 쳐다보자 그것은 전부 죽어 있었다. 잎은 말라서 갈색으로 변해 있었다. 반쯤 썩은 시체의 뼈처럼 빽빽한 가지가 군데군데 드러나 있었다. 그리고 아빠는 오버룩의 커다란 현관 문 밖으로 뛰어나왔다. 아빠는 횃불처럼 타고 있었다. 옷에 불이 붙어 있었고 피부는 순식간에 시커멓게 타들어 갔고 머리는 불붙은 덤불 같았다.

그때 대니는 깨어났다. 공포로 목이 막히고 손은 침대보와 담요를 꽉 쥐고 있었다. 비명을 질렀을까? 어머니를 쳐다보았다. 웬디는 모로 누워서 담요를 턱까지 끌어올리고 있었고, 지푸라기 색깔의 머리카락 한 가닥이 뺨에 붙어 있었다. 웬디도 어린아이 같았다. 아니, 소리는 지르지 않았다.

침대에 누워 위를 쳐다보니 악몽이 조금씩 흘러 나갔다. 대니는 뭔가 엄청난 비극이

(화재? 폭발?)

간발의 차이로 비껴 갔다는 이상한 기분이 들었다. 대니는 마음 속으로 아빠를 찾았고 아래층 어딘가에서 발견했다. 로비였다. 대 니는 조금 더 집중하여 아버지의 내면으로 들어가려고 했다. 좋지 않았다. 아빠는 나쁜 일을 생각하고 있었기 때문이다. 아빠는

'한 잔 아니면 두 잔만 마셔도 얼마나 좋을까 상관없어 해는 세 상 어딘가로 넘어갔으니 그 말 곧잘 했던 것 기억나나 앨버트? 진 토닉 버번 스카치앤소다 럼앤코크 울랄라룰랄라 나 한 잔 그대 한 잔 마티앙은 세상 어딘가에 도착했네 프린스턴 아니면 휴스턴 아니면 카마이클의 스토클리 빌어먹을 어딘가 결국 지금은 시즌 인데 우리는 아무도'

'거기서 나가, 이 꼬맹아!'

머릿속에 들리는 그 목소리에 대니는 놀라서 움찔했고 눈을 휘 둥그레 뜨고 주먹을 꽉 쥐었다. 그것은 아버지의 음성은 아니었 지만 아주 비슷하게 흉내 낸 소리였다. 잘 알고 있는 목소리였다. 탁하고 잔인하지만 공허한 익살이 섞인.

그렇다면 그것이 그렇게 가까이 다가온 것인가?

대니는 이불을 걷고 발을 바닥에 댔다. 침대 밑에서 슬리퍼를 차 내어 신었다. 대니는 문을 당겨 열고는 중앙 복도로 달려 나갔다. 카펫에 끌리는 슬리퍼가 조그만 소리를 냈다. 모서리를 돌았다.

복도 중간쯤, 대니와 계단 사이에 한 남자가 엎드려 있었다.

대니는 얼어붙었다.

그 남자가 대니를 쳐다보았다. 눈은 조그맣고 빨갰다. 그 남자 는 은색 스팽글이 달린 의상 같은 것을 입고 있었다. 개 의상이라 는 사실을 대니는 깨달았다. 이 괴상한 것의 엉덩이에 기다란 꼬

리가 늘어져 있었고, 그 끝에는 솜뭉치가 달려 있었다. 의상의 등에서 목까지 지퍼가 달려 있었다. 남자의 왼쪽에는 개 또는 늑대의 머리가 놓여 있었다. 주둥이 위에는 텅 빈 눈두덩이 있었고, 으르렁거리며 입을 벌리고 있어서 송곳니 사이로 카펫의 무늬가 보였다.

남자의 입과 턱, 뺨에는 피가 묻어 있었다.

그는 대니를 보고 으르렁거리기 시작했다. 입을 찢으며 웃었지만 으르렁거리는 것은 진짜였다. 목구멍 깊은 곳에서, 원시적인 소리가 으스스하게 나왔다. 그러고는 컹컹 짖기 시작했다. 이빨에도 붉은 피가 묻어 있었다. 그는 대니를 향해 뼈 없는 꼬리를 질질 끄며 기어오기 시작했다. 머리는 카펫 위에 놓인 채 대니의 어깨 너머를 멍하니 쳐다보고 있었다.

"지나가게 해 줘." 대니가 말했다.

"너를 잡아먹겠다, 꼬마야." 개 인간이 대답하더니 찢어진 입에서 컹컹거리며 짖는 소리가 연달아 튀어나왔다. 인간이 흉내 낸 소리였지만 잔인함은 진짜였다. 그 남자의 머리카락은 검은색이었고 의상을 뒤집어쓰고 있어서 땀으로 범벅되어 있었다. 숨결에서는 스카치와 샴페인 냄새가 뒤섞여 풍겨 나왔다.

대니는 움찔했지만 달리지는 않았다. "지나가게 해 줘."

"하늘이 두 쪽 나도 안 되지." 개 인간이 대답했다. 조그맣고 빨간 두 눈은 대니의 얼굴을 노려보았다. 그는 계속 웃었다. "너를 잡아먹겠다, 꼬마야. 네 조그만 불알부터 먹어치워 줄 테다."

남자는 으르렁거리며 앞으로 껑충 뛰어나오기 시작했다.

대니의 침착함이 무너졌다. 대니는 뒤를 돌아다보며 숙소로 이어지는 짧은 복도로 달아났다. 컹컹거리고 으르렁거리는 소리, 투덜거리고 킥킥거리는 소리가 뒤섞여 들려왔다.

대니는 떨면서 복도에 섰다.

"세워!" 술 취한 개 인간이 모서리 뒤에서 소리를 질렀다. 그 목소리는 난폭하기도 하고 절망적이기도 했다. "세워 봐! 해리, 이 후레자식! 니가 아무리 카지노에 항공사에 영화사 주인이라고 해도 상관없어! 네놈이 방구석에서 무슨 짓을 좋아하는지 알고 있다고! 세워! 내가 빨아 줄 테니……내가 빨아 줄 테니……해리 드원트가 혼이 쏙 빠질 때까지!" 그는 길고 오싹한 소리를 내었고, 그 고함소리가 잦아들기 전에 분노와 고통의 비명소리로 바뀌었다.

대니는 복도 끝에 있던 닫힌 방문을 보고 가만히 그쪽으로 걸어갔다. 문을 열고 머리를 들이밀어 보았다. 엄마는 똑같은 자세로 자고 있었다. 이 소리를 들은 사람은 자신밖에 없었던 것이다.

대니는 문을 살짝 닫고 복도와 중앙 복도가 만나는 곳으로 돌아갔다. 프레지덴셜 스위트룸의 핏자국이 사라졌을 때처럼, 개 인간도 사라졌기를 바라며. 대니는 조심스레 모서리 반대편을 살펴보았다.

개 의상을 입은 남자는 아직도 거기 있었다. 그는 고개를 젖히고 네 발로 뛰어다니며 자기 꼬리를 물려고 하고 있었다. 이따금 펄쩍 뛰어올랐다가 목에서 개 소리를 내곤 했다.

"멍! 멍! 왈왈! 으르르르!"

이 소리는 가면의 벌어진 입에서 튀어나왔고, 그중에는 흐느끼는 소리나 웃음소리도 섞여 있었다.

대니는 침실로 돌아가 손으로 눈을 가리고 자기 침대에 앉아 있었다. 호텔은 이제 움직이고 있었다. 아마 처음에는 우연히 벌어진 일이었을지도 몰랐다. 처음에 본 것은 정말로 자신을 해치지 못하는, 무서운 그림 같은 일이었을지도 몰랐다. 그렇지만 지금은 호텔이 그것들을 조종하여 해칠 수도 있게 되었다. 오버룩은 대니가 아버지에게 가는 것을 원치 않았다. 그러면 재미를 망칠 테니까. 그래서 도로 사이에 전정 나무 동물들을 세워 둔 것처럼, 아버지와 자신 사이에 개 인간을 둔 것이다.

그러나 아빠는 이쪽으로 올 수 있었다. 그리고 조만간 올 것이다.

대니는 소리 없이 뺨에 눈물을 흘리며 울기 시작했다. 너무 늦었다. 세 식구는 전부 죽을 것이고, 오버룩이 내년 봄 다시 열면 그들 역시 다른 유령들과 함께 이 자리에서 손님들을 맞을 것이다. 욕조 속의 여자. 개 인간. 시멘트 굴에 있던 무시무시한 것. 그들은……

'그만! 이제 그만둬!'

대니는 주먹으로 눈물을 문질러 닦았다. 그런 일이 벌어지지 않도록 최대한 애써 볼 것이다. 대니 자신에게. 아빠엄마에게 그런 일이 벌어지지 않도록. 최대한 애써 볼 것이다.

대니는 눈을 감고 정신을 집중하여 생각을 높이 세게 날렸다.

'딕 제발 와 주세요 빨리 큰일났어요 딕 우리는'

그때 갑자기 꼭 감은 눈 속에, 꿈속에서 오버룩의 어두운 복도를 쫓아다니던 그것이 나타났다. 바로 거기에. 하얀 옷을 입은 거대한 그것이 오래된 방망이를 머리 위로 쳐들었다.

"그만두게 만들어 주겠어! 이 빌어먹을 강아지 새끼! 내가 그만두게 만들어 주겠어, 내가 너의 아버지이니까!"

"아냐!" 대니는 눈을 번쩍 뜨고 현실로 돌아왔고, 입에서는 비명이 튀어나와 어머니가 이불을 가슴에 부여잡고 벌떡 일어났다.

"아냐 아빠 아냐 아냐 아냐……."

그리고 두 사람은 어딘가 아주 가까운 곳에서 보이지 않는 방망이를 무시무시하게 내리치는 소리를 들었다. 대니가 덫에 걸린 토끼처럼 떨면서 어머니에게 달려가 안자, 그 소리는 점점 작아지더니 사라졌다.

오버룩은 대니가 딕을 부르지 못하게 했다. 그것도 재미를 망칠 테니까.

그들뿐이었다.

바깥에는 눈이 더 많이 내려, 그들을 세상과 격리시켜 놓았다.

공중에서

딕 할로런이 탄 비행기는 동부 시간 6시 45분에 탑승하게 되어 있었고, 탑승 직원은 기내 가방을 이 손에서 저 손으로 초조하게 바꿔 들고 있던 그를 6시 55분 마지막 탑승 호출 때까지 31번 탑승구에서 대기시켰다. 두 사람 모두, 마이애미발 덴버행 트랜스 월드 항공 196편에서 유일하게 수속을 하지 않은 칼튼 베커라는 승객을 기다리고 있었다.

"됐습니다." 직원이 말하더니 할로런에게 푸른 일등석 탑승권을 내주었다. "운이 좋으시네요. 탑승하십시오, 선생님."

할로런은 폐쇄된 트랩으로 서둘러 올라갔고 기계적인 미소를 띠고 있는 여승무원이 탑승권을 떼어 내더니 반쪽을 돌려주었다.

"비행 중에 아침 식사를 제공해 드립니다. 원하시면……." 승무원이 말했다.

"커피만 주세요, 아가씨." 할로런이 말하고는 흡연석 자리로 가는 통로로 들어갔다. 할로런은 마지막 순간에 베커가 짠 하고 나타날 것이라는 생각이 자꾸만 들었다. 창 쪽 좌석에 앉은 여자는 믿을 수 없다는 시큰둥한 표정으로 『당신은 자신의 가장 좋은 친구가 될 수 있습니다』라는 책을 읽고 있었다. 할로런은 좌석 띠를 메고 커다란 검은 손을 좌석 팔걸이에 얹은 다음 칼튼 베커가 나타난다면, 그와 힘센 승무원 다섯 명이 덤벼야 자신을 끌어낼 수 있을 거라고 다짐했다. 할로런은 시계를 계속 보고 있었다. 출발 시각 7시까지 시간이 너무나도 늦게 흘러 미칠 것 같았다.

7시 5분, 승무원은 직원들이 화물 문을 재점검하느라 약간 지연되고 있다고 알렸다.

"빌어먹을." 딕 할로런이 중얼거렸다.

날카로운 얼굴의 여자는 예의 믿을 수 없다는 표정으로 할로런을 쳐다보더니 다시 책으로 시선을 돌렸다.

할로런은 그날 밤, 유나이티드, 아메리칸, 트랜스 월드, 컨티넨털, 브래니프 항공사 카운터를 전전하며 발권 담당 직원을 따라다니면서 공항에서 밤을 지샜다. 자정이 지난 시각, 여덟인가 아홉 캔째 커피를 마시던 할로런은 이 일을 어깨에 짊어진 자신을 얼간이라고 생각했다. 관할 기관이 있었던 것이다. 그는 가까운 전화 박스로 가서 서너 명의 교환원을 통하여 로키 산 국립 공원 당국의 긴급 구조대 번호를 알아내었다.

전화를 받은 남자는 아주 심드렁했다. 할로런은 가명을 대고 사이드와인더 서쪽 오버룩 호텔에 문제가 생겼다고 말했다. 심각한 문제가.

다른 사람이 연결되었다.

5분쯤 지나자 순찰대원(할로런은 그가 순찰대원이라고 추측했다)이 전화를 받았다.

"그 사람들은 무전기를 갖고 있습니다." 순찰대원이 말했다.

"그렇소, 무전기가 있어요." 할로런이 말했다.

"긴급 구조 신호를 받지 못했습니다."

"이 보시오, 그게 문제가 아니오. 그 사람들은……."

"정확히 무슨 일이 벌어진 겁니까, 홀 씨?"

"음, 한 가족이 살고 있어요. 관리인과 그 사람 가족 말이오. 아마 그자가 약간 실성한 것 같소. 아내와 어린 아들을 해칠지도 모른다는 말이오."

"이 정보를 어떻게 알게 되셨는지, 여쭤 봐도 되나요?"

할로런은 눈을 감았다. "그쪽은 이름이 뭐요?"

"톰 스턴튼입니다."

"음, 톰. 이건 분명한 거요. 최대한 단도직입적으로 말하겠소. 산속에서 심각한 문제가 벌어지고 있소. 살인일지도 몰라요. 무슨 말인지 알겠소?"

"홀 씨, 어떻게 그걸 알게 되셨는지……."

"보시오." 할로런이 말했다. "분명하다고 말하고 있잖소. 몇 년 전에 거기에 그레이디라는 친구가 있었소. 그자는 아내랑 딸 둘을 죽이고 자기도 죽었소. 당신들이 올라가서 막지 않으면 그런 일이 또 벌어질 거란 말이오!"

"홀 씨, 콜로라도에서 전화하시는 게 아니죠."

"아니오. 하지만 그게 대체……."

"콜로라도에 계신 것이 아니라면 오버룩 호텔과 무선 연락을 할 수 없습니다. 무선 연락을 할 수 없다면, 그……." 서류 뒤지는 소리. "토런스 가족과 접촉할 수 없을 텐데요. 기다리고 계시는 동안, 전화를 걸어 보았습니다. 전화는 불통인데 이상한 일이 아니죠. 호텔과 사이드와인더 교환국 사이에는 아직도 40킬로미터 정도의 지상 전화선이 놓여 있습니다. 제 결론은 당신이 허위 신고를 하고 계신다는 겁니다."

"오, 이런 바보 같은…….” 하지만 할로런의 실망은 너무나 커서 그 다음에 올 적당한 낱말을 찾지 못하다가 퍼뜩 떠올랐다. "그들에게 연락을 해요!" 할로런이 소리쳤다.

"네?"

"무전기가 있지 않소. 그들에게도 무전기가 있어요. 그러니 무전을 치시오! 무전을 쳐서 무슨 일인지 알아보시오!"

잠깐 침묵이 흐르더니 장거리 전화에서 나는 웅 하는 소리가 들렸다.

"무전도 쳐 봤지요?" 할로런이 물었다. "그래서 그렇게 오래 걸린 거지요. 전화를 걸어 보고 나서 무전을 쳐 봤고, 아무 답신이 없지만 아무 일도 없다고 생각하는 것이지요……. 대체 뭐하는 사람들이오? 앉아서 카드나 치는 거요?"

"아닙니다." 스턴튼이 성난 목소리로 말했다. 할로런은 성난 목소리에 마음이 놓였다. 처음으로 녹음기가 아니라 사람에게 말하고 있다는 느낌이 든 것이다. "저는 여기서 혼자 일하고 있습니다. 공원 순찰대, 그리고 수렵구 관리인, 그리고 자원 봉사자들은 전부 목숨을 걸고 헤이스티 노치로 올라갔습니다. 경력 6개월짜리 얼간이 세 명이 킹스 램의 북쪽으로 등반을 시도했기 때문입니다. 그들은 거기서 갇혔거나 내려오거나 내려오지 않을 수도 있습니다. 헬리콥터 두 대 올라갔고, 지금 여기는 밤인 데다 눈이 내리기 시작해서 헬리콥터 조종하는 사람들은 목숨을 걸고 있습니다. 그러니 아직도 문제가 있으시면 제가 도와드리겠습니다. 하나, 오버룩에 보낼 사람은 지금 없습니다. 둘, 오버룩은 우선

관할 지역이 아닙니다. 공원에서 일어나는 일이 우선입니다. 셋, 일기 예보에 따르면 폭설이 내린다고 하니 새벽이 되면 헬리콥터는 뜨지 못할 겁니다. 이제 상황을 이해하시겠습니까?"

"예. 알겠소." 할로런이 조용히 말했다.

"그리고 그 사람들이 왜 무전을 못 받는지는 간단하다고 생각합니다. 당신이 계신 곳이 몇 시인지는 모르겠지만, 여기는 9시 30분입니다. 아마 무전기를 끄고 자러 갔을 겁니다. 그러면……."

"그 등산객들 잘 구하길 바라겠소." 할로런이 말했다. "하지만 길을 잃고 곤경에 빠진 이들이 그 사람들뿐만 아니라는 걸 알아줬으면 좋겠소."

할로런은 전화를 끊었다.

오전 7시 20분. 트랜스 월드 항공 747기는 육중하게 후진하여 방향을 바꾸고 활주로를 향해 굴러갔다. 할로런은 소리 없이 길게 숨을 내쉬었다. 칼튼 베커, 어디 있는지는 모르겠지만 실컷 슬퍼해라.

196편은 7시 28분 지상을 떠났고, 7시 31분, 고도가 높아질 때 딕 할로런의 머리에 또 메시지가 총알처럼 날아와 박혔다. 오렌지 냄새에 어깨를 움츠려 보았지만 갑자기 경련이 일어났다. 이마에는 주름이 잡히고 입가는 고통으로 일그러졌다.

'딕 제발 와 주세요 빨리 큰일났어요 딕 우리는'

그리고 끝이었다. 갑자기 사라졌다. 이번에는 서서히 사라지는 것이 아니었다. 칼로 자르듯 메시지가 뚝 끊겼다. 겁이 났다. 아직도 팔걸이를 붙잡고 있던 두 손은 거의 새하얗게 질렸다. 침이 말랐다. 그 소년에게 무슨 일이 일어난 것이다. 그것이 확실했다. 누군가가 그 어린 소년을 해쳤다면…….

"이륙할 때 항상 그렇게 격렬한 반응을 보이세요?"

할로런이 돌아보았다. 뿔테 안경을 쓴 그 여자였다.

"그런 건 아니었습니다." 할로런이 말했다. "머릿속에 쇳조각이 들어 있어요. 한국전에 참전했거든요. 이따금씩 그것 때문에 통증이 와요. 진동 아시죠. 뒤죽박죽되는 거지요."

"그런가요?"

"예, 부인."

"외국 문제에 개입할 때마다 결국 피해를 입는 건 일선 장병들뿐이죠." 날카로운 얼굴의 여자가 우울하게 말했다.

"그런가요?"

"그래요. 이 나라는 지저분한 전쟁을 그만둬야 해요. 금세기 미국이 한 지저분한 전쟁은 전부 다 중앙 정보국의 농간이었어요. 중앙 정보국이랑 달러 외교였죠."

그 여자는 책을 펼치더니 읽기 시작했다. '금연' 신호등이 꺼졌다. 할로런은 멀어져 가는 땅을 보며 아이가 무사한지 염려했다. 그는 소년에게 애정을 느꼈다. 그 부모들은 별로 그런 것 같지 않았지만.

할로런은 그들이 대니를 지켜 주기를 기도했다.

오버룩의 한턱

잭은 식당에서 콜로라도 라운지로 연결되는 문 바로 앞에서 고개를 치켜들고 귀를 기울이고 있었다. 얼굴에는 어렴풋한 미소가 떠올랐다.

주위에서 오버룩 호텔이 살아나는 소리가 들렸다.

어떻게 알 수 있는지는 말하기 어려웠지만, 대니가 이따금 느끼는 것과 크게 다르지 않다는 생각이 들었다……. 부전자전이라고나 할까. 그래서 다들 그렇게 말하는 것일까?

보이거나 들리는 것은 아니었지만 그런 것과 매우 가까웠다. 단지 그런 감각이 아주 얇은 막에 가려져 있었다. 이 오버룩 바로 옆에, 또 하나의 오버룩이 펼쳐진 것 같았다. 현실 세계('현실 세계'라는 것이 존재한다면이라고 잭은 생각했다)와는 격리되어 있었지만, 점차 그것과 균형을 맞추고 있었다. 그는 어릴 적에 본 삼차원 입체 영화가 떠올랐다. 특수 안경을 쓰지 않고 스크린을 보면 두 개의 영상이 겹쳐 보였다. 지금 느끼는 것도 그것과 비슷했다. 하지만 안경을 쓰면 또렷이 보였다.

호텔의 전 시대가 한꺼번에 펼쳐졌다. 현재, 토런스의 시대만 제외한 모든 시대. 그리고 현재도 곧 다른 시대와 하나가 될 것이다. 그건 마음에 들었다. 아주 마음에 들었다.

잭은 접수 데스크의 은종이 '딩! 딩!' 하고 요란하게 울리며 벨보이를 프런트로 부르는 소리가 들리는 것 같았다. 1920년대 유행하던 플란넬 양복을 입은 남자들이 체크인을 하고 1940년대 유행하던 더블 단추에 가는 세로 줄무늬 양복을 입은 남자들이 체크아웃을 했다. 벽난로 앞에는 수녀 셋이 앉아서 체크아웃 줄이 줄어들기를 기다리고 있을 것이다. 그 뒤에는 감색과 흰색 타이에 다이아몬드 핀을 꽂고 말쑥하게 차려입은 찰스 그런딘과 비토 기넬리가 서서 수입과 손실, 삶과 죽음에 대해 의논하고 있었다. 뒤쪽 하역장에는 트럭 여남은 대가 들어와 있었다. 건물 동쪽 연회장에서는 여남은 개의 비즈니스 회의가 몇 센티미터 간격으로 동시에 벌어지고 있었다. 가장 무도회도 진행 중이었다. 야회 파티, 결혼식, 생일 파티, 결혼 기념일 파티도 있었다. 남자들은 네빌 챔버레인과 오스트리아 왕자에 대해 이야기하고 있었다. 음악. 웃음소리. 주정. 히스테리. 사랑은 이곳에 없었지만 감각적 쾌락은 끊임없이 이어졌다. 그리고 잭은 그것이 한꺼번에 호텔을 가로질러 흘러가며 내는 우아한 불협화음을 들을 수 있을 것 같았다. 그가 서 있는 식당에서는 70년 동안의 아침, 점심, 저녁 식사가 동시에 제공되고 있었다. 그는 거의……, 아니, 거의는 빼자. 그는 그 소리를 들을 수 있었다. 아직은 희미하지만 분명하게. 뜨거운 여름날 멀리서도 들리는 천둥소리처럼. 잭은 그 아름다운 사람들의 소리를 전부 들을 수 있었다. 그들이 처음부터 그를 의식하고 있었듯이, 그도 그들을 의식하게 되었다.

오늘 아침, 오버룩의 전 객실에는 손님이 찼다.

만실.

그리고 문 너머에는 느릿느릿 흘러가는 담배 연기처럼 웅얼거리는 대화 소리가 흘러나왔다. 좀더 세련되고 좀더 비밀스러운 대화. 나지막한 여성의 웃음소리, 내장과 음부 쪽, 요정의 고리에서 떨려 나오는 것 같은 소리. 금전 등록기의 소리. 따스한 어둠 속에서 등록기의 창에서 부드러운 빛이 새어 나왔고 진 리키, 맨해튼, 디프레션 보머, 슬로진 피즈, 좀비의 가격을 계산했다. 주크박스에서 흘러나오는 노래는 곧 다른 노래와 겹쳐 흐르고 있었다.

잭은 문을 밀어 열고 안으로 들어갔다.

"안녕, 친구들." 잭 토런스가 부드럽게 말했다. "나갔다가 돌아왔어요."

"안녕하십니까, 토런스 씨." 로이드가 진심으로 기뻐하며 말했다. "반갑습니다."

"돌아오니 기쁘군, 로이드." 그는 진지하게 말하고 새파란 양복을 입은 남자와 싱가포르 슬링을 들여다보고 있던 검은 드레스를 입은 여자 사이의 걸상에 걸터앉았다.

"무엇으로 하시겠습니까, 토런스 씨?"

"마티니." 그는 유쾌한 마음으로 말했다. 그는 은색 사이폰_{용기를} 기울이지 않고 높은 곳의 액체를 낮은 곳으로 옮기는 연통관 뚜껑이 덮인, 반짝이는 술병들이 줄줄이 늘어선 선반을 보았다. 짐 빔. 와일드 터키. 길비스. 셰로즈 프라이빗 레벨. 토로. 시그램스.

"마티앙을 큰 잔으로 주게." 잭이 말했다. 그리고 지갑을 꺼내더니 20달러 지폐를 바 위에 조심스럽게 놓았다.

로이드가 술을 만드는 동안 잭은 뒤를 돌아보았다. 좌석은 전부 차 있었다. 손님 중에는 가장 무도회 의상을 입은 사람들도 있었다……. 안이 다 비치는 바지에 모조 다이아몬드가 박힌 브래지어를 입은 여자, 교활하게 생긴 여우 대가리가 튀어나온 야회복 정장을 입은 남자. 은색 개 의상을 입은 남자는 긴 꼬리 끝에 매달린 솜뭉치로 사롱을 입은 여자의 코를 간질여 모두를 웃기고 있었다.

"손님께는 무료입니다." 로이드가 잭의 돈 위에 술잔을 올려놓으며 말했다. "토런스 씨의 돈은 이곳에서 통하지 않습니다. 지배인의 명령입니다."

"지배인?"

불편한 기분이 살짝 들었다. 그래도 마티니 잔을 들어 흔들어보았다. 차가운 술잔 바닥에서 올리브가 약간 흔들리는 것을 쳐다보면서.

"예. 지배인님이오." 로이드는 커다란 미소를 지었지만 눈두덩은 시커멓고 피부는 시체처럼 창백했다. "지배인님은 나중에 토런스 씨의 아드님을 보살펴 주고자 하십니다. 아드님께 아주 큰 관심을 갖고 계시지요. 대니는 똑똑한 아이니까요."

진에서 풍기는 향나무 냄새가 자극적이었지만, 그것이 잭의 이성을 마비시키는 것 같기도 했다. 대니? 이 일이랑 대니랑 무슨 상관이지? 그리고 손에 잔을 쥐고 바에서 무슨 일을 하고 있는 것이지?

잭은 '금주 선언'을 했다. 그는 '술을 끊었다'.

저들은 아들을 데리고 어찌할 셈인가? 대니에게서 무엇을 바라는 것인가? 웬디와 대니는 상관없었다. 잭은 로이드의 움푹 들어간 눈을 보려고 했지만 너무 어두워서, 너무 어두워서 해골의 빈 구멍에서 감정을 읽어 내려고 하는 것 같았다.

'저들이 원하는 것은 나야……. 그렇지 않나? 나라고. 대니가 아냐, 웬디도 아냐. 이곳을 사랑하는 사람은 나라고. 대니와 웬디는 떠나고 싶어했어. 설상차를 해치운 건 나라고……. 옛 기록을 살펴보고……보일러의 압력을 빼고……거짓말하고……영혼을 팔아치운 건 바로 나야……. 저들은 아이를 데리고 어찌할 셈인가?'

"지배인은 어디 있지?" 잭은 아무렇지도 않게 물어보려고 했지만 첫잔에 이미 감각을 잃은 입술 사이로 나온 말은 마치 즐거운 꿈속이 아니라 악몽에서 들리는 소리 같았다.

로이드는 웃기만 했다.

"내 아들에게 원하는 게 뭐지? 대니는 상관없어……, 그렇지?" 자신의 목소리는 사정조로 들렸다.

로이드의 얼굴이 변하더니 무시무시한 것으로 변했다. 하얀 피부는 누렇게 떠서 갈라지고 있었다. 피부에 붉은 상처가 생겨나더니 역겨운 냄새가 나는 액체를 흘렸다. 로이드의 이마에서는 땀처럼 핏방울이 솟아 나왔고 어디선가 종소리가 15분을 알렸다.

'가면을 벗으십시오! 가면을 벗으십시오!'

"술을 마십시오, 토런스 씨." 로이드가 조용히 말했다. "그건 당신이 상관할 문제가 아닙니다. 이 시점에서는요."

잭은 잔을 다시 들어 입술에 갖다 대고는 망설였다. 대니의 팔이 딱 하고 부러지는 끔찍한 소리가 들렸다. 자전거가 부서져 앨버트의 자동차 위로 날아가고, 바람막이를 산산조각 내었던 광경이 보였다. 바퀴 하나가 길 한가운데 놓여 있고, 그 바퀴살이 피아노 줄처럼 하늘로 뻗어 있던 광경이 보였다.

잭은 모든 대화가 멈추었음을 깨달았다.

등 뒤를 돌아보았다. 그들은 모두 입을 다물고 기다리듯 그를 쳐다보고 있었다. 사롱을 입은 여자 옆에 있던 남자는 여우 대가리를 치웠고 잭은 엷은 금발을 이마에 늘어뜨리고 있는 그 남자가 호리스 드윈트임을 알 수 있었다. 바에 있는 사람들도 다 쳐다보고 있었다. 옆에 앉아 있던 여자는 초점을 맞추려는 듯 잭에게 바짝 다가앉아 쳐다보고 있었다. 그 여자의 드레스 한쪽 어깨가 흘러 내려와 있었고 아래를 내려다보자 처진 가슴에 주글주글한 젖꼭지가 매달려 있는 것이 보였다. 얼굴을 다시 보자, 그 여자가 217호 실의 여자, 대니의 목을 조르려 했던 여자일지도 모른다는 생각이 들기 시작했다. 다른 쪽에 새파란 양복을 입고 있던 남자는 상의 주머니에서 손잡이에 진주가 박힌 32구경 권총을 꺼내어, 러시안 룰렛을 생각하는 사람처럼 바 위에다 놓고 장난치고 있었다.

'지배인을······.'

잭은 얼어붙은 성대에서 말이 나오지 않는 것을 알고 다시 시도해 보았다.

"지배인을 만나고 싶어. 그······, 그 사람이 모르는 것 같군. 내 아들은 이 일과 상관없어. 그 애는······."

"토런스 씨." 로이드가 말했다. 그의 목소리는 엉망진창이 된 얼굴에서 으스스할 정도로 부드럽게 흘러나왔다. "곧 지배인님을 만나게 되실 겁니다. 사실, 그분은 당신을 이 일의 중개인으로 삼기로 하신 겁니다. 이제 술이나 드시죠."

"술이나 마셔." 모두가 한목소리로 말했다.

잭은 부들부들 떨리는 손으로 잔을 집어 올렸다. 아무것도 섞지 않은 진이었다. 들여다보자 그 속으로 빠져 드는 기분이었다.

옆에 앉아 있던 여자가 탁한 목소리로 노래를 부르기 시작했다. "양동이를……굴려라……그러면 우리는……즐거운……양동이를……얻게 될 테니."

로이드가 따라 부르기 시작했다. 파란 양복의 사나이도. 개 인간도 한 손으로 탁자를 탁 치며 합세했다.

"양동이를 굴릴 시간이 왔다……."

드원트도 합창에 가세했다. 입에 물고 있던 담배가 흔들거렸다. 오른팔을 사롱 입은 여자 어깨에 두르고, 오른손은 그녀의 오른쪽 가슴을 부드럽게 기계적으로 주무르고 있었다. 드원트는 노래를 부르며 경멸하듯이 개 인간을 쳐다보고 있었다.

"패거리는……다……여기 모였으니!"

잭은 잔을 입으로 가져가 꿀꺽꿀꺽 다 마셨다. 진은 굴 속을 지나는 트럭처럼 목구멍을 타고 흘러 들어가, 위장에서 폭발하여 단숨에 뇌로 올라가서, 마지막으로 온몸에 전율을 일으키며 잭을 붙잡았다.

그것이 지나가자 기분이 좋아졌다.

"한 잔 더 부탁하네." 잭은 이렇게 말하고 빈 잔을 로이드에게 내밀었다.

"네." 로이드가 대답하고 잔을 받았다. 로이드는 다시 완전히 정상으로 보였다. 가무잡잡한 남자는 총을 치웠다. 오른쪽에 앉아 있던 여자는 다시 싱가포르 슬링을 들여다보고 있었다. 한쪽 가슴은 다 드러나 바의 가죽 쿠션에 기대어 있었다. 그녀의 느슨한 입에서 중얼거리는 노래가 흘러나왔다. 다시 대화하는 소리가 웅성웅성 들려왔다.

새 잔이 앞에 놓였다.

"고맙군, 로이드." 잭이 말하며 잔을 집어 들었다.

"모시게 되어서 항상 기쁩니다, 토런스 씨." 로이드가 웃었다.

"자네는 언제나 최고야, 로이드."

"감사합니다."

잭은 이번에는 천천히, 술이 목 안을 타고 흘러 들어가도록 마셨다. 땅콩도 몇 알 집어먹었다.

술은 삽시간에 사라졌고 또 한 잔을 시켰다. 대통령 각하, 마티앙을 만났고, 그들이 호의적이라고 보고하게 되어 기쁩니다. 로이드가 술을 준비하는 동안, 잭은 주머니에 손을 넣어 주크박스에 넣을 동전을 찾았다. 대니 생각이 다시 들었지만, 대니의 얼굴은 흐릿한 얼룩이 되어 잘 알아볼 수 없었다. 대니를 다치게 한 적이 있었지만, 그때는 술을 제대로 마시는 법을 몰랐던 때였다. 이제 그런 시절은 지났다. 다시는 대니를 해치지 않을 것이다.

절대로.

파티에서 나눈 대화

잭은 아름다운 여자와 춤을 추고 있었다.

지금 몇 시인지, 콜로라도 라운지에서 얼마나 있었는지, 또는 여기 연회장에서 얼마나 있었는지 알 수 없었다. 시간은 생각하지 않게 되었다.

잭은 어렴풋이 기억났다. 라디오 진행자로 성공하고, 어릴 적에는 텔레비전 스타였던 한 남자가 샴 쌍둥이 사이의 근친상간에 대해 늘어놓는 장황하고 황당한 농담이 들려왔다. 속살이 비치는 바지에 반짝이는 브래지어를 한 여자가 주크박스에서 흘러나오는 음악(아마도 「스트립 댄서」에 나오는 데이비드 로즈의 주제곡인 것 같았다)에 맞추어 천천히, 나긋나긋하게 스트립 댄스를 추고 있었다. 로비를 가로질러 가던 다른 두 남자는 20년대 유행하던 이브닝 정장을 입고서 로지 오그레이디의 반바지에 관한 노래를 부르고 있었다. 잭이 커다란 현관문을 열고 내다보니 곡선 도로 다음에 반원을 그리며 매달려 있던 일본식 등불에 우아하게 빛나던 광경이 기억나는 것 같았다. 등불은 부드러운 빛을 발하는 보석처럼 부드러운 파스텔 색깔을 띠고 있었다. 현관 천장의 커다란 유리구 전등에 불이 들어왔고 벌레들이 거기에 부딪혔다. 잭의 마음 한구석, 어쩌면 마지막으로 남은 일말의 제 정신이 지금은

12월 아침 6시라고 말해 주려고 했다. 하지만 시간은 의미를 상실했다.

'실성에 대한 말다툼은 부드러운 소리를 내며 떨어진다/ 겹겹이……'

누구였더라? 대학 시절에 읽은 시인의 시였던가? 지금은 와소에서 세척기를 팔거나 인디애나폴리스에서 보험 설계를 하는 대학 시절 시인의 시였던가? 아니면 자신이 생각해 낸 것인가? 상관없었다.

'밤은 어둡다/ 하늘 높이 별이 떠 있다/ 해체된 커스터드 파이가/ 하늘에 떠다닌다……'

잭은 킬킬거리며 웃음을 터뜨렸다.

"뭐가 재밌죠?"

다시 연회장이었다. 샹들리에에 불이 켜졌고, 가장 무도회 복장을 하거나 정장을 차려입은 쌍들은 전후 시대 밴드의 부드러운 음악에 맞추어 전부 원을 그리며 돌고 있었다. 그런데 무슨 전쟁? 확실한가?

아니, 물론 그렇지 않다. 잭이 확신할 수 있는 것은 한 가지뿐이었다. 자신이 어느 아름다운 여인과 춤을 추고 있다는 사실.

키가 크고 다갈색 머리카락을 지닌 여인이었고, 하얀 공단 드레스를 입고 있었다. 그 여인은 잭에게 몸을 바짝 붙여 가슴을 부드럽고 달콤하게 누르고 있었다. 하얀 손이 그의 손을 잡고 있었다. 그녀는 조그맣고 반짝거리는 고양이 가면을 쓰고 있었고, 머리는 한쪽으로 빗어 넘겨 어깨에 풍성하게 떨어지는 폭포 같았다. 드레스는 풍성했지만 이따금씩 잭의 다리에 그녀의 허벅지의

감촉이 와 닿았고, 드레스 밑에는 매끄럽고 분 바른 알몸이 있다
는 사실이 점점 더 또렷하게 실감났다.

'당신이 발기한 것을 함께 느낄 수 있다면, 내 사랑'

그리고 그는 서 있었다. 만일 그것이 기분 나빴다 하더라도 그
녀는 속마음을 잘 감추었다. 그녀는 점점 더 바짝 달라붙었다.

"재밌어서 그러는 게 아니오." 잭이 말하고는 다시 웃었다.

"당신이 마음에 들어요." 여자가 속삭였고 잭은 그녀의 향기가
백합 같다고 생각했다. 비밀스럽게, 해가 짧고 그늘진, 녹색 이끼
가 낀 바위틈에 숨어 있는 백합.

"나도 당신이 마음에 들어요."

"위층으로 올라가도 좋아요. 당신이 원한다면. 해리랑 함께 있
어야 하지만 그 사람은 눈치 못 챌 거예요. 불쌍한 로저를 놀리느
라 바쁘니까."

곡이 끝났다. 박수가 나왔고 밴드는 거의 연달아 「무드 인디
고」를 연주하기 시작했다.

잭이 여자의 드러난 어깨 너머를 쳐다보자 드윈트가 다과 탁자
옆에 서 있었다. 사롱을 입은 여자가 그와 함께 있었다. 탁자에
늘어선 얼음통에 샴페인 병이 꽂혀 있었고, 드윈트는 손에 거품
을 올리는 병 하나를 쥐고 있었다. 사람들이 모여서 웃고 있었다.
드윈트와 사롱을 입은 여자 앞에 로저가 기괴한 모습으로 기어다
니며 힘없이 꼬리를 질질 끌고 있었다. 그는 짖고 있었다.

"말을 해, 말을!" 해리 드윈트가 소리쳤다.

"멍! 멍!" 로저가 대답했다. 모두가 박수를 쳤다. 남자들 중에
는 휘파람을 부는 사람들도 있었다.

"그럼, 앉아 봐. 일어나 앉아!"

로저는 엉덩이를 깔고 앉았다. 가면의 주둥이는 계속 으르렁대고 있었다. 눈구멍 안에서 로저의 눈이 희번덕거렸다. 그는 두 팔을 뻗고 손을 흔들었다.

"멍! 멍!"

드윈트는 샴페인 병을 거꾸로 들고, 위로 쳐든 가면 위에다 폭포처럼 부글부글 쏟아 부었다. 로저는 미친 듯이 꿀꺽거리며 마셨고, 모두 또 박수를 쳤다. 여자들 중에는 교성을 지르며 웃는 이들도 있었다.

"해리는 정말 괴짜 아닌가요?" 잭의 파트너가 다시 몸을 지그시 누르며 물었다. "모두가 그렇다고 해요. 그 사람은 여자도 상대하고 남자도 상대하거든요. 가엾은 로저는 남자만이고요. 그 사람은 쿠바에서 해리와 주말을 함께 보냈대요…… 아, 몇 달 전 일이에요. 그런데 지금은 조그만 꼬리를 흔들면서 어디든 해리를 따라다니고 있지요."

그녀는 킥킥거리며 웃었다. 수줍은 백합 향기가 풍겨 나왔다.

"그렇지만 해리는 한번 바꾼 마음을 되돌리지 않아요…… 남자든 어쨌든……. 그리고 로저는 미칠 지경이죠. 해리는 가장 무도회에 강아지, 아주 귀여운 강아지 분장을 하고 나타나면 생각해 보겠다고 했대요. 로저는 어리석어서……."

곡이 끝났다. 또 박수가 나왔다. 밴드 주자들은 쉬기 위해 일어섰다.

"잠깐만요." 그녀가 말했다. "저기……, 댈러! 댈러, 어디 있었던 거야?"

그녀는 다과를 먹고 술을 마시는 사람들 무리를 향해 걸어갔고, 잭은 멍하니 그녀를 쳐다보았다. 애초에 자신들이 어떻게 춤을 추기 시작했는지 의아해하면서. 기억나지 않았다. 사건은 아무런 전후 맥락 없이 일어나는 것 같았다. 먼저 여기서, 그리고 저기서, 그리고 사방에서. 머리가 빙빙 돌았다. 백합과 향나무 냄새가 났다. 다과 탁자 옆에서 드윈트가 로저의 머리 위에 조그만 삼각형 샌드위치를 들고, 구경꾼 모두의 즐거움을 위해서 재주넘기를 하라고 재촉하고 있었다. 개 가면이 위로 올라갔다. 개 의상의 은색 옆구리가 펄럭거렸다. 로저는 펄쩍 뛰더니, 머리를 아래로 숙이고 공중에서 구르려고 했다. 뛴 높이가 너무 낮았고 힘도 약했다. 등을 바닥에 대고 떨어져 머리를 바닥에 부딪혔다. 개 가면 밖으로 신음소리가 새어 나왔다.

드윈트는 박수를 쳤다. "다시 해 봐, 강아지! 다시 해 봐!"

구경꾼들도 따라서 합창했다. 다시 해 봐, 다시 해 봐. 잭은 기분이 나빠 비틀거리며 옆으로 비켜섰다.

그는 하얀 준예복을 입은, 이마가 좁은 남자가 밀고 가던 주류 손수레에 부딪혀 쓰러질 뻔했다. 발이 손수레의 아래쪽 선반에 걸렸다. 술병과 사이폰이 쨍그랑거리며 부딪쳤다.

"미안합니다." 잭이 쉰 목소리로 말했다. 갑자기 폐소공포증이 느껴지면서 답답했다. 밖으로 나가고 싶었다. 오버룩이 예전으로 돌아가기를 바랐다…… 이 불청객들이 사라져 주기를. 진정한 개척자로서 잭의 입지는 존중받지 못했다. 그 역시 수많은 엑스트라 가운데 하나, 시키는 대로 재주를 넘었다가 앉았다가 하는 강아지에 불과했던 것이다.

"괜찮습니다." 하얀 준예복을 입은 사나이가 말했다. 흉악하게 생긴 얼굴에서 나오는 정중하고 또박또박한 말씨는 초현실적이었다. "마실 것 드릴까요?"

"마티니."

뒤에서 또 한 차례 웃음이 터져 나왔다. 로저가 노래에 맞추어 짖고 있었던 것이다. 누군가가 스타인웨이 그랜드 피아노에서 음을 눌러 주고 있었다.

"여기 있습니다."

성에가 낀 차가운 잔이 손에 쥐어졌다. 잭은 고마운 마음으로 마시고, 진이 온몸에 퍼지며 맑은 정신이 혼미해지는 것을 느꼈다.

"괜찮습니까?"

"좋군요."

"감사합니다." 손수레가 다시 굴러가기 시작했다.

잭이 문득 손을 뻗어 그 사나이의 어깨를 잡았다.

"네?"

"실례지만……, 이름이 뭐죠?"

상대는 놀라지 않았다. "그레이디입니다. 델버트 그레이디."

"하지만 당신은……, 그러니까……."

바텐더는 정중한 표정으로 잭을 쳐다보았다. 잭은 다시 말을 시작했지만, 진과 비현실적이라는 생각에 말문이 막혔다. 말 한마디, 한마디가 얼음 덩어리처럼 느껴졌다.

"예전에 여기 관리인 아니었어요? 그러니까……." 하지만 끝을 맺을 수 없었다. 말이 나오지 않았다.

"아닙니다. 그렇지 않습니다."

"하지만 당신 부인……, 딸들……."

"제 아내는 주방 일을 돕고 있습니다. 딸들은 물론 자고 있습니다. 아이들에게는 너무 늦은 시간이지요."

"당신은 관리인이에요. 당신은……." '말해 버려!' "당신이 그들을 죽였어요."

그레이디는 아무렇지도 않은 듯 정중한 표정을 계속 짓고 있었다. "그런 일은 전혀 기억에 없습니다." 잔이 비었다. 그레이디는 잭의 힘없는 손에서 잔을 빼내어 또 한 잔을 만들기 시작했다. 손수레에는 올리브가 가득 든 조그만 플라스틱 통이 놓여 있었다. 어째서인지 그것을 보자 조그만 머리 같다는 생각이 떠올랐다. 그레이디는 하나를 솜씨 좋게 떠올려 잔에 떨어뜨리더니 잭에게 건네주었다.

"하지만 당신은……."

"선생님이 바로 관리인이시지요." 그레이디가 온화하게 말했다. "선생님은 언제나 관리인이셨습니다. 저도 압니다. 여기 늘 있었으니까요. 같은 지배인이 우리 두 사람을 동시에 채용했습니다. 괜찮습니까?"

잭은 술을 단숨에 마셨다. 머리가 어지러웠다. "울먼 씨가……."

"그런 사람은 모릅니다."

"하지만 그 사람이……."

"지배인은 호텔입니다. 이제 누가 선생님을 채용했는지 아시겠지요."

"아니오." 잭이 쉰 목소리로 대답했다. "아니오. 나는……."

"아드님과 자세히 이야기를 나눠 보셔야겠군요, 토런스 씨. 아드님은 모든 것을 알고 있습니다. 당신에게 일깨워 드리지는 않았지만요. 감히 이렇게 말해도 된다면 아드님은 좀 버릇이 없습니다. 사실, 매사에 당신을 거스르지 않습니까? 아직 여섯 살도 안 되었으면서."

"맞아요. 그렇죠." 잭이 말했다. 뒤에서 또 한 차례 웃음소리가 들렸다.

"제가 이렇게 말씀드려도 된다면 아드님의 버릇을 고쳐 주셔야 합니다. 훈계와, 어쩌면 그 이상도 필요하겠지요. 제 딸들 말입니다. 그 애들도 처음에는 오버룩을 좋아하지 않았습니다. 한 녀석은 성냥 한 곽을 훔쳐서 불을 내려고도 했지요. 제가 버릇을 고쳐 놓았습니다. 호되게 가르쳤지요. 그리고 아내가 저를 말리려고 해서, 아내도 버릇을 고쳐 놨습니다." 그는 잭에게 의미를 알 수 없는 미소를 지어 보였다. "여자들이 자식에 대한 아버지의 책임을 이해하지 못하는 것은 슬프지만 사실입니다. 남편과 아버지에게도 책임이 있지 않습니까?"

"그렇죠." 잭이 말했다.

"그들은 저처럼 오버룩을 사랑하지 않았습니다." 마티니를 또 만들기 시작하며 그레이디가 말했다. 진 병을 뒤집자 방울이 솟아올랐다. "아드님과 부인께서 오버룩을 사랑하지 않는 것처럼 말입니다…… 현재는 그렇지요. 하지만 그분들도 사랑하게 될 겁니다. 토런스 씨께서 그분들의 잘못을 일깨워 주셔야 합니다. 동의하십니까?"

"예."

잭은 깨달았다. 그들에게 너무 무르게 대했던 것이다. 남편과 아버지에게는 책임이 있는 법이다. 아버지가 가장 잘 안다. 그들은 모른다. 사실 그 자체로는 죄가 아니지만, 그들은 일부러 이해하려 들지 않았다. 잭은 사실 가혹한 성격이 아니었다. 하지만 벌은 주어야 한다고 생각했다. 그리고 아들과 아내가 일부러 자신의 뜻을 거슬렀다면, 잭이 그들을 위해 최선이라 여기는 것을 거슬렀다면 잭에게 그것을 고쳐 줄 의무가 있는 것이 아닐까?

"배은망덕한 자식은 독사의 이빨보다도 더 무섭습니다." 그레이디는 술을 건네주며 말했다. "지배인님이 아드님을 데려올 수 있을 것이라고 생각합니다. 부인도 곧 따르실 겁니다. 동의하십니까?"

갑자기 확신이 사라졌다. "나는……하지만……만일 그들이 떠나 버릴 수 있다면……그러니까 결국, 지배인이 원하는 것은 내가 아닌가요? 그럴 거예요. 왜냐하면……." 왜냐하면 뭘까? 잭은 해답을 알아야 했지만 갑자기 알 수 없어졌다. 오, 불쌍한 머리가 허우적거리고 있었다.

"나쁜 개 같으니!" 드윈트가 큰 소리로 말했고 웃음이 터져 나왔다. "바닥에 오줌을 싸다니 나쁜 개로군."

"물론 알고 계시지요." 그레이디는 비밀 얘기하듯 손수레 위로 몸을 숙이며 말했다. "아드님은 외부 사람을 불러들이려고 합니다. 아드님에게는 아주 큰 재능이 있습니다. 지배인님은 그 재능을 이용해서 오버룩을 더욱 발전시킬 수 있을 겁니다. 더욱……, 풍요롭게 만든다고나 할까요? 하지만 아드님은 바로 그 재능으로 우리를 방해하고 있습니다. 일부러 그러는 겁니다, 토런스 씨. 일부러."

"외부 사람이라고요?" 잭이 멍하게 물었다.

그레이디가 고개를 끄덕였다.

"누구 말이죠?"

"검둥이입니다." 그레이디가 말했다. "검둥이 조리사."

"할로런?"

"그런 이름이었던 것 같습니다."

또 한 차례 웃음소리가 터져 나왔고, 로저가 뭔가를 징징거리며 항의하듯 말했다.

"그래! 그래! 잘하는군!" 드원트가 말했다. 모여 있던 다른 사람들도 따라 말했지만, 이번에는 그들이 로저에게 무슨 짓을 시키는지 들리기 전에 밴드의 연주가 시작되었다. 「턱시도 정션」이라는 곡으로, 울적한 색소폰 연주가 들어 있었지만 소울은 별로 시원치 않았다.

'소울? 소울은 아직 나오지도 않았어. 그렇지 않나?'

'검둥이……검둥이 조리사.'

잭은 말을 하려고 입을 벌렸지만 무슨 말이 나올지는 몰랐다. 그리고 나온 말은,

"고등학교를 나오지 않았다고 들었어요. 하지만 무식한 사람같이 말하지 않네요."

"제가 정규 교육을 많이 받지 못한 것은 사실입니다. 하지만 지배인님이 고용인들을 관리해 줍니다. 그분은 그러면 이익이 된다는 것을 알고 계시죠. 교육은 항상 이익이 됩니다. 그렇지 않습니까?"

"그렇죠." 잭이 멍하게 대답했다.

"예를 들어, 당신도 오버룩 호텔에 대해서 더 많은 것을 배우려

고 하고 계십니다. 아주 현명하십니다. 아주 고상하세요. 스크랩
북 한 권을 지하실에 두어 당신이……."

"누가 그랬죠?" 잭이 궁금한 표정으로 물었다.

"물론, 지배인님이 놓아두셨습니다. 원하신다면 다른 자료도
보여 드릴 수……."

"예. 보고 싶어요." 잭은 애걸하는 목소리를 내지 않으려고 했
지만 실패하고 말았다.

"당신은 진정한 학자십니다." 그레이디가 말했다. "주제를 끝
까지 추적하고. 모든 자료를 모으고." 그는 머리를 숙이더니 양복
깃을 세우고 잭에게는 보이지 않는 얼룩을 주먹으로 닦았다.

"그리고 지배인님은 후한 분입니다." 그레이디가 계속 말했다.
"정말입니다. 저를 보세요. 고교 자퇴생이었던 사람입니다. 당신
같은 분이라면 오버룩에서 얼마나 높이 올라갈 수 있을지 생각해
보십시오. 아마도……곧……맨 꼭대기까지."

"정말요?" 잭이 속삭였다.

"하지만 그건 모두 아드님에게 달렸습니다. 그렇죠?" 그레이디
가 눈썹을 추켜올리며 물었다. 그 섬세한 표정은 잔인해 보이는
짙은 눈썹과 어울리지 않았다.

"대니가요?" 잭이 이마를 찌푸렸다. "아니오. 물론 아니오. 내
경력을 아들 녀석이 결정하도록 두지는 않을 거예요. 절대 안 될
말씀이지요. 나를 뭘로 보는 거요?"

"충실한 분이라고 생각합니다." 그레이디가 따뜻한 목소리로
말했다. "제가 말을 잘못했나 봅니다. 이곳에서 당신의 미래는 아
드님의 행동에 어떻게 대처하기로 하는지 그 결정에 달려 있다고

해 두지요."

"결정은 내가 내려요." 잭이 속삭였다.

"하지만 아드님을 해결해야 합니다."

"그러겠어요."

"반드시."

"그러겠소."

"자기 가족을 제대로 통제하지 못하는 남자는 우리 지배인님의 흥미를 끌지 못합니다. 자기 아내와 아들의 행동을 바로잡지 못하는 남자는 이 큰 호텔에서 높은 자리는커녕 자기 자신도 주체하지 못합니다. 그런 사람은……"

"내가 알아서 하겠다고 했잖아요!" 화가 난 잭이 대뜸 소리를 질렀다.

「턱시도 정션」이 막 끝나고 새로운 노래는 시작하지 않았다. 바로 그 사이에 잭이 소리를 질렀고 등 뒤에서 갑자기 대화가 뚝 끊어졌다. 잭은 전신이 갑자기 뜨거워졌다. 모두가 자신을 쳐다보고 있는 것이 분명했다. 그들은 로저에게 흥미를 잃고 자신을 쳐다보기 시작한 것이다. 굴러. 일어나 앉아. 죽은 척해 봐. 우리랑 놀면 우리도 놀아 줄게. 높은 자리. 그들은 그가 아들을 희생하기를 바랐다.

'그리고 지금은 조그만 꼬리를 흔들면서 어디든 해리를 따라다니고 있지요……'

'굴러. 죽은 척해. 아들을 바쳐.'

"이쪽입니다. 혹시 흥미가 있다면." 그레이디가 말했다.

대화는 다시 시작되었고, 밴드의 음악에 맞추어 리듬을 타고 진행되었다. 이제 밴드는 레넌과 매카트니의 「티켓 투 라이드」의 스윙 버전을 연주하고 있었다.

'슈퍼마켓의 확성기 옆에서 더 잘 들렸겠군.'

잭은 바보처럼 킬킬거렸다. 왼손을 내려다보자 반쯤 찬 잔이 또 하나 쥐어져 있었다. 그는 단숨에 잔을 비웠다.

이제 벽난로 앞에 서 있자 난롯불에서 나오는 열에 다리가 따뜻해졌다.

'불……? 8월에……? 그렇다……아니다……모든 시간이 뒤죽박죽 되어 있다'

유리 돔 아래 시계가 하나 있었고 그 양쪽에는 상아 코끼리 조각이 놓여 있었다. 그것은 12시 1분 전에 멈춰 있었다. 잭은 흐릿한 눈으로 그것을 쳐다보았다. 그레이디는 그가 이것을 보기를 원했던 것인가? 돌아서서 물어보려 했지만 그레이디는 사라지고 없었다.

「티켓 투 라이드」를 연주하던 중 밴드는 팡파르를 울렸다.

"시간이 되었습니다!" 호리스가 선언했다. "자정입니다! 가면을 벗으십시오! 가면을 벗으십시오!"

그는 다시 돌아서 반짝거리는 가면 밑에 숨어 있는 유명 인사들의 얼굴을 확인하려고 했지만, 온몸이 얼어붙어 시계에서 시선을 돌릴 수 없었다. 시침과 분침이 하나로 합쳐지면서 위를 가리켰다.

"가면을 벗으십시오! 가면을 벗으십시오!" 합창이 계속되었다.

시계는 은은한 종소리를 내기 시작했다. 문자반 아래 레일을 따라 왼쪽과 오른쪽에서 두 개의 인형이 나타났다. 잭은 가면 벗기를 잊고 매혹되어 쳐다보았다. 태엽이 움직였다. 기어가 돌더니 맞물리고 기계는 은은하게 빛났다. 톱니바퀴는 정확히 앞뒤로 움직였다.

인형 가운데 하나는 작은 곤봉을 양손에 쥐고 발끝으로 선 남자 모습을 하고 있었다. 다른 하나는 조그만 원추형 모자를 쓴 어린 소년이었다. 시계 태엽의 인형들은 반짝거렸고 환상적일 정도로 정밀했다. 소년의 모자에 '광대'라고 새겨진 것이 보일 정도였다.

두 인형은 철제 가로대 양쪽으로 미끄러져 나왔다. 어딘가에서 스트라우스 왈츠의 곡조가 계속해서 딩동거리며 흘러나왔다. 잭의 머릿속에는 그 노래에 맞추어 광고 노래가 울리기 시작했다. '개먹이를 사세요 멍멍, 멍멍, 개먹이를 사세요……'

시계 태엽 아빠의 손에 든 강철 방망이가 아들의 머리 위로 떨어졌다. 시계 태엽 아들은 앞으로 쓰러졌다. 방망이는 올라갔다 내려오고, 올라갔다 내려왔다. 아이의 쭉 뻗은 두 손이 떨리기 시작했다. 아이는 엎드린 자세로 축 처졌다. 방망이는 스트라우스 곡에 맞추어 연신 올라갔다 내려갔다 했고, 그 남자가 의식을 잃은 아들을 꾸짖느라 입을 벌렸다 오므렸다 하는 것이 보였다.

유리 돔 안쪽에 붉은 점이 튀었다.

또 튀었다. 그 옆에 점 두 개가 더 튀었다.

이제 붉은 액체가 불쾌한 소나기처럼 돔 유리 면에 흩뿌리더니 안에서 벌어지는 일이 보이지 않게 되었다. 붉은 점 사이사이로 회색 뼛조각과 뇌 조직도 튀었다. 그래도 태엽이 계속해서 돌고, 기어와 톱니가 맞물려 돌면서 곤봉은 여전히 올라갔다 내려갔다를 계속하고 있음을 알 수 있었다.

"가면을 벗으십시오! 가면을 벗으십시오!" 드원트가 뒤에서 소리치고 있었고, 어디선가 개 한 마리가 사람 목소리로 짖고 있었다.

'하지만 태엽에서는 피가 날 수 없어 태엽에서는 피가 날 수 없다고.'

유리 돔 전체에 피가 튀었고, 짓이겨진 머리카락이 보였지만 다행히 다른 것은 보이지 않았다. 하지만 곤봉이 내리치는 소리가 계속해서 들려왔고 「푸른 도나우」가 들리는 것처럼, 그 소리가 여전히 유리를 통해 새어 나오고 있었기 때문에 잭은 메스꺼워지려고 했다. 하지만 그 소리는 이제 더 이상 기계 곤봉이 기계 머리를 내리치는 틱, 틱, 틱 하는 소리가 아니라 진짜 곤봉이 부드러운 시체를 내리치는 진짜 쿵쿵 하는 소리로 바뀌어 있었다. 그 시체는······.

"가면을 벗으십시오!"

'붉은 사신이 모두를 덮쳤다!'

처참한 비명을 올리며 잭은 시계에서 돌아섰고, 두 손을 뻗고 다리를 나무 블록처럼 뻣뻣하게 움직이며 그들에게 멈추라고, 자신과 대니, 웬디를 데려갈 테면 데려가라고, 원한다면 온 세상을 다 가져도 좋으니, 그만두고 자신에게 제정신을 조금만 남겨 달라고 사정했다.

연회장은 비어 있었다.

의자는 비닐로 덮은 탁자 위에 거꾸로 얹혀 있었다. 금술이 달린 붉은 카펫을 댄스 플로어에 다시 깔아 놓아 광을 낸 목재 바닥면을 보호하고 있었다. 밴드 스탠드에는 접어 놓은 마이크 스탠드와 벽에 기대어 세워 놓은 먼지 앉은 기타 말고 아무것도 없었다. 차가운 아침 햇빛, 겨울 햇빛이 높다란 창문에서 나른하게 비치고 있었다.

잭은 아직도 머리가 빙빙 돌았다. 아직도 취한 것 같았다. 하지만 벽난로 쪽을 돌아보자 술은 사라졌다. 상아 코끼리와……, 시계밖에 없었다.

그는 차갑고 어두운 로비를 가로질러 식당으로 비틀비틀 걸어갔다. 발이 탁자 다리에 걸려서 넘어지며 탁자도 뒤집혔다. 잭은 바닥에 코를 세게 부딪혔고 피가 나기 시작했다. 그는 일어서서 피를 코로 들이마시고 손등으로 닦았다. 콜로라도 라운지를 지나 문을 밀치고 나갔다.

그곳은 텅 비어 있었다……. 하지만 바에는 술이 가득 세워져 있었다. 하느님을 찬양하라! 어둠 속에서 유리와 라벨의 은색 가장자리가 은은하게 빛을 발하고 있었다.

전에, 아주 오래전에, 바에 거울이 없어서 화난 적이 있던 기억이 났다. 이제 잭은 그것이 기뻤다. 거울이 있었더라면, 금주 선언을 깨뜨린 술주정뱅이 하나가 비칠 뿐이었을 것이다. 코피를 흘리며 구겨진 셔츠에 부스스한 머리, 더부룩한 빰.

'이게 바로 벌집에다 손을 집어넣었을 때의 기분이다.'

외로움이 엄습해 왔다. 잭은 갑자기 비통하게 울면서 진심으로 죽기를 바랐다. 아내와 아들은 위층에서 자신이 들어오지 못하게 문을 잠그고 있었다. 다른 사람들은 모두 떠났다. 파티는 끝났다.

잭이 앞으로 다시 걸어가, 바로 갔다.

"로이드, 대체 어디 갔어?" 소리를 질렀다.

대답은 없었다. 쿠션이 잘된

'정신 병동'

방에서, 잭의 소리는 메아리조차 치지 않았고 누가 함께 있다는 환상조차 남기지 않았다.

"그레이디!"

묵묵부답. 술병만이 가만히 서 있었다.

'굴러. 죽은 척해 봐. 집어 와. 죽은 척해 봐. 일어나 앉아. 죽은 척해 봐.'

"관둬. 내가 할 테니, 빌어먹을."

바 쪽으로 가다가 잭은 균형을 잃고 쓰러져 머리를 바닥에 박았다. 두 손을 짚고 무릎을 꿇고 앉아 눈을 양쪽으로 굴리며 횡설수설 중얼거렸다. 잭은 얼굴을 한쪽으로 돌리고 쓰러지더니 드르렁거리며 코를 곯았다.

바깥에서는 더욱 세찬 바람이 불었고 눈보라는 심해졌다. 오전 8시 30분이었다.

덴버, 스테이플턴 공항

산지 표준시 오전 8시 31분. 트랜스 월드 항공 196편에 탑승한 한 여자가 울음을 터뜨리더니 비행기가 추락할 것이라고 소리를 지르기 시작했는데, 아마 다른 승객들도, 심지어는 승무원들도 그 말에 반대하지는 않았을 것이다.

할로런 옆에 앉은 날카로운 얼굴의 여자는 읽던 책에서 고개를 들더니 짤막하게 성격 분석을 했다. "바보 같으니." 그러고는 다시 책으로 시선을 돌렸다. 그 여자는 비행기에 타고 스크루드라이버를 두 잔 마셨지만 얼음장 같은 태도에는 전혀 변함이 없었다.

"추락할 거예요!" 그 여자는 쇳소리로 고함쳤다. "분명하다고요!"

스튜어디스 하나가 그 여자의 좌석으로 달려와 옆에서 달래 주었다. 할로런은 고상하게 달래는 능력을 지닌 사람은 스튜어디스와 젊은 가정 주부들밖에 없다고 생각했다. 그것은 아주 귀하고 놀라운 재능이었다. 스튜어디스가 그 여자를 조용히 위로하여 조금씩 진정시키는 동안 할로런은 그런 생각을 했다.

할로런은 196편에 탄 사람들 가운데 아는 사람이 하나도 없었지만 그도 엄청나게 겁났다. 창문 밖에는 하얀 장막밖에 보이지 않았다. 사방에서 불어오는 것 같은 돌풍에 기체는 양쪽으로 마구 흔들렸다. 그것을 막아 보고자 엔진을 돌리자 바닥이 진동했다. 뒤에 앉은 여행자 몇 명이 신음소리를 내었고 스튜어디스 하나는 새 위생 봉투를 가지러 돌아갔다. 할로런의 세 줄 앞에 앉은 남자는 읽고 있던 《내셔널 옵저버》에 구토를 했고, 치우는 것을 도와주러 스튜어디스가 오자 미안하다는 듯이 씩 웃었다. "괜찮습니다." 그녀는 그를 위로했다. "저는 《리더스 다이제스트》를 읽으면 그러고 싶거든요."

할로런은 어떤 상황인지 추측할 수 있을 만큼 비행 경험이 많았다. 그들은 심한 역풍을 맞으며 비행하는 것이었고 덴버 상공의 기후가 갑자기 나빠져, 지금은 달리 기후가 좋은 다른 곳으로 방향을 바꾸기에 조금 늦은 것이다.

'버디 보이, 돌격은 엉망진창이구나.'

스튜어디스는 그 여자 승객의 신경질적인 발작을 진정시키는 데 성공한 것 같았다. 여자는 훌쩍거리며 레이스 손수건에 코를 풀어 댔지만, 비행기의 최후에 대한 자신의 견해를 떠들어 대는 것은 그만두었다. 스튜어디스가 마지막으로 여자의 어깨를 두드려 주더니 일어섰을 때 보잉 747은 아주 심하게 흔들렸다. 스튜어디스는 뒤로 비틀거리더니 신문에 구토했던 남자 무릎에 주저앉아 스타킹을 신은 늘씬한 각선미를 드러냈다. 그 남자는 눈을 껌벅거리더니 친절하게도 그녀의 어깨를 토닥여 주었다. 그녀도 미소를 지었지만, 할로런은 긴장한 기색이 보였다고 생각했다. 정말 지독하게 힘든 비행이었다.

땡 하는 소리와 함께 '금연' 등에 불이 들어왔다.

"기장입니다." 부드럽고 남부 억양이 약간 있는 음성이었다.

"스테이플턴 국제 공항으로 착륙을 시작하겠습니다. 비행이 순조롭지 못했던 점을 사과드립니다. 착륙 시에도 약간의 진동이 있을 수 있지만 어려움은 없을 것이라 예상합니다. '안전 벨트'와 '금연' 표시등을 지켜 주시고 덴버에서 즐거운 시간 보내시기 바랍니다. 또한……."

또 한번 비행기가 크게 흔들리더니 엘리베이터처럼 밑으로 쑥 내려가 속을 메스껍게 했다. 할로런의 위장은 뒤틀렸다.

"곧 트랜스 월드 항공을 통해 다시 뵙기를 기원합니다."

"그럴 것 같지 않은데." 할로런 뒤에 앉은 누군가가 말했다.

"참 멍청하군요." 비행기가 고도를 낮추기 시작하자 할로런 옆의 여자가 책의 읽던 자리에 표시를 하고 덮으면서 말했다. "당신처럼……, 더러운 전쟁의 공포를 목격하거나 중앙 정보국의 부도덕한 달러 외교 간섭을 목격하고 나면……, 비행기가 흔들리는 것 정도는 사소하게 느껴지지 않나요. 그렇지 않나요, 할로런 씨?"

"그렇죠, 부인." 할로런이 대답하고 미친 듯이 휘몰아치는 눈보라를 멍하게 응시했다.

"이런 일을 겪으면 금속 조각은 어떻게 되는지 여쭤 봐도 되나요?"

"아, 머리는 괜찮습니다." 할로런이 말했다. "속이 좀 뒤집힐 뿐입니다."

"유감이네요." 그 여자는 책을 다시 펼쳤다.

눈보라 사이로 고도를 낮추는 동안, 할로런은 몇 년 전 보스턴의 로건 공항에서 일어난 추락 사고를 생각했다. 그때도 상황은 비슷했다. 단지, 시계를 제로로 만든 것은 눈 대신 안개였을 뿐이다. 그 비행기는 착륙 장치를 활주로 끝의 벽에 부딪혔다. 탑승자 여든아홉 명의 시신은 햄버거 캐서롤 꼬락서니와 크게 다르지 않아 보였다.

할로런은 자기 혼자 일이라면 그렇게 걱정하지 않았을 것이다. 이제 그는 세상에 혼자 남은 셈이나 다름없었고, 자신의 장례식에 참석할 사람은 동료 외에는, 적어도 자신을 위해 건배해 줄 늙은이 매스터튼 정도뿐일 것이다. 하지만 그 소년……, 그 소년이 할로런을 기다리고 있었다. 그 아이가 기대할 수 있는 도움은 할로런이 전부일 것이며, 아이가 마지막으로 부르던 소리가 뚝 끊긴 것이 심상치 않았다. 할로런은 전정 나무 동물들이 움직였던 것을 생각하고 있었다…….

그의 손을 가녀리고 하얀 손이 잡았다.

날카로운 얼굴의 여자는 안경을 벗었다. 안경을 벗고 나니 얼굴은 훨씬 더 부드러워 보였다.

"괜찮을 거예요." 그 여자가 말했다.

할로런은 미소를 지으며 고개를 끄덕였다.

예고대로 비행기는 힘겹게 고도를 낮추었고, 앞에 있던 선반에서 잡지가 전부 떨어지고, 플라스틱 쟁반이 커다란 손수레처럼 조리실에서 우르르 쏟아질 정도로 큰 충격을 받으며 지상과 재결합했다. 아무도 비명은 지르지 않았지만, 할로런은 몇몇 사람들이 집시 캐스터네츠처럼 이를 딱딱 부딪치는 소리를 들었다.

터빈 엔진이 윙 하는 소리를 내며 비행기를 정지시켰고, 그 소리가 줄어들자 인터콤으로 남부 억양이 섞인 조종사의 목소리가 들려왔다. "승객 여러분, 우리는 스테이플턴 공항에 착륙했습니다. 기체가 터미널에 완전히 정지할 때까지 자리에 앉아 계십시오. 감사합니다."

할로런 옆의 여자는 책을 덮더니 긴 한숨을 내쉬었다. "또 하루를 싸워 나가게 되었네요, 할로런 씨."

"부인, 아직 끝나지 않았어요."

"그래요. 맞는 말씀이에요. 라운지에서 저랑 한잔하시겠어요?"

"그랬으면 좋겠지만 약속이 있습니다."

"바쁜 약속인가요?"

"아주 급한 겁니다." 할로런이 진지한 얼굴로 말했다.

"조금이라도 상황을 바꾸어 줄 약속이었으면 좋겠네요."

"저도 그러기를 바랍니다." 할로런이 대답하고 미소를 지었다. 그녀도 미소를 지었다. 그러자 얼굴이 10년은 더 젊어 보였다.

짐으로 가져온 것은 기내 가방뿐이었으므로, 할로런은 다른 사람들을 제치고 아래층 허츠 렌터카 접수처에 도착했다. 뿌연 유리창 밖으로 아직도 눈이 계속 내리는 것이 보였다. 광풍이 눈보라를 앞뒤로 휘몰아 대었고 주차장에 걸어다니는 사람들은 눈보라와 싸우고 있었다. 한 남자가 쓰고 있던 모자가 날아갔고, 그 모자가 높이, 멀리, 보기 좋게 날아오르자 할로런은 남자를 동정했다. 그는 모자를 쳐다보고 있었고 할로런은 이렇게 생각했다.

'오, 포기해 버려 친구야. 그 녀석은 애리조나에 도착할 때까지 땅에 내려오지 않을 거야.'

그리고 이런 생각이 꼬리를 물었다.

'덴버가 이 정도이니 볼더 서쪽은 어떤 지경일까?'

그 생각은 안 하는 것이 좋겠다.

"도와드릴까요?" 허츠 렌터카 회사의 노란 제복을 입은 아가씨가 물었다.

"차 한 대 있으면 날 도와줄 수 있지." 할로런은 씩 웃으며 말했다.

그는 평소 때보다 높은 가격으로 평소 때보다 큰 차, 은색 뷰익 엘렉트라를 빌릴 수 있었다. 그는 스타일보다는 산길을 오르는 것을 염두에 두었다. 도중에 어디선가 차를 세우고 체인을 감아야 할 것이다. 그는 체인 없이는 멀리 가지 않을 셈이었다.

"얼마나 심한 거요?" 할로런은 서명할 렌탈 동의서를 건네받으며 물었다.

"1969년 이후로 가장 심한 눈보라라고 해요." 아가씨는 밝게 대답했다. "멀리까지 운전하셔야 하나요?"

"그런 셈인데."

"원하시면, 270번 도로 교차 지점에 있는 텍사코 휴게소에 미리 전화를 해 드릴 수 있어요. 그곳에서 체인을 감아 드릴 거예요."

"그래 주면 아주 고맙겠소, 아가씨."

여자는 전화를 걸었다. "기다리고 있을 거예요."

"대단히 고맙소."

접수처를 떠나며 할로런은 날카로운 얼굴의 여자가 수화물 대기 장소의 줄에서 기다리고 있는 것을 보았다. 그녀는 아직도 책을 읽고 있었다. 할로런은 지나가며 그녀에게 윙크했다. 그녀는 고개를 들고 미소를 짓더니 평화의 신호를 보냈다.

'빛이다'

할로런은 외투의 깃을 세우고 미소를 지으며 기내 가방을 다른 손으로 옮겨 쥐었다. 아주 작은 것이었지만, 그것을 알고 나자 기분이 나아졌다. 그는 머릿속에 금속 조각이 들었다는 거짓말을 한 것을 후회했다. 그는 머릿속으로 그녀에게 인사를 전했고, 휘몰아치는 눈보라 속으로 나오며 그녀 역시 같은 인사를 보내왔다고 생각했다.

휴게소에서 체인을 감는 비용은 비싸지 않았지만, 할로런은 정비소에서 일하는 청년에게 10달러를 살짝 쥐어주고 기다리는 시간을 줄였다. 길로 들어서자 아직 10시 15분이었고, 와이퍼와 뷰익의 커다란 바퀴에서는 단조롭게 덜컥거리는 소리가 났다.

도로는 엉망이었다. 체인을 감고도 시속 45킬로미터 이상 달릴 수 없었다. 자동차들은 도로에서 말도 안 되는 각도로 미끄러져 나갔고, 쌓이는 눈에 꼼짝없이 공회전만 하는 여름 타이어 때문에 교통 마비 상태인 곳도 있었다. 저지대(해발 1.6킬로미터를 '저지대'라고 부를 수 있을지는 모르겠지만)에서는 금년 겨울 첫 눈보라였고, 그것도 아주 지독한 놈이었다. 많은 사람들이 미처 대비를 못했고 당연한 일이었지만 할로런은 눈이 쌓인 사이드 미러를 내다보며 그런 사람들에게 저주를 퍼부었다. 그는

'아무것도 눈 속을 질주해서……'

왼쪽 차선으로 돌진해 들어오는 것이 없는지 확인하곤 했다.

36번 도로로 진입하는 램프에는 더 큰 불운이 기다리고 있었다. 덴버와 볼더 간 유료 도로인 36번 도로는 서쪽으로 이스티스 공원과 연결된 다음 그곳에서 7번 도로로 이어진다. 업랜드 고속

도로라고도 부르는 그 도로는 사이드와인더를 통과하여 오버룩 호텔을 지난 다음, 웨스턴 슬로프로 내려가 유타로 이어진다.

램프에 차 한 대가 뒤집혀 있었다. 멍청한 꼬마의 케이크 위에 꽂힌 생일 초처럼 그 둘레에 밝은 불꽃이 여기저기 흩어져 있었다.

할로런은 차를 세우고 창을 내렸다. 털모자를 귀 아래까지 눌러 쓴 경찰 하나가 장갑을 낀 한 손으로 I-25 도로로 북쪽으로 이동하는 차들을 향해 손짓했다.

"이쪽으로 갈 수 없소!" 그가 바람 속에서 할로런에게 소리 쳤다. "출구 두 곳을 지나 91번 도로를 타고 브룸필드에서 36번을 타시오!"

"저 차 왼쪽으로 지나갈 수 있을 것 같은데!" 할로런이 소리를 질렀다. "당신 지껄이는 대로 하자면 30킬로미터나 돌아가야 한단 말이오!"

"지껄이다니, 대갈통을 부숴 버리겠어!" 경찰이 맞받아 쳤다. "이 램프는 폐쇄되었다니까요!"

할로런은 후진하여 차의 흐름이 끊기기를 기다려 25번 도로로 계속 진행했다. 표지판은 와이오밍 주 샤이엔까지 160킬로미터밖에 남지 않았다고 했다. 램프를 찾지 못하면 거기까지 가게 될 것이다.

할로런은 50킬로미터까지 속력을 높였지만 더 이상은 달리지 못했다. 이미 눈이 쌓여 와이퍼가 멈출 것 같았고 길은 엉망진창이었다. 30킬로미터의 우회. 할로런은 욕을 내뱉었고 그 소년에게 남은 시간이 줄어들고 있다는 생각이 다시금 치밀어 올라 마음이 급하다 못해 숨이 막힐 지경이었다. 그리고 동시에 할로런은 자신이 이 여행에서 돌아오지 못할 운명이라는 확신이 들었다.

라디오를 켜고 크리스마스 광고 주파수를 지나 날씨 예보를 찾아냈다.

"이미 15센티미터가 쌓였고 밤 사이에 덴버 시내 지역에 또 30센티미터가 쌓일 것으로 예상됩니다. 경찰에서는 반드시 필요한 경우가 아니면 차고에서 차를 꺼내지 말 것이며 산악 도로는 이미 대부분 폐쇄되었음을 전하고 있습니다. 그러니 집에 계시면서……."

"고맙군, 빌어먹을." 할로런이 말하고는 라디오를 확 꺼 버렸다.

웬디

정오 즈음, 대니가 욕실에 간 다음에 웬디는 베개 밑에서 행주에 말아 놓은 칼을 꺼내어 가운 주머니에 넣고는 욕실 문 앞으로 갔다.

"대니?"

"응?"

"점심 좀 가지러 내려갈 거야. 괜찮니?"

"예. 나도 내려갈까요?"

"아냐. 내가 가져올게. 치즈 오믈렛이랑 수프 어떠니?"

"좋아요."

웬디는 잠시 닫힌 문 밖에서 머뭇거렸다. "대니, 정말로 괜찮은 것 확실하니?"

"예." 대니가 말했다. "조심하세요."

"아버지는 어디 있니? 알 수 있니?"

대니의 목소리는 이상할 정도로 기운이 하나도 없었다. "아뇨. 하지만 괜찮아요."

웬디는 계속해서 물어보고 꼬치꼬치 캐어 보고 싶은 마음을 억눌렀다. 결국 해답은 모두 알고 있는 것이었고, 물어보았자 대니를 더 겁먹게 할 따름이었다……. 웬디 자신도.

잭은 정신을 잃었다. 둘이서 대니의 침대를 정리하는 동안, 아침 8시 무렵 눈보라는 엄청나게 심해졌고 잭이 아래층에서 여기저기 돌아다니며 고함을 지르고 비틀거리는 소리가 들려왔다. 주로 연회장에서 나오는 소리 같았다. 잭은 곡조 없는 노래를 띄엄띄엄 부르더니, 혼잣말을 하다가 큰 소리를 지르기도 하여 웬디와 대니는 굳은 표정으로 서로를 쳐다보았다. 마지막으로 그가 로비를 가로질러 비틀거리며 걸어가는 소리가 들렸고, 웬디는 쿵 하는 소리를 들은 것 같았다. 잭이 넘어지거나 문을 세게 여는 소리 같았다. 8시 30분 무렵부터 지금까지 세 시간 반 동안 정적만 감돌았다.

웬디는 짧은 복도를 걸어 나가 2층 중앙 복도로 접어든 다음 계단을 내려갔다. 그녀는 2층에서 로비 아래쪽을 내려다보았다. 텅 빈 것 같았지만, 눈이 내려서 날이 어두워 기다란 실내 대부분이 컴컴했다. 대니 말이 틀릴 수도 있다. 잭은 의자나 소파……접수 데스크 뒤에 숨어서……웬디가 내려오기를 기다리고 있을지도 몰랐다…….

웬디는 입술을 축였다. "잭?"

대답이 없었다.

한 손으로 칼 손잡이를 잡고 웬디는 내려가기 시작했다. 웬디는 예전에 자신의 결혼이 끝나는 상황을 여러 차례 떠올려 보았다. 이혼으로, 술에 취해 자동차 사고를 낸 잭의 죽음으로(상상 속에서 이 사건은 보통 스타빙튼에서 새벽 2시에 일어났다), 또는 대니와 자신을 백마에 태우고 데려가 줄 연속극 주인공 같은 남자를 만나는 백일몽을 꾸기도 했다. 그러나 잭과 싸우기 위해 한 손에 칼을 쥐고 범죄자처럼 복도와 계단을 살금살금 돌아다니는 자신의 모습을 그려 본 적은 한번도 없었다.

그 생각이 들자 절망감이 물 밀듯 밀려들었고 웬디는 무릎에 힘이 빠져 계단 중간에 서서 난간을 붙잡았다.

'인정해. 반드시 잭만 문제는 아냐. 너는 다른 것들, 믿을 수 없지만 믿어야 하는 것들, 전정 나무, 엘리베이터의 파티 용품, 가면 같은 것들을 잭 탓으로 돌리는 것뿐이야.'

웬디는 그 생각을 그만두려 했지만 이미 너무 늦었다.

'그리고 사람의 목소리도.'

왜냐하면 이따금씩, 아래서 미친 사람 혼자서 소리를 지르거나 유령과 대화를 나누는 것이 아니라고 느껴지기도 했기 때문이다. 이따금씩, 나타났다 사라졌다 하는 라디오 신호처럼 다른 사람의 목소리, 그리고 음악과 웃음소리가 들려왔다. 또는 들렸다고 생각되었다. 한번은 잭이 그레이디(언젠가 들어 본 것 같은 이름이었지만 정확히 기억나지는 않았다)라는 사람과 이야기를 나누더니 혼자서 말을 하고 질문을 하기도 했다. 하지만 마치 뒤에서 계속 소리가 나는 것처럼 잭은 큰 소리로 말했다. 그러더니 기괴하게도 다른 소리가 들렸다. 댄스 밴드, 손뼉 치는 소리, 누군가에게 연설하라고 설득하는 것 같은, 즐거운 듯하지만 권위 있는 목소리가 그곳으로 미끄러져 들어온 것 같았다. 30초에서 1분 정도의 시간 동안 웬디에게 이 소리가 들렸는데, 그 시간은 공포에 질려 기절하기에 충분했다. 그러더니 그 소리도 다시 사라졌고 잭이 혼자서 떠들어 댔는데, 웬디가 기억하는 술에 취했을 때의 명령조이면서도 약간 혀 꼬부라진 말투였다. 그러나 호텔에는 조리용 셰리 외에는 술이 하나도 없었다. 그렇지 않던가? 그렇다. 그러나 웬디 자신이 사람들 목소리와 음악 소리를 상상할 수 있다면, 잭도 자신이 취했다고 상상할 수 없겠는가?

웬디는 그런 생각이 맘에 들지 않았다. 정말로.

웬디는 로비로 내려가 주위를 둘러보았다. 연회장 문에 묶여 있던 벨벳 밧줄이 풀어져 있었다. 그 밧줄을 걸어 두었던 쇠말뚝은 누군가 아무렇게나 지나간 것처럼 옆으로 쓰러져 있었다. 연회장의 기다랗고 좁은 창문에 열린 문을 통하여 로비 카펫 위로 부드러운 빛이 비쳤다. 가슴을 두근거리며 웬디는 열린 연회장 문으로 들어가 안을 들여다보았다. 아무도 없었고 조용했다. 커다란 성당이나 조그만 마을 오락실처럼 커다란 실내 공간으로 들어가면 늘 들리는 기이한 메아리 소리밖에 들리지 않았다.

웬디는 접수 데스크로 돌아와 잠시 어찌할까 궁리하며 바깥에서 부는 바람 소리를 듣고 서 있었다. 지금까지 중에서 최악의 눈보라였고 계속해서 드세지고 있었다. 서쪽 어딘가에서 덧문의 잠금쇠가 부서졌고, 계속해서 둔탁한 소리를 내며 덧문이 앞뒤로 쿵쾅거렸다. 마치 손님이 한 사람밖에 없는 사격장에서 나는 소리처럼.

'잭, 당신은 저것을 살펴봐야 해. 뭔가 들어오기 전에.'

그가 지금 당장 나타난다면 어떻게 할까, 웬디는 그런 생각이 들었다. 장부와 조그만 종이 놓인 어두운 접수 데스크 뒤에서 잭이 튀어나온다면, 용수철 인형처럼 한 손에는 도끼를 들고 눈에는 광기를 번득이며 튀어나온다면. 웬디는 두려움에 얼어붙어 버릴 것인가, 아니면 원초적인 모성애를 발휘하여 둘 중 하나가 죽을 때까지 아들을 지키기 위해 싸울 것인가? 대답을 알 수 없었다. 그 생각만 해도 메스꺼워졌다. 여태껏 살아온 삶 전체가 이 악몽으로 귀결되는, 길고 덧없는 꿈처럼 느껴졌다. 웬디는 나약한 사람이었다. 문제가 생기면 그녀는 잠을 청했다. 그녀의 과거는 평범했다. 불같은 시련에 단련되었던 적도 없었다. 이제 시련이 닥쳤다. 그리고 그녀는 잠으로 도피할 수 없었다. 아들이 위층에서 기다리고 있었던 것이다.

칼을 더 꽉 쥐면서 웬디는 데스크 너머를 살펴보았다.

아무것도 없었다.

웬디는 문을 열고 안으로 들어가 안쪽 사무실 안을 가만히 살펴보았다. 문 옆의 스위치를 더듬어 주방의 불을 켰다. 언제라도 누군가의 손이 자신의 손을 붙잡을 것 같은 기분이 들었다. 그러자 웅 하는 소리와 함께 형광등이 켜졌고 할로런 씨의 주방, 지금은 자신의 주방이 보였다. 연두색 타일, 반짝이는 포마이카, 흠집하나 없는 도자기, 윤 나는 크롬 테두리. 웬디는 그에게 주방을 깨끗이 쓰겠다고 약속했고, 약속을 지켰다. 이곳이 대니가 있어도 좋은 안전 지대 가운데 한 곳이라고 생각했다. 딕 할로런의 존재가 웬디를 감싸고 위로해 주는 것 같았다. 대니는 할로런 씨를 불렀고, 남편이 아래에서 소리를 지르며 돌아다니는 동안 두려움에 떨며 대니 곁에 앉아 있을 때에는 그것이 가장 가망 없는 일이라고 느껴졌다. 하지만 이곳, 할로런 씨의 장소에 서 있자 희망이 느껴졌다. 어쩌면 그는 지금 눈보라를 뚫고서 그들을 구하러 오고 있을지도 몰랐다. 어쩌면.

웬디는 식료품 창고 쪽으로 가서 빗장을 열고 안으로 들어갔다. 토마토 수프 깡통을 하나 꺼내어 창고 문을 닫고 잠갔다. 문은 바닥에 꼭 맞았다. 잠가 놓기만 하면 쌀이나 밀가루, 설탕에 쥐가 배설물을 싸 놓을 염려는 없었다.

웬디는 깡통을 열고 반고형 내용물을 냄비에 부었다. 냉장고로 가서 오믈렛을 만들 우유와 달걀을 가져왔다. 그러고는 냉동고에 가서 치즈를 꺼내 왔다. 이 모든 행동, 오버룩이 그녀의 삶의 일부가 되기 전에는 너무나 일상적이었던 이런 일을 하자 마음이 진정되었다.

팬에다 버터를 녹이고 우유로 수프를 희석시키고 계란 푼 것을 팬에 부었다.

갑자기 뒤에서 누군가가 목을 조르려는 느낌.

칼을 잡고 홱 돌았다. 아무도 없었다.

'정신 똑바로 차려, 아줌마!'

웬디는 치즈를 갈아서 오믈렛에 넣고 뒤집은 다음 가스 불을 낮추었다. 수프가 뜨거워졌다. 웬디는 커다란 쟁반에 냄비와 식기, 그릇 두 개, 접시 두 개, 소금과 후추 병을 차렸다. 오믈렛이 약간 부풀어오르자 웬디는 그것을 접시 하나에 담은 다음 덮었다.

'이제 온 길로 돌아가자. 부엌 불을 끄고. 사무실을 통해 나간다. 데스크 문 앞을 지나 200달러를 챙긴다.'

웬디는 로비 쪽의 접수 데스크에 멈춰 서서 쟁반을 종 옆에 내려놓았다. 비현실적인 느낌이 아직도 사라지지 않았다. 이것은 초현실적인 술래잡기 같았다.

웬디는 어두운 로비에 서서 생각을 하느라 이마를 찌푸렸다.

'이번에는 현실을 회피하지 마. 상황이 미쳐 돌아가는 것 같지만 어느 정도 현실성이 있다고. 그중 한 가지는 네가 이 기괴한 상황에서 유일하게 남은 책임감 있는 사람일지도 모른다는 사실이야. 너는 여섯 살이 되어 가는 아들을 지켜야 해. 그리고 네 남편, 그 사람이 어떻게 되었고 아무리 위험하더라도……, 그 역시 네 책임의 일부일지 몰라. 그렇지 않다 하더라도 이걸 생각해 봐. 오늘은 12월 2일이야. 경비원이 지나가지 않는다면 앞으로 넉 달을 더 여기 갇혀 있어야 한다고. 무전기에서 우리 소식을 들을 수 없는 게 이상하게 여겨지더라도 오늘은 아무도 오지 않을 거야……내일도……, 어쩌면 몇 주 동안은. 한 달 동안 주머니에 칼을 숨겨 갖고 내려와 식사를 준비하고 그림자를 볼 때마다 소스라치게 놀랄 참이야? 정말로 한 달 동안 잭을 피할 수 있을 것 같아? 잭이 들어오고 싶어하는데 이층 숙소에 들어오지 못하게 할 수 있을 것 같아? 잭에게는 마스터 키도 있고 문을, 한번 세게 걸어차면 자물쇠도 떨어질 거야.'

데스크 위에 쟁반을 올려놓은 채 웬디는 식당으로 천천히 걸어가 안을 들여다보았다. 아무도 없었다. 탁자 한 곳 주위에 의자가 놓여 있었다. 황량한 식당에 질리기 전까지는 그들이 식사를 하려고 했던 자리였다.

"잭?" 웬디는 머뭇거리며 불러 보았다.

그 순간 바람이 세차게 불어와 덧문에 눈이 몰아쳤지만 무슨 소리가 들린 것 같았다. 신음소리 같은 것이.

"잭?"

이번에는 아무 소리도 안 났지만 웬디는 콜로라도 라운지의 문 아래 뭔가 희미한 빛을 발하는 것을 보았다. 잭의 라이터였다.

용기를 내어 웬디는 그 문 쪽으로 걸어가 열어젖혔다. 진 냄새가 너무나 강해서 숨이 목에 탁 막혔다. 냄새라고 부르기도 뭣했다. 그것은 악취였다. 하지만 선반은 비어 있었다. 대체 어디서 진을 찾은 것일까? 찬장 뒤에 숨겨져 있던 술병에서? 어느 찬장?

또 한번 나지막한 신음소리가 들렸고 이번에는 분명히 들을 수 있었다. 웬디는 천천히 바 쪽으로 걸어갔다.

"잭?"

대답은 없었다.

웬디는 바 뒤쪽을 살펴보았고 정신을 잃고 바닥에 쓰러져 있는 그를 발견했다. 냄새를 맡아 보니 엄청나게 취한 것 같았다. 그는 바를 지나가려다 균형을 잃고 넘어진 것임에 틀림없었다. 목이 부러지지 않은 것이 놀라웠다. 옛 속담이 생각났다. 하느님은 술취한 사람과 어린아이를 보호하신다. 아멘.

하지만 화가 나지 않았다. 그를 내려다보면서, 웬디는 너무 많은 것을 하려다 지쳐서 거실 한가운데 바닥에 쓰러져 자는 어린아이를 보는 것 같았다. 잭은 술을 끊었고 술을 다시 마시기로 한 것은 잭이 아니었다. 애초에 술은 없었다……, 그러니 어디서 난 것일까?

말발굽 모양의 바 주위로 150센티미터 간격으로, 짚으로 감싼 다음 입구에 양초를 꽂아 놓은 포도주 병이 놓여 있었다. 집시풍이라고 웬디는 생각했다. 웬디는 병 하나를 집어 들고 흔들어 보았다. 혹시 진이 들어 있나 하고.

'낡은 부대에 새 술.'

하지만 아무것도 없었다. 웬디는 병을 도로 내려놓았다.

잭이 꿈틀거렸다. 웬디는 바를 돌아보고 문을 찾아 잭이 누워 있는 안쪽으로 들어갔고, 반짝거리는 병뚜껑을 보고 걸음을 멈추었다. 뚜껑은 말라 있었지만 얼굴에 가까이 갖다 대자 신선한 맥주 냄새가 났다.

웬디가 손을 대자 잭은 몸을 굴리더니 눈을 뜨고 그녀를 올려다보았다. 잠시 멍한 시선으로 바라보더니 곧 초점이 맞았다.

"웬디? 당신이야?" 잭이 물었다.

"응." 웬디가 대답했다. "위층으로 갈 수 있겠어? 내가 부축해 줄까? 잭, 어디서……."

잭의 손이 웬디의 발목을 꽉 잡았다.

"잭! 무슨……."

"잡았다!" 잭이 말하고는 씩 웃기 시작했다. 그에게서는 지독한 진과 올리브 냄새가 났고, 그러자 웬디는 해묵은 공포를 느끼기 시작했다. 그것은 어떤 호텔도 일으킬 수 없는 지독한 공포였다. 웬디의 마음 한구석에 두 사람이 결국 옛날로, 알코올 중독 남편과 예전의 자신으로 돌아갔다는 생각이 들었다.

"잭, 도와줄게."

"오 그렇지. 당신이랑 대니는 도와주고 싶을 뿐이겠지." 발목을 잡은 손에 으스러져라 힘이 들어갔다. 웬디를 붙잡은 채 잭은 비틀거리며 무릎을 짚고 일어났다. "우리가 여기서 나가도록 돕고 싶었겠지. 하지만……, 내가 잡았어!"

"잭, 발목이 아파……."

"발목 말고 다른 데도 아프게 해 주지, 이 나쁜 년."

그 말에 웬디는 너무나도 경악해서 그가 발목을 쥐었던 손을 놓고 비틀비틀 일어날 때까지도 꼼짝할 생각을 하지 못했다.

"넌 날 사랑한 적 없어. 우리가 떠나기를 바란 것은, 넌 그렇게 되면 내가 끝장나리라는 걸 알았기 때문이야. 내⋯⋯, 채⋯⋯책임에 대해 생각해 본 적 있기나 하나? 아니, 절대 그럴 리 없어. 네 머릿속에 든 것은 나를 망하게 할 궁리뿐이야. 꼭 우리 어머니 같아, 나쁜 년 같으니라고!"

"그만둬." 웬디가 울면서 말했다. "당신은 무슨 말을 하고 있는 지도 몰라. 취했어. 어떻게 된 일인지는 모르겠지만 당신은 취했어."

"어, 알아. 이제 알아. 너랑 그놈. 저 위층에 있는 강아지 새끼. 너희 둘이 짠 거지. 그렇지?"

"아냐, 아냐! 그런 것 없어! 대체⋯⋯."

"이 거짓말쟁이!" 잭이 소리쳤다. "아, 무슨 속셈인지 알겠어! 내가 '우리는 여기에서 지내고 나는 내 일을 할 거야.'라고 말했더니 너는 '그래, 여보.'라고 하고 저놈은 '네, 아빠.'라고 대답하고는 둘이서 짠 거지. 설상차를 타고 갈 계획을 한 것 아냐. 하지만 난 알고 있었어. 내가 알아냈어. 내가 알아내지 못할 줄 알았나? 내가 멍청인 줄 알았어?"

웬디는 말문이 막혀 잭을 가만히 쳐다보고 있었다. 잭은 자신을 죽이고 대니를 죽일 생각이다. 그러고 나면 호텔은 만족해서 그가 자살하게 할지도 모를 일이다. 전에 관리인을 맡았던 사람처럼.

'그레이디처럼.'

기절할 것 같은 두려움과 함께 웬디는 마침내 잭이 연회장에서 이야기를 나누던 상대가 누군지 깨달았다.

"넌 아들과 내 사이를 이간질했어. 그게 가장 나쁜 짓이었어." 잭의 얼굴에는 자기 연민의 빛이 떠올랐다. "내 어린 아들. 이제 그 애도 나를 미워해. 네가 한 짓이야. 그게 네 계획이었지? 항상 시샘했잖아, 그렇지? 네 어머니처럼. 네가 독차지하지 않으면 만족할 수가 없었던 것이지? 그렇지?"

웬디는 말문이 막혔다.

"좋아, 내가 고쳐 주지." 잭이 말하더니 웬디의 목을 손으로 감았다.

웬디는 한 발자국, 또 한 발자국 뒷걸음쳤고 잭은 그녀를 밀어붙였다. 웬디는 가운 주머니에 들어 있는 칼 생각이 났지만 잭의 왼손이 그녀의 팔을 꽉 잡고 있었다. 독한 진 냄새와 시큼한 땀 냄새가 났다.

"벌을 받아야 해." 그가 투덜거렸다. "혼나야 해. 아주……, 호되게 혼나야 해."

잭의 오른손이 웬디의 목을 잡았다.

숨이 멎자 공포에 휩싸였다. 잭의 왼손도 오른손에 가세했고 웬디는 이제 칼을 쥘 수 있게 되었지만 그것을 잊어버렸다. 양손을 다 위로 올려, 잭의 더 크고 더 힘센 손을 떨쳐 내려고 안간힘을 썼다.

"엄마!" 대니가 어디선가 소리쳤다. "아빠, 그만둬요! 엄마가 다치잖아요!" 대니의 목소리는 멀리서 날카롭게 울려 나왔다.

웬디의 눈앞에 붉은 불꽃이 튀었다. 실내는 점점 더 어두워졌다. 웬디는 아들이 바를 타고 넘어와 잭의 어깨에 몸을 던지는 것을 보았다. 갑자기 목을 조르던 한 손이 사라졌고, 잭이 으르렁거리며 대니를 뿌리쳤다. 아들은 빈 선반에 부딪히고 놀란 표정으로 바닥에 쓰러졌다. 다시 손이 목을 졸랐다. 붉은 불빛이 되돌아왔다.

대니는 힘없이 울고 있었다. 웬디의 가슴이 타는 것 같았다. 잭이 얼굴에 대고 소리 질렀다. "내가 고쳐 주겠어! 빌어먹을, 여기 주인이 누군지 알려주겠어! 내가······."

하지만 소리는 길고 어두운 복도를 따라 잦아들었다. 웬디의 몸부림이 약해지기 시작했다. 한쪽 손이 그의 손에서 떨어져 서서히 내려가고 팔은 몸과 직각을 이루며 뻗었다. 손은 물에 빠진 여자의 손처럼 손목에서 힘없이 덜렁거리고 있었다.

거기 병이 잡혔다. 장식용 촛대로 쓰던 짚으로 싼 포도주 병 하나가.

보이지는 않았지만 마지막 남은 힘으로 웬디는 병목을 잡았고 미끌거리는 촛농의 감촉을 느꼈다.

'오 미끄러지면 안 돼'

웬디는 그것을 들어 올려 기도하는 마음으로 내리쳤다. 만일 잭의 어깨나 팔에 맞는다면 자신은 죽은목숨이라고 생각하면서.

하지만 병은 잭 토런스의 머리에 정통으로 맞았고 유리는 짚 안에서 산산조각 났다. 병 바닥은 두껍고 묵직해서 잭의 두개골에 부딪히자 커다란 공이 나무 바닥에 떨어지는 소리가 났다. 잭은 눈을 뒤집고 휘청거렸다. 목을 누르던 힘이 약해지더니 완전히 사라졌다. 그는 균형을 잡으려는 듯 팔을 뻗더니 자빠졌다.

웬디는 길게 흐느끼며 숨을 들이쉬었다. 그녀는 쓰러질 뻔하다가 바 모서리를 부여잡고 몸을 의지했다. 의식이 들었다 나갔다 했다. 대니가 우는 소리가 들렸지만 어디 있는지 알 수 없었다. 메아리가 생기는 방에서 우는 소리 같았다. 검은 바 위에 동전 크기만 한 핏방울이 떨어지는 것이 희미하게 보였다. 코피일 거라고 생각했다. 그녀는 기침을 하고 바닥에 침을 뱉었다. 목에 고통이 밀려 올라왔지만 고통은 이내 둔하고 지속적인 통증으로 수그러졌다……, 참을 만할 정도로.

웬디는 조금씩 정신을 차렸다.

바에서 손을 놓고 뒤를 돌아보니 잭이 뻗어 있었고 그 옆에는 부서진 병이 놓여 있었다. 그는 쓰러진 거인 같았다. 대니는 라운지의 현금 출납기 아래 웅크리고서 양손으로 입을 막은 채 정신을 잃은 아버지를 쳐다보고 있었다.

웬디는 비틀거리며 아들에게 다가가 어깨를 만졌다. 대니는 몸을 움츠렸다.

"대니, 엄마 말 좀 들어 봐……."

"싫어, 싫어." 아이는 늙은이처럼 쉰 목소리로 중얼거렸다. "아빠는 엄마 목을 조르고……엄마는 아빠를 때리고……아빠는 엄마 목을 조르고……자고 싶어요. 대니는 자고 싶어요."

"대니……."

"자장, 자장. 잘도 잔다."

"안 돼!"

다시 목이 찢어지는 통증이 느껴졌다. 웬디는 얼굴을 찡그렸다. 하지만 대니가 눈을 떴다. 대니의 두 눈이 푸르스름한 눈두덩에서 힘없이 웬디를 쳐다보았다.

웬디는 대니의 눈을 쳐다보며 조용히 말하려고 했다. 목소리는 가라앉아 거의 들리지 않았다. 말을 하니 목이 아팠다. "엄마 말 잘 들어, 대니. 엄마 목을 조른 건 아빠가 아냐. 그리고 엄마도 아빠를 다치게 하고 싶지 않았어. 호텔이 아빠한테 들어갔어, 대니. 오버룩이 네 아빠한테 들어간 거라고. 내 말 알아듣겠니?"

대니의 눈이 이해의 기색을 천천히 띠기 시작했다.

"'나쁜 것.'" 대니가 속삭였다. "전에는 여기 그런 것 없었지요?"

"그래. 호텔이 그렇게 만든 거야. 그……." 웬디는 기침했고 피를 뱉었다. 이미 목은 두 배로 부어오른 것 같았다. "호텔이 아빠에게 그것을 마시게 했어. 아빠가 오늘 아침에 이야기하던 사람들 목소리 들었니?"

"예……, 호텔 사람들……."

"나도 들었어. 그건 호텔이 점점 더 강해지고 있다는 뜻이야. 우리를 모두 해치려고 해. 하지만 그건 네 아빠를 통해서만 그렇게 할 수 있는 것 같아……. 그러기를 바라……. 호텔이 붙잡을 수 있는 건 아빠뿐이야. 내 말 알아듣겠니, 대니? 네가 반드시 이해해야 한단다."

"호텔이 아빠를 붙잡았어요." 대니는 잭을 쳐다보며 신음소리를 내었다.

"네가 아빠를 사랑하는 것 알아. 나도 사랑해. 우리는 호텔이 우리를 해치려는 것만큼 아빠도 해치려 한다는 사실을 잊지 말아야 한다." 웬디는 그것이 진실이라고 확신했다. 더군다나 웬디는 호텔이 진짜 원하는 것은 대니일지도 모른다고 생각했다. 그래서 호텔이 이 지경까지……, 이 지경까지 올 수 있었던 것일지도 모른다고. 왠지 알 수는 없지만 호텔에 힘을 부여하는 것은 대니의 빛일지도 몰랐다. 배터리가 자동차의 전기 장치에 전력을 공급하듯이……, 배터리가 자동차에 시동을 걸듯이. 여기서 빠져나간다면 오버룩은 예전의 상태로 돌아가 심령 현상을 느낄 수 있는 투숙객들에게 싸구려 공포 슬라이드를 보여 주는 힘밖에 갖지 못하게 될지도 몰랐다. 대니가 없으면 오버룩은 놀이 공원에 있는 귀신의 집과 다를 바 없었다. 손님 한둘이 톡톡 두드리는 소리나 가장 무도회의 유령 소리를 듣거나 이따금 심란한 것을 보는 그런 곳. 하지만 대니를 흡수하면……, 대니의 빛, 아니면 생명력이나 영혼, 뭐라 불러야 좋을지 모르겠지만, 그것을 흡수하면……, 그러면 어떻게 될까?

그 생각을 하자 전신이 떨렸다.

"아빠가 다시 나았으면 좋겠어요." 대니가 이렇게 말하더니 또 눈물을 흘리기 시작했다.

"나도 그래." 웬디가 말하고 대니를 꼭 안아 주었다. "그래서 아빠를 어디로 옮기는 걸 도와주어야 하는 거란다. 호텔이 아빠가 우리를 해치지 못하게 할 곳으로, 그리고 아빠가 자신을 해치지 못하게 할 곳으로. 그리고……, 네 친구 딕이나 공원 순찰원이 오면 아빠를 데리고 나갈 수 있어. 그러면 아빠는 다시 괜찮아질 거야. 우리 전부 괜찮아질 거야. 우리가 마음을 굳게 먹고 용감하게 행동하면 네가 아빠의 등에 뛰어들었을 때처럼 그렇게 하면 아직 기회가 있을 것 같아. 내 말 알겠니?" 웬디는 사정하듯 아이를 쳐다보았고 참 이상한 생각이 들었다. 전에는 아들이 잭을 그렇게 닮았다고 생각한 적이 없었던 것이다.

"예." 대니가 고개를 끄덕였다. "만일……, 우리가 여기서 나갈 수 있으면 모두 예전으로 돌아갈 것 같아요. 아빠를 어디로 데려가요?"

"식료품 창고에. 거기에는 음식도 있고 바깥으로 튼튼한 자물쇠가 달려 있어. 따뜻하고. 우리는 냉장고와 냉동고에 있는 음식을 먹으면 되고. 도와줄 사람이 올 때까지 우리 셋이 먹을 음식은 충분할 거야."

"지금 해요?"

"응. 지금 당장. 아빠가 깨기 전에."

웬디가 잭의 손을 가슴에 얹고 숨소리를 듣는 동안 대니는 바의 문을 들어 올렸다. 숨소리는 느리지만 규칙적이었다. 냄새를 맡아 보니 술을 엄청나게 많이 마신 것이 분명하다는 생각이 들었다……. 그는 술을 끊었다. 그가 정신을 잃은 것은 병에 머리를 맞은 것뿐만 아니라 술 때문일지도 모른다고 웬디는 생각했다.

웬디는 잭의 다리를 들고 끌기 시작했다. 결혼한 지 7년 가까이 되었고, 잭은 수없이 여러 차례, 아마도 수천 번 웬디 위에 엎드렸지만 웬디는 남편이 그렇게 무거운지 몰랐다. 숨을 몰아쉬자 부은 목이 아팠다. 그래도 웬디는 지난 며칠보다 기분이 나았다. 그녀는 살아 있었다. 죽음의 목전까지 갔다가 돌아온 것이다. 그리고 잭도 살아 있었다. 계획이라기보다는 운 덕분에 그들은 모두 안전하게 밖으로 나갈 유일한 방도를 찾은 것일지도 몰랐다.

웬디는 숨을 몰아쉬며 잠시 멈추고 잭의 발을 허리에 대고 있었다. 『보물섬』에서 눈먼 퓨가 선장을 안전 지점 너머로 보냈을 때의 상황이 떠올랐다.

바로 그때, 웬디는 바로 몇 초 후 그 뱃사람이 물에 빠져 죽었다는 사실이 기억나서 심란해졌다.

"괜찮아요, 엄마? 아빠가……, 무거워요?"

"괜찮아." 웬디는 다시 잭을 끌기 시작했다. 대니는 잭 옆에 있었다. 가슴에서 손 한쪽이 떨어지자 대니는 그것을 부드럽게, 애정 어린 손놀림으로 제자리에 올려놓았다.

"정말이에요, 엄마?"

"응. 이게 최선이야, 대니."

"아빠를 가두는 것 같잖아요."

"잠시 동안 만이야."

"그럼 좋아요. 엄마가 할 수 있어요?"

"응."

아슬아슬하게 해낼 수 있었을지도 모른다. 그들이 문턱을 넘어갈 때 대니가 아버지의 머리를 잡아 주었지만, 주방으로 들어갈 때 잭의 머리카락에 대니의 손이 미끄러졌다. 뒤통수가 타일에 부딪히자 잭은 신음소리를 내며 꿈틀거리기 시작했다.

"연기를 써야 해." 잭이 재빠르게 중얼거렸다. "달려가서 가스통을 가져와."

웬디와 대니는 긴장해서 두려움을 담은 시선을 교환했다.

"도와줘." 웬디가 조그맣게 말했다.

한동안 대니는 아버지의 얼굴을 보고 굳어 버린 것처럼 서 있더니 엄마 쪽으로 달려가 왼발을 붙잡았다. 그들은 악몽에서나 나오는 느리기 짝이 없는 속도로 잭을 끌고 부엌 바닥을 지나갔다. 들리는 소리는 형광등이 윙윙거리는 소리와 그들의 헉헉거리는 숨소리뿐이었다.

창고에 도착하자 웬디는 잭의 발을 내려놓고 빗장을 열었다. 대니는 다시 축 늘어진 잭을 쳐다보고 있었다. 그들이 끌고 오는 동안 잭의 셔츠 자락이 바지에서 빠져나왔고 대니는 아빠가 너무 취해서 추운 줄도 모르는지 궁금했다. 아빠를 야수처럼 창고에 가두는 건 잘못된 일처럼 느껴졌지만 아빠가 엄마에게 어떤 짓을 하려고 했는지 보았다. 대니는 위층에서도 아빠가 그런 짓을 하려 했던 것을 알고 있었다. 대니는 아빠와 엄마가 싸우는 소리를 들었다.

'우리가 여기서 빠져나갈 수만 있다면. 아니면 이것이 스타빙 튼에서 꾼 꿈이라면. 제발.'

빗장이 열리지 않았다.

웬디는 온힘을 다해 빗장을 잡아당겼지만 꼼짝도 안 했다. 빌어먹을 빗장을 열 수가 없었다. 말도 안 되는 일이었다……. 수프 깡통을 가지러 갔을 때는 아무 문제 없이 열 수 있었다. 그런데 지금은 움직이지 않으니 어찌된 일일까? 그를 냉장실에 가둘 수는 없는 일이었다. 얼어죽거나 숨이 막혀 죽을 것이다. 하지만 잭을 바깥에 두었다가 깨어나면…….

잭이 바닥에서 다시 꿈틀거렸다.

"내가 맡을게." 그가 중얼거렸다. "알겠어."

"아빠가 깨어나요, 엄마!" 대니가 알렸다.

웬디는 흐느끼면서 양손으로 빗장을 밀었다.

"대니?" 잭의 목소리는 아직 희미하면서도 뭔가 부드럽게 위협적인 면이 있었다. "너냐, 똘똘아?"

"그냥 자요, 아빠." 대니가 불안하게 말했다. "잘 시간이에요."

대니는 아직도 빗장을 열려고 애쓰고 있는 어머니를 올려다보았고, 당장에 뭐가 잘못되었는지 알아내었다. 엄마는 빗장을 잡아당기기 전에 돌리는 것을 잊은 것이다. 작은 걸쇠가 홈에 걸려 있었던 것이다.

"여기요." 아이는 나지막이 말하고 엄마의 떨리는 손을 치웠다. 대니의 손도 마찬가지로 지독하게 떨렸다. 아이는 손바닥으로 걸쇠를 돌렸고, 그러자 빗장은 쉽게 빠졌다.

"빨리요." 대니가 말했다. 아래를 내려다보았다. 잭이 다시 눈을 떴다. 이번에 아빠는 대니를 똑바로 쳐다보았다. 그의 시선은 이상하게 담담하고 생각에 잠긴 것 같았다.

"네가 베꼈지." 아빠가 말했다. "네가 한 짓이라는 것 알아. 하지만 여기 어디에 있을 거야. 내가 찾아내겠어. 약속하지. 내가 찾아내겠어……." 말끝이 또 흐려졌다.

웬디는 무릎으로 창고 문을 밀어 열었고, 말린 과일의 자극적인 냄새가 풍기는 것은 느끼지도 못했다. 그녀는 잭의 발을 다시 잡고 안으로 끌어넣었다. 기진맥진한 웬디는 숨을 몰아쉬었다. 고릿줄을 잡아당겨 불을 켜자 잭이 또 눈을 떴다.

"무슨 짓이야? 웬디? 무슨 짓이야?"

웬디는 잭의 위로 지나갔다.

그는 재빨랐다. 놀라울 정도로 빨랐다. 한 손이 튀어나왔고, 웬디는 그 손을 피하려다 넘어질 뻔했다. 하지만 그는 웬디의 가운 자락을 잡았고, 그것이 찢어지는 소리가 났다. 잭은 육중한 동물처럼 머리카락을 늘어뜨리고 손과 무릎으로 짚고 일어서고 있었다. 커다란 개……, 아니면 사자처럼.

"이 망할 것들. 너희들이 원하는 게 뭔지 알아. 하지만 얻을 수 없을 거다. 이 호텔……, 이 호텔은 내 거야. 저들이 원하는 건 나야. 나라고! 나!"

"대니, 문!" 웬디가 소리쳤다. "문 닫아!"

잭이 뛰어나오는 순간 대니가 육중한 나무문을 쾅 하고 닫았다. 문이 닫혔고 잭은 문을 두드렸지만 소용없었다.

대니의 작은 손이 빗장을 잡았다. 웬디는 너무 멀리 있어서 도와줄 수 없었다. 잭이 갇히느냐 마느냐는 2초 만에 결정될 것이다. 대니는 손을 놓쳤다가 다시 잡았고, 빗장이 미친 듯이 아래위로 흔들리기 시작할 때 재빨리 걸쇠를 밀어 넣었다. 그러자 빗장은 잠겼고 잭이 문에 대고 어깨를 부딪히자 쿵쿵 하는 소리가 연달아 났다. 5밀리미터의 강철 빗장은 떨어질 기미가 없었다. 웬디는 천천히 숨을 내쉬었다.

"문 열어!" 잭이 노발대발했다. "문 열어! 대니, 빨리 열어. 네 아버지가 나가고 싶어한다고! 그러니 시키는 대로 해!"

대니의 손이 자동으로 빗장 쪽으로 움직였다. 웬디가 그 손을 잡아 자기 가슴에 꼭 눌렀다.

"아빠 말 들어, 대니! 시키는 대로 해! 시키는 대로 하지 않으면 그냥 두지 않을 테다. 이 문을 열어. 열지 않으면 네 머리통을 부숴 버릴 테야!"

대니는 백지장처럼 하얗게 질려 엄마를 쳐다보았다.

1센티미터 두께의 참나무 뒤에서 잭이 씨근거리는 소리가 들려왔다.

"웬디, 나를 꺼내 줘! 당장! 이 싸구려 걸레 같은 년! 내보내 줘! 진심이야! 밖으로 나가게 해 주면 용서해 주겠어! 안 그러면 죽을 줄 알아! 진짜라고! 아주 엉망으로 짓이겨 놓아서 네 어미도 못 알아보게 해 줄 거야! 문 열라고!"

대니가 신음소리를 냈다. 웬디가 쳐다보자 아들은 당장이라도 기절할 것 같았다.

"가자, 똘똘아." 웬디는 자신의 침착한 목소리에 스스로도 놀랐다. "기억해, 네 아빠가 하는 소리가 아냐. 호텔이 하는 소리야."

"돌아와서 날 꺼내 줘! 지금 당장!" 잭이 소리를 질렀다. 그가 손톱으로 문 안쪽을 긁는 소리가 들렸다.

"호텔이에요." 대니가 말했다. "호텔이에요. 기억하고 있어요." 하지만 등 뒤를 돌아보는 대니의 표정은 겁에 질려 일그러져 있었다.

대니

기나긴 하루의 오후 3시였다.

둘은 숙소의 커다란 침대에 앉아 있었다. 대니는 선루프에 괴물이 튀어나와 있는 자주색 폭스바겐 자동차를 강박적으로 계속해서 뒤집고 있었다.

그들은 로비를 지나는 동안 내내 아빠가 문을 두드리는 소리와 권력을 잃은 왕처럼 쉰 목소리로 화내며 벌을 주겠다고 다짐하고, 욕설을 퍼붓고, 그렇게 고생하며 먹여살려 준 자신을 배신한 것을 두고두고 후회할 것이라는 소리를 들었다.

대니는 위층에서는 그 소리를 들을 수 없을 거라고 생각했지만, 아빠가 악쓰는 소리는 요리 운반용 승강기 통로를 통해서 그대로 다 전해졌다. 엄마의 얼굴은 창백했고 목에는 끔찍한 갈색 멍 자국이 나 있었다. 아빠가…….

대니는 장난감 자동차를 자꾸만 뒤집어 보았다. 아빠가 읽기 공부를 마친 상으로 사 준 것이었다.

'아빠는 엄마를 너무 꽉 안으려고 한 것이다.'

엄마는 호른과 플루트 소리로 가득한 음악을 조그만 오디오로 연주했다. 엄마는 지친 표정으로 대니에게 미소를 지어 주었다. 대니도 웃어 보이려 했지만 할 수 없었다. 소리를 크게 높여 놓아도 아빠가 소리를 지르며 동물원 우리에 갇힌 동물처럼 창고 문을 두드리는 소리가 들리는 것 같았다. 아빠가 화장실에 가고 싶으면 어쩌지? 그럼 어떡하지?

대니는 울기 시작했다.

웬디는 당장 음악 소리를 낮추고 대니를 안아 무릎에 안고 달래주었다.

"대니, 우리 아가. 괜찮아질 거야. 그래. 할로런 씨가 네 메시지를 받지 못했으면 다른 사람이 와 줄 거야. 눈보라가 끝나면 바로 올 거야. 그때까지는 아무도 못 오겠지만. 할로런 씨든 누구든. 하지만 눈보라만 그치면 다 잘될 거야. 우리는 여기를 떠날 거야. 내년 봄에 우리가 뭐할지 아니? 우리 셋이서?"

대니는 엄마 가슴에 묻은 고개를 저었다. 알 수 없었다. 다시는 봄이 오지 않을 것 같았다.

"낚시를 갈 거야. 보트를 빌려서 낚시를 가자. 작년에 채터튼 호수에서 했던 것처럼. 너랑 나랑 아빠랑. 어쩌면 농어를 잡아서 저녁에 먹을 수 있을지도 몰라. 아무것도 잡지 못할 수도 있지만 즐겁게 지낼 수 있을 거야."

"사랑해요, 엄마." 대니가 엄마를 껴안았다.

"오, 대니, 나도 사랑해."

밖에서는 바람이 웅웅거리며 비명을 질렀다.

4시 30분쯤, 해가 저물 무렵 소리가 멎었다.

둘은 불안한 마음으로 졸고 있었다. 웬디는 대니를 품에 안고 있었고 잠에서 깨지 않았다. 하지만 대니는 깨어났다. 왠지 모르지만 정적이 더 견디기 힘들었다. 고함소리와 튼튼한 창고 문을 두드리는 소리보다 더 불길하게 느껴졌다. 아빠는 다시 잠든 것일까? 아니면 죽은 것일까? 아니면 뭘까?

'밖으로 나온 것일까?'

15분 뒤, 금속이 덜컥대는 커다란 소리에 정적이 깨어졌다. 육중하게 삐걱거리는 소리와 기계음이 들렸다. 웬디는 소리를 지르며 깨어났다.

엘리베이터가 다시 움직이고 있었다.

둘은 눈을 커다랗게 뜨고 서로 꼭 안고서 그 소리를 들었다. 엘리베이터는 층 사이를 움직였고 삐걱거리는 소리가 나더니 구리 문이 쿵 하고 열렸다. 웃음소리, 술 취해서 고함치는 소리, 이따금 비명소리, 그리고 뭔가 부서지는 소리가 들려왔다.

오버룩이 깨어나고 있었다.

잭

잭은 두 다리를 쭉 뻗고 가랑이 사이에 크래커 상자를 놓고는 문을 쳐다보며 창고 바닥에 앉아 있었다. 그는 크래커를 하나씩 먹고 있었다. 맛을 느끼지는 않았다. 뭔가 먹어야 하니까 먹을 뿐이었다. 이곳에서 나가면 힘이 필요할 것이다. 그것뿐이었다.

바로 이 순간, 잭은 평생 그 어느 때보다도 비참한 기분이었다. 몸과 마음이 전부 아파 왔다. 숙취로 머리는 끔찍하게 쑤셨다. 늘 겪던 증세도 나타났다. 입안은 거름 갈퀴로 쓸어 놓은 것 같았고 귀는 울리고 가슴은 쿵쿵거리며 무겁게 뛰었다. 게다가 문에 부딪히는 바람에 어깨가 심하게 아팠고 쓸데없이 소리를 질러 목도 따가웠다. 오른손은 문 걸쇠에 베였다.

여기서 나가면 잭은 손을 좀 봐줄 참이었다.

들어오는 것은 족족 게워내고 싶어하는 쓰린 속에 굴하지 않고 잭은 크래커를 하나씩 씹어 삼켰다. 그는 주머니에 엑세드린이 들어 있는 것을 기억하고 위장이 좀 가라앉을 때까지 기다리기로 했다. 곧바로 토해 버리면 진통제를 먹는 의미가 없으니까. 머리를 써야 한다. 저 유명한 잭 토런스의 머리를. 너는 한때 머리로 먹고 살 생각 아니었나? 잭 토런스, 베스트셀러 작가. 잭 토런스, 저명한 극작가이자 뉴욕 비평가 협회 상 수상자. 존 토런스, 문인, 존경받는 사상가, 신랄한 회고록 『20세기의 삶』으로 70세에 퓰리처 상 수상. 그 딴 것은 다 머리로 먹고 산다는 뜻이었다.

머리로 먹고 산다는 건, 말벌이 어디에 있는지 항상 아는 것이다.

잭은 크래커를 입에 집어넣고 씹어 먹었다.

문제는, 그들에게 자신에 대한 신뢰가 없다는 것이라고 잭은 생각했다. 그가 모두에게 무엇이 가장 좋은지, 그리고 거기 어떻게 도달할지 알고 있다는 것을 그들은 믿지 않았다. 아내는 자신의 자리를 침해했다. 처음에는 정당한

(그런 셈이었다)

방법으로, 나중에는 비열한 방법으로. 웬디는 찡얼거리고 짜증내어 보아도 잭의 조리 정연한 주장을 이기지 못하자, 아들을 이간질하고 병으로 자신을 죽이려 하고 감금한 것이다. 그것도 하필이면 빌어먹을 식료품 창고에.

하지만 내면에서 들려오는 조그만 목소리가 성가시게 굴었다.

'그래, 하지만 술이 어디서 나왔지? 그게 사실 핵심 아닌가? 너는 술을 마시면 어떻게 되는지 알아. 쓰디쓴 경험에서 알고 있어. 너는 술을 마시면 이성을 잃는다고.'

잭은 크래커 상자를 냅다 던졌다. 상자는 통조림 선반에 맞더니 바닥으로 떨어졌다. 그는 상자를 쳐다보고 주먹으로 입술을 닦은 다음 손목 시계를 보았다. 6시 30분이 다 되었다. 이곳에 몇 시간이나 있었던 것이다. 아내가 자신을 여기 가두었고 그래서 몇 시간이나 있었던 것이다.

잭은 자기 아버지를 이해할 수 있을 것 같았다.

대체 무엇이 애초에 아빠에게 술을 마시게 했느냐고 자문해 본 적은 한번도 없었다는 사실을 잭은 이제야 깨달았다. 그리고 정 말로……핵심을 찌르자면……, 그것은 바로 아빠가 결혼한 여자 때문 아니었던가? 언제나 얼굴에 순교자의 표정을 짓고 말없이 발을 질질 끌며 집 안을 돌아다니던 빙충맞은 여자 때문 아니었 던가? 아빠의 발목에 채워진 차꼬 아니었던가? 아니, 차꼬가 아 니다. 엄마는 웬디가 자신에게 한 것처럼 적극적으로 아빠를 가 두려고 한 적은 없었다. 잭의 아버지에게 그것은 프랭크 노리스 의 위대한 소설 결말에서 치과 의사 맥티그가 맞았던 운명과 비 슷했을 것이다. 아무도 없는 버려진 땅에서, 죽은 사람의 시체와 수갑을 함께 차고 있는 것. 그렇다. 그게 더 어울렸다. 정신과 영 혼이 죽은 잭의 어머니는 결혼으로 아버지와 한 수갑을 차게 된 것이다. 그래도 아빠는 그녀의 썩어 가는 시체를 내내 질질 끌고 다니며 제대로 살아 보려고 노력했던 것이다. 네 아이들에게 옳 고 그른 것을 가르치고, 질서를 깨우치게 하고, 무엇보다도 아버 지를 존경하도록 키우려 했던 것이다.

그렇다, 그들은 모두 배은망덕한 아이들이었다. 자신도 마찬가 지였다. 그리고 지금 그 대가를 치르는 것이다. 자기 아들도 배은 망덕한 아이가 되었으니 말이다. 하지만 희망은 남아 있었다. 잭 은 어떻게든 이곳을 빠져나갈 것이다. 둘 다 가혹하게 벌을 줄 셈 이었다. 대니에게 본보기를 보여 주어, 대니가 자라서 어떻게 하 는 것이 좋은지 깨닫는 날이 오도록 할 것이다.

잭은 아버지가 식탁에서 어머니를 지팡이로 때렸던 일요일 저 녁이 기억났다……. 그와 다른 식구들이 얼마나 겁에 질렸는지.

이제는 그 일이 반드시 필요했던 것이고, 아버지는 취한 척한 것뿐이며, 내내 조금이라도 불경스러운 빛을 찾으며 정신을 똑바로 차리고 지켜보고 있었던 것임을 알 수 있었다.

잭은 크래커 상자 쪽으로 기어가 다시 먹기 시작했다. 못된 웬디가 닫아 놓은 문 옆에 앉아서. 그는 아버지가 정확히 무엇을 보았으며 어떻게 어머니의 덜미를 잡았는지 궁금했다. 어머니는 뒤에서 아버지를 비웃었던 것일까? 혀를 내밀며? 손가락을 들어 욕한 것일까? 아니면 오만 무례한 표정으로 아버지를 쳐다보기만 한 것일까? 아버지가 술에 너무 취해서 알지 못할 거라고 생각해서? 그것이 무엇이었든, 아버지는 그것을 알아차리고 호되게 벌을 준 것이다. 그리고 20년이 지난 지금, 그는 이제야 아버지의 지혜를 깨달은 것이다.

물론 아빠가 애초에 그런 여자랑 결혼해서 시체……, 그것도 존경심도 없는 시체와 하나가 되어 산 것이 바보 같은 일이라고 할 수도 있다. 하지만 젊은이들이 서둘러 결혼하다 보면 후회할 일을 저지르게 마련이고, 아빠의 아빠도 비슷한 유형의 여자와 결혼했기 때문에, 잭의 아빠도 역시 그런 여자와 결혼한 것일지도 모른다. 잭 자신이 그랬던 것처럼. 단지 잭 자신의 아내는 한 사람의 인생을 망쳐 놓는 소극적인 역할에 만족하는 대신, 남편의 마지막, 최고의 기회를 앗아 가려고 적극적으로 나선 것이다. 그는 오버룩의 직원이 되어, 어쩌면 곧 지배인의 자리에까지 오를지도 모르는데 말이다. 웬디는 대니를 앗아 가려 하고 있었다. 대니는 그가 오버룩의 일원이 되는 데 필요한 입장권이었다. 물론, 바보 같은 소리였다. 어째서 그들은 아버지를 가질 수 있는데 아들을 원한단 말인가? 하지만 고용주들은 종종 바보 같은 생각을 갖고 있어서 그런 조건을 내세우기도 한다.

잭은 웬디를 말로 설득할 수 없을 것이다. 이제 그것은 알 수 있었다. 그는 콜로라도 라운지에서 설득을 시도해 보았지만, 그녀는 듣지 않으려 했고 병으로 머리를 때렸다. 하지만 또 기회가 올 것이다. 곧. 그는 이곳에서 빠져나갈 것이다.

잭은 갑자기 숨을 멈추고 머리를 똑바로 세웠다. 어디선가 피아노 치는 소리와 사람들이 웃으며 손뼉 치는 소리가 들려왔다. 육중한 나무문에 가리기는 했지만 그래도 소리가 들렸다. 노래는 「오늘 밤 마을에서 신나는 시간을 보낼 거야」였다.

잭은 두 손으로 주먹을 쥐었다. 하지만 주먹으로 문을 두드리는 일은 참아야 했다. 파티가 또 시작한 것이다. 술이 넘쳐 날 것이다. 하얀 실크 드레스 아래 알몸의 참을 수 없는 감촉을 느끼게 해 주었던 그 여자는 어디선가 다른 누구와 춤을 추고 있을 것이다.

"대가를 치르게 해 주겠어!" 그가 소리쳤다. "이 빌어먹을 것들, 기다려! 이런 짓을 하다니 빌어먹을 벌을 받게 해 줄 테다, 두고 봐! 이……."

"이런, 이런." 바로 문 밖에서 부드러운 목소리가 들려왔다. "소리 지를 필요 없습니다. 아주 잘 들리니까."

잭이 비틀거리며 일어섰다.

"그레이디? 자넨가?"

"예. 그렇습니다. 갇힌 것 같군요."

"나를 꺼내 줘, 그레이디. 빨리."

"우리가 의논했던 일을 전혀 처리하지 못하신 것 같네요. 부인과 아들의 버릇 고치기 말입니다."

"나를 가뒀어. 빨리 빗장을 열어 줘, 제발!"

"그들이 당신을 가두게 했단 말입니까?" 그레이디의 목소리에 놀란 기색이 묻어났다. "오, 세상에. 몸집이 절반밖에 안 되는 여자랑 어린아이가 말입니까? 지배인 감은 못 되는 모양입니다. 그렇죠?"

잭의 오른쪽 관자놀이가 지끈거리기 시작했다. "나를 꺼내 줘, 그레이디. 그들은 내가 알아서 처리하겠어."

"진심입니까? 글쎄요." 놀란 기색은 후회의 기색으로 바뀌었다. "괴롭지만 의심스럽다고 말씀드려야겠군요. 저와 다른 이들은 당신이 진심으로 원하는 것이 아니라고 믿게 되었습니다. 당신에게……, 그만 한 배짱이 없다는 것으로."

"아냐!" 잭이 고함을 쳤다. "아냐, 맹세해!"

"아들을 우리에게 데려오시겠습니까?"

"알았어! 알았다고!"

"부인은 아주 거세게 반대할 겁니다, 토런스 씨. 게다가 부인은 저희가 상상했던 것보다 강한 것 같습니다. 수완도 좋고요. 아무래도 두 분 중에 부인이 더 나은 것 같습니다."

그레이디가 킥킥거렸다.

"차라리 말입니다, 토런스 씨. 부인과 상의하는 편이 나았을지도 모르겠습니다."

"아이를 데려오겠어, 맹세해." 그는 문에 얼굴을 갖다 대고 있었다. 땀이 흘러내렸다. "아내는 반대하지 않을 거야. 내가 맹세해. 반대 못 하게 하겠어."

"아마도 부인을 죽이셔야 할 겁니다." 그레이디가 냉정하게 말했다.

"필요한 건 뭐든지 하겠어. 그러니 꺼내 주기나 해."

"약속하시겠습니까?" 그레이디가 집요하게 물었다.

"약속해. 맹세해. 원하는 건 뭐든지 하겠어. 만일……."

빗장이 열리면서 덜컥 하는 소리가 났다. 문이 빠끔히 열렸다. 잭은 하던 말과 숨을 멈추었다. 순간 그 문 밖에 사신이 기다리고 있을 거라는 생각이 들었다.

그런 기분은 사라졌다.

잭이 중얼거렸다. "고마워, 그레이디. 후회하지 않게 해 주겠다고 맹세해. 맹세한다고."

대답은 없었다. 잭은 바깥에 부는 바람 소리 말고는 모든 소리가 멈춘 것을 깨달았다.

잭은 창고 문을 밀어서 열었다. 경첩이 조그맣게 삐걱거렸다.

주방에는 아무도 없었다. 그레이디는 사라졌다. 차가운 형광등 불빛 아래 모든 것은 정지된 채 얼어붙어 있었다. 잭의 시선은 세 식구가 식사를 하던 커다란 나무 도마에 멈추었다.

그 위에는 마티니 잔 하나와 5분의 1가량 남은 진, 올리브가 가득 놓인 플라스틱 접시가 놓여 있었다.

옆에는 장비 창고에서 가져온 로크 방망이가 기대어 세워져 있었다.

잭은 그것을 한참 동안 쳐다보고 있었다.

그러자 그레이디보다 훨씬 더 굵고 강한 목소리가 어디선가, 사방에서……, 잭의 내부에서 흘러나왔다.

'약속을 지키시오, 토런스 씨.'

"알겠어요." 잭이 대답했다. 자신의 목소리에서 굽실거리는 기색이 느껴졌지만 어쩔 수 없었다. "알겠다고요."

잭은 도마 쪽으로 걸어가서 방망이 손잡이를 잡았다.

그것을 들어 올렸다.

휘둘렀다.

방망이가 바람을 가르며 무서운 소리가 났다.

잭 토런스는 웃기 시작했다.

할로런, 산을 오르다

오후 2시 15분이었고, 눈이 쌓인 표지판과 허츠에서 렌트한 뷰익의 주행 거리계로 보아하니, 할로런이 마침내 비포장 도로에 접어든 때는 이스티스 공원에서 4.5킬로미터도 되지 않는 곳임을 알 수 있었다.

산지에 들어서자 눈은 할로런이 여태까지 본 것 가운데(할로런은 평생 최대한 눈 구경을 피하며 살아왔으니 그다지 많은 편이라고는 할 수 없겠지만) 가장 빠르고 맹렬하게 내리고 있었다. 바람은 변덕스럽게 서쪽에서 불었다, 북쪽으로 불었다 하면서 구름 같은 눈가루를 이리저리 흩뿌려 대었다. 할로런은 자칫 잘못하면 길에서 벗어나 60미터 아래 절벽으로 엘렉트라와 함께 재주넘기를 하면서 굴러 떨어질 것이라는 냉혹한 현실을 더 더욱 절감했다. 더군다나 그는 겨울철 운전자로서는 아마추어 수준에 지나지 않았다. 노란 중앙선이 쌓이는 눈에 덮이고 협곡에서 불어오는 강풍에 묵직한 뷰익이 흔들리는 것이 너무나 무서웠다. 도로 표지판이 눈에 거의 다 덮여 버려서, 마치 새하얀 드라이브 인 극장 화면 속으로 나아가는 기분으로 달리다가 길이 오른쪽으로 꺾일지, 왼쪽으로 꺾일지 알고 싶으면 동전이라도 던지는 수밖에 없는 상황이 두려웠다. 할로런은 정말 두려웠다. 볼더와 리용 서쪽 산지로 들어와 엑셀과 브레이크를 명나라 도자기 다루듯 운전해 온 이후로 내내 식은땀이 흘렀다. 라디오에서 흘러나오는 로큰롤 사이사이, 디제이는 운전자들에게 주요 고속도로에서 대피하고 절대 산속으로 들어가지 말라고 계속 경고하고 있었다. 차단된 도로도 있고 모든 도로가 위험하다고 했다. 사소한 사고 십여 건이 보도되었고 큰 사고도 두 차례 있었다. 산그레 데 크리스토 산을 지나 앨버커키로 가던 폭스바겐 마이크로버스에 탄 스키 여행객들과 일가족이 사고를 당했다. 네 명이 죽고 다섯 명이 부상을 입었다. "그러니 바깥출입을 삼가고 KTLK 방송의 좋은 음악을 들으세요." 디제이는 즐거운 목소리로 멘트를 끝맺고 「햇빛 비추는 계절」을 연주해서 할로런의 비참한 심정에 부채질했다. "우리는 즐거웠지, 재미있었어, 우리는……." 테리 잭스가 행복한 목소리로 노래를 불렀고 할로런은 짜증 나서 라디오를 꺼 버렸다. 5분도 안 되어 다시 켜게 되리라는 것을 알았지만. 노래가 아무리 마음에 들지 않아도 이 새하얀 광란 속을 혼자서 운전하는 것보다는 나았다.

'걱정 마. 이 아래 최소한 기다란 노란 선 하나는 있다고……. 그 선은 구불구불 계속 위로 올라가니까!'

우습지도 않았다. 소년이 끔찍한 위기에 처했다는 절박한 심정이 아니었더라면, 할로런은 볼더를 지나오기도 전에 포기했을 것이다. 지금도 뒤통수에서 조그만 목소리가, 겁나서가 아니라 이성적인 행동을 권하기 위해, 이스티스 공원 모텔 한곳에 들어가 하룻밤을 지내고 최소한 중앙선이 보일 때까지만이라도 기다리라고 말하고 있었다. 그 목소리는 스테이플턴 공항에서의 불안한 착륙 때, 비행기가 앞으로 고꾸라져 승객들을 39번 게이트가 아니라 지옥 문 앞에 데려다 줄 거라고 생각했던 것을 자꾸만 떠올렸다. 하지만 이성은 강박감을 이길 수 없었다. 오늘 가야 한다. 눈보라는 할로런의 불운일 뿐이다. 싸워 이겨야 한다. 그렇지 않으면 할로런은 꿈속에서 더욱더 무서운 것과 싸워야 할 것 같아 두려웠다.

바람이 다시 몰아쳤다. 이번에는 북동풍이었고 할로런은 어렴풋한 모양의 비탈길에서 다시 약간 비틀거렸고, 길 양쪽의 둑에 부딪히기도 했다. 할로런은 새하얀 백지장 속을 달리고 있었다.

그때 제설차의 나트륨 불빛이 나타나더니 아래로 내려왔는데, 그것이 한쪽 옆에서 보이는 것이 아니어서 할로런은 공포에 질렸다. 뷰익의 정면이 바로 그 헤드라이트 사이를 향하고 있었던 것이다. 제설차는 자기 차선을 지킬 생각이 없어 보였고 할로런은 뷰익이 미끄러지며 나아가도록 내버려 두었다.

제설차의 디젤 엔진이 내는 꿩음이 바람 소리를 가르더니 길고 세찬 클랙슨 소리에 귀가 먹을 뻔했다.

할로런의 고환은 얼어붙어 쪼그라들었다. 내장이 엉망진창으로 뒤집어지는 것 같았다.

하얀 눈 밖으로 색깔이 드러나기 시작했다. 눈이 쌓인 주황색이었다. 할로런은 긴 와이퍼 뒤로 운전자가 쓰고 있는 모자와 손짓까지 볼 수 있었다. 제설차의 V자 모양 날개가 도로의 왼쪽 둑에 눈을 더 많이 쌓아 올렸다.

빠아아아아아아아아앙! 경적이 성을 내며 울렸다.

할로런은 사랑해 마지않는 여인의 가슴을 잡듯 액셀을 눌렀고 뷰익은 앞으로 돌진하며 오른쪽으로 방향을 꺾었다. 이쪽에는 둑이 없었다. 제설차는 내리막길이 아니라 오르막길을 오르고 있었고, 눈을 비탈길로 바로 밀어 버리면 되었던 것이다.

'비탈길, 아 그렇다, 비탈길……'

할로런의 왼쪽에 지나가던, 엘렉트라의 높이보다 120센티미터 높은 제설차 날개는 삼사 센티미터도 안 되는 차이로 지나갔다. 제설차가 실제로 지나갈 때까지 할로런은 충돌이 불가피하다고 생각했다. 소년에게 보내는 사과 비슷한 기도가 너덜너덜 떨어진 걸레처럼 마음속을 스치고 지나갔다.

그러자 제설차가 지나갔고, 할로런의 백미러에 제설차가 푸른 라이트를 번쩍거리는 것이 보였다.

할로런은 뷰익의 핸들을 왼쪽으로 조종했지만 듣지 않았다. 돌진하던 속도로 미끄러지기 시작했고, 뷰익은 흙받이 밑으로 눈을 뿜어 대며 낭떠러지 끝으로 떠내려가고 있었다.

할로런은 미끄러지는 방향으로 핸들을 튕겼고, 그러자 차의 앞뒤가 자리를 바꾸기 시작했다. 완전히 당황해 버린 그는 브레이크를 세게 누르고 쿵 하는 느낌을 받았다. 앞에서 길이 사라졌다……. 보이는 것은 전방에, 그리고 아래에 휘몰아치는 눈과 희미한 회녹색 전나무가 서 있는 끝없는 절벽뿐이었다.

'떨어진다 오 이런 떨어진다'

바로 그때 차는 멈추었고 30도 각도로 왼쪽 흙받이가 가드레일과 부딪쳤다. 뒷바퀴는 거의 땅에서 떨어져 있었다. 할로런이 방향을 바꾸려고 하자 바퀴는 공회전만 거듭했다. 심장이 쿵쿵거리기 시작했다.

할로런은 차에서 내렸다. 아주 조심스럽게 내렸다. 그리고 뷰익의 뒤쪽으로 돌아가 보았다.

할로런이 그 자리에서 황당한 표정으로 뒷바퀴를 쳐다보고 있을 때 명랑한 목소리가 등 뒤에서 들려왔다. "어이, 아저씨. 제정신이 아니구먼요."

뒤를 돌아보자 40미터쯤 떨어진 내리막에 제설차가 서 있는 것이 보였다. 휘몰아치는 눈에, 뒤에서 내뿜는 시커먼 연기와 꼭대기의 푸른 라이트밖에 보이지 않았다. 제설차 운전사는 긴 양털 외투 위에 우비를 껴입고 할로런의 바로 뒤에 서 있었다. 그는 푸른색과 흰색의 줄무늬가 그려진 작업용 모자를 쓰고 있었는데, 할로런은 이렇게 센 바람 속에서 그 모자가 날아가지 않는 것을 믿을 수 없었다.

'풀이야. 분명히 풀로 붙인 게야.'

"안녕하시오." 할로런이 말했다. "길 위로 좀 밀어 주실 수 있겠소?"

"오, 할 수 있을 것 같네요." 제설차 운전사가 말했다. "아저씨는 대체 여기서 뭐하는 거예요? 죽기 딱 좋겠네요."

"긴급한 일이오."

"그렇게 긴급한 일은 없어요." 제설차 운전사는 정신병자에게 말하듯이 천천히, 상냥하게 말했다. "저 기둥을 조금만 더 세게 받았더라면, 만우절까지는 아무도 아저씨를 찾아내지 못했을 거예요. 이 동네 분이 아니죠?"

"그렇소. 내 일이 이렇게 급한 게 아니었으면 이곳에 오지 않았을 거요."

"그 정도예요?" 운전사는 눈보라가 휘몰아치는 가운데, 할로런의 자동차가 숲 꼭대기에서 90미터 높이의 낭떠러지에 아찔하게 멈춰서 있는 상황이 아니라, 뒷마당에서 만나 잡담하는 사람들인 양 친근하게 굴었다.

"어디로 가세요? 이스티스로 가세요?"

"아뇨. 오버룩 호텔이란 데로 가요." 할로런이 말했다. "사이드와인더에서 좀더 올라가면 있소……."

제설차 운전사가 안됐다는 듯이 고개를 저었다.

"저도 어딘지 잘 알아요. 아저씨, 절대로 오버룩에는 못 올라가요. 이스티스 공원에서 사이드와인더까지 도로는 완전 지옥이라고요. 아무리 밀어 대도 눈이 뒤에서 곧장 쌓이는걸요. 지금까지 지나온 몇 킬로미터는 눈이 2미터 가까이 쌓였어요. 게다가 사이드와인더까지는 갈 수 있다손 쳐도, 거기서 유타 버클랜드까지는 길이 완전히 막혔어요. 절대 안 돼요." 그는 고개를 저었다. "안 돼요, 아저씨. 절대로."

"해 봐야 되오." 할로런이 마지막 남은 인내심을 동원하여 짜증 내지 않고 말했다. "거기 아이가 하나 있는데……."

"애라고요? 아뇨. 오버룩은 9월 말일에 닫아요. 그 후에는 절대로 열지 않아요. 이런 눈보라가 자주 오거든요."

"관리인의 아들이오. 그 애가 곤경에 처했소."

"그걸 어떻게 아세요?"

인내심이 바닥났다.

"이런, 거기 그러고 서서 하루 종일 꼬치꼬치 캐물을 셈이오? 나도 알아요, 나도 알아! 차를 밀어 줄 거요, 말 거요?"

"성깔 있는 분이네, 그렇죠?" 별로 놀라지도 않은 운전사가 말했다. "좋아요. 뒤로 물러서세요. 뒷자리에서 체인을 꺼내 올게요."

할로런은 바퀴 뒤로 돌아가 이제야 떨기 시작했다. 손은 완전히 마비되었다. 장갑을 가져오는 것을 잊었던 것이다.

제설차가 후진으로 뷰익 뒤에 다가왔고, 운전사는 손에 기다란 체인을 들고 내렸다. 할로런이 문을 열고 소리쳤다. "어떻게 도와주면 되겠소?"

"비켜서 있으면 돼요." 운전사도 소리쳤다. "힘들 것 하나도 없어요."

사실이었다. 체인을 잡아당기자 뷰익이 한번 흔들리더니 눈 깜짝할 새 도로 가운데로 돌아와 이스티스 공원을 향해 서 있었다. 제설차 운전사는 밖으로 나와 차창 옆에 서더니 유리를 두드렸다. 할로런은 창을 내렸다.

"고맙소. 소리 질러서 미안하오."

"그런 거야 뭐." 운전사가 씩 웃으면서 말했다. "아저씨가 좀 긴장한 것 같아요. 이거 받으세요." 할로런의 무릎에 커다란 푸른색 벙어리 장갑이 떨어졌다. "또 길에서 벗어나면 필요할 거예요. 날씨가 추워요. 그거 안 끼면, 남은 여생 동안 갈고리로 콧구멍을 파게 될 거예요. 그리고 그건 돌려보내 주세요. 집사람이 짜 준 거라 소중한 거예요. 안쪽에 이름이랑 주소를 박아 놨어요. 참, 저는 하워드 커트렐이라고 합니다. 그 장갑 필요 없어지면 보내 주세요. 그리고 소포 값은 아저씨가 내요."

"좋소." 할로런이 말했다. "고맙소. 진짜로 고맙소."

"조심하세요. 제가 태워다 드리고 싶지만 정신없이 바쁘거든요."

"괜찮소. 고맙소."

할로런이 창을 올리기 시작했을 때 커트렐이 다시 말을 꺼냈다.

"사이드와인더에 도착하면, 혹시 사이드와인더에 도착하면 말이죠. 더킨의 코노코라는 가게로 가세요. 도서관 바로 옆에 있어요. 쉽게 찾을 수 있어요. 거기서 래리 더킨을 찾으세요. 하워드 커트렐이 보냈다고 하고 설상차를 빌리고 싶다고 하세요. 제 이름을 대고 장갑을 보여 주면 좋은 걸 빌려 줄 겁니다."

"다시 한번 고맙소." 할로런이 말했다.

커트렐이 고개를 끄덕였다. "참 우습네요. 아저씨가 오버룩 사정을 알 수가 없는데…… . 전화도 끊어졌고. 하지만 아저씨 말을 믿어요. 느낌으로 알 수 있을 때가 있거든요."

할로런이 끄덕였다. "나도 그렇소."

"예. 그런 것 같아요. 하지만 조심하세요."

"그래요."

커트렐은 마지막으로 손을 흔들더니 눈보라 속으로 사라졌다. 모자는 아직도 머리 위에서 꼼짝도 안 했다. 할로런은 다시 움직이기 시작했다. 체인이 도로에 덮인 눈을 긁어 대더니 마침내 뷰익이 움직일 수 있게 되었다. 등 뒤에서 하워드 커트렐이 마지막으로 행운을 빌어 주는 경적을 울렸다. 하지만 그럴 필요는 없었다. 할로런은 그가 행운을 비는 것을 느낄 수 있었다.

하루에 빛을 가진 사람을 두 명 만났군. 할로런이 생각했다. 그건 뭔가 좋은 징조일 수도 있다. 하지만 그는 좋은 것이든, 나쁜 것이든 징조 같은 것은 믿지 않았다. 게다가 하루에 빛을 가진 사람을 둘 만나는 것(보통은 4, 5년에 한 명도 만나기 어려웠다)은 아

무런 의미도 없을지 모른다. 운명이라는

'모든 사건에는 의미가 있다는'

느낌은 딱 집어 뭐라 말할 수 없었지만 아주 중요한 것이었다.

그건…….

가파른 굽잇길을 돌던 뷰익이 옆으로 미끄러지려고 했고, 할로런은 조심스럽게 숨도 제대로 쉬지 못하고 조종했다. 그는 다시 라디오를 켰고 아레사의 음악이 나왔다. 마음에 들었다. 그녀와 함께라면 언제라도 뷰익을 탈 수 있었다.

또 한 차례 강풍이 차를 흔들어 놓았다. 할로런은 욕을 하면서 핸들에 몸을 더 바짝 붙였다. 아레사가 노래를 마치고 다시 디제이가 나와서 오늘 운전하면 죽기 딱 좋다고 했다.

할로런은 라디오를 꺼 버렸다.

마침내 할로런은 사이드와인더에 도착했다. 이스티스 공원에서 그곳까지 4시간 30분이 걸리기는 했지만. 산악 고속도로에 들어섰을 무렵, 날은 완전히 어두워졌지만 눈보라는 가라앉을 기미가 보이지 않았다. 두 차례, 자동차의 후드 높이까지 쌓인 눈더미 앞에 서서 제설차가 와서 구멍을 내 주기를 기다렸다. 한 번은 제설차가 그가 서 있는 쪽으로 올라와 또 부딪힐 뻔했다. 그 운전사는 내려서 잡담 없이 그냥 돌아갔지만, 열 살 넘은 미국인이라면 누구나 다 아는 손가락 신호를 보냈다. 물론, 평화의 신호는 아니었다.

오버룩에 가까이 다가갈수록 마음이 점점 더 급해지는 것 같았다. 할로런은 끊임없이 손목 시계를 쳐다보았다. 시계 바늘이 날아가는 것 같았다.

산악 고속도로로 접어든 지 10분 후 할로런은 두 개의 표지판을 지나갔다. 몰아치는 바람에 표지판에 쌓인 눈이 날아가서 글씨를 읽을 수 있었다. 첫 표지판에는 '사이드와인더 15킬로미터'라고 적혀 있었고, 두 번째 표지판에는 '동절기 18킬로미터 전방 도로 폐쇄'라고 적혀 있었다.

"래리 더킨." 할로런은 중얼거렸다. 계기반의 은은한 푸른 빛에 긴장한 그의 검은 얼굴이 비쳤다. 6시 10분이었다. "도서관 옆, 코노코. 래리……."

바로 그때 그것이 전속력으로 부딪혀 왔다. 오렌지 냄새와 증오와 살기로 가득한 묵직한 생각이.

'썩 나가 이 더러운 깜둥아 이건 네 상관할 바가 아니다 이 깜둥아 뒤로 돌아 뒤로 돌아 그러지 않으면 널 죽인 다음 네 시체를 나무에 매달겠다 이 아프리카 밀림의 깜둥아 그리고 네 시체를 불에 태워 버릴 테다 깜둥이한테는 그렇게 해 준다 그러니 지금 당장 뒤로 돌아.'

할로런은 차 안에서 비명을 질렀다. 이 메시지는 말로 전달된 것이 아니라, 알 수 없는 그림의 형태로 엄청난 세기로 머리를 치고 들어왔던 것이다. 할로런은 그것을 떨쳐 버리려고 핸들에서 손을 떼었다.

그러자 자동차는 둑에 부딪혔고 반동으로 반쯤 돌더니 멈췄다. 뒷바퀴가 공회전을 했다.

할로런은 기어를 주차 상태로 넣고 양손으로 얼굴을 감쌌다. 운 것은 아니었다. 헉헉헉 하는 소리를 냈다. 가슴이 벌렁거렸다.

돌풍에 차가 어느 한쪽으로 밀렸더라면 지금쯤 자신은 죽었을지도 몰랐다. 어쩌면 그럴 작정이었을지도 몰랐다. 그리고 그것은 언제라도 그를 다시 공격할 수 있을 것이다. 할로런은 거기 맞서 싸워야 할 것이다. 기억이라는 어마어마하게 큰 힘을 지닌 붉은 기운이 할로런을 에워싸고 있었다. 그는 직관에 몸을 내맡겼다.

할로런은 얼굴에서 손을 떼고 조심스레 눈을 떴다. 아무것도 없었다. 다시 그를 겁주려는 것이 있었다 하더라도 그것은 안으로 들어오지 못했다. 할로런은 혼자였다.

그 소년에게도 이런 일이 일어난 것일까? 오, 하느님, 그 어린아이에게 이런 일이 있었던 것입니까?

그리고 모든 이미지 가운데 가장 괴로웠던 것은 두꺼운 치즈를 방망이로 두드릴 때 나는 둔탁한 소리였다. 그건 무슨 의미였을까?

'오, 그 어린아이는 살려 주십시오. 제발, 부디.'

잭은 기어를 넣고 엔진에 휘발유를 조금씩 공급했다. 바퀴가 돌다가, 멈추다가, 돌다가, 다시 멈췄다. 뷰익은 다시 움직이기 시작했다. 헤드라이트는 눈보라 속을 희미하게 비추었다. 할로런은 시계를 보았다. 6시 30분이 다 되었다. 정말 늦은 시각처럼 느껴졌다.

해살

웬디 토런스는 깊이 잠든 아들을 쳐다보며 침실 가운데서 어찌할 바를 모르고 서 있었다.

30분 전에 소리가 멈추었다. 한꺼번에 전부. 엘리베이터, 파티, 객실 문 여닫히는 소리. 그러자 마음이 편해지는 것이 아니라 오히려 긴장감이 더 심해졌다. 그것은 마치 태풍 전야의 불안한 적막 같았다. 그러나 대니는 곧바로 잠들었다. 처음에는 선잠을 자더니 10분 전쯤부터는 깊이 잠들었다. 가만히 쳐다보아도 아들의 작은 가슴이 서서히 올라갔다 내려갔다 하는 것이 겨우 보였다.

오버룩의 힘이 세진 지난 며칠 동안, 비로소 자신에게도 들리고 보이기 시작한 그 소리가 들려오는 동안. 아들이 뒤척이지 않고 무서운 꿈도 꾸지 않고 마지막으로 밤새 푹 자고 일어난 것이 언제일까 웬디는 의아했다.

'진짜 심령 현상일까, 아니면 집단 최면일까?'

답을 알 수 없었지만 그게 중요하다고 생각되지도 않았다. 어느 쪽이든 지금까지 일어난 일은 치명적인 것이었다. 웬디는 대니를 바라보며 생각했다.

'하느님 아이가 편히 자게 해 주세요'

아이를 건드리지 않는다면 밤새 편히 잘 것이라고. 아이에게 어떤 능력이 있는지는 몰라도, 아직 어린아이이고 휴식이 필요했다.

이제 잭의 일이 걱정되기 시작했다.

갑작스러운 통증에 웬디는 얼굴을 찡그리며 입에서 손을 떼어냈다. 손톱 하나가 찢어져 있었다. 그녀가 유일하게 잘 관리하려고 하는 것이 바로 손톱인데. 갈고리라고 부를 만큼 길지는 않았지만 여전히 잘 정돈되어 있었고

'웬 손톱 걱정?'

웬디는 조금 웃었지만 즐거운 웃음소리가 아니라 불안한 소리였다.

우선 잭이 고함치며 문을 두드리는 소리가 멈췄다. 그리고 파티가 다시 시작되었고

'아니면 끝난 것인가? 파티는 그들이 들을 수 없는 시간대로 흘러 들어간 것뿐인가?'

엘리베이터가 덜컹거리는 소리도 함께 들려왔다. 그러더니 그것도 멈추었다. 새로운 정적 속에서 대니가 잠드는 동안, 웬디는 바로 아래 주방에서 소곤소곤 음모를 꾸미는 소리가 들리는 것 같았다. 처음에는 바람 소리라고 생각했다. 바람 소리는 문이나 창틀 너머에서 속삭이는 소리로부터……, 싸구려 멜로드라마에서 살인자를 피해 달아나는 여자의 외마디 비명소리에 이르는, 다양한 영역의 사람의 목소리를 흉내 낼 수 있었다. 하지만 대니 옆에 가만 앉아 있으니 그것이 정말 사람 목소리라는 생각이 점점 더 강하게 들었다.

잭과 누군가가 창고에서 달아날 음모를 꾸미고 있었다.

아내와 아들을 죽일 음모를.

이 안에서는 전혀 새로울 것 없는 이야기였다. 전에도 이곳에서는 그런 일이 일어났다.

웬디는 난방기 쪽으로 가서 귀를 갖다대어 보았지만, 바로 그 순간 가열로에 불이 들어오면서 지하실에서 올라오는 따뜻한 바람 때문에 아무 소리도 들리지 않았다. 5분 전, 가열로가 다시 꺼졌을 때는 바람 소리와 눈 날리는 소리, 널빤지가 이따금 울리는 소리 빼고는 완전히 정적뿐이었다.

웬디는 찢어진 손톱을 내려다보았다. 그 밑에서 핏방울이 조금 스며 나왔다.

'잭이 밖으로 나왔어.'

'말도 안 되는 소리.'

'아냐, 나왔어. 주방에서 칼이나 방망이를 가지고 나왔어. 바로 지금 이쪽으로 올라오고 있어. 계단이 삐걱거리지 않도록 계단 가장자리를 따라 올라오고 있어.'

'넌 미쳤어!'

입술이 떨렸다. 한순간, 자신이 정말로 그렇게 소리를 지른 것 같았다. 그러나 정적이 이어졌다.

누군가 자신을 보고 있는 것 같았다.

웬디는 홱 뒤로 돌아 어두워진 창문을 노려보았다. 그러자 징그러운 하얀 얼굴에 검은 눈이 그녀를 쳐다보고 있었다. 이 웅얼거리는 벽 속에 내내 숨어 있던 괴물 같은 미치광이의 얼굴…….

그것은 유리 바깥쪽이 얼어붙어 생긴 무늬일 뿐이었다.

웬디는 두려움에 길게 숨을 내쉬었다. 그때 어디선가 즐거운 듯 킥킥거리는 소리가 분명히 들린 것 같았다.

'그림자만 보고도 놀라는군. 그러지 않아도 충분히 심각해. 내일 아침이면 너는 정신 병원에 갇힐 지경이 될 거야.'

이 두려움을 가라앉힐 방법은 한 가지였고 웬디는 그것이 무엇인지 알고 있었다.

아래로 내려가서 잭이 창고 안에 있는지 확인하면 되었다.

아주 간단했다. 아래층으로 내려간다. 살펴본다. 다시 올라온다. 참, 오는 길에 접수 데스크에 들러서 쟁반을 가져온다. 오믈렛은 먹지 못하겠지만 수프는 잭의 타자기 옆에 있는 풍로에서 데울 수 있을 것이다.

'그래 그래라 잭이 아래층에 칼을 들고 서 있거들랑 죽지 말고.'

웬디는 자신을 짓누르는 두려움을 떨쳐 버리려고 경대 앞으로 걸어갔다. 경대 위에는 동전 더미와 호텔 트럭에 넣은 휘발유 영수증, 잭이 어디든지 가지고 다니지만 별로 쓰지 않는 파이프 두개⋯⋯, 그리고 그의 열쇠 꾸러미가 놓여 있었다.

웬디는 그것을 집어 들어 잠시 손에 쥐고 있다가 다시 내려놓았다. 나간 다음 침실 문을 잠그면 어떨까 생각해 보았지만 별로 좋은 생각 같지 않았다. 대니는 자고 있었다. 어렴풋이 화재 생각이 머리를 스치고 지나갔고, 뭔가 더 강렬한 생각이 날 것 같았지만 곰곰이 생각하지 않았다.

웬디는 문 앞으로 가서 잠시 망설이며 서 있다가 가운 주머니에서 칼을 찾아 오른손으로 나무 손잡이를 꽉 쥐었다.

문을 잡아당겨 열었다.

숙소와 연결되는 짧은 복도는 텅 비어 있었다. 벽에 걸려 있는 전등은 일정한 간격으로 모두 환하게 켜져 있었고, 카펫의 푸른

바탕색과 구불구불한 무늬를 드러내 보였다.

'봤지? 유령은 없어.'

'물론이지. 저들은 네가 나오기를 기다리고 있어. 네가 여자들이나 하는 바보 짓을 하기를 바라고 있다고. 그리고 네가 지금 하는 행동이 딱 그거야.'

웬디는 다시 머뭇거렸다. 대니를 혼자 두고 싶지도 않고 안전한 숙소에 숨어 있고 싶은 마음과 동시에 잭이 아직도……, 안전하게 갇혀 있는지 확인하고 싶은 간절한 마음 사이에서 갈등했다.

'물론 잭은 거기 있어.'

'하지만 사람들 소리는'

'사람들 소리는 들리지 않았어. 그건 네가 상상한 거야. 바람 소리라고.'

"바람 소리는 아니었어."

웬디는 제 목소리에 깜짝 놀랐다. 하지만 그 목소리에서 느껴지는 분명한 확신에 웬디는 앞으로 나아갔다. 옆에 쥐고 있던 칼이 빛을 반사하여 실크 벽지에 그림자를 드리웠다. 카펫을 밟는 슬리퍼 소리가 조그맣게 들렸다. 신경이 전깃줄처럼 팽팽하게 곤두섰다.

웬디는 중앙 복도로 꺾어지는 모서리에 와서 주변을 살펴보았다. 뭐가 나타날지 긴장되었다.

아무것도 보이지 않았다.

잠시 망설이다가 웬디는 모서리를 돌아 복도를 따라 걷기 시작했다. 어두운 계단으로 한 걸음씩 옮길 때마다 두려움이 몰려왔고 뒤에 자고 있는 아들을 혼자 내버려 두었다는 사실이 자꾸 떠올랐다. 카펫에 슬리퍼 닿는 소리가 점점 더 크게 들리는 것 같았다. 누군가 뒤에서 살금살금 쫓아오지 않는지 확인하려 두 번 뒤돌아보았다.

계단에 다다르자 웬디는 난간 맨 위의 차가운 기둥을 손으로 잡았다. 로비까지는 열아홉 개의 층계가 있었다. 웬디는 그것을 여러 번 세어 보아서 잘 알고 있었다. 카펫을 깐 열아홉 계단, 그리고 잭은 거기 웅크리고 있을 리 없었다. 물론이었다. 잭은 튼튼한 강철 빗장과 두꺼운 나무문 뒤에 갇혀 있었다.

그러나 로비는 어두웠고 그림자가 가득 드리워져 있었다.

목에서 맥박이 계속 쿵쿵 뛰었다.

전방 약간 왼쪽으로 엘리베이터의 황동색 문이 사람을 놀리듯 열려 있었다. 그녀에게 올라타서 생명을 건 모험을 해 보라고 부르는 것 같았다.

'사양하겠어'

엘리베이터 안에는 분홍색과 흰색 리본이 늘어져 있었다. 색종이 가루가 뿌려져 있었다. 왼쪽 구석에는 빈 샴페인 병이 놓여 있었다.

웬디는 위에서 움직이는 기척을 느끼고 재빨리 뒤로 돌아 2층으로 이어지는 열아홉 계단을 올려다보았다. 하지만 아무것도 보이지 않았다. 그래도 뭔가

'뭔가'

웬디가 쳐다보기 직전 복도 안쪽의 어둠 속으로 뭔가 달아난 것 같은 불안한 느낌이 들었다.

웬디는 계단 아래를 다시 쳐다보았다.

칼의 나무 손잡이를 쥔 오른손에 땀이 났다. 웬디는 칼을 왼손에 바꿔 쥔 다음, 오른손 바닥을 분홍색 가운에 닦은 다음 다시 칼을 옮겨 쥐었다. 자신의 머리가 몸에게 앞으로 나아가라는 명령을 했다는 사실을 느끼지 못한 채 웬디는 아래층으로 내려갔다. 왼발, 오른발, 왼발, 오른발, 아무것도 쥐지 않은 손으로 난간을 가볍게 잡았다.

'파티는 어디로 갔지? 이 케케묵은 종이 조각들아, 나 때문에 겁먹고 달아나지 마! 칼을 든 겁먹은 여자라고! 여기 음악 좀 틀어 봐! 좀 즐겨 보자고!'

열 발자국, 열두 발자국, 열세 발자국.

2층 복도의 불빛은 아래로 내려오자 침침한 노란 빛이 되었고 웬디는 식당 입구 옆이나 지배인 사무실 안에서 로비 전등을 켜야 한다는 것을 기억해 냈다.

하지만 어딘가에서 하얗고 은은한 불빛이 흘러나오고 있었다.

형광등 불빛이었다. 주방의.

웬디는 열세 번째 층계에서 걸음을 멈추고 대니와 함께 주방을 나올 때 불을 껐는지, 켜 두었는지 기억해 보려고 했다. 하지만 기억나지 않았다.

아래 로비에서는 등받이 높은 의자들이 어둠 속에 모여 있었다. 로비 문의 유리에는 눈이 하얗게 쌓여 있었다. 소파 쿠션에 박힌 구리 못이 고양이의 눈처럼 희미한 빛을 발하고 있었다. 숨을 곳 천지였다.

두려움에 다리가 떨렸지만 웬디는 계속 내려갔다.

이제 열일곱, 열여덟, 열아홉.

'로비 층입니다, 부인. 조심해서 내려오십시오.'

연회장 문이 열려 있었고 어둠이 흘러나오고 있었다. 안에서는 폭탄처럼 계속해서 똑딱거리는 소리가 났다. 웬디는 긴장했다가 벽난로 위의 시계를 기억해 냈다. 유리 안에 든 시계. 잭이나 대니가 감아 놓은 것이다……. 또는 오버룩의 다른 것들처럼 혼자서 감겼을지도 모르고.

웬디는 접수 데스크 쪽으로 갔다. 문을 통해 지배인 사무실로 들어가 주방으로 갈 생각이었다. 희미한 은빛을 내고 있는 점심으로 차렸던 쟁반이 보였다.

그때 시계가 조그맣게 딸랑딸랑 울리기 시작했다.

웬디는 긴장했다. 혀가 입천장에 달라붙었다. 그러다가 긴장을 풀었다. 8시를 치고 있는 것뿐이었다. 8시를……, 다섯, 여섯, 일곱…….

웬디는 종소리를 세었다. 시계가 멈추기 전까지는 움직이면 안 될 것 같았다.

여덟……아홉…….

아홉?

열……열하나…….

불현듯 뒤늦게서야 웬디는 깨달았다. 당황해서 계단 쪽으로 돌아섰지만 이미 늦은 것을 웬디도 알고 있었다. 하지만 어떻게 알 수 있었을까?

열둘.

연회장의 전등이 전부 켜졌다. 커다란 팡파르가 울렸다. 웬디는 비명을 질렀지만 금관 악기에서 나오는 팡파르 소리에 그녀가

지른 소리는 묻혀 버렸다.

"가면을 벗으십시오!" 쩌렁쩌렁 울렸다. "가면을 벗으십시오! 가면을 벗으십시오!"

그러더니 긴 시간의 굴을 지나가는 것처럼 소리는 잦아들고 다시 웬디 혼자 남았다.

아니, 혼자가 아니었다.

웬디가 돌아보자 그가 다가오고 있었다.

잭이었지만, 잭이 아니었다. 눈에는 살기가 번득였다. 낯익은 그의 입가가 바들바들 떨면서 잔인한 미소를 짓고 있었다.

그는 한 손에 로크 방망이를 들고 있었다.

"나를 가둔 줄 알았지? 그럴 생각이었나?"

방망이가 공중을 가르는 소리를 냈다. 웬디는 뒤로 물러서다가 방석을 밟고 로비 카펫 위로 쓰러졌다.

"잭……."

"이 나쁜 년." 그가 낮게 중얼거렸다. "네 속셈을 알고 있어."

방망이가 또 소리를 내며 내려왔고, 치명적인 속도로 웬디의 배를 쳤다. 갑자기 고통의 바다에 빠진 웬디는 비명을 올렸다. 시야가 흐릿해지면서 방망이가 다시 올라가는 모습이 보였다. 잭이 손에 들고 있는 방망으로 자신을 때려죽일 작정이라는 생각이 몽롱한 현실로 다가왔다.

웬디는 다시 소리를 치려고, 대니를 봐서 그만두라고 사정하려고 했지만 목소리가 나오지 않았다. 소리도 아닌 약한 신음소리밖에 내지 못했다.

"자. 이것 봐." 잭이 이죽거리며 말했다. 그는 방석을 발로 차

버렸다. "이제 너는 벌을 받아야겠어."

방망이가 또 날아왔다. 웬디는 왼쪽으로 굴렀고 가운이 무릎에 감겼다. 방망이가 바닥을 치자 잭이 잡고 있던 손에 힘이 빠졌다. 그는 허리를 숙여 방망이를 집어 올렸고 그동안 웬디는 계단으로 달려갔다. 마침내 흐느낌과 함께 숨을 쉴 수 있었다. 배가 욱신욱신 쑤셔 왔다.

"나쁜 년." 잭은 이죽거리며 말하더니 그녀를 쫓아왔다. "이 더러운 년, 어찌되는지 두고 봐라. 두고 봐."

웬디는 방망이가 공중을 가르는 소리를 들었고, 그것이 가슴 바로 아래 오른쪽 옆구리를 가격하여 갈비뼈가 두 대 부서지자 통증이 폭발했다. 웬디는 계단 위로 쓰러졌고 다친 옆구리가 바닥에 닿자 또다시 찢어지는 듯한 아픔이 느껴졌다. 하지만 본능적으로 구르고 또 굴렀고, 방망이는 그녀의 얼굴 바로 옆에 떨어졌다. 그것은 굉음과 함께 계단 카펫을 찍어 눌렀다. 바로 그때, 웬디의 눈에 쓰러질 때 손에서 떨어진 칼이 보였다. 칼은 네 번째 층계에서 반짝이고 있었다.

"나쁜 년." 잭이 또 욕했다. 방망이가 내려왔다. 웬디는 몸을 위로 치웠고, 방망이는 무릎 바로 아래 떨어졌다. 정강이에 불이 붙은 것 같았다. 종아리로 피가 흐르기 시작했다. 그리고 방망이는 또 날아왔다. 웬디는 머리를 치웠고, 그것은 그녀의 목과 어깨 사이의 빈 공간을 두드렸다. 웬디의 귀에서 살점이 떨어져 나갔다.

잭은 또 방망이를 휘둘렀고, 웬디는 그를 향해, 계단 아래 그가 방망이를 휘두르는 안쪽으로 굴러 들어갔다. 부러진 갈비뼈에 충격이 가해지자 입에서 비명이 튀어나왔다. 웬디는 잭이 균형을 잃었을 때 온몸으로 그의 정강이를 쳤고, 그는 놀라고 화가 나서 고함을 치며 뒤로 넘어졌다. 그는 계단에서 떨어지지 않으려고 발버둥을 쳤다. 그러더니 바닥에 쓰러졌고 방망이는 손에서 떨어져 나갔다. 그는 일어나 앉아 잠시 놀란 눈으로 웬디를 노려보았다.

"죽일 테다." 그가 말했다.

그는 몸을 굴리더니 방망이 손잡이를 집으려고 손을 뻗었다. 웬디는 안간힘을 써서 일어섰다. 왼쪽 다리는 엉덩이까지 찌르는 듯한 통증을 보냈다. 얼굴은 납처럼 하얗게 질렸지만 굳은 표정을 짓고 있었다. 잭이 로크 방망이에 손을 대려는 순간, 웬디는 그의 등 쪽으로 몸을 던졌다.

"오 하느님!" 웬디는 오버룩의 어두운 로비에 대고 소리를 지르며 잭의 허리에 식칼을 손잡이까지 박아 넣었다.

잭은 웬디 밑에 깔려 몸을 경직시키더니 비명을 질렀다. 웬디는 그렇게 끔찍한 소리는 처음이라고 생각했다. 마치 호텔의 바닥, 창문, 문짝이 전부 소리를 지르는 것 같았다. 그가 웬디 밑에 나무 판자처럼 굳어 있는 동안, 그 소리는 계속해서 울려 퍼지는 것 같았다. 둘은 마치 말과 마부 시늉을 내며 알아맞히기 게임을 하는 것 같았다. 잭의 체크 무늬 플란넬 셔츠에 피가 번지며 점점 검게 젖어 드는 것만 빼면.

그러자 잭은 얼굴을 바닥에 대고 쓰러졌고, 웬디는 다친 옆구리 쪽으로 넘어져 신음소리를 냈다.

웬디는 한동안 움직이지 못하고 거친 숨을 몰아쉬며 누워 있었다. 온몸이 쑤시고 아팠다. 숨을 들이쉴 때마다 뭔가 찌르는 것 같았고 귀에서 흐르는 피로 목은 축축하게 젖어 들었다.

웬디가 헐떡이는 소리, 바람, 그리고 연회장의 시계 소리만 들려왔다.

마침내 그녀는 일어서서 계단 쪽으로 다리를 절며 걸어갔다. 계단에 다다르자 고개를 숙이고 난간을 붙잡았다. 정신이 아찔했다. 좀 나아지자 웬디는 다치지 않은 한쪽 다리와 난간을 붙잡은 팔을 움직여 위로 올라가기 시작했다. 대니가 위에 서 있나 싶어서 올려다보았지만 계단은 비어 있었다.

'대니가 깨어나지 않아서 다행이야 다행이야 다행'

층계 여섯 개를 올라가자 웬디는 쉬어야 했다. 고개를 숙이고 금발 머리카락을 난간에 늘어뜨리고 있었다. 목구멍에서 힉힉거리는 소리가 났다. 오른쪽 옆구리가 부어오르고 불덩이처럼 뜨거워졌다.

'웬디 힘 내 힘내서 올라가 문을 잠그고 상처를 살펴봐 열세 걸음만 더 올라가면 되는 거야 할 수 있어. 계단만 올라가면 기어갈 수 있어. 기어가도 좋아.'

웬디는 부러진 갈비뼈가 허용하는 한도에서 크게 숨을 들이쉬고 겨우겨우 한 걸음을 올라갔다. 그리고 또 한 걸음.

절반쯤, 아홉 번째 계단을 올라갔을 때 등 뒤에서 잭의 목소리가 들렸다. 둔탁한 소리로 그가 말했다. "이 나쁜 년. 나를 죽였어."

한밤중처럼 새카만 공포가 웬디를 덮쳤다. 뒤를 돌아보자 잭이 천천히 일어나고 있었다.

그가 등을 굽히자, 부엌칼 손잡이가 꽂혀 있는 것이 보였다. 눈은 졸아들어 창백하게 늘어진 눈두덩의 피부에 묻혀 버린 것 같았다. 잭은 왼손에 힘없이 로크 방망이를 쥐었다. 그 끝에는 피가

묻어 있었다. 중간 즈음에는 웬디의 분홍색 가운 조각이 들러붙
어 있었다.

"벌을 주겠어." 그가 낮은 목소리로 중얼거리더니 계단 쪽으로
비틀거리며 다가오기 시작했다.

공포에 질려 흐느끼며 웬디는 다시 위로 올라가기 시작했다.
열, 열둘, 열셋. 하지만 1층 복도는 다다를 수 없는 산꼭대기처럼
멀게 느껴졌다. 웬디는 숨을 헐떡였고 옆구리는 비명을 지르고
있었다. 머리카락은 얼굴에서 미친 듯이 흔들리고 있었다. 눈에
땀방울이 맺혔다. 연회장에서 들려오는 시계 소리가 귓가에서 울
렸고 잭이 계단을 오르며 내는 거친 숨소리가 함께 들려왔다.

할로런의 도착

 래리 더킨은 탐스러운 붉은 머리에 뚱한 표정의 키가 크고 깡마른 남자였다. 그가 시무룩한 얼굴을 군용 파카 깊숙이 묻고서 코노코 주유소를 나서려고 할 때 할로런과 마주쳤다. 할로런이 아무리 먼 곳에서 왔다고 해도 더킨은 그 눈보라 치는 날 더 이상 일은 하고 싶지 않았고 오버룩까지 올라가겠다고 고집을 부리는 이 무모한 흑인에게 설상차 두 대 중의 한 대를 빌려 주고 싶은 마음은 더 더욱 들지 않았다. 소도시 사이드와인더에서 평생을 살아온 사람들 사이에서 그 호텔은 평판이 좋지 않았다. 살인 사건이 일어난 적도 있었다. 갱 조직이 한동안 그곳을 운영했고, 살인자들이 또 한동안 그곳을 운영했다. 그러고도 돈의 힘으로 오버룩에서 일어난 일은 신문에 나지 않았다. 하지만 사이드와인더에 사는 사람들은 잘 알고 있었다. 호텔의 객실 담당 여직원들은 대부분 이곳 출신이었고, 그들은 속사정을 다 알고 있었기 때문이다.

 그러나 할로런이 하워드 커트렐의 이름을 대며 푸른 장갑 안쪽의 이름표를 보여 주자 주유소 주인의 태도는 누그러졌다.

 "그 자식이 보냈다고요?" 더킨은 주유소의 문 한쪽을 열고 할로런을 안으로 안내했다. "그 자식이 그래도 생각이 있는 걸 보니 다행이군. 아무 생각도 없이 사는 줄 알았더니." 그는 스위치를 올렸고, 아주 오래되고, 아주 더러운 형광등에 겨우 불이 들어왔다. "그런데 대체 무슨 일로 거기 올라가려고 하는 건데요?"

할로런은 인내심의 한계에 도달했다. 사이드와인더로 들어오는 마지막 몇 킬로미터는 지독하게 힘들었다. 한 번은 시속 90킬로미터 이상으로 불어닥친 강풍에 뷰익이 360도 회전하기도 했다. 그러고도 아직 몇 킬로미터는 더 가야 했고, 그 끝에 뭐가 기다리고 있는지는 하느님만이 아실 뿐이었다. 할로런은 아이 때문에 겁에 질렸다. 이제 7시 10분이 다 되었는데 이놈의 이야기를 전부 또 꺼내야 하는 것이다.

"사람이 곤경에 처했소." 할로런은 아주 조심스럽게 말했다. "관리인 아들이오."

"누구요? 토런스의 아들이오? 대체 무슨 일인데요?"

"나도 몰라요." 할로런이 중얼거렸다. 이렇게 시간을 뺏기는 것이 지긋지긋했다. 할로런은 시골 사람과 이야기하고 있었고, 시골 사람들은 전부 다 매사를 삐딱하게, 바로 터놓고 이야기를 시작하기 전에 이리저리 찔러 봐야 직성이 풀린다. 그러나 시간이 없었다. 할로런은 겁먹은 검둥이일 뿐이었고 이야기가 길게 계속될 요량이면 그는 자르고 달려가야 할지도 몰랐다.

"보시오." 그가 말했다. "부탁이오. 나는 거기 올라가야 하고 거기 가려면 설상차를 타야 해요. 돈은 달라는 대로 드리겠소. 하지만 제발 부탁이니 빨리 가게 해 주시오!"

"좋아요." 더킨은 아무렇지도 않은 듯이 말했다. "하워드가 보냈으면, 그걸로 됐어요. 이 아틱 캣을 타고 가세요. 깡통에 휘발유 18리터를 넣어 드리죠. 탱크는 가득 차 있어요. 올라갔다 내려올 때까지 충분할 겁니다."

"고맙소." 할로런은 그다지 침착하지 못한 목소리로 말했다.

"20달러 주세요. 가솔린 값 포함이오."

할로런은 지갑에서 20달러를 꺼내어 건네주었다. 더킨은 쳐다보지도 않고 지폐를 받아 셔츠 주머니에 쑤셔 넣었다.

"재킷도 바꿔 입는 게 좋겠어요." 더킨이 말하면서 자기 파카를 벗었다. "그 외투로는 오늘 밤에 별 도움이 안 될 거예요. 설상차를 가져오면 도로 바꿔 입지요."

"어, 이봐요. 그럴 순……."

"여러 소리 할 것 없어요." 더킨이 친절하게 말을 잘랐다. "가서 얼어죽게 내버려 둘 순 없어요. 나는 두 블록만 가면 되는 우리 집에서 저녁을 먹을 겁니다. 외투 이리 주세요."

약간 멍한 표정으로, 할로런은 자기 외투를 더킨의 털 파카와 바꾸었다. 천장에서는 형광등이 가냘픈 소리를 내고 있었고 할로런은 오버룩의 주방 등이 생각났다.

"토런스의 아들 말이에요." 더킨이 말하며 고개를 저었다. "잘생긴 녀석이죠? 눈이 진짜로 쌓이기 전에 그 애랑 애 아빠가 여기 자주 왔지요. 호텔 트럭을 몰고 왔어요. 내 보기에는 부자 사이가 정말 좋던데. 아빠를 정말로 사랑하는 꼬마였어요. 아무 일 없었으면 좋겠구먼요."

"나도 그렇소." 할로런은 파카의 지퍼를 올리고 모자를 묶었다.

"설상차 꺼내는 걸 도와드리죠." 더킨이 말했다. 그들은 기름때가 묻은 콘크리트 바닥을 지나 설상차를 주유소 앞으로 끌고 나갔다. "이거 몰아 본 적은 있어요?"

"아니오."

"음, 별것 아니에요. 계기반에 요령이 적혀 있어요. 세웠다, 출발했다 하는 방법이죠. 이게 레버인데, 오토바이의 레버랑 똑같아요. 반대쪽에 브레이크가 있어요. 굽잇길에서는 브레이크를 잡아요. 이 녀석은 길이 좋으면 100킬로미터까지 나가지만 지금같이 눈이 올 때는 70킬로미터 이상 가면 안 돼요."

그들은 눈이 쌓인 주유소 주차장에 다다랐고, 더킨은 바람 소리 때문에 목소리를 높였다. "도로에서 벗어나지 마세요!" 그는 할로런의 귀에 대고 소리쳤다. "가드레일이나 표지판만 잘 보면 될 거예요. 길에서 벗어나면 죽음이에요. 알겠죠?"

할로런이 고개를 끄덕였다.

"잠깐만!" 더킨이 말하고는 주유소로 다시 뛰어갔다.

그가 간 사이, 할로런은 시동을 걸고 레버를 조금 움직였다. 설상차는 부릉거리며 날카로운 소리를 냈다.

더킨은 빨강과 검정 색깔의 스키 마스크를 가져왔다.

"이걸 모자 아래 쓰세요!" 그가 소리쳤다.

할로런이 마스크를 당겨 썼다. 꽉 죄었지만 그 덕분에 뺨과 이마, 턱에 닿던 얼얼한 바람이 차단되었다.

더킨은 바짝 다가와서 말했다.

"아저씨도 하워드 같은 능력을 가진 사람 같네요." 그가 말했다. "상관없어요. 어쨌든 그곳에 대해서는 나쁜 소문이 파다하니까. 필요하면 총을 빌려 드리지요."

"총이 있어도 별 소용이 없을 것 같소." 할로런이 큰 소리로 대답했다.

"그럼 알아서 하세요. 만일 그 아이를 구하면, 피치 레인 16번 지로 데려오세요. 아내가 수프를 끓여 줄 겁니다."

"좋소. 전부 다 고맙소."

"조심해요!" 더킨이 소리쳤다. "길에서 벗어나지 마요!"

할로런은 고개를 끄덕이고 레버를 천천히 돌렸다. 설상차는 전진했고, 펄펄 내리는 눈 사이로 헤드라이트의 불빛이 원뿔형으로 퍼져 나갔다. 할로런은 백미러로 더킨이 손을 들고 있는 것을 보고 답례로 손을 들어 주었다. 그러고는 핸들을 왼쪽으로 돌려, 주 도로를 따라 올라갔다. 가로등이 비추는 하얀 불빛 사이로 설상차는 부드럽게 나아갔다. 속도계는 시속 45킬로미터를 가리켰다. 7시 10분이었다. 오버룩에서 웬디와 대니는 잠들어 있고, 잭 토런스는 전임 관리인과 죽느냐 사느냐의 문제를 놓고 이야기하고 있었다.

주 도로를 따라 다섯 블록 올라가자 가로등이 끝났다. 그 다음 800미터까지는 눈보라에 문을 단단히 닫은 작은 집들이 서 있었고 그 후에는 바람 소리와 어둠뿐이었다. 설상차의 가녀린 라이트 외에는 불빛 한 줌 없는 암흑 속으로 다시 들어오자 어린아이처럼 두려움이 몰려왔다. 황량하고 스산한 두려움이. 할로런은 혼자임을 그토록 절실하게 느꼈던 적이 없었다. 몇 분 동안, 사이드와인더의 불빛이 뒤로 사라지는 동안, 돌아가고 싶은 마음을 억누르기 힘들었다. 그는 더킨이 잭 토런스의 아들을 그렇게 걱정하면서도, 다른 설상차를 타고 함께 오겠다고 하지 않았다는 생각이 떠올랐다.

'그곳에 대해서는 나쁜 소문이 파다하니까.'

할로런은 이를 악물고 레버를 더 돌리고는 속도계 바늘이 60킬로미터를 지나 70킬로미터에 멈추는 것을 보았다. 무시무시할 정도로 빨리 가는 것 같았지만 그래도 충분히 빠르지 않을까 봐 염려되었다. 이 속도로는 오버룩까지 한 시간은 걸릴 것이다. 하지만 속도를 더 높이면 거기 영영 도착하지 못할지도 몰랐다.

할로런은 옆으로 스쳐 가는 가드레일과 그 위에 붙은 동전 크기의 반사 장치에서 시선을 떼지 않았다. 곡선 표지를 위험할 정도로 늦게 보고 설상차가 낭떠러지에 쌓인 눈더미 위로 올라가는 것을 느끼고서야 여름에 도로가 있던 자리로 되돌아온 적도 두 번 있었다. 주행거리는 지겹게도 느리게 움직였다. 8킬로미터, 15킬로미터, 마침내 24킬로미터. 꽉 조인 스키 마스크를 쓴 얼굴이지만 긴장한 표정이 떠올랐고, 다리에서는 감각이 없어졌다.

'스키 바지 한 벌에 100달러라도 내겠다.'

거리가 늘어갈수록 공포는 점점 더 커졌다. 그 자리에 가까이 갈수록 공기 속에 짙은 독약이 퍼져 있는 것처럼. 전에도 이런 적이 있었던가? 오버룩을 정말 좋아한 적은 없었고, 그와 공감하는 사람들도 있었지만 이런 기분은 아니었다.

할로런은 사이드와인더에 가던 도중 그를 부수어 놓을 뻔했던 그 목소리가 들어오려고, 그의 방어막을 뚫고 부드러운 안으로 들어오려고 하는 것을 느낄 수 있었다. 40킬로미터 떨어진 곳에서 그렇게 강했다면 지금은 얼마나 더 강할까? 할로런은 그 소리를 완전히 막아 낼 수 없었다. 일부는 안으로 들어와, 그의 머리를 사악한 이미지로 채워 놓았다. 심하게 다친 여자가 욕실에서 매질을 막아 보려고 손을 들고 있는 모습이 자꾸만 보였고, 그 여자는 분명…….

'이런, 조심해!'

화물차처럼 생긴 둑이 앞에 나타났다.

딴 생각을 하느라 곡선 표지판을 놓친 것이다. 할로런은 설상차의 핸들을 오른쪽으로 세게 돌렸고, 차는 비틀거리며 방향을 바꾸었다. 바닥이 바위에 긁히는 소리가 났다. 할로런은 설상차에서 떨어지는 줄 알았고, 차는 눈 덮인 도로의 어느 정도 편평한 곳으로 반은 미끄러지다시피 운전하여 동안 정말로 심하게 비틀거렸다. 그러자 앞에 절벽이 보였다. 헤드라이트 불빛에 갑자기 눈 쌓인 곳이 끝나고 그 너머 캄캄한 어둠만이 보였다. 그는 설상차를 반대편으로 돌렸다. 목구멍에서 맥박이 미친 듯이 뛰었다.

'도로에서 벗어나지 마, 디키 할아범.'

할로런은 안간힘을 써서 레버를 조금 더 돌렸다. 이제 속도계 바늘은 75킬로미터 바로 아래까지 올라갔다. 바람은 괴성을 질러 댔다. 헤드라이트가 어둠을 갈랐다.

얼마나 지났는지 알 수 없었지만, 눈 쌓인 굽은 길을 지나자 전방에 약한 불빛이 보였다. 불빛은 잠깐 보이더니 오르막길에 가려 사라졌다. 불빛이 너무나 잠시 보였기 때문에 할로런이 간절한 마음에 헛것을 본 거라고 생각하는 순간, 한 번 더 굽은 길을 돌자 빛이 다시 보였다. 조금 더 가까워진 불빛이 몇 초 동안 더 보였다. 이번에는 그것이 현실임에 의문의 여지가 없었다. 전에도 이 각도에서 불빛을 여러 번 본 적이 있었다. 오버룩이었다. 1층과 로비 층에도 불이 켜져 있었다.

도로에서 벗어나거나 미처 굽은 길을 보지 못하고 설상차를 달릴지도 모른다는 두려움은 완전히 사라졌다. 설상차는 이제 할로런이 자신 있게 기억하는 S커브의 절반을 확실하게 돌았고, 그때 헤드라이트가

'오 이런 저게 뭐지'

전방의 길을 비추었다.

새카맣고 새하얀 윤곽의 그것을 보고, 할로런은 엄청나게 큰 늑대가 눈보라 때문에 산에서 내려온 것이라고 생각했다. 그러다가 자세히 보고 그 정체를 깨닫자 공포가 목구멍에 치밀어 올랐다.

늑대가 아니라 사자였다. 전정 나무 사자.

그것은 검은 그림자에 눈 덮인 모습으로, 튀어 오르려고 허리를 팽팽하게 조이고 있었다. 그리고 놈은 정말로 튀어 올랐다. 뒷발에서 눈가루가 수정처럼 빛나며 날렸다.

할로런은 비명을 지르며 핸들을 세게 오른쪽으로 꺾었고 동시에 몸을 낮추었다. 얼굴과 목, 어깨에 날카로운 통증이 내달렸다. 스키 마스크가 찢어져 벗겨졌다. 그는 설상차에서 굴러 떨어졌다. 눈에 떨어져 파묻히며 굴렀다.

할로런은 놈이 다가오는 것을 느낄 수 있었다. 코에 쌉쓰름한 푸른 잎의 냄새가 났다. 거대한 전정 나무 발이 등을 치자 그는 넝마 인형처럼 3미터를 날아가 뻗어 버렸다. 그는 주인 없이 둑에 처박혀 뒤쪽을 들고 있는 설상차를 보았다. 헤드라이트는 하늘을 향하고 있었다. 설상차는 쿵 하는 소리를 내며 주저앉아 오도가도 못하게 되었다.

그러자 전정 나무 사자가 다가왔다. 부스럭거리는 소리가 났다. 뭔가 파카 앞부분을 긁으며 찢어 놓았다. 그것은 딱딱한 나뭇가지일지도 몰랐지만, 할로런은 그것이 사자 앞발임을 알고 있었다.

"네놈은 없어!" 할로런이 으르렁거리며 원을 그리는 사자에게 소리쳤다. "네놈은 여기 없다고!" 그는 겨우 일어나 설상차 쪽으로 걸어갔다. 절반도 채 못 가서 사자가 달려들더니 날카로운 앞발로 그의 머리를 쳤다. 할로런의 눈에 고요한 불꽃이 튀었다.

"여기 없어." 그가 다시 말했지만 목소리는 점점 작아졌다. 무릎이 꺾이고 그는 눈 속에 쓰러졌다. 얼굴 오른쪽에 피를 철철 흘리며 그는 설상차 쪽으로 기어갔다. 사자가 다시 덤벼들어 그를 거북처럼 뒤집어 놓았다. 그리고 신나서 포효했다.

할로런은 마지막 힘을 다해 설상차 쪽으로 기어갔다. 거기 필요한 것이 있었다. 그러자 사자가 다시 달려들어 찢고 할퀴었다.

웬디와 잭

웬디는 위험을 무릅쓰고 뒤를 다시 돌아보았다. 잭도 그녀처럼 난간에 매달려 여섯 번째 계단에 올라와 있었다. 그는 아직도 웃고 있었고, 웃는 입 사이로 시커먼 피가 서서히 스며 나와 턱 밑으로 흐르고 있었다. 그는 그녀에게 이를 드러내었다.

"네 머리를 부숴 주겠어. 정통으로 부숴 놓을 거야." 그는 근근이 한 계단을 더 올라왔다.

공포에 질린 웬디는 옆구리의 통증을 잠시 잊었다. 그녀는 아픔을 참고 난간에 매달려 최대한 빨리 위로 몸을 끌어올렸다. 이층에 올라선 웬디는 뒤를 쳐다보았다.

잭은 힘이 떨어지는 것이 아니라 힘이 솟아나는 것 같았다. 그는 위에서 네 번째 계단까지 올라와 오른손으로 버티고 서서 왼손에 쥔 로크 방망이로 거리를 재고 있었다.

"다 왔어." 잭은 웬디의 마음을 읽은 것처럼 피가 흐르는 입술을 악물고 말했다. "다 왔다고, 이 나쁜 년. 벌을 주려고 왔다."

웬디는 손으로 옆구리를 누르고 휘청거리며 복도를 따라 도망쳤다.

객실 문 하나가 열리더니 초록색 해골 가면을 쓴 남자가 튀어나왔다. "멋진 파티야, 그렇지?" 그 남자가 웬디의 얼굴에 대고 소리를 지르더니 파티 장식의 끈을 잡아당겼다. 팡 하는 소리가 울리더니 리본이 사방에 흩어졌다. 가면을 쓴 남자가 킥킥거리더니 문을 쾅 닫고 자기 방으로 들어갔다. 앞으로 쓰러졌다. 오른쪽 옆구리는 아픔 때문에 터질 것 같았고, 의식이 가물가물해지는 것을 필사적으로 버티었다. 엘리베이터가 다시 가동되기 시작한 소리가 어렴풋이 들렸고, 손바닥 아래 카펫의 무늬가 구불구불 움직이는 것 같았다.

뒤에서 방망이가 내려왔고 웬디는 울면서 앞으로 몸을 던졌다. 뒤를 돌아보자 잭이 앞으로 쓰러지면서 카펫 위에 선혈을 튀겼다.

방망이는 웬디의 어깨 사이를 정통으로 맞추었고, 순간 고통이 너무나 심해서 손을 쥐었다 폈다 하면서 온몸을 비트는 것밖에는 아무것도 할 수 없었다. 웬디의 속에 있는 뭔가가 깨어졌다. 그 소리가 분명히 들렸다. 잠시 동안은, 옅은 안개 속을 통하여 쳐다보는 것처럼 실감하지 못했다.

그리고 또렷한 의식이 돌아왔다. 공포와 고통을 동반하고.

잭은 끝장을 내려고 일어서고 있었다.

웬디는 일어서 보려 했지만 할 수 없었다. 움직이려고 하자 등줄기에 고압 전류가 흐르는 것 같았다. 웬디는 횡영을 하듯 기어가기 시작했다. 잭도 로크 방망이를 지팡이처럼 써서 기어오기 시작했다.

웬디는 모서리에 다다라 손으로 벽을 짚고 몸을 돌렸다. 공포는 더 깊어졌다. 더 큰 공포가 존재하는지 알 수 없었지만, 그랬다. 그가 보이지 않고, 그가 얼마나 다가왔는지 알 수 없게 되자 백 배는 더 무서웠다. 웬디는 기어가면서 카펫을 한 움큼 쥐어뜯었고, 짧은 복도를 절반쯤 기어갔을 때 침실 문이 활짝 열려 있는 것이 보였다.

'대니! 오 세상에'

웬디는 기를 쓰고 무릎 꿇고 앉았다가 실크 벽지를 짚고 일어섰다. 손톱에 벽지가 긁혔다. 아픔을 무릅쓰고 문 쪽으로 반쯤은 걷고 반쯤은 쓰러지다시피 해서 들어가는데, 잭이 모서리를 돌아 로크 방망이를 짚고 열린 문 쪽으로 다가왔다.

웬디는 화장대 모서리를 붙잡고 거기에 몸을 의지한 다음, 문짝을 붙잡았다.

잭이 고함쳤다. "그 문 닫지 마! 빌어먹을, 그 문 닫기만 해 봐!"

웬디는 문을 세게 닫고 빗장을 걸었다. 왼손이 화장대 위에 올려놓은 것을 세게 쳤고 동전이 바닥에 떨어져 사방으로 굴러갔다. 방망이가 문을 쳐서 문짝이 흔들거릴 때, 웬디는 열쇠 꾸러미를 손에 잡았다. 그녀는 열쇠를 두 번 찔러 넣었고 오른쪽으로 돌렸다. 열쇠 돌아가는 소리에 잭은 비명을 질렀다. 방망이가 또 문을 내리쳤고 웬디는 주춤하며 물러섰다. 등에 칼을 꽂은 채 어떻게 저럴 수가 있을까? 어디서 저런 힘이 난 걸까? 잠긴 문에다 대고 대체 왜 안 죽은 거냐고 소리치고 싶었다.

그 대신 뒤로 돌아섰다. 잭이 정말로 침실 문을 부수고 들어올 때를 대비해서, 웬디와 대니는 욕실로 들어가 욕실 문을 잠그고 있어야 할 것이다. 소형 승강기를 타고 도망칠 생각이 퍼뜩 들었지만 그건 포기했다. 대니는 거기 들어갈 수 있겠지만, 자신은 밧줄을 조종할 수 없을 것이다. 대니는 지하실 바닥까지 추락할 수도 있다.

욕실로 가야 했다. 만일 잭이 거기까지 부수고 들어오면…….

그 생각은 하지 말기로 했다.

"대니, 애야, 일어나서……."

하지만 침대는 비어 있었다.

아이가 잠이 깊이 들었을 때 웬디는 담요와 이불을 덮어 주었다. 그런데 담요와 이불이 젖혀져 있었다.

"잡히면 죽을 줄 알아!" 잭이 고함을 쳤다. "둘 다 죽을 줄 알아!" 또 고함소리와 로크 방망이 두드리는 소리가 함께 들려왔지만 웬디는 둘 다 무시했다. 빈 침대에 온 신경이 쏠렸다.

"이리 나와! 빌어먹을 문 열어!"

"대니?" 웬디가 조그맣게 불렀다.

물론……, 잭이 자신을 공격했을 때였을 것이다. 격렬한 감정은 언제나 대니에게 전달되었듯이, 그 일 역시 느껴졌을 것이다. 어쩌면 꿈속에서 그 광경을 전부 보았을지도 모른다. 대니는 숨어 있는 것이다.

웬디는 부어올라 피가 흐르는 다리의 통증을 참으면서 비틀거리며 꿇어앉았고 침대 밑을 찾아보았다. 먼지와 잭의 침실 슬리퍼 외에는 아무것도 없었다.

잭이 웬디의 이름을 부르고 방망이를 내려치자 문에서 기다란 나무 조각이 튀어나왔다. 또 한번 더 치자 도끼로 장작 팰 때처럼 틈이 쪼개지는 소리가 났다. 문에 새로 생긴 구멍으로 피 묻은 방망이 대가리가 튀어 들어왔다가 나가더니, 다시 튀어 들어와 방 안에 부서진 나무 조각이 흩어졌다.

웬디는 침대 다리를 붙잡고 다시 일어서 절뚝거리며 벽장으로 갔다. 부러진 갈비뼈가 찌르는 바람에 신음소리가 나왔다.

"대니?"

웬디는 걸어놓은 옷가지를 미친 듯이 옆으로 젖혔다. 옷이 옷걸이에서 떨어져 바닥에 아무렇게나 떨어졌다. 대니는 벽장에도 없었다.

웬디는 욕실로 가서 욕실 문에 손을 대며 뒤를 돌아보았다. 방망이가 또 내리쳐 문에 난 구멍을 넓혔고 손 하나가 들어오더니 빗장을 더듬어 찾았다. 웬디는 잭의 열쇠 꾸러미를 꽂아 놓은 채 두었다는 사실에 아찔함을 느꼈다.

손이 빗장을 열었고, 그러다 열쇠 꾸러미를 건드렸다. 짤랑거리는 소리가 났다. 손은 의기양양하게 그것을 움켜쥐었다.

웬디는 흐느끼며 욕실로 들어가 침실 문이 열리고 잭이 고함을 치며 들어옴과 동시에 문을 쾅 닫았다.

웬디는 빗장을 걸고 자물쇠를 비틀고는 필사적으로 사방을 둘러보았다. 욕실은 비어 있었다. 대니는 여기에도 없었다. 약장 거울에 비친, 피로 얼룩진 데다 공포에 사로잡힌 자신의 얼굴을 보자 웬디는 기뻤다. 그녀는 아이들은 부모의 부부 싸움을 절대 봐서는 안 된다는 주의였다. 그리고 지금 침실에서 벌어지는, 물건을 뒤집어 엎고, 집어던지는 이 난리는 아들이 보기 전에 결국 끝날지도 모르는 일이었다. 어쩌면 자신이 더 큰 상처를 입힐 수 있을지도 모른다……. 어쩌면 죽여 버릴 수도 있을지 모른다고 웬디는 생각했다.

웬디는 욕실 내부를 재빨리 훑어보면서 뭔가 무기로 쓸 것이 없을지 찾았다. 비누 한 장이 있었지만, 수건에 감싼다고 해도 그것이 살상 무기가 될 것 같지는 않았다. 다른 것은 전부 붙박이였다. 이런, 뭔가 할 일이 없단 말인가?

문 밖에서는 야수처럼 모든 것을 내동댕이치는 소리가 계속해서 들려왔다. "벌을 받으라."는 것과 "대가를 치르게 해 주겠다."는 고함소리와 함께. 그는 "누가 가장인지 보여주겠다."고 했다. 그들은 둘 다 "쓸모 없는 개새끼."였다.

웬디의 오디오를 집어던지는 소리가 났고 중고 텔레비전의 화면이 박살 나는 소리가 났고 창문이 깨지는 소리와 함께 욕실 문 밑으로 차가운 바람이 들어왔다. 둘이서 서로 등을 붙이고 함께 자던 한 쌍의 일인용 침대에서 매트리스를 집어던지는 둔탁한 소리도 들려왔다. 잭이 방망이로 닥치는 대로 벽을 치는 소리가 쩡쩡 울렸다.

하지만 횡설수설 짜증을 내며 중얼거리는 그 목소리는 진짜 잭의 목소리가 아니었다. 그것은 자기 연민으로 징징거렸다가 으스스한 비명소리를 지르기를 반복했다. 그 소리는 웬디가 고등학생 시절 방학 때 일하던 병원의 노인 병실에서 들려오던 오싹한 소리를 떠올렸다. 치매. 밖에 있는 사람은 잭이 아니었다. 오버룩의 광기 어린 고함소리가 들려오는 것이다.

방망이가 욕실 문을 내리쳐 얇은 문짝에서 커다란 덩어리가 떨어져 나왔다. 미친 사람의 얼굴 절반이 웬디를 노려보고 있었다. 입과 빰, 목덜미는 피투성이가 되어 있었고, 웬디에게 보이는 한쪽 눈은 돼지처럼 작았고, 번득이고 있었다.

"이제 달아날 곳은 없어." 그 얼굴이 이죽거리며 말했다. 방망이를 다시 내리치자 나무 조각이 욕조와 약장 거울에 튀었다.

'약장!'

웬디가 순간적으로 아픔을 잊고 몸을 던져 약장 문을 열자 필사적인 신음소리가 튀어나왔다. 그녀는 약장에 든 것을 뒤지기 시작했다. 등 뒤에서 탁한 목소리가 고함쳤다. "다 왔다! 다 왔어, 이 돼지야!" 그것은 마치 로봇처럼 미친 듯이 문을 부수고 있었다.

정신없이 뒤지는 손에 걸려 병과 그릇이 아래로 떨어졌다. 기침약, 바셀린, 클레올 허벌 에센스 샴푸, 과산화수소, 벤조카인, 전부 세면대 속으로 떨어져 부서졌다.

손이 다시 들어와 빗장과 자물쇠를 더듬는 소리가 들렸을 때 웬디의 손에 양날 면도칼 디스펜서가 잡혔다.

그녀는 헉헉거리며 면도칼 하나를 꺼내어 쥐었다. 엄지손가락을 베었다. 웬디는 뒤로 돌아, 자물쇠를 돌리고 빗장을 찾고 있던 그 손을 칼로 그었다.

잭이 비명을 질렀다. 손이 밖으로 튀어나갔다.

숨을 몰아쉬며 면도칼을 엄지와 검지로 쥐고 있던 웬디는 그가 다시 손을 넣을 때까지 기다리고 있었다. 손이 다시 들어오자 그었다. 잭은 또 소리를 지르며 웬디의 손을 잡으려고 했고, 웬디는 또 그었다. 면도날이 손안에서 뒤집혀 그녀의 손을 또 베더니 변기 옆 바닥에 떨어졌다.

웬디는 디스펜서에서 면도칼을 하나 더 꺼내어 쥐고 기다렸다.

다른 방에서 움직이는 소리가 났다…….

'가 버렸나?'

그때 욕실 창문을 통해 소리가 들려왔다. 윙윙거리는 모터 소리.

잭이 화를 내며 고함치는 소리, 그리고……, 그렇다, 확실했다. 잭은 부서진 집기들을 헤치고 관리인 숙소에서 복도로 나간 것이다.

'누군가 오고 있나 경비대 딕 할로런?'

"오 하느님." 나무 조각과 묵은 톱밥이 잔뜩 든 것처럼 느껴지는 웬디의 입에서 갈라진 소리가 나왔다. "오 하느님, 오 제발."

웬디는 이제 밖으로 나가야 했다. 나가서 아들을 찾아 함께 이 악몽의 최후를 맞아야 했다. 그녀는 손을 뻗어 빗장을 더듬어 찾았다. 거리가 몇 킬로미터는 되는 것 같았다. 마침내 빗장을 열었다. 문을 밀어 열고 비틀거리며 나왔다. 바로 그때 잭이 밖으로 나간 척하고서 자신이 나오기를 기다리고 있다는 끔찍한 생각이 들었다.

웬디는 주위를 둘러보았다. 방에는 아무도 없었다. 거실도 마찬가지였다. 부서진 집기가 여기저기 뒹굴고 있었다.

벽장은? 비어 있었다.

그때 회색 그림자가 다가왔고, 웬디는 정신을 반쯤 잃고 잭이 침대에서 집어던진 매트리스 위로 쓰러졌다.

할로런

바로 2킬로미터 떨어진 곳에서 웬디가 모서리를 돌아 관리인 숙소로 이어지는 짧은 복도로 접어들고 있을 때, 할로런은 뒤집어진 설상차에 닿았다.

그가 원한 것은 설상차가 아니라 고무줄 두 개로 묶어 놓은 휘발유 깡통이었다. 전정 나무 사자가 등 뒤에서 포효할 때 하워드 커트렐의 장갑을 끼고 있던 그의 손이 고무줄을 움켜쥐고 떼어 내었다. 사자의 소리는 밖에서 들리는 것이 아니라 할로런의 머릿속에서 들리는 것 같았다. 왼쪽 다리를 덤불이 드세게 쳤고, 관절을 접질렸을 때처럼 무릎에 통증이 내달렸다. 할로런의 악문 이 사이로 신음소리가 튀어나왔다. 이제 장난치는 것이 지겨워진 놈은 언제라도 죽일 듯이 덤벼들었다.

할로런은 두 번째 고무줄을 더듬었다. 끈적끈적한 피가 눈으로 흘러 들어왔다.

'으르릉! 탁!'

이번에는 할로런의 엉덩이를 할퀴었고, 그는 구르며 다시 설상차에서 떨어질 뻔했다. 과장이 아니었다. 그는 정말로 살기 위해 매달렸다.

그리고 두 번째 고무줄을 떼어 내었다. 그가 깡통을 움켜쥐었을 때 사자는 등 뒤로 덤벼와 다시 공격했다. 할로런은 꿈속에 나오는 괴물처럼, 어둠과 눈으로 이루어진 그림자에 불과한 놈의 모습을 다시 보았다. 그 그림자가 눈덩이를 차며 쫓아오고 있을 때 할로런은 깡통의 뚜껑을 비틀어 열었다. 놈이 다시 다가올 때 뚜껑이 열렸고 휘발유의 자극적인 냄새가 퍼져 나왔다.

할로런은 무릎을 세우고 일어났고, 믿을 수 없는 속도로 놈이 다가올 때 휘발유를 뿌렸다.

놈은 날카로운 소리를 내며 뒤로 물러났다.

"휘발유다!" 할로런이 날카로운 목소리로 외쳤다. "불에 태워 버릴 테다! 자!"

사자는 여전히 으르렁거리며 그에게 다가왔다. 할로런이 휘발유를 또 뿌렸지만 사자는 물러나지 않았다. 앞으로 다가왔다. 놈이 대가리를 자기 얼굴 쪽으로 돌리는 것을 감지한 할로런은 뒤로 몸을 돌려 피했다. 그래도 사자는 그의 가슴 위쪽을 가격했고 고통이 내달렸다. 아직도 쥐고 있던 깡통에서 휘발유가 쏟아져 나왔고 오른손과 팔이 휘발유에 젖자 얼어붙는 것 같았다.

할로런은 설상차에서 오른쪽으로 열 발자국쯤 떨어진 곳에 나자빠져 있었다. 쉭쉭거리는 사자가 왼쪽에서 나타나 다시 다가오고 있었다. 할로런은 실룩거리는 놈의 꼬리가 보이는 것 같았다.

그는 오른손에서 젖은 양모와 휘발유 냄새가 나는 커트렐의 장갑을 벗어던졌다. 파카 자락을 찢어 내고 손을 바지 주머니에 쑤셔 넣었다. 그 속에, 열쇠와 동전과 함께 아주 낡은 지포 라이터가 들어 있었다. 1954년, 독일에서 산 것이었다. 한 번은 경첩이 부서져 지포 공장에 보냈고 공장에서는 광고한 대로 무상으로 수

리해 주었다.

눈 깜짝하는 사이에 악몽 같은 생각이 머릿속으로 쏟아져 들어왔다.

'사랑하는 내 지포 라이터 악어가 삼키고 비행기에서 추락하고 태평양 참호에서 잃어버리고 전쟁 중에 총알을 막아 나를 구해 주었지 사랑하는 지포 이것이 저 사자한테 닿지 않으면 저놈이 내 머리를 찢어 놓을 거야'

라이터가 나왔다. 할로런은 뚜껑을 열었다. 사자는 찢어지는 소리를 내며 그에게 달려들었다. 손가락이 라이터를 켰고 탁 하며 불이 들어왔고

'내 손'

휘발유에 젖은 손에 파르르 불이 붙었다. 파카까지 불꽃이 붙었지만, 아직은 아프지 않다 아프지 않다. 사자는 눈앞에서 갑자기 타오른 횃불을 보고 뒤로 물러났다. 눈과 입이 달린 끔찍한 전정 나무가 뒤로 물러났지만 너무 늦었다.

아픔에 얼굴을 찡그리며 불 붙은 팔을 놈의 단단한 옆구리에 찔러 넣었다.

사자 몸뚱이에 순식간에 불이 붙었고 사자는 눈 위에서 펄쩍펄쩍 뛰고 굴렀다. 놈은 분하고 괴로워 울부짖으며 불붙은 꼬리를 쫓아 할로런으로부터 멀어졌다.

할로런은 자기 팔을 눈에 깊이 묻어 불을 끄면서도 괴로워하며 죽어 가는 전정 나무 사자에게서 한동안 눈을 떼지 못했다. 그리고 숨을 몰아쉬며 일어섰다. 더킨이 준 파카의 팔은 시커멓게 그을렸지만 타지 않았다. 손도 마찬가지였다. 30미터쯤 떨어진 곳에

서 사자는 불덩어리로 변했다. 하늘로 불똥이 튀어 올랐고 세찬 바람에 날려갔다. 순간 놈의 갈비뼈와 해골에 주황색 불꽃이 붙더니 무너지고 흩어져 불쏘시개가 되었다.

'내버려 두고 가자.'

할로런은 휘발유 깡통을 들고 근근이 설상차 쪽으로 갔다. 의식이 가물거리면서 모든 것이 짤막짤막 끊어진 영화처럼 느껴졌다. 그런 가운데 할로런은 설상차를 도로 세워, 헉헉거리면서 그위에 올라타고 잠시 꼼짝도 못하고 앉아 있던 기억이 났다. 또 정신을 차려 보니 아직 절반은 차 있는 휘발유 깡통을 다시 매달고 있었다. 휘발유 냄새에(그리고 사자와의 격투 때문인 듯도 했다) 머리가 쑤셔 왔고, 눈 속에 난 구덩이에서 김이 올라오는 것을 보고 자신이 토한 것을 알았지만, 그것이 언제였는지는 기억나지 않았다.

아직 엔진이 식지 않았던 설상차는 금세 시동이 걸렸다. 그는 레버를 돌리고 갑자기 출발하자 목이 뒤로 젖혀지면서 머리는 더 심하게 아파 왔다. 처음에는 설상차가 비틀거렸지만, 몸을 반쯤 일으켜 바람막이 위로 얼굴을 내밀고 세찬 바람을 맞고 나니 조금 정신을 차릴 수 있었다. 할로런은 레버를 더 돌렸다.

'다른 동물들은 어디 있지?'

알 수 없었지만 적어도 다시는 기습당하지 않을 작정이었다.

오버룩이 모습을 드러냈고 불이 켜진 1층의 창문은 길고 노란 사각형 그림자를 눈 위에 드리웠다. 도로 끝의 정문은 잠겨 있었지만 할로런은 지친 듯이 사방을 둘러보고 라이터를 꺼내다가 열쇠를 잃어버리지 않았기를 기도했다……. 아니, 열쇠는 주머니에 있었다. 그는 설상차의 헤드라이트 불빛에 열쇠를 골라냈다. 정문 열쇠를 찾아 자물쇠를 돌린 다음, 자물통은 눈 속에 던졌다. 할로런은 문을 밀 힘이 없을 거라고 생각했다. 그는 지독한 두통과 다른 사자들이 뒤에서 덮칠지도 모른다는 두려움을 억누르고 문 주위에 쌓인 눈을 미친 듯이 파헤쳤다. 겨우겨우 문을 50센티미터 정도 잡아끈 다음, 그 사이로 들어가 밀었다. 설상차가 들어갈 공간이 되도록 60센티미터를 더 민 다음에 문을 통과했다.

어둠 속에서 뭔가 움직이는 것이 보였다. 전정 나무 동물들이 전부, 오버룩의 층계 아래 모여 드나드는 길목을 지키고 있었다. 사자들은 서성거리고 있었다. 개는 앞발을 층계에 올리고 서 있었다.

할로런은 레버를 세게 돌렸고 설상차는 눈을 뿜어내며 전진했다. 관리인 숙소에 있던 잭 토런스가 엔진 소리에 고개를 홱 돌리더니 힘겹게 복도 쪽으로 움직이기 시작했다. 이제 나쁜 년이 문제가 아니었다. 나쁜 년은 나중에 처리해도 되었다. 이제 이 더러운 검둥이 차례였다. 아무 데나 끼어서 간섭하는 더러운 검둥이. 먼저 그놈, 그리고 아들 놈에게 본때를 보여 주겠다. 자신이……자신이……, 어떤 사람인지 보여 주겠다!

바깥에서 설상차가 점점 더 빨리 돌진해 왔다. 호텔은 설상차를 향해 움직이기 시작한 것 같았다. 할로런의 얼굴에 눈이 몰아쳤다. 헤드라이트의 빛에 전정 나무 셰퍼드의 동공 없는 멍한 눈이 비쳤다.

그러자 놈은 뒤로 물러났고 앞에 공간이 생겼다. 할로런은 남은 온 힘을 다해서 설상차의 핸들을 잡아당겼고, 차는 눈보라를 일으키며 날카롭게 반원을 그리면서 회전했고 뒤집힐 것 같았다. 뒷부분이 현관 층계에 부딪혀 되튀었다. 할로런은 눈 깜짝할 새 뛰어내려 계단을 뛰어올랐다. 비틀거리며 쓰러졌다가 다시 일어 났다. 개가 으르렁거리고 있었다. 이번에도 그 소리는 머릿속에 서 울렸다. 뭔가 파카 어깻죽지를 찢었고 할로런은 현관 위, 잭이 파 놓은 좁고 안전한 통로에 서 있었다. 놈들은 너무 커서 들어올 수 없었다.

그는 로비로 들어가는 커다란 현관문에 다다라 다시 열쇠를 찾 았다. 열쇠를 찾는 동안 문을 열어 보니 그냥 열렸다. 그는 밀고 안으로 들어갔다.

"대니!" 할로런이 갈라진 목소리로 불렀다. "대니, 어디 있 니?"

정적이 돌아왔다.

그는 로비를 가로질러 넓은 계단 쪽을 쳐다보았고, 헉 하는 소 리가 튀어나왔다. 카펫이 짓이겨져 있었고 피가 낭자했다. 분홍 색 가운에서 찢겨 나온 조각도 있었다. 핏자국이 위층으로 이어 졌다. 난간에도 피가 묻어 있었다.

"오, 이런." 할로런은 중얼거리고 다시 목청을 높였다. "대니! 대니!"

호텔의 적막이 할로런을 놀리는 것같이 느껴졌다. 교활한 메아 리와 함께.

'대니라고? 대니가 누구야? 여기 누구 대니라는 애 아는 사람? 대니, 대니, 누가 대니 데려갔어? 누구 대니 잡기 시합할래? 썩 나가, 검둥아. 여기 대니 아는 사람 아무도 없어.'

이런, 그렇게 어렵게 왔는데 결국 늦은 것인가? 이미 끝났단 말인가?

할로런은 계단을 두 단씩 뛰어 올라가 일층에 올라섰다. 핏자국이 숙소 쪽으로 나 있었다. 그쪽으로 걸음을 옮기자 혈관을 타고 공포가 스며들어 머리로 흘러 들어갔다. 전정 나무 동물들도 무서웠지만 이것이 더 심했다. 거기 가면 무엇을 발견할지 할로런은 이미 알고 있었다.

빨리 보고 싶은 마음은 없었다.

할로런이 계단을 올라올 때 잭은 엘리베이터에 숨어 있었다. 그는 눈 덮인 파카를 입은 할로런의 등 뒤로 살그머니 다가왔다. 피가 말라붙은 채 씩 웃고 있는 유령이. 등이 찢어지는 아픔을 무릅쓰고 로크 방망이를 치켜들었다.

'그년이 나를 찔렀어 기억 못해?'

"검둥이." 그가 속삭였다. "남의 일에 간섭하면 어떻게 되는지 가르쳐 주마."

할로런은 그 소리를 듣고, 돌면서 몸을 움츠렸고 로크 방망이가 바람을 가르며 날아왔다. 파카 모자가 방망이의 충격을 흡수했지만 충분하지는 않았다. 머리에서 불꽃이 튀더니 별이 보였다……, 그러고는 암흑.

그는 비틀거리며 실크 벽지 쪽으로 쓰러졌고 잭은 또 내리쳤다. 이번에는 로크 방망이가 옆으로 날아와 할로런의 광대뼈와 턱 왼쪽의 치아 대부분을 박살 냈다. 그는 힘없이 주저앉았다.

"자." 잭이 낮게 속삭였다. "자, 이제." 대니는 어디 있지? 이제 말 안 듣는 아들을 손봐 줄 차례였다.

3분 후, 어두운 3층에서 엘리베이터 문이 쾅 하고 열렸다. 잭 토런스가 혼자 타고 있었다. 엘리베이터는 다 올라가지 못한 채 멈추었고, 그는 다친 괴물처럼 끙끙거리며 몸을 비틀어 복도 바닥으로 기어 올라와야 했다. 그는 부서진 로크 방망이를 질질 끌며 걸어갔다. 처마 밑에서 바람이 웅웅거리며 불어 댔다. 잭의 눈은 눈두덩에서 회번덕거리며 굴렀다. 머리에는 피와 색종이 가루가 붙어 있었다.

아들은 여기, 여기 어딘가에 있었다. 느낄 수 있었다. 혼자 내버려 두었으니 무슨 짓이든 할 수 있을 것이다. 값비싼 실크 벽지에 크레용으로 낙서를 하거나 가구를 더럽히거나 창문을 깨거나. 아들 놈은 거짓말을 하고 부모를 속였으니 벌을 받아야 한다……, 가혹한 벌을.

잭 토런스는 비틀거리며 걸어갔다.

"대니? 대니, 잠깐 이리 나와라. 잘못했으니 나와서 남자답게 벌을 받아야지. 대니? 대니!"

토니

'대니……'

'대니이이이이……'

어둠과 복도. 대니는 호텔 안에 들어 있지만, 어딘가 다른 곳처럼 느껴지는 어둠과 복도 속을 헤매 다니고 있었다. 실크 벽지를 바른 벽이 위로 계속 뻗어 있어서 목을 젖히고 쳐다보아도 천장은 보이지 않았다. 천장은 희미하게 사라져 버렸다. 문은 전부 잠겨 있었고, 그것도 역시 희미하게 보이지 않는 높이까지 솟아 있었다. 내다보는 구멍(이 거대한 문에서 그 구멍은 총의 조준기 크기였다) 아래에는 객실 번호 대신 조그만 해골과 뼈다귀가 붙어 있었다.

그리고 어디선가, 토니가 부르고 있었다.

'대니이이이이……'

대니의 귀에 익은 쿵쿵거리는 소리가 났고, 갈라진 고함소리가 멀리서 희미하게 들려왔다. 정확히 한마디한마디가 들리는 것은 아니었지만 이제 그 내용은 잘 알고 있었다. 꿈속에서, 그리고 깨어 있을 때 그 소리를 들어 본 적이 있었기 때문에.

아직 기저귀를 뗀 지 3년도 채 안 되는 어린 소년 대니는 여기가 어딘지 알아내려고 했다. 두려웠지만 그 두려움은 삶의 일부였다. 이제 두 달째, 둔한 불안감에서 순전한 공포에 이르는 온갖 두려움을 매일 느끼며 지내 왔다. 그것은 삶의 일부였다. 하지만 왜 토니가 찾아왔는지 알고 싶었다. 토니가 이 복도에서 대니의 이름을 부르는 것은 현실도, 토니가 이따금 보여 주는 꿈나라에서 일어나는 일도 아니었다. 어디서……

"대니."

거대한 복도 끝에 보인 어두운 모습은 대니 자신만큼이나 조그마했다. 토니였다.

"여기가 어디야?" 대니가 토니에게 조그만 목소리로 물었다.

"잠 속이야." 토니가 말했다. "엄마랑 아빠 침실에서 자고 있어." 토니의 목소리에 슬픔이 묻어 나왔다.

"대니. 네 어머니는 심하게 다칠 거야. 어쩌면 죽을지도 몰라. 할로런 씨도 그렇고."

"안 돼!"

대니는 막막한 슬픔을 느끼며 소리쳤다. 이 꿈속처럼 황량한 분위기 때문에 두려움은 약해진 것 같았다. 그래도 죽음의 이미지가 다가왔다. 도로에 말라붙은 개구리. 쓰레기통에 버린 아빠의 망가진 시계. 죽은 사람이 묻혀 있는 무덤의 비석. 전신주 옆에 죽어 있던 까마귀. 엄마가 접시에서 긁어내어 쓰레기통 입구에 버린 식은 음식.

하지만 이 단순한 상징을 어머니라는 복잡한 현실과 동일시할 수 없었다. 어머니는 아이에게 영원의 의미를 느끼게 해 주는 존재였다. 대니가 없었을 때에도 어머니는 있었다. 대니가 다시 존재하지 않을 때에도 어머니는 계속 존재할 것이다. 대니는 자기 자신의 죽음은 납득할 수 있었다. 217호 실에 들어갔을 때부터 그것을 느끼기 시작했던 것이다.

하지만 엄마의 죽음은 아니었다.

아빠의 죽음도 아니었다.

절대로.

대니는 괴로워하기 시작했고 어둠과 복도가 흔들거리기 시작했다. 토니의 형체가 비현실적으로 희미해졌다.

"그러지 마!" 토니가 불렀다. "하지 마, 대니, 그러지 마!"

"엄마는 죽지 않을 거야! 죽지 않을 거야!"

"그러면 네가 도와드려야 해, 대니⋯⋯. 너는 네 마음속 깊은 곳으로 빠져 들어와 있어. 내가 있는 곳으로. 나는 네 일부야, 대니."

"너는 토니야. 너는 내가 아냐. 엄마를 살려 줘⋯⋯. 엄마를 살려 줘⋯⋯."

"너를 여기 데려온 건 내가 아냐, 대니. 네가 스스로 온 거야. 알고 있었으니까."

"아냐⋯⋯."

"너는 늘 알고 있었어." 토니가 말을 이었고 가까이 다가오기 시작했다. 처음으로 토니가 가까이 다가오기 시작했다. "여기는 아무것도 들어오지 못하는 내 마음속 깊은 곳이야. 당분간 여기에는 우리 둘뿐이야, 대니. 오버룩에서 아무도 들어올 수 없는 곳이야. 여기에서는 시계도 가지 않아. 이곳을 따고 들어올 수 있는 열쇠는 없어. 이 문은 열린 적도 없고 사람들이 묵은 적도 없어. 하지만 오래 있을 수는 없어. 그것이 다가오고 있기 때문에."

"그것⋯⋯." 대니는 두려운 목소리로 조그맣게 말했다. 불규칙하게 두드리는 소리가 더 가까이, 더 크게 들리는 것 같았다. 조금 전까지만 해도 냉정하고 멀리 느껴졌던 대니의 두려움은 훨씬 더 가까운 것이 되었다. 이제 무슨 말인지 들렸다. 갈라진 목소리. 그것은 아버지의 목소리를 흉내 내려고 한 것이었지만, 아빠는 아니었다. 이제 알 수 있었다.

'네가 스스로 온 거야. 알고 있었으니까.'

"토니, 저 사람이 아빠니?" 대니가 소리쳤다. "나를 잡으러 오는 게 아빠야?"

토니는 대답하지 않았다. 하지만 대답을 들을 필요가 없었다. 대니는 알고 있었다. 이곳에서는 악몽처럼 긴 가장 무도회가 열리고 있었고, 몇 년 동안 계속되어 온 것이다. 조금씩, 조금씩 은행 통장에 이자가 쌓이듯이 아무도 모르게 어떤 힘이 생겨났다. 힘, 존재, 형체, 뭐라고 불러도 상관없었다. 그것은 여러 가지 가면을 썼지만 모두 같은 것이었다. 이제, 어디선가, 그것이 대니를 잡으러 다가오고 있었다. 그것은 아빠의 얼굴 뒤에 숨어서, 아빠의 목소리를 흉내 내고 아빠의 옷을 입고 있었다.

하지만 아빠는 아니었다.

그것은 아빠가 아니었다.

"나는 엄마아빠를 도와야 해!" 대니가 소리쳤다.

그러자 토니가 바로 눈앞에 서 있었고, 토니를 쳐다보자 마치 마법의 거울 앞에 서서 열 살이 된 자신의 모습을 보는 것 같았다. 새카만 눈, 단단한 턱, 단정한 윤곽의 입술. 머리카락은 어머니처럼 밝은 금발이었지만 얼굴 모습은 아버지를 판에 박은 듯했다. 토니, 훗날의 대니얼 앤터니 토런스는 아버지와 어머니를 절반씩 섞어 놓은 두 사람의 유령, 두 사람의 융합물처럼 보였다.

"네가 도와드려야 해." 토니가 말했다. "하지만 아버지는……, 이제 호텔과 하나가 되었어, 대니. 아버지는 호텔과 함께 있고 싶어해. 호텔은 너도 원하고 있어. 아주 욕심 사납거든."

토니는 대니 옆을 지나 어둠 속으로 걸어갔다.

"잠깐만!" 대니가 소리쳤다. "내가 어떻게……."

"이제 다 왔어." 토니는 계속 걸어가면서 말했다. "너는 달아나서……, 숨어야 해. 아버지에게서 숨어야 해. 달아나."

"토니, 난 못 해!"

"그렇지만 넌 벌써 시작한 거야." 토니가 말했다. "네 아버지가 잊은 것을 너는 기억할 거야."

토니는 사라졌다.

어딘가 가까운 곳에서 차갑게 구슬리는 아버지의 목소리가 들려왔다. "대니? 이리 나와라, 똘똘아. 엉덩이 몇 대만 맞으면 돼. 남자처럼 맞아라. 그러면 모두 끝날 거야. 우린 엄마가 필요 없다, 똘똘아. 너랑 나만 있으면 돼. 알겠니? 이……, 벌만 조금 받고 나면……, 너랑 나랑 둘만 남을 거야."

대니는 달렸다.

등 뒤에서 그것은 분통을 터뜨리며 태연한 시늉을 포기했다.

"이리 와, 이 새끼! 당장 이리 와!"

숨을 헐떡거리며 긴 복도를 달렸다. 모서리를 돌았다. 층계를 달려 올라갔다. 달리는 동안, 너무나 높고 멀리 보이던 벽이 아래로 내려오기 시작했다. 발아래 흐릿하게 보이던 카펫은 낯익은 파랑과 검정 무늬로 되돌아왔다. 문에는 다시 번호가 달려 있었고, 그 뒤에서는 여러 세대에 속한 손님들이 참석한 파티가 끝없이 계속되었다. 주위의 공기가 어른거리는 것 같았다. 방망이가 벽에 부딪히는 소리가 울리고 또 울렸다. 대니는 얇은 자궁 속에서 자고 있다가

3층 프레지덴셜 스위트룸 바깥의 카펫 위로 튀어나온 것 같았다. 옆에는 양복을 입고 좁다란 넥타이를 맨 두 남자의 피투성이 시체가 쌓여 있었다. 그들은 엽총에 맞아 튀어나온 것이고, 이제 눈앞에서 꿈지럭거리며 일어나려고 했다.

대니는 비명을 지르려고 하다가 참았다.

'가짜야! 진짜가 아냐!'

그들은 오래된 사진처럼 희미해지더니 사라졌다.

하지만 아래에서 희미한 방망이 소리가 엘리베이터 통로와 계단을 통하여 끊임없이 희미하게 들려왔다. 아버지의 형상을 한 오버룩의 힘이 일층을 헤매고 있었다.

뒤에서 바스락 하는 소리와 함께 문이 하나 열렸다.

썩은 실크 가운을 입은 여자 시체가 튀어나왔다. 누렇게 변하여 갈라진 손가락에는 푸른곰팡이가 잔뜩 낀 반지가 끼워져 있었다. 얼굴에는 굵은 말벌들이 꿈틀꿈틀 기어다니고 있었다.

"들어와." 그녀는 검은 입술을 찢으며 속삭였다. "들어와서 태애애애앵고 추우우자……."

"가짜야!" 대니가 소리쳤다. "진짜가 아냐!" 그녀는 놀라서 뒤로 물러섰고, 물러서면서 희미해지더니 사라졌다.

"어디 있어?" 그것이 고함쳤지만 그 목소리는 아직도 머릿속에서만 들렸다. 2층에서 잭의 얼굴을 하고 있는 그것의 소리가 아직

도 들렸다……. 그리고 또 뭔가 소리가 들렸다.

자동차가 다가오는 높은 소리.

대니는 헉 하며 숨을 멈추었다. 그것도 역시 호텔이 보여 주는 환상일까? 아니면 딕일까? 대니는 딕이라고 믿고 싶었다. 간절히 믿고 싶었다. 하지만 감히 모험을 하지 못했다.

대니는 중앙 복도로 들어가 갈라진 복도 한 곳으로 들어갔다. 카펫 위로 발을 끄는 소리가 들렸다. 꿈, 환상 속에서처럼 잠긴 문들이 험상궂은 얼굴로 대니를 내려다보고 있었다. 단, 지금은 한 번 지면 무를 수 없는 현실이었다.

대니는 오른쪽으로 돌아 걸음을 멈추었다. 심장이 쿵쿵 뛰었다. 발목 주위에 뜨거운 바람이 느껴졌다. 물론, 통풍 장치에서 나오는 바람이었다. 오늘은 아빠가 건물 서쪽에 난방을 하는 날임에 틀림없었다.

'네 아버지가 잊은 것을 너는 기억할 거야.'

그게 뭐였지? 기억날 것 같았다. 자신과 엄마를 구해 줄 수 있는 것? 하지만 토니는 대니가 스스로 해야 한다고 했다. 그게 뭘까?

대니는 벽에 기대어 주저앉아서 필사적으로 생각해 내려고 했다. 너무나 어려웠다……. 호텔이 자꾸 머릿속으로 들어왔다……. 방망이를 휘둘러 벽지가 찢어지는 모습……. 먼지가 풀썩 떨어지는 모습.

"도와줘." 대니가 중얼거렸다. "토니, 도와줘."

그때 불현듯 대니는 호텔이 쥐 죽은 듯 고요해진 것을 깨달았다. 모터의 웅웅거리던 소리가 멈추었다.

(진짜가 아니었던 거야)

파티 소리도 멈추었고 끊임없이 윙윙대는 바람 소리밖에 들리지 않았다.

엘리베이터가 갑자기 움직이기 시작했다.

올라오고 있었다.

대니는 거기 누가, 무엇이 타고 있는지 알고 있었다.

대니는 눈을 크게 뜨고 벌떡 일어섰다. 공포가 심장을 죄어 왔다. 어째서 토니는 자신을 3층으로 보낸 것일까? 대니는 여기서 갇혀 버렸다. 문은 전부 잠겨 있었다.

다락!

다락이 있다는 것을 대니는 알고 있었다. 아빠가 그 위에 쥐덫을 놓을 때 여기 올라와 본 적이 있었다. 아빠는 쥐 때문에 대니가 다락 위로 올라가지 못하게 했다. 쥐한테 물릴까 봐 걱정했던 것이다. 하지만 다락으로 가는 뚜껑문은 건물 이쪽의 마지막 짧은 복도 천장에 있었다. 긴 장대가 벽에 비스듬히 세워져 있었다. 아빠는 그 장대로 뚜껑문을 밀어서 열었고, 문이 올라가면 사다리가 내려오도록 되어 있었다. 거기 올라간 다음 사다리를 잡아당겨 올리면······.

등 뒤의 미로 같은 복도 어딘가에서 엘리베이터가 멈추었다. 문이 열리면서 덜컹거리는 기계음이 들렸다. 그리고 목소리가. 이제는 머릿속이 아니라 지독하게 현실적인 목소리가 불렀다. "대니? 대니, 이리 좀 나와 봐. 잘못했으니 나와서 남자답게 벌을 받았으면 좋겠다. 대니? 대니!"

아빠 말씀에 순종해야 한다는 생각이 너무나 깊이 박혀 있던 대니는 그 목소리가 나는 쪽으로 두 발자국을 옮기다가 멈추었다. 두 손을 꽉 쥐었다.

'진짜가 아냐! 가짜야! 네 정체를 알고 있어! 가면을 벗어!'

"대니!" 그것이 고함쳤다. "이리 나와, 이 새끼! 이리 나와서 남자답게 벌을 받아!" 방망이가 벽을 치는 꽝음. 목소리가 다시 대니의 이름을 외쳤을 때에는 위치가 바뀌었다. 더 가까이 다가 온 것이다.

현실 세계 속에서 사냥이 시작되었다.

대니는 달렸다. 두꺼운 카펫 위에서 발소리를 내지 않고, 닫힌 문들을 지나, 실크 무늬 벽지를 지나, 벽 모서리에 붙어 있는 소화전을 지나 내달렸다. 아이는 머뭇거리다가 마지막 복도로 뛰어 들어 갔다. 잠긴 문 외에는 아무것도 없었고 이제 더 이상 달릴 곳이 없었다.

그렇지만 장대는 아직도 그 자리에 있었다. 아빠가 둔 그 자리 에서 벽에 비스듬히 세워져 있었다.

대니는 그것을 잡았다. 고개를 쳐들고 뚜껑문을 올려다보았다. 장대 끝에는 갈고리가 달려 있었고, 그것을 문에 달린 고리에 끼 워야 했다. 그런데……

뚜껑문에 반짝이는 자물쇠가 대롱거리며 매달려 있었다. 잭 토 런스가 쥐덫을 놓은 다음, 혹시나 아들이 나중에 그 위로 올라가 지 못하도록 걸어 놓은 것이다.

잠겼다. 공포가 엄습했다.

등 뒤에서 그것이 다가오고 있었다. 비틀거리며 프레지덴셜 스 위트룸을 지나 방망이를 휘두르며.

대니는 닫힌 맨 끝 문에 기대어 서서 그것을 기다렸다.

아버지가 잊은 것

웬디는 조금씩 정신을 차렸다. 어스레함이 빠져나가고 그 자리에 통증이 자리 잡았다. 등, 다리, 옆구리……, 움직일 수 없을 것 같았다. 손가락까지 아팠지만 처음에는 왜 그런지 몰랐다.

'면도칼, 면도칼 때문이야.'

젖어서 들러붙은 금발이 눈을 찌르고 있었다. 웬디가 머리카락을 뒤로 넘기자 갈비뼈가 찔러 신음소리가 나왔다. 매트리스가 보이기 시작했다. 피가 묻어 있었다. 자신의 피, 아니면 잭의 피일지도 몰랐다. 어느 쪽이든 갓 묻은 것이었다. 그건 정신을 잃고 나서 시간이 많이 흐르지 않았다는 뜻이다. 그것은 중요했다. 왜냐하면…….

'왜지?'

왜냐하면…….

먼저 생각난 것은 웅웅거리는 모터 소리였다. 잠시 웬디는 멍하게 기억을 더듬었고, 한순간 현기증이 나면서 머릿속에 모든 것이 떠올랐다.

할로런. 그것은 할로런이 틀림없었다. 그렇지 않다면 잭이 웬디를……, 끝장내지 않고 그렇게 갑자기 나가 버릴 이유가 없지 않은가?

이제 머뭇거릴 시간이 없었기 때문이다. 그는 재빨리 대니를 찾아서……, 할로런이 방해하기 전에 일을 마쳐야 했다.

혹시 벌써 마친 것일까?

엘리베이터가 올라가는 소리가 들려왔다.

'안 돼 하느님 제발 안 돼요 피 피가 아직도 마르지 않았어 아직 늦지 않게 해 주세요.'

웬디는 근근이 일어서서 침실을 나가 엉망이 된 거실을 가로질러 박살 난 문 쪽으로 갔다. 문을 밀어서 열고 복도로 나섰다.

"대니!" 가슴의 통증에 얼굴을 찡그리며 웬디가 소리쳤다. "할로런 씨! 아무도 없어요? 누구 없어요?"

엘리베이터가 다시 움직이더니 멈추었다. 문이 열리며 나는 기계음이 들렸고 말소리가 들린 것 같았다. 웬디의 상상일 수도 있었다. 바람 소리가 너무나 세어서 분간할 수 없었다.

벽에 기대선 웬디는 짧은 복도 끝으로 걸어갔다. 모서리를 돌 때, 계단과 엘리베이터 통로를 통해 들리는 고함소리에 웬디는 얼어붙었다.

"대니! 이리 나와, 이 새끼! 이리 나와서 남자답게 벌을 받아!"

잭이었다. 2층이나 3층. 대니를 찾고 있었다.

웬디는 모서리를 돌다가 비틀거리며 넘어질 뻔했다. 숨이 막혔다. 계단 쪽에 뭔가

(누군가?)

벽에 기대어 쓰러져 있었다. 아픈 다리 쪽으로 체중을 옮길 때마다 얼굴을 찡그리며 웬디는 걸음을 빨리 옮기기 시작했다. 남자였다. 가까이 나가가자 그 모터 소리가 무엇이었는지 알 수 있

었다.

할로런 씨였다. 결국 그가 온 것이다.

웬디는 그 옆에 앉아 그가 살아 있기를 횡설수설 기도했다. 코에서 피가 흘렀고 입에서는 엄청난 핏덩이가 흘러나와 있었다. 한쪽 얼굴이 시퍼렇게 멍들어 부어올라 있었다. 하지만 다행히도 숨을 쉬고 있었다. 길고 힘겹게 숨을 들이쉬자 할로런의 전신이 떨렸다.

할로런을 더 자세히 살펴보던 웬디의 눈이 휘둥그레졌다. 그가 입고 있던 파카의 팔 한쪽이 시커멓게 타 있었다. 파카 한쪽은 찢어져 있었다. 머리에는 피가 묻어 있었고 목 뒤에는 끔찍하게 긁힌 상처가 나 있었다.

'세상에, 대체 어찌된 일이지?'

"대니!" 위에서 갈라진 목소리가 짜증을 부리며 소리쳤다. "이리 나와, 빌어먹을!"

이제 궁금해할 시간이 없었다. 웬디는 옆구리의 통증에 얼굴을 찌푸리며 할로런을 흔들었다. 옆구리가 뜨겁고 묵직하게 부어오른 느낌이 들었다.

'움직일 때마다 갈비뼈가 폐를 찌르면 어쩌지?'

그것 역시 어쩔 수 없었다. 잭이 대니를 찾아내면, 자신에게 했던 것처럼 방망이로 아이를 때려죽일 것이다.

그래서 웬디는 할로런을 흔들어 깨웠다. 다치지 않은 쪽 뺨을 가볍게 때리기 시작했다.

"정신 차려요. 할로런 씨, 정신 차려야 해요. 제발, 제발……."

위에서 잭 토런스가 아들을 찾으며 인정사정없이 방망이를 휘두르는 소리가 들렸다.

대니는 문에 등을 기대고 오른쪽의 복도가 만나는 지점을 쳐다
보았다. 방망이가 벽을 치는 불규칙한 소리가 점점 더 커졌다. 그
를 쫓는 것이 고함을 지르고 으르렁거리며 욕을 해댔다. 꿈과 현
실은 하나가 되었다.

그것이 모서리를 돌아왔다.

어째서인지 대니는 안도감을 느꼈다. 그것은 아버지가 아니었
던 것이다. 얼굴과 몸에 쓰고 있던 가면이 벗겨져 우스꽝스러운
꼴이 되었다. 아빠가 아니었다. 호러 쇼에 나오는, 눈알을 굴리며
구부정한 어깨에 피 묻은 셔츠를 걸친 괴물은 아빠가 아니었다.

그것이 숨을 들이쉬었다. 떨리는 손으로 입술을 닦았다. "자,
이제 여기 가장이 누군지 알게 될 거다. 알게 될 거야. 그들이 원
하는 건 네가 아냐. 나라고. 나. 나란 말이다!"

그것은 상처투성이의 방망이를 휘둘렀다. 방망이는 수없이 충
격을 받아 형체를 알아볼 수 없게 부서져 있었다. 그것이 벽에 부
딪히자 실크 벽지에 움푹한 자국이 남았다. 먼지가 풀썩 났다. 그
것이 웃기 시작했다.

"어디 네가 지금도 장난질할 수 있는지 보자." 그것이 중얼거
렸다. "나도 알 만큼 알아. 얼간이가 아니라고. 나는 아버지의 의
무를 다할 테다."

대니가 말했다. "당신은 아빠가 아냐."

그것이 움직임을 멈추었다. 잠시 자신이 누구인지, 무엇인지
정말 알 수 없는 표정이었다. 그러더니 다시 걷기 시작했다. 방망

이가 소리를 내며 문짝을 쳤고 쿵 하는 소리가 났다.

"거짓말." 그것이 말했다. "그럼 내가 누구겠냐? 나는 네 아빠처럼 등에 점이 두 개야. 배꼽도 네 아빠랑 똑같고 성기도 똑같다. 네 엄마한테 물어봐라."

"당신은 속임수야. 가짜야. 호텔이 당신을 이용해야 하는 이유는 당신이 다른 것들만큼 완전히 죽어 버리지 않았기 때문일 뿐이야. 하지만 당신도 죽고 나면 아무것도 아냐. 나는 무섭지 않아."

"무섭게 해 주마!" 그것이 고함쳤다. 방망이가 세게 내려와 대니의 발 사이 카펫을 내리쳤다. 대니는 꿈쩍도 하지 않았다. "너는 거짓말을 했어! 그 여자랑 짰지! 너희 둘이 음모를 꾸몄어! 그리고 너는 속임수를 썼어! 시험에서 베꼈잖아!" 짙은 눈썹 밑에서 눈이 번득였다. "내가 그것도 찾아내겠어. 지하실 어딘가에 있어. 내가 찾아내겠어. 저들이 내가 원하는 건 전부 볼 수 있다고 약속했어." 그것은 다시 방망이를 치켜들었다.

"그래, 약속했어." 대니가 말했다. "하지만 거짓말이야."

방망이를 내리치기 전 그것은 움찔했다.

할로런이 정신을 차리기 시작했지만 웬디는 이미 뺨 때리기를 멈춘 상태였다. 조금 전 엘리베이터 통로를 통해서 "너는 속임수를 썼어! 시험에서 베꼈잖아!"라는 소리가 바람 소리에 희미하게 들려왔던 것이다. 건물 서쪽 끝 어딘가에서. 웬디는 잭, 잭을 사로잡은 뭔가가 3층에서 대니를 발견했다고 생각했다. 이제 자신도, 할로런도 할 수 있는 일은 없었다.

"오, 똘똘아." 그녀가 중얼거렸다. 눈에 눈물이 고였다.

"나쁜 자식이 턱을 부숴 놨어." 할로런이 탁한 목소리로 중얼 거렸다. "그리고 머리가⋯⋯." 할로런은 몸을 일으켜 세웠다. 오 른쪽 눈이 순식간에 부어오르더니 떠지지 않았다. 그래도 웬디를 쳐다보았다.

"토런스 부인⋯⋯."

"쉬잇." 웬디가 말했다.

"아이는 어디 있어요, 토런스 부인?"

"3층에요." 그녀가 대답했다. "아버지랑 함께 있어요."

"거짓말이야." 대니가 다시 말했다. 뭔가 머리를 스치고 지나 갔는데, 마치 유성처럼 순식간에 환하게 비추고는 사라져 붙잡을 수 없었다. 그 생각의 꼬리만 남았다.

'지하실 어딘가에 있어.'

'네 아버지가 잊은 것을 너는 기억할 거야.'

"너⋯⋯, 너, 아버지에게 그렇게 말하면 안 돼." 그것이 쉰 목 소리로 말했다. 방망이가 떨리더니 바닥을 내리쳤다. "이러면 더 나빠질 뿐이야. 네⋯⋯, 네가 받을 벌이. 무서워질 뿐이라고." 그 것은 술에 취한 것처럼 더듬거리며 대니를 노려보았다. 자기 연 민의 빛은 증오로 바뀌었다. 방망이가 다시 올라갔다.

"넌 아빠가 아냐." 대니가 다시 말했다. "네 안에 우리 아빠가 조금이라도 남아 있다면, 아빠는 저들이 거짓말한 것을 알 거야. 모든 것이 거짓말이고 속임수야. 작년 크리스마스에 아빠가 내 양말에 넣어 준 속임수 주사위처럼. 가게에 진열해 놓은 크리스 마스 선물처럼 말이야. 우리 아빠는 저 안에는 아무것도 없다고,

선물이 아니라 빈 상자일 뿐이라고 가르쳐 주셨어. 그냥 장식이라고. 아빠가 말했어. 너도 그런 거야. 아빠가 아냐. 너는 바로 호텔이야. 네가 원하는 걸 손에 넣으면 아빠한테 아무것도 주지 않을 거야. 자기밖에 모르니까. 아빠도 그걸 알고 있어. 네가 아빠에게 나쁜 것을 마시게 했어. 그래야만 아빠를 붙잡을 수 있으니까. 이 거짓말쟁이 가짜야."

"거짓말! 거짓말!" 날카로운 비명소리가 나왔다. 방망이는 공중에서 마구 떨렸다.

"어서 나를 때려 봐. 하지만 내게서 원하는 건 얻을 수 없어."

눈앞의 얼굴이 변했다. 어찌된 것인지는 알 수 없었다. 얼굴이 녹아 내리거나 안에 있던 것이 드러난 것은 아니었다. 몸이 약하게 떨리더니 피투성이 손이 부서진 갈고리처럼 벌어졌다. 거기서 방망이가 카펫 위로 쿵 하고 떨어졌다. 그것이 끝이었다. 하지만 갑자기 아빠가 나타났다. 단말마의 고통 속에서 대니를 쳐다보며. 그 얼굴에 서린 슬픔이 너무나도 커서 대니의 심장에 불이 붙는 것 같았다. 입이 떨리며 열렸다.

"똘똘아." 잭 토런스가 말했다. "도망가. 빨리. 그리고 내가 널 얼마나 사랑하는지 잊지 마라."

"싫어." 대니가 말했다.

"오, 대니. 제발……."

"싫어요." 대니가 말했다. 아이는 아빠의 피투성이 손을 잡고 입을 맞추었다. "이제 다 끝나 가요."

할로런은 벽에 등을 기대고 몸을 일으켜 세웠다. 그와 웬디는 폭격을 맞은 병원의 아비규환에서 살아난 생존자처럼 서로를 쳐다보았다.

"위로 올라가야 해요." 할로런이 말했다. "아이를 구해야지요."

백지장처럼 창백한 얼굴로 웬디가 할로런을 쳐다보았다. "너무 늦었어요. 이젠 스스로 해결하는 수밖에 없어요."

1분이 지났다. 2분. 그리고 3분. 그때 위에서 비명소리가 들려 왔다. 분노의 고함소리도, 승리의 환호소리도 아닌 죽을 것 같은 공포의 비명소리.

"이런." 할로런이 조그맣게 말했다. "무슨 일이지?"

"모르겠어요." 웬디가 말했다.

"그것이 아이를 죽였나?"

"몰라요."

엘리베이터가 덜컹거리며 움직이더니 비명을 질러 대는 것을 안에 태우고 내려오기 시작했다.

대니는 꼼짝하지 않고 서 있었다. 오버룩에는 도망칠 곳이 없었다. 갑자기, 확실히, 뼈저리게 그 사실을 깨달았다. 평생 처음으로 어른처럼 생각하고 어른처럼 느끼게 된 것이다. 그것이 바로 이 사악한 장소에서 겪은 체험의 핵심이었다. 서글픈 깨달음.

'엄마와 아빠는 나를 도와줄 수 없어. 나는 혼자야.'

"저리 가." 대니는 눈앞의 낯선 피투성이 남자에게 말했다. "가. 여기서 사라져."

그것이 허리를 숙이자 등에 꽂힌 칼 손잡이가 보였다. 또 손으로 방망이를 잡았지만, 대니를 겨누는 대신 그것은 손잡이를 바꾸더니 로크 방망이의 단단한 쪽으로 자신의 얼굴을 겨누었다.

대니는 갑자기 모든 것을 알아차렸다.

그러자 방망이가 올라갔다 내리치면서 마지막 남은 잭 토런스의 모습을 부쉈다. 복도에 서 있던 그것은 방망이를 내리치는 소리에 맞추어 기괴한 폴카 춤을 추었다. 벽지에 피가 튀었다. 부서진 피아노 건반처럼 뼈 조각이 사방으로 튀어나왔다. 얼마나 오랫동안 계속되었는지 알 수 없었다. 하지만 대니 쪽을 쳐다보았을 때 아버지는 영원히 사라지고 없었다. 얼굴에 남은 것은 여러 얼굴이 기괴하게 뒤섞인 합성 사진 같았다. 217호 실의 여자가 보였다. 개 옷을 입은 남자도 보였다. 콘크리트 링 안에 있던 굶주린 아이 같은 것도 있었다.

"그럼 가면을 벗지." 그것이 속삭였다. "더 이상 방해받지 않겠다."

방망이가 마지막으로 올라갔다. 대니의 귀에는 고동 소리가 가득 찼다.

"더 할 말은 없나?" 그것이 물었다. "정말로 도망치지 않을 거냐? 술래잡기 어때? 가진 건 시간뿐이라고. 영원한 시간. 아니면 지금 끝장을 낼까? 그래도 상관없어. 파티가 끝나 가니까."

그것은 부러진 이빨을 드러내며 탐욕스럽게 웃었다.

그때 대니는 생각해 냈다. 아버지가 잊은 것이 무엇인지.

갑자기 승리의 표정이 떠올랐다. 그것이 표정을 보더니 놀라서 머뭇거렸다.

"보일러!" 대니가 소리쳤다. "오늘 아침부터 압력을 빼지 않았어! 압력이 올라가고 있어! 폭발할 거야!"

기괴한 공포와 자각의 표정이 눈앞에 서 있는 그것의 부서진 얼굴을 스치고 지나갔다. 꽉 쥔 주먹에서 방망이가 떨어져 나가더니 카펫 위에 굴렀다.

"보일러!" 그것이 소리쳤다. "안 돼! 그럴 순 없어! 절대 안 돼! 이 빌어먹을 개새끼! 절대 안 돼! 오, 오, 오⋯⋯."

"맞아!" 대니가 세차게 맞받아 쳤다. 대니는 부서진 그것을 향해 주먹을 휘둘렀다. "지금 당장이라도 터질 거야! 맞아! 보일러, 아빠는 보일러를 잊었어! 그리고 너도 잊었고!"

"안 돼, 안 돼. 그럴 순 없어. 그래선 안 돼. 이 더러운 꼬마야. 벌을 받게 해 주마, 끝까지 받게 해 주겠어, 오 안 돼, 안 돼⋯⋯."

그것은 홱 하고 돌아서 휘청휘청 걸어가기 시작했다. 잠시 그 그림자가 벽에 비쳤다. 그리고 낡은 파티 리본처럼 비명소리가 뒤에 질질 끌렸다.

몇 분 후 엘리베이터가 움직이기 시작했다.

갑자기 빛이 느껴졌다.

'엄마 할로런 씨 친구들에게는 딕 함께 살아 있어 그들이 살아 있어 밖으로 나가야 해 터질 거야 하늘 높이 솟아오를 거야'

그 빛은 마치 해가 떠오를 때처럼 눈부시고 환했다. 그리고 대니는 달리기 시작했다. 한쪽 발에 피 묻은 로크 방망이가 채였다. 상관하지 않았다.

대니는 울면서 층계로 달려갔다.

밖으로 나가야 했다.

폭발

할로런은 그 후에 일이 어떻게 돌아간 것인지 확실히 기억할
수 없었다. 엘리베이터가 멈추지 않고 내려갔고, 뭔가 그 안에 타
고 있었다는 것이 기억났다. 그러나 마름모꼴 창문 안으로 들여
다볼 생각은 하지 않았다. 거기 탄 것이 내는 소리는 사람의 소리
가 아니었기 때문이다. 잠시 후, 층계에서 달려오는 소리가 들렸
다. 웬디 토런스는 처음에는 몸을 움츠리며 물러서더니 최대한
빨리 중앙 복도로 나가 층계로 비틀거리며 걸어갔다.

"대니! 대니! 오 하느님! 감사합니다!"

웬디는 아이를 껴안았다. 아픔과 기쁨에 신음하며.

'대니.'

대니는 엄마 품에서 할로런을 쳐다보았고, 할로런은 아이가 얼
마나 변했는지 알 수 있었다. 얼굴은 초췌하고 창백했고, 새카만
눈이 푹 들어가 있었다. 살이 빠진 것 같았다. 두 사람이 함께 있
는 것을 보니, 그렇게 끔찍하게 맞았어도 어머니가 더 어려 보인
다고 할로런은 생각했다.

'딕……가야 해요……뛰어요……이곳……이곳이'

오버룩의 지붕으로 불길이 솟아오르는 그림. 벽돌이 눈 속으로
흩어져 떨어진다. 화재 경보기가 울린다……. 3월 말까지는 소방

차가 여기까지 올라오지 못한다. 무엇보다 대니의 생각을 통해 전달된 것은 긴박감, 그것이 언제라도 일어날 것이라는 느낌이었다.

"알았다." 할로런이 말했다. 그는 두 사람 쪽으로 움직이기 시작했고 처음에는 마치 깊은 물속을 헤엄치는 것 같았다. 균형 감각이 사라졌고 오른쪽 눈은 초점이 맞지 않았다. 턱 때문에 관자놀이에서 목까지 엄청나게 쑤셔 댔고, 뺨은 양배추만 하게 부어오른 것 같았다. 하지만 아이의 재촉에 할로런은 계속 걸었다. 그러자 조금 편해졌다.

"알았다니?" 웬디가 물었다. 웬디는 할로런과 아들을 번갈아 쳐다보았다. "무슨 뜻이에요?"

"나가야 해요." 할로런이 말했다.

"옷을 입어야 해요……. 옷이……. "

대니는 엄마 품에서 튀어나오더니 복도를 향해 달려갔다. 웬디는 아이를 보고 있다가 모서리를 지나 사라지자 할로런을 다시 쳐다보았다. "돌아오면 어쩌죠?"

"남편이오?"

"그는 잭이 아니에요." 웬디가 중얼거렸다. "잭은 죽었어요. 이곳이 그 사람을 죽였어요. 이 저주받은 곳이." 웬디는 주먹으로 벽을 치고는 베인 손가락이 아파 소리 질렀다. "보일러예요. 그렇죠?"

"예. 부인. 대니가 터질 거라고 했어요."

"잘됐네요." 단호한 말이었다. "또 저 계단을 내려갈 수 있을지 모르겠어요. 갈비뼈가……, 그가 제 갈비뼈를 부러뜨렸어요. 허리에도 뭔가. 너무 아파요."

"갈 수 있어요." 할로런이 말했다. "우린 모두 갈 수 있소." 하지만 문득 전정 나무 동물들이 생각났고 놈들이 나가는 길을 막고 있으면 어떻게 할까 싶었다.

그때 대니가 돌아왔다. 웬디의 부츠와 외투, 장갑, 자기 외투와 장갑을 가져왔다.

"대니. 네 부츠는." 웬디가 말했다.

"너무 늦었어요." 대니는 필사적인 표정으로 그들을 쳐다보았다. 대니가 딕을 쳐다보자 갑자기 할로런의 머릿속에서 유리 돔에 들어 있는 시계의 모습이 떠올랐다. 1949년 스위스 대사에게서 받은 연회장의 시계가. 시계 바늘은 자정 1분 전을 가리키고 있었다.

"오 하느님." 할로런이 말했다. "오 하느님 맙소사."

할로런은 웬디에게 팔을 둘러 부축했다. 그리고 다른 쪽 팔을 대니에게 둘렀다. 그는 계단을 향해 달리기 시작했다.

다친 갈비뼈가 눌려 허리의 뭔가와 맞부딪히자 웬디는 아파서 비명을 질렀다. 그러나 할로런은 걸음을 늦추지 않았다. 그는 그들을 팔에 안고 계단을 뛰어 내려갔다. 한쪽 눈은 필사적인 표정으로 부릅뜨고, 다른 쪽 눈은 부어올라 달라붙은 채로. 그는 마치 나중에 몸값을 받으려고 인질을 납치하는 애꾸눈 해적 같았다.

갑자기 빛이 느껴졌고 할로런은 대니가 너무 늦었다고 한 의미를 알게 되었다. 지하에서 폭발이 일어나 이 무시무시한 곳의 내장을 찢어 놓을 준비가 다 된 것을 느낄 수 있었다.

그는 더 빨리, 로비를 가로질러 현관문으로 내달렸다.

그것은 황급히 지하실을 지나 노란 전등이 희미하게 켜진 보일러실로 들어갔다. 공포에 질려 있었다. 소년과 그 놀라운 능력을 얻을 수 있었는데. 이제 잃을 수 없다. 그런 일은 있어서는 안 된다. 보일러의 압력을 뺀 다음 그 소년을 호되게 야단칠 것이다.

"안 돼!" 그것이 고함쳤다. "오 안 돼, 그럴 순 없어!"

보일러는 긴 원통형 몸체의 절반이 붉게 빛나고 있었다. 괴물 증기 풍금처럼 수백 군데에서 김을 뿜으며 쉭쉭거리고 있었다. 압력계 바늘은 계기반의 맨 끝에서 멈춰 있었다.

"안 돼! 그럴 수는 없어!" 지배인 ──관리인이 소리쳤다.

그것은 잭 토런스의 손을 밸브에 얹었다. 타는 냄새와 살이 시뻘겋게 달아오른 밸브에 들러붙는 것은 개의치 않았다.

밸브가 돌아갔고, 의기양양하게 고함을 치며 그것은 밸브를 활짝 열었다. 보일러에서 용 열두 마리가 합창을 할 때처럼 우레 같은 소리를 내며 증기가 빠져나왔다. 그러나 증기에 압력계 바늘이 완전히 가려지기 전에 바늘이 다시 올라가는 것이 보였다.

"이겼어!" 그것이 외쳤다. 그것은 수증기 속에서 경망스럽게 뛰어다니며 불붙은 두 손을 머리 위로 흔들었다. "늦지 않았어! 이겼다! 늦지 않았어! 늦지 않았어! 늦지……"

다음의 말은 승리의 비명소리로 바뀌었고, 비명소리는 오버룩 보일러의 폭발음에 묻혔다.

할로런은 문을 밀고 튀어나와 현관 밖 눈더미 속 참호로 웬디와 대니를 끌고 나왔다. 그는 전정 나무 동물들을 분명히 보았다. 그가 놈들이 현관에서 설상차로 가는 사이에서 기다리고 있을 것이라고 최악의 상황을 예상한 것이 옳았음을 깨닫는 순간, 호텔은 폭발했다. 그때는 그 일이 한꺼번에 일어났다고 생각했지만 지나고 나니 그럴 수가 없었음을 알았다.

모든 것을 휩쓸어 버리는 듯한 소리와 함께 폭발이 일어났다.

'우우우우우우우우우우우우움……'

그러고 나서 등 뒤에서 따뜻한 공기가 몰려나오더니 그들을 부드럽게 밀었다. 그 바람에 셋이 함께 현관에서 밀려 나왔고 공중으로 날아가는 동안 할로런은 혼란스러운 생각이 들었다.

'슈퍼맨이 되면 이런 기분이겠군'

그는 대니와 웬디를 놓쳤고 부드러운 눈 속에 떨어졌다. 눈에 처박힌 할로런은 뺨에 찬 것이 닿으니 기분 좋다는 생각이 어렴풋이 들었다.

그리고 할로런은 눈을 헤치고 나왔다. 그때만큼은 전정 동물도, 웬디 토런스도, 심지어 소년도 생각나지 않았다. 그는 바로 누워 그것의 최후를 보려고 했다.

오버룩의 창문이 부서졌다. 연회장에서는 벽난로에 세워 둔 시계의 유리 돔에 금이 가더니 반으로 갈라져 바닥에 떨어졌다. 시계가 멈추었다. 기어와 톱니바퀴가 전부 멈추었다. 한숨을 쉬는 듯한 소리가 나더니 엄청난 먼지가 파도처럼 쏟아졌다. 217호 실에서는 욕조가 갑자기 둘로 쪼개지더니 푸르스름한 악취 나는 물이 조금 쏟아졌다. 프레지덴셜 스위트룸에서는 벽지에 갑자기 불이 붙었다. 콜로라도 라운지의 문은 경첩에서 떨어져 식당 바닥에 쓰러졌다. 지하실에서는 엄청난 양의 낡은 서류 더미에 불이 붙더니 불기둥이 솟았다. 끓는 물이 흘러 들어왔지만 그 불을 끌

수는 없었다. 말벌집 밑에다 낙엽을 태울 때처럼 그것은 빙빙 돌며 까맣게 타 들었다. 가열로가 폭발하더니 지하실 천장의 빔이 부서져 공룡의 뼈처럼 무너져 내렸다. 가열로 안의 가스가 터져 나오고 쪼개진 로비 바닥에 불꽃이 번졌다. 층계의 카펫에 불길이 옮겨 붙고 끔찍한 회소식을 전하듯 1층으로 치달아 올라갔다. 폭발이 연달아 일어나며 호텔을 찢어 놓았다. 식당의 샹들리에는 100킬로그램짜리 크리스털 폭탄으로 변해 산산조각 나 떨어지면서 사방의 탁자들을 뒤집어 놓았다. 구름에 가려 있던 오버룩의 굴뚝 다섯 개가 불꽃을 내뿜었다.

'안 돼! 절대로! 절대로! 절대로!'

그것은 비명을 질렀다. 비명을 질렀지만, 이제 목소리는 나오지 않았고 자기 귀에 대고 공포와 좌절과 저주를 퍼부을 뿐이었다. 녹아내리며 사고와 의지를 잃어버리고 떨어져 내려 찾지만 발견하지 못한 채, 밖으로, 밖으로, 도망쳐, 텅 빈, 부재의 상태로 무너져 내렸다.

파티는 끝났다.

탈출

굉음이 호텔 전체를 뒤흔들었다. 유리 파편이 눈 위로 떨어져 내려 다이아몬드처럼 반짝였다. 대니와 엄마에게 다가오던 전정 나무 개는 몸을 움츠리더니 초록색 귀를 늘어뜨리고 꼬리를 다리 사이에 끼우고는 힘없이 주저앉았다. 할로런은 머릿속에서 놈이 낑낑거리는 소리를 들었고, 그 소리와 함께 사자들이 당황해서 짖는 소리도 들려왔다. 그는 다른 둘에게 가서 도와주려고 몸을 일으켰고, 그러는 동안 다른 것들보다 더 끔찍한 장면을 보았다. 아직도 눈에 덮여 있던 토끼는 놀이터 안쪽 울타리에 자기 몸을 미친 듯이 들이받고 있었다. 그러자 절망은 악몽에서 들려오는 음악처럼 쩔겅쩔겅 소리를 냈다. 여기에서도 그 몸뚱이 속의 나뭇가지들이 뼈 부러지는 소리를 내면서 바스라지는 소리가 들렸다.

"딕! 딕!" 대니가 소리쳤다. 대니는 엄마를 부축해서 설상차에 태우려고 했다. 둘이 입으려고 가지고 나온 옷가지가, 그들이 떨어졌다가 이제 일어서 있는 자리에 흩어져 있었다. 할로런은 그제야 웬디는 잠옷바람에 대니는 외투도 입지 않았다는 사실을 깨달았다. 기온은 영하 12도가 채 되지 않았다.

'세상에 게다가 저 사람은 맨발이군'

할로런은 눈을 헤치고 가면서 웬디의 외투와 부츠, 대니의 외투, 짝짝이 장갑을 주웠다. 그리고 그들에게 다시 달려갔다. 눈에 허리까지 빠졌다가 다시 헤치고 나왔다.

웬디는 새하얗게 질렸고 목에 흐르는 피는 막 얼어붙고 있었다.

"못 해요." 웬디가 중얼거렸다. 반은 의식이 없는 상태였다. "안 돼, 나는……, 못 해요. 미안해요."

대니가 사정하듯 할로런을 올려다보았다.

"괜찮을 거야." 할로런이 말하고는 다시 웬디를 잡았다. "자, 갑시다."

세 사람은 설상차가 눈에 박혀 있는 곳에 도착했다. 할로런은 웬디를 자리에 앉히고 외투를 둘러 주었다. 그는 웬디의 발을 올려놓았다. 발은 아주 차가웠지만 아직 얼지는 않았다. 그리고 발에 부츠를 신기기 전에 대니의 재킷으로 열심히 문질러 주었다. 웬디의 얼굴은 백지장 같았고 반쯤 감은 눈에는 초점이 없었지만 몸을 떨기 시작했다. 할로런은 그것이 좋은 증상이라고 생각했다.

등 뒤의 호텔에서 세 차례 연달아 폭발이 일어났다. 주황색 불꽃이 눈에 비쳤다.

대니는 할로런의 귀에 입을 대고 뭐라고 소리쳤다.

"응?"

"저거 필요하냐고요?"

아이는 눈 위에 비스듬히 놓인 빨간 휘발유 깡통을 가리켰다.

"그럴 거다."

할로런은 그것을 집어 들어 흔들어 보았다. 아직 휘발유가 남아 있긴 했지만 얼마나 되는지는 알 수 없었다. 깡통을 설상차의 뒤에다 붙이려고 하는데 손가락에 감각이 없어서 몇 번이나 다시 해야 했다. 그때서야 비로소 하워드 커트렐의 장갑을 잃어버렸음을 깨달았다.

'여기서 빠져나가면 내 동생에게 장갑 한 상자를 짜 달라고 할게, 하워드'

"타라!" 할로런이 대니에게 소리쳤다.

대니는 움츠렸다. "얼어죽을 거예요!"

"장비 창고로 가야 해! 거기 가면……, 담요 같은 것이 있어. 어머니 뒤에 타라!"

대니가 타자 할로런은 고개를 돌려 웬디의 얼굴에 대고 소리쳤다.

"토런스 부인! 저를 꼭 잡으시오! 알겠습니까? 꽉 잡아요!"

웬디는 할로런에게 팔을 두르고 등에 뺨을 대었다. 할로런은 설상차의 시동을 걸고 부드럽게 출발할 수 있도록 레버를 살짝 돌렸다. 여자가 잡은 힘이 너무나 약해서, 반동으로 뒤로 밀렸다가는 여자와 아이 모두 떨어질 것이다.

그들은 움직이기 시작했다. 할로런은 원을 그리며 설상차를 돌려 호텔과 나란히 서쪽으로 움직였다. 그러고는 더 큰 원을 그리며 뒤의 장비 창고로 갔다.

그들은 잠시 오버룩의 로비를 또렷이 보았다. 부서진 바닥에서 솟아오르는 가스 불꽃은 거대한 생일 케이크 촛불처럼, 안은 샛노랗고 바깥은 파랬다. 그 순간, 불꽃은 파괴하는 것이 아니라 불을 밝히고 있는 것처럼 보였다. 은색 종이 놓인 접수 데스크, 신용 카드 스티커, 구식 현금 출납기, 조그만 깔개, 등받이가 높은 의자들, 말털 쿠션이 보였다. 대니는 그들이 올라오던 날, 폐점

일에 수녀 셋이 앉아 있던 난롯가의 작은 소파를 보았다. 하지만 오늘이야말로 진정한 폐점 일이었다.

그러자 현관에 쌓인 눈에 시야가 가렸다. 잠시 후 그들은 호텔 서쪽으로 돌고 있었다. 설상차의 헤드라이트 없이도 앞을 볼 수 있을 정도로 환했다. 이제 위층에도 모두 불이 붙었고 창문으로 불꽃이 솟아 나오고 있었다. 눈부시게 하얀 벽은 그을리고 벗겨지기 시작했다. 프레지덴셜 스위트룸에 그림 같은 전망을 보여 주던 덧문, 잭이 10월 중순에 받은 지시대로 주의해서 닫아 둔 덧문들은 불에 타 버린 채 그 뒤의 캄캄하고 넓은 공간을 드러내고 있어서, 마치 최후를 맞아 소리 없이 포효하는 이빨 없는 아가리 같았다.

웬디는 바람을 피하려고 할로런의 등에 얼굴을 묻었고, 대니도 어머니의 등에 얼굴을 묻어서 마지막을 본 것은 할로런뿐이었다. 하지만 그는 그 이야기를 입밖에 내지 않았다. 프레지덴셜 스위트룸의 창문에 거대한 검은 형상이 나타나는 것을 보았다. 한순간 그것은 커다란 담요 모양으로 변했고, 바람이 그것을 붙잡아 오래된 종이처럼 갈기갈기 찢어 놓았다. 그것은 산산조각이 나서 연기 속으로 휘말려 들어가더니 흔적조차 남기지 않고 사라져 버렸다. 그러나 그것이 새카맣게 흔들리며 춤추던 그 몇 초 동안, 할로런은 어린 시절에 보았던 것이 기억났다. 50년도 더 된 일이었을 것이다. 그와 형은 농장 근처에서 커다란 땅벌집을 발견했다. 그것은 오래전에 벼락 맞은 나무와 땅바닥 사이에 끼워져 있었다. 형은 독립 기념일에 쓰려고 아껴 두었던 폭죽 하나를 늘 모자에 꽂고 다녔다. 형은 거기에 불을 붙이더니 벌집에다 던졌다.

그것은 커다란 소리를 내며 터졌고 폭탄을 맞은 벌집에서는 윙윙 윙 성난 소리가 흘러나왔다. 둘은 도깨비가 쫓아오는 것처럼 달아났다. 할로런은 도깨비가 있다고 믿었더랬다. 그리고 지금처럼, 등 뒤를 돌아보자 뜨거운 공기 속으로 커다란 검은 구름처럼 말벌 떼가 튀어나와 함께 빙빙 돌았다, 흩어졌다 하면서 자기들 집에 그런 짓을 저지른 적을 찾고 있었다. 잡기만 하면 죽을 때까지 쏘아 주려고.

그때 하늘에 떠 있던 그것은 사라졌고, 그것은 단순히 연기이거나, 아니면 커다란 벽지 조각일 수도 있었다. 그리고 오버룩은 굉음과 함께 거대한 장작 더미로 변해서 타들어 가고 있었다.

열쇠 고리에는 장비 창고 자물쇠의 열쇠가 있었지만 할로런은 그것을 쓸 필요가 없음을 알았다. 문이 열려 있었고 자물통은 열린 채 걸려 있었다.

"거기 못 들어가겠어요." 대니가 속삭였다.

"괜찮다. 엄마랑 함께 있어라. 저기에 낡은 담요 더미가 있었어. 아마 전부 좀이 먹었을지도 모르지만 얼어죽는 것보다는 낫겠지. 토런스 부인, 들리시오?"

"모르겠어요." 힘없는 목소리가 대답했다. "들리는 것 같아요."

"좋습니다. 잠깐만 갔다 오겠습니다."

"최대한 빨리 오세요." 대니가 속삭였다. "꼭이오."

할로런은 고개를 끄덕였다. 그는 헤드라이트를 문 쪽으로 향하게 한 다음, 기다란 그림자를 늘어뜨리며 눈을 헤치고 걸어갔다. 창고 문을 밀고 안으로 들어갔다. 로크 세트 옆 구석에 담요는 놓여 있었다. 담요 네 장을 집었다. 곰팡이 냄새가 났고 좀도 잔뜩 먹었다. 그때 그는 걸음을 멈추었다.

로크 방망이 하나가 없어진 것이다.

'그걸로 나를 때린 것인가?'

뭐, 무엇으로 맞았든 상관없지 않은가? 그래도 할로런은 자기 뺨을 만져 보았고 그 자리에서 울화가 치밀어 오르기 시작했다. 600달러를 들여서 한 치과 치료가 단 한 방에 날아간 것이다. 하지만 결국

'어쩌면 저것으로 맞은 것이 아닐지도 몰라. 하나를 잃어버렸든가. 아니면 누가 훔쳤든가. 아니면 기념으로 가져갔겠지. 결국'

그건 중요한 문제가 아니었다. 내년 여름엔 여기에서 아무도 로크를 치지 않을 것이다. 장차 상당한 기간 동안은 아무도 로크를 치지 못할 것이다.

그렇다. 그것은 중요한 문제가 아니었다. 단지, 한 개가 빠진 방망이를 쳐다보니 뭔가에 홀리는 것 같았다. 할로런은 방망이로 동그란 나무 공을 '딱!' 하고 치는 생각을 하고 있었다. 아주 훌륭한 소리였다. 공이

'뼈. 피.'

자갈밭을 경쾌하게 굴러가는 모습. 그것이 떠올리는 이미지는

'뼈. 피.'

아이스 티, 현관문, 하얀 모자를 쓴 여인들, 모기 소리, 그리고

'규칙을 지키지 않는 못된 아이들.'

그런 것들. 그렇다. 즐거운 게임이었다. 이제는 유행이 지나갔지만……, 그래도 즐거웠다.

"딕?" 가녀린 놀란 목소리가 들려왔고 그리고 할로런은 불쾌하다고 생각했다. "괜찮아요, 딕? 빨리 나오세요. 빨리!"

'빨리 나와 검둥아 네 주인이 부르잖아.'

손이 방망이 손잡이를 꽉 쥐었다. 감촉이 마음에 들었다.

'매를 아끼면 아이를 망친다.'

어둠 속에 할로런의 눈에서 초점이 사라졌다. 정말로, 그렇게 하면 둘 다 좋은 일이 될 것이다. 그녀는 만신창이가 되었고……고통을 당하고……그것은 대부분

'전부'

저 망할 놈의 꼬마 잘못이었다. 그렇다. 저 애는 자기 아빠를 타죽게 버려두고 나왔다. 그렇다면 살인이나 다름없는 것이다. 부친 살해라고 하지. 아주 저질스러운 짓이다.

"할로런 씨?" 여자는 힘없고 짜증 섞인 목소리로 불렀다. 할로런은 그 소리가 마음에 들지 않았다.

"딕!" 아이는 이제 겁에 질려 흐느끼고 있었다.

할로런은 방망이를 걸이에서 꺼내어 설상차 헤드라이트에서 나오는 하얀 빛을 향해 돌아섰다. 발은 마치 태엽을 감아 움직이게 한 장난감처럼 장비 창고 바닥을 비척비척 긁으며 걸었다.

갑자기 그는 걸음을 멈추고 놀라서 자기 손에 쥔 방망이를 쳐다보고는 대체 무슨 짓을 할 생각이었냐고 스스로에게 물었다. 살인? 살인할 생각을 했던 것인가?

순간 머릿속이 성난 목소리로 가득 메워진 것 같았다.

'어서 해! 어서, 이 약해 빠진 검둥아! 저들을 죽여! 둘 다 죽여 버려!'

할로런은 겁에 질려 낮은 비명을 지르면서 방망이를 뒤로 던졌다. 그것은 담요가 있던 구석에 가서 떨어지더니 말없이 그를 유혹했다.

할로런은 달아났다.

대니는 설상차에 앉아 있었고 웬디는 아이를 힘없이 안고 있었다. 아이는 눈물 범벅이 되어 부들부들 떨고 있었다. 딱딱 부딪치는 이 사이로 아이가 말했다. "어디 가셨어요? 무서웠어요."

"겁먹기 딱 좋은 곳이구나." 할로런이 천천히 말했다. "저곳에 불이 나서 몽땅 없어지고 나도 나는 여기서 100킬로미터 안쪽으로는 다시 오지 않을 거다. 자, 토런스 부인. 이 담요를 덮으시오. 내가 도와드리죠. 너도, 대니. 아랍 사람처럼 담요를 둘러라."

할로런이 담요 한 장은 웬디 몸에, 한 장은 모자처럼 머리에 둘러 주었다. 그리고 대니가 담요를 묶는 것을 도와주었다.

"이제 목숨 걸고 꽉 잡아요." 할로런이 말했다. "갈 길이 멀지만 이제 고비는 넘긴 겁니다."

그는 장비 창고를 돌아 오던 길로 되돌아 나갔다. 오버룩은 이제 횃불처럼 하늘을 향해 불길을 솟구쳐 올리고 있었다. 양쪽 가장자리에는 커다란 구멍이 뚫렸고 안에는 시뻘건 지옥 불이 타고 있었다. 눈이 녹아 김이 나는 폭포처럼 흘러내리고 있었다.

"저기 보세요!" 할로런이 정문을 지나느라 속도를 낮추었을 때 대니가 소리쳤다. 아이는 놀이터 쪽을 가리키고 있었다.

전정 나무 동물들은 전부 본래의 자세로 돌아갔지만, 벌거벗고 시커멓게 그을려 있었다. 죽은 나뭇가지는 서로 엉켜 타고 있었고 작은 이파리는 낙엽처럼 발치에 떨어져 있었다.

"죽었어요!" 대니가 승리감에 정신없이 소리쳤다. "죽었어요! 죽었다고요!"

"쉬잇." 웬디가 말했다. "그래, 얘야. 괜찮아."

"어이, 똘똘아." 할로런이 말했다. "어디 따뜻한 곳으로 가자. 준비됐냐?"

"예." 대니가 속삭였다. "아주 오랫동안 기다리고……."

할로런은 문 사이로 빠져나갔다. 잠시 후 그들은 길 위에서 사이드와인더를 향해 달리고 있었다. 설상차의 엔진 소리는 끊임없는 바람 소리에 묻혔다. 바람은 나지막하고 황량한 소리를 내면서 전정 나무의 벌거벗은 가지를 스치고 지나갔다. 불은 잦아들었다. 설상차의 엔진 소리가 사라진 얼마 후 오버룩의 지붕이 내려앉았다. 처음에는 서쪽, 그 다음에는 동쪽, 그리고 중앙이 차례로. 거대한 불꽃과 불붙은 파편이 바람 부는 겨울 밤 속으로 솟아올랐다.

바람에 날려 불붙은 지붕 널과 뜨거운 배수 장치 조각이 장비 창고의 열린 문 속으로 날아 들어갔다.

잠시 후, 창고도 타오르기 시작했다.

아직 사이드와인더까지 30킬로미터 정도 남았을 때 할로런은 설상차를 멈추고 남은 휘발유를 탱크에 넣었다. 점점 정신을 잃는 것 같은 웬디 토런스가 심히 걱정되었다. 아직도 갈 길은 멀었다.

"딕!" 대니가 소리쳤다. 아이는 자리에서 일어나 손으로 하늘을 가리키고 있었다. "딕! 보세요! 저기 보세요!"

눈이 그치고 은화만 한 달이 구름 사이를 비집고 나타났다. 길

아래 멀리서 구불구불한 오르막, 내리막을 지나 불빛이 연달아 다가오고 있었다. 바람이 잠시 멈추자 할로런은 멀리서 설상차 엔진이 부르릉거리는 소리를 들었다.

할로런과 대니와 웬디는 15분 후 그들과 만났다. 그들은 여벌의 옷과 브랜디를 가져왔고 에드먼즈 박사도 함께 왔다.

그리고 긴 어둠은 끝났다.

에필로그 · 여름

조수가 만든 샐러드를 검사하고 이번 주 후식으로 쓰고 있는 가정식 콩 요리를 살펴본 다음, 할로런은 앞치마를 벗어서 벽에 걸고 뒷문으로 빠져나왔다. 저녁 시간에 본격적인 일이 시작되기 전까지 45분 정도는 남았을 것이다.

이곳의 이름은 레드 애로 오두막이었고, 랭글리에서 45킬로미터 떨어진 메인 주 서부 산악 지대 속에 묻혀 있었다. 꽤 괜찮은 일이라고 할로런은 생각했다. 일은 별로 많지 않았고 팁도 쏠쏠했고 지금까지는 손님이 요리를 바꿔 달라고 한 적이 한번도 없었다. 시즌이 절반 가까이 지난 것을 감안하면 꽤 좋은 상황이었다.

할로런은 실외 바와 수영장(호수가 저렇게 가까이 있는데 누가 수영장에 올지는 모를 일이었지만) 사이를 지나 네 명이 모여 크로케를 하며 웃고 있는 잔디밭을 가로질러 갔다. 바람이 전나무와 신선한 송진 향기를 실어다 주었다.

반대편에는 호수가 내다보이는 오두막 여러 채가 나무 사이에 세워져 있었다. 마지막 오두막이 가장 좋았고, 할로런은 이 일자리를 맡았던 4월에 두 사람을 위해 그곳을 예약해 두었다.

여자는 손에 책을 들고서 현관의 흔들의자에 앉아 있었다. 할로런은 그녀의 변한 모습에 또 놀랐다. 그중 하나는 편안한 분위기 속에서 너무나 꼿꼿이 앉아 있는 자세 때문이었다. 물론, 허리 깁스 때문이었다. 그녀는 갈비뼈 세 개가 부러지고 장기에 부상을 입은 것 외에도 척추에 금이 갔다. 허리가 가장 늦게 낫기 때문에 아직도 깁스를 하고 있었다······. 그래서 그런 자세였다. 그러나 변한 것은 그뿐만이 아니었다. 그녀는 나이 들어 보였고 얼굴에서 웃음이 사라졌다. 책을 읽으며 앉아 있는 그녀의 모습에서, 할로런이 그녀를 처음 만났던 9개월 전에는 없던 숙연한 분위기의 아름다움이 보였다. 그때 그녀는 아직 젊은 아가씨 같았다. 이제 그녀는 성숙한 여인, 달의 뒤쪽까지 끌려갔다가 돌아와 모든 것을 제자리로 돌려놓은 인간이었다. 그러나 결코 예전과 똑같이 되돌아갈 수는 없다고 할로런은 생각했다. 이 세상에서는 결코 안 될 것이다.

웬디는 할로런의 발소리를 듣고 책을 덮으며 고개를 들었다. "딕! 안녕하세요!" 웬디는 일어서려다가 얼굴을 조금 찡그렸다.

"아뇨. 일어나지 마세요. 그런 격식 차릴 필요 없소."

그가 계단을 올라와 옆에 앉자 웬디는 미소를 지었다.

"어때요?"

"꽤 괜찮아요." 할로런이 말했다. "오늘 밤에 새우 크레올을 들어 봐요. 입맛에 맞을 겁니다."

"그렇게 할게요."

"대니는 어디에 있소?"

"저 아래요." 웬디가 손으로 가리키자 할로런은 조그만 아이가 선창 끝에 앉아 있는 것을 보았다. 대니는 무릎까지 걷어올린 청바지와 붉은 줄무늬 셔츠를 입고 있었다. 잔잔한 물위에 찌가 떠올랐다. 이따금 대니는 그것을 당겨 추와 낚시 바늘을 확인한 다음 다시 던져 넣곤 했다.

"좀 탔군요." 할로런이 말했다.

"예. 많이 탔어요." 웬디가 애정 어린 눈으로 쳐다보았다.

할로런은 담배를 꺼내어 톡톡 두드린 다음 불을 붙였다. 화창한 오후 속으로 연기가 천천히 퍼져 나갔다. "대니 꿈 꾸는 건 좀 어떻소?"

"나아졌어요." 웬디가 말했다. "이번 주에는 한 번밖에 꾸지 않았어요. 전에는 매일 밤, 어떤 때는 두 번, 세 번씩도 꾸었어요. 폭발하는 것, 전정 나무. 그리고……, 아시죠."

"예. 곧 나아질 거요, 웬디."

웬디는 할로런을 쳐다보았다. "그럴까요? 잘 모르겠어요."

할로런은 고개를 끄덕였다. "부인과 대니 둘 다. 부인도 예전으로 돌아가고 있어요. 달라진 건지는 모르지만, 나았어요. 둘 다 예전 같지는 않지만 그게 반드시 나쁜 건 아니지요."

두 사람은 잠시 아무 말 없이 있었다. 웬디는 흔들의자를 앞뒤로 조금 흔들었고, 할로런은 현관 난간에 발을 얹고 담배를 피웠다. 산들바람이 불어와 소나무 숲으로 지나갔지만 웬디의 머리카락은 흩날리지 않았다. 웬디는 머리를 짧게 잘랐다.

"앨버트 쇼클리 씨의 제의를 받아들이기로 했어요." 웬디가 말했다.

할로런은 고개를 끄덕였다. "좋은 자리 같더군요. 부인이 재미있어 할 만한. 언제 시작하세요?"

"노동절 다음 날부터요. 대니랑 저는 이곳을 떠나면 바로 메릴랜드로 가서 집을 알아볼 거예요. 아시죠, 상공회의소의 전단을 보고서야 마음을 정했어요. 아이를 키우며 살기 좋은 곳 같아요. 그리고 잭이 남긴 보험금을 너무 많이 쓰기 전에 다시 일을 시작하고 싶고요. 아직도 사천 달러가 넘게 남아 있어요. 대니를 대학에 보내고도 사업을 하게 되면 자금을 대 주기에 충분한 돈이지요."

할로런은 고개를 끄덕였다. "어머니는?"

웬디는 할로런을 쳐다보고 힘없이 웃었다. "메릴랜드면 충분히 멀다고 생각해요."

"옛 친구들은 잊지 않을 거죠?"

"대니가 그러지 못하게 할 거예요. 내려가서 대니를 만나 보세요. 하루 종일 기다리고 있어요."

"음, 나도 기다렸어요." 할로런은 일어서더니 흰 제복을 추켜 올렸다. "둘 다 잘 지낼 겁니다." 그가 다시 말했다. "그거 못 느끼겠어요?"

웬디는 그를 올려다보았고 이번에는 더 따뜻한 미소를 지었다. "예." 그녀는 할로런의 손을 잡고 입을 맞추었다. "그럴 수 있을 것 같아요."

"새우 크레올이에요." 할로런이 계단 쪽으로 걸어가며 말했다. "잊지 마요."

"그럴게요."

할로런은 대니가 맑은 물에 발을 담그고 앉아 있는 선창으로 이어지는 자갈길을 내려갔다. 호수는 점점 넓어져 가장자리의 전나무를 비추고 있었다. 이곳 주위는 산이 둘러싸고 있었지만 오랜 세월의 흐름에 산은 둥글고 야트막했다. 할로런은 그것이 아주 마음에 들었다.

"많이 잡았나?" 할로런이 대니 옆에 앉으면서 말했다. 그도 구두를 벗었다. 한숨을 쉬면서 뜨거운 발을 차가운 물에 담갔다.

"아뇨. 하지만 조금 전에 입질을 했어요."

"내일 아침에 보트를 타고 나가자. 먹을 수 있는 고기를 잡으려면 가운데로 나가야 한다. 저기 나가면 큰놈들이 있지."

"얼마나 커요?"

할로런은 어깨를 으쓱했다. "어……, 상어, 새치, 고래, 그런 것들이야."

"고래는 없어요!"

"푸른 고래는 없어. 당연히 없지. 여기 사는 고래는 2미터는 안돼. 분홍 고래야."

"바다에서 여기까지 어떻게 와요?"

할로런은 아이의 붉은 빛이 감도는 금발에 한 손을 얹고 쓰다듬었다. "상류로 거슬러 올라오는 거야. 그렇게 오는 거지."

"정말요?"

"정말."

둘은 고요한 호수를 내다보며 한동안 아무 말이 없었다. 할로런은 가만히 생각에 잠겼다. 다시 대니를 쳐다보자 아이의 눈에 눈물이 고여 있는 것이 보였다.

아이를 팔로 감싸며 할로런이 물었다. "왜 그러니?"

"아무것도 아니에요." 대니가 조그맣게 말했다.

"아빠가 보고 싶지?"

대니가 고개를 끄덕였다. "할아버지는 언제나 아시네요." 오른쪽 눈초리에서 눈물이 한 방울 떨어져 천천히 뺨을 타고 흘러내렸다.

"우린 비밀을 숨길 수 없지." 할로런이 말했다. "그런 거란다."

낚싯대를 보면서 대니가 말했다. "어떨 땐 아빠 대신 저였으면 좋겠다는 생각이 들어요. 제 잘못이에요. 모두 제 잘못이에요."

할로런이 말했다. "엄마 옆에서는 그런 얘기 하고 싶지 않니?"

"예. 엄마는 그 일을 잊고 싶어해요. 저도 그렇지만……."

"그럴 수가 없지."

"예."

"울고 싶어?"

아이는 대답하려고 했지만 말은 흐느낌에 묻혀 버렸다. 아이는 할로런의 어깨에 머리를 기대고 울었다. 이제 눈물이 얼굴에 마구 흘러내렸다. 할로런은 아이를 안고 아무 말 하지 않았다. 아이는 자꾸만, 자꾸만 울어야 했다. 그리고 그럴 수 있을 만큼 아직 어리다는 것은 다행한 일이었다. 치유의 눈물은 동시에 상처와 고난의 눈물이기도 하다.

대니가 조금 진정하고 나자 할로런이 말했다. "이겨 낼 거야. 지금 당장은 괴롭지만 곧 나아질 거다. 네게는 빛……."

"그런 거 없었으면 좋겠어요!" 대니가 우느라 쉰 목소리로 말했다. "그런 거 없었으면 좋겠어요!"

"하지만 갖게 된걸." 할로런이 조용히 말했다. "좋든 싫든 말이다. 네가 정할 수 있는 일이 아니다, 얘야. 그렇지만 나쁜 일은 끝났다. 힘들 때면 그것을 이용해서 내게 이야기할 수 있지. 너무 힘들거든 나를 불러라. 내 꼭 갈 테니."

"메릴랜드에 있어도요?"

"거기 있더라도."

둘은 가만히 앉아 대니의 낚시찌가 선창 끝에서 10미터쯤 흘러가는 것을 보았다. 그때 대니가 말했다. 너무 작아서 들리지 않을 정도로. "제 친구가 되어 주실 거예요?"

"네가 원할 때까지 되어 주마."

아이는 할로런을 꽉 껴안았고 할로런도 아이를 안아 주었다.

"대니? 내 말 잘 들어라. 이 이야기는 이번만 하고 다시는 하지 않을 거다. 여섯 살짜리 꼬마에게 할 이야기가 아니기는 하지만 우리가 옳다고 생각하는 것이랑 실제 돌아가는 것이 같을 때는 거의 없단다. 세상은 힘든 곳이야. 대니. 세상은 상관하지 않아. 너랑 나를 미워하는 건 아니지만 사랑해 주지도 않아. 세상에는 끔찍한 일이 벌어지고 아무도 설명할 수 없는 일이 일어나기도 한단다. 착한 사람들이 고통스럽게 죽기도 하고, 사랑하는 가족을 홀로 남겨 두고 떠나기도 하지. 어떤 때는 잘 먹고 잘 사는 사람들은 나쁜 사람밖에 없는 것처럼 느껴지기도 해. 세상은 너를 사랑하지 않지만 네 엄마는 너를 사랑하고 나도 사랑한다. 너는 착한 아이야. 아버지를 위해 슬퍼하고 아빠 일이 생각나서 울고 싶을 때는 장롱이나 이불 속에서 펑펑 울지. 착한 아들은 그래야 하는 것이니까. 하지만 이제 일어서라. 이 힘든 세상에서 네가 할 일은 그거다. 어떤 일이 있더라도 사랑을 잃지 말고 일어서는 거야. 기운을 차리고 계속 살아가는 것."

"알겠어요." 대니가 가만히 말했다. "할아버지가 원하시면……, 싫어하지 않으시면 내년 여름에 또 뵈러 올게요. 내년 여름에 저는 일곱 살이 돼요."

"그리고 나는 예순두 살이 되지. 그리고 오면 꼭 안아 주마. 하지만 내년 여름이 오기 전에 올해 여름을 잘 보내자."

"예." 대니는 할로런을 쳐다보았다. "딕?"

"음?"

"아직 오래 사실 거죠, 그렇죠?"

"그건 잘 모르겠구나. 너는 알겠니?"

"아뇨, 저는……."

"물었다, 얘야." 할로런이 가리켰다. 낚시찌가 물속으로 들어갔다. 그것은 반짝이며 위로 올라왔다가 다시 아래로 내려갔다.

"야!" 대니가 숨을 들이쉬었다.

웬디가 내려와 대니 뒤에 섰다. "뭐니?" 웬디가 물었다. "꼬치고기?"

"아뇨, 부인." 할로런이 말했다. "분홍 고래일 거예요."

낚싯대 끝이 구부러졌다. 대니가 낚싯대를 뒤로 잡아당기자 무지개 빛깔의 긴 물고기가 포물선을 그리며 솟아올랐다가 다시 사라졌다.

대니는 숨을 몰아쉬며 낚싯대를 열심히 감았다.

"도와주세요, 딕! 잡았어요! 잡았어요! 도와주세요!"

할로런이 웃었다. "너 혼자서도 잘 할 수 있다. 분홍 고래인지 송어인지는 모르겠지만 잡힐 거야. 잘될 테다."

그는 대니의 어깨를 감싸안았고 아이는 물고기를 조금씩 잡아당겼다. 웬디는 대니의 옆에 앉았고, 세 사람은 오후의 햇빛 가운데 나란히 앉아 있었다.

스티븐 킹을 어떻게 읽을 것인가?

대중 문학과 본격 문학의 경계에 서 있는 작가

스티븐 킹(Stephen King, 1947~)은 흔히 공포 소설의 대가로
알려져 있고, 그래서 '호러 킹'이라고 불린다. 그러나 그가 사실
은 찰스 브록든 브라운(Charles Brockden Brown)과 에드거 앨런
포(Edgar Allan Poe)로부터 시작되는 미국 고딕 소설의 면면한 전
통 위에 서 있으며, 대중 작가이지만 동시에 본격 작가로서도 손
색없는 진지하고 중후한 주제 의식을 가진 소설가라는 사실은 잘
알려져 있지 않다. 그런 의미에서 스티븐 킹은 대중 소설과 고급
소설 사이의 경계를 해체하는 포스트모던 시대의 대표적 작가라
고 할 수 있을 것이다.

과연 2003년에 타계한 비평가 레슬리 피들러(Leslie A. Fiedler)
는 스티븐 킹을 "심리적 공포의 근원을 탐색하는 작가이자 포의
진정한 후계자"라고 불렀으며, 2002년 미국의 어느 고급 서평지
는 스티븐 킹이야말로 "토머스 하디, T. S. 엘리엇, J. R. R. 톨킨, 그
리고 셰익스피어의 전통을 잇는 작가"라고 평했다. 스티븐 킹은

또 몇 년 전, 그해의 최우수 단편에 주는 '오 헨리 상(O. Henry Award)'을 수상했으며, 2003년에는 미국에서 가장 권위 있는 문학상으로 평가받는 '전미 도서상(National Book Award)' 재단이 '미국 문단에 탁월한 공헌을 한 공로'로 그에게 영예의 메달을 수여했다. 그리고 이로써 사실상 대중 작가·본격 작가 논쟁에 종지부를 찍었다. 이제 스티븐 킹은 그 상을 수상한 선배 작가들인 아서 밀러, 솔 벨로, 존 업다이크, 필립 로스, 토니 모리슨 등과 어깨를 나란히 하는 본격 작가가 되었다.

물론 여전히 스티븐 킹을 본격 작가로 인정하려 하지 않는 고급 문화주의자들과 보수주의자들은 있다. 그 대표적인 사람으로 헤럴드 블룸(Harold Bloom)이 있는데, 그는 스티븐 킹의 작품에서 "아무런 문학적 가치나 미학적 성취나 독창적 지성의 흔적을 찾을 수 없다."라고 말한다. 만일 그게 사실이라면 블룸은 시대의 변화를 잘 모르고 있거나, 비평가로서의 안목이나 감식안이 전혀 없는 셈이 된다. 그러나 사실은 그런 이유에서라기보다는, 보수주의자 블룸이 보기에 서구의 정전이나 고급 문화나 순수 문학을 인정하지 않고 문화적·문학적 다양성과 대중성을 추구하는 현재의 변화가 못마땅하고, 바로 그러한 맥락에서 스티븐 킹을 폄하한다고 생각하는 편이 더 정확할 것이다. 실제, 서구 정전주의자인 블룸은 얼마 전《뉴스위크》와 가진 인터뷰에서 "오늘날 문학 연구는 문화 비평이라는 놀랄 만한 쓰레기에 장악되었다."고 개탄한 적이 있었다.

『예술의 사회사(The Social History of Art)』의 저자인 아르놀트 하우저(Arnold Hauser) 또한 "진지하고 까다로운 고급 예술은 불안을 야기시키고 충격과 고통을 주는 반면, 대중 예술은 불안을 진정시키고 삶 속에서 부딪히는 고통스러운 문제들을 피하게 해 주며, 적극적인 자세와 긴장, 비판 및 자기반성을 자극하는 대신 소극적인 자세의 자기도취에 빠져들도록 부추긴다."라고 말하고 있다. 그러나 이러한 시각은 예술이란 지고하고 순수해야만 한다고 보았던 모더니즘적 사고와 크게 다르지 않다는 점에서 이미 상당 부분 그 유효성을 상실한 주장이라고 할 수 있다. 오늘날 문학 이론은 예술이 과연 왜 불안을 야기시키고 충격과 고통을 주어야만 하는지에 대해 근본적인 의문을 제기하며, 예술이란 그와 반대로 인간에게 위로와 격려를 주어야 한다고 생각하기 때문이다(이청준 역시, 문학의 역할이란 어두운 밤 산길에서 만난 나그네에게 위로와 격려를 주는 것과도 같다고 말한다).

또 대중 예술은 적극적 비판과 자기반성 대신 소극적인 자기도취에 빠져들도록 부추긴다는 견해도(아도르노와 호르크하이머 같은 프랑크푸르트학파 역시 대중문화를 '대중 기만(mass deception)' 이라고 표현했다) 사실은 대중을 무시하는 다분히 모더니즘적 시각에서 비롯된 단순화의 오류라고 할 수 있다. 오늘날 대중은 예전과 달리 비교적 높은 지적 수준에 올라 있으며 충분한 자기 비판력도 갖추고 있기 때문이다. 영국 학자 앤터니 이스트호프 (Antony Easthope) 역시 『문학 연구에서 문화 연구로(Literary into Cultural Studies)』라는 저서에서, 고급 문학과 대중 문학의 경계란 사실 얼마나 임의적인가를 잘 보여 주고 있다. 스티븐 킹은 바로 그 경계선상에 위치해 있는 주목할 만한 작가이다.

스티븐 킹의 문학 세계 —— 공포 소설들

스티븐 킹을 논하면서 가장 기본이 되는 것은, 그의 소설이 단순한 공포 소설이 아니라 사실은 포의 괴기 소설들처럼 진지하고 예술적인 주제를 탐색하고 있으며, 심지어는 순수(고급) 문학처럼 "불안을 야기시키고 충격과 고통을 주며, 적극적인 자세와 긴장, 비판 및 자기반성"까지도 자극한다는 점이다. 그리고 그 과정에서 그는 인간 심리의 원초적 두려움을 건드린다. 그리고 때로는 공포와는 별 상관 없는 것처럼 보이는 진지한 본격 소설이나, 독자와 저자의 관계 및 글쓰기 문제를 성찰한 순수 소설을 쓰기도 한다. 바로 그 점이 고등학교 영어 교사(미국의 영어 교사는 곧 영문학 교사를 의미한다) 출신의 스티븐 킹과 삼류 공포 소설 작가의 차이점이며, 그를 '미국 문단에 크게 공헌한 작가'로 인정받게 해 준 이유일 것이다.

브라이언 드 팔마 감독이 당시로서는 신인 배우였던 시시 스페이식과 존 트라볼타를 기용해 영화로 제작함으로써 더욱 화제가 된 스티븐 킹의 첫 장편 소설『캐리(*Carrie*)』(1974)는 자신을 놀리는 학교 친구들과, 광신적이고 가학적인 어머니 사이에서 심리적 괴로움을 겪는 극도로 내성적인 백인 소녀 캐리 화이트의 이야기다. 캐리는 소심하고 착하지만 자신을 학대하는 어머니와, 자신을 '기형(畸形)'으로 취급해 조롱하는 급우들을 향해 은밀한 증오심을 키워 나간다. 그녀는 첫 생리를 겪으며 텔레파시적 염력을 갖게 되는데, 그녀의 그러한 능력은 그녀가 분노하면 할수록 더욱 강해진다.

캐리가 다니는 유원 고교는 히치콕 감독의 「사이코」에 나오는 음산한 베이츠 모텔을 연상시킨다. 캐리를 놀리던 학생들이 선생님에게 혼이 난 후, 착한 급우인 수지 스넬은 캐리를 동정해 자신의 남자 친구로 하여금 캐리를 졸업 무도회에 데리고 가게 하지만, 앙심을 품은 나쁜 급우인 크리스 하겐슨은 그 무도회에서 캐리에게 공개 망신을 주려고 음모를 꾸민다. 크리스는 남자 친구를 꼬드겨 졸업 무도회의 무대에서 캐리의 머리 위로 돼지 피가 쏟아지도록 장치하고, 이윽고 돼지 피를 뒤집어쓴 캐리는 격분해 자신의 강력한 염력으로 무도장의 사람들을 무차별 살해한다.

『캐리』는 미국의 비인간적이고 왜곡된 청교도주의적 전통(어머니)과, 그 반대편에 서 있는 천박하고 타락한 물질주의(학교 급우들)가 정상적으로 성장할 수도 있었을 사람을 어떻게 비정상적이고 파괴적으로 만드는가 극명하게 보여 주는 강력한 사회 비판 소설이다. 킹이 보는 그 두 그룹은 모두 비인간적이고 가학적이어서, 그 둘 사이에 위치한 사람의 인간성을 철저하게 왜곡하고 파괴한다. 캐리는 바로 그러한 사회적 상황의 산물이며, 그런 의미에서 미국 사회의 어두운 면이 산출해 낸 부정적 결과의 한 상징이라고 할 수 있다.

물론 미국이 만들어 낸 그러한 산물들은 프랑켄슈타인의 괴물처럼 자신의 창조자들에게 처절한 복수를 감행하고, 그러한 기형아를 만들어 낸 사회는 자신들의 잘못에 응분의 처벌을 받게 된다. 그래서 이 소설의 결말은 파괴적이고 암울하고 처절하기까지 하다. 캐리는 바로 우리가 만들어 낸 부정적 산물이며, 스티븐 킹이 현대 사회에 던지는 엄숙한 경고장이기 때문이다.

스티븐 킹이 그 다음 해인 1975년에 출간한 『세일럼스 롯 (Salem's Lot)』은 일견 뉴잉글랜드의 한 마을에 출몰하는 흔한 흡혈귀 이야기처럼 보인다. 그러나 이 소설 또한 인간 교류가 단절된 현대 사회에 대한 저자의 심오한 성찰과 강력한 사회 비판으로 읽을 수 있다. 그리고 이 소설에는 앞으로 스티븐 킹이 즐겨 소설의 배경으로 사용하게 될 주요 모티프가 등장한다. 즉 사람들이 서로 단절된 채 살고 있는, 그래서 악의 힘이 파고 들어갈 여지가 있는 뉴잉글랜드 시골의 어느 조그만 마을, 그리고 드디어 고개를 들기 시작하는 악에 대항해 싸우며 다시 한번 인간 교류의 회복을 시도하는 이성적이고 선량한 사람들이 바로 그것이다.

그래서 이 소설에는 각기 다른 문제점들과 감추어진 비밀과 드러나지 않은 악(惡)을 가슴에 품은 채 살고 있는 사람들이 등장하며, 마을 전체의 분위기 또한 그러한 특성을 잘 드러내고 있다. 홀연 이 마을에 나타나 사람들의 피를 빨고 파멸시키는 흡혈귀는 그런 상황이 만들어 낸 필연적인 결과인지도 모른다. 그래서 이 소설 속의 흡혈귀는 이미 신앙을 잃어버린 신부의 십자가를 전혀 두려워하지 않는다. 흡혈귀의 흡혈은 왜곡된 인간 교류의 상징이다. 진정한 교류는 남의 피를 빨아먹음으로써 자신의 생명을 유지하는 것이 아니라, 자신의 피를 남에게 나누어 줌으로써 남을 살리는 것일 것이다.

1983년에 저자 스티븐 킹은 다음과 같이 말했다. "『세일럼스 롯』에서 진짜 무서운 것은 흡혈귀들이 아니라 대낮의 텅 빈 마을입니다. 옷장에 뭔가가 숨어 있고, 침대 밑이나 트레일러들의 콘크리트 더미 속에 시체들이 들어 있는 마을 말입니다. 내가 그 소설을 쓰고 있는 동안, 텔레비전에서는 워터게이트 사건 청문회가 계속되고 있었지요. 하워드 베이커는 이렇게 말하곤 했지요. '내 알고 싶은 건 당신이 무엇을 알고 있었고, 언제 알았느냐는 것이오.' 그 말은 강박관념처럼 나를 사로잡았고 내 마음속에 오랫동안 남아 있었습니다. 이 소설을 쓰는 동안 저는 내내 감추어진 비밀과 백일하에 드러난 비밀에 대해 생각하고 있었습니다." 그렇다면 『세일럼스 롯』은 워터게이트로 상징되는 추하고 어두운 비밀을 간직한 마을, 그 사악한 힘이 모습을 드러내는 과정, 그리고 그러한 악을 지켜보고 싸우는 사람들(화자인 작가를 포함해서)에 대한 통렬한 사회 비판 소설이라고 할 수도 있을 것이다.

『세일럼스 롯』은 텔레비전 영화(토비 후퍼 감독, 1979년)로도 제작되었는데, 원작의 음산하고 암울한 분위기를 최대한 살려, 시청자들로 하여금 뼛속 깊은 고독과 단절과 두려움을 경험하게 해 주었다. 정작 무서운 것은 흡혈귀가 아니라, 흡혈귀를 불러들인 마을 사람들의 완벽한 단절과 어두운 비밀이라는 저자의 말은 『세일럼스 롯』이 단순한 공포 소설이 아니라, 중후한 예술적 주제를 가진 뛰어난 문학 작품이라는 사실을 잘 증명하고 있다.

스티븐 킹이 1977년에 쓰고 스탠리 큐브릭 감독이 잭 니콜슨을 기용해 영화로 만든 『샤이닝(The Shining)』도 역시 고립되고 단절된 상황이 어떻게 인간을 악하게 변화시키는지를 성찰한 탁월한 소설이다. 버몬트 주의 교사이자 작가인 잭 토런스는 가족과 함께 겨울 동안 오버룩 호텔의 관리인 노릇을 하기로 하고 호텔에 도착한다. 눈 때문에 접근이 불가능해 겨울에는 폐쇄되는 이 호텔은 완벽하게 고립되고 단절된 상황의 상징이며, 그 속에서 겨울을 지내는 잭과 그 가족은 점점 더 교류를 잃어 간다. 그런 상황과 인간 관계 속에서 사악한 유령과 악의 힘이 출몰하는 것은 너무나 당연하다.

호텔의 유령들에게 홀려 점점 더 미쳐 가던 잭은 이윽고 아내 웬디와 아들 대니를 살해하려고 날뛰기 시작한다. 이 소설에서 진정으로 무섭고 두려운 것은 사랑하는 남편이자 아버지가 가족을 살해하려는 미친 살인자로 변해 가는 과정이다. 사실 이 세상에서 가장 무서운 것은 자신과 제일 가까운 가족이나 연인이 갑자기 전혀 다른 사람이 되어 자기를 해치려고 할 때일 것이다. 믿었던 사람에 대한 불신과 배신감이야말로 인간에게는 어쩌면 가장 무섭고 두려운 것일지도 모른다. 그런 의미에서 『샤이닝』은 고립되고 단절되어 가는 현대인의 문제점을 예리하게 지적한 뛰어난 초자연적 심리 스릴러라고 할 수 있다.

스티븐 킹을 유명하게 해 준 또 하나의 공포 소설이 바로 『펫 공동묘지(*Pet Sematary*)』(1983)이다. 학교 교사인 루이스 크리드는 가족과 함께 어느 한적한 시골 마을로 이사 온다. 그 마을에는 죽은 생명체를 묻으면 다시 살아난다는 인디언 공동묘지가 있다. 아들의 고양이가 트럭에 치여 죽자 루이스는 고양이를 인디언 공동묘지에 묻는다. 그러나 다시 살아 돌아온 예전과 똑같은 고양이가 아니라 전혀 다른 사악한 존재라는 사실이 드러난다. 그러다가 자신의 어린 아들도 트럭에 치여 죽자, 비탄에 빠진 크리드는 이웃이 경고함에도 아들의 시체를 '펫 공동묘지'에 묻는다. 이윽고 어느 날 밤 죽은 아들이 다시 살아 돌아온다. 그러나 돌아온 것은 이미 예전의 아들이 아니었고, 영혼이 없는 살인자였다.

메리 램버트 감독이 만든 동명 영화 역시 아들을 잃은 아버지의 비통한 심정과 아들을 다시 살려내고 싶은 부모의 간절한 마음을 잘 묘사하고 있으며, 그 결과로 발생하는 섬뜩한 공포를 생생하게 표출해 내고 있다. 그래서 이 영화에는 "때로는 죽는 것이 더 낫다"라는 광고 카피가 씌어져 있다. 『펫 공동묘지』에서도 스티븐 킹은 다시 한번, 이 세상에서 가장 두려운 것이 바로 가족 사이의 불신과 단절이라는 주제를 제시하고 있다.

스티븐 킹의 문학 세계 ── 본격 소설들

스티븐 킹의 소설 중에는 전혀 무섭지 않으면서도 작품성이 높은 것들도 있는데, 그런 작품들은 대개 좀더 차원 높은 심리적 두려움을 다루고 있다. 예컨대 『미저리(*Misery*)』(1987)는 독자들과 비평가들에 대한 작가들의 은밀한 두려움을 그린 소설이다. 어느 날 눈길에 미끄러져 교통사고를 당한 연애 소설 작가 폴 셸던(이 이름은 유명한 대중 작가 시드니 셸던을 연상시킨다)은 전직 간호사이자 열렬한 독자인 애니 윌크스에게 구조된 후 그녀의 외딴집에 포로가 되어 갇힌다. 폴 셸던은 그동안 미저리 채스틴이라는 여주인공이 등장하는 일련의 연애 소설을 써 왔으나, 이제는 좀더 진지한 소설을 써 보기 위해 미저리가 죽는 것으로 처리하고, 대신 자전적인 소설을 쓰려고 한다.

그러나 미저리와 자신을 동일시하며 살아온 애니는 미저리가 죽는 설정에 반발해, 폴이 쓴 자전적 소설 원고를 불태우도록 강요하며 그를 자신의 집에 감금한다. 열렬했던 독자 애니는 이제 작가 폴에게 악몽 같은 비평가가 된 것이다. 편집증 환자인 애니가 얼마든지 살인할 수 있다는 사실을 알게 된 폴은 자기가 미저리(미저리는 주인공 이름이면서 동시에 '고통' 또는 '비참'이라는 의미의 보통명사이기도 하다)를 다시 살려내는 순간, 애니가 자신을 죽이리라는 사실을 깨닫게 된다. 저자가 살아 있으면 언젠가는 미저리를 죽일 수도 있기 때문이다.

그런 의미에서 소설 『미저리』는 작가와 독자의 문제, 대중 소설과 순수 소설의 문제, 그리고 글쓰기의 문제에 심층적으로 성찰한 뛰어난 작품이다. 우선 작가는(특히 대중 작가)는 독자들을 늘 의식해야 하기 때문에 독자들로부터 결코 자유롭지 못하다. 특히 작가가 변신을 꾀하거나 실수로 균형을 잃어 사고가 발생하면, 그 작가는 곧 독자들의 감시와 비난과 위협을 받게 된다. 그런 의미에서 폴 셸던이 당하는 교통사고와, 간호를 빙자한 작가의 감금은 대단히 상징적이다.

또 대중 작가가 진지한 문학을 산출하게 위해 대중 문학을 포기하고 새로운 시도를 꾀하는 경우에도, 저자는 즉시 독자들의 비난의 대상이 되며, 독자들은 저자에게 소설을 어떻게 쓸 것인지 까지 지시한다. 애니 역시 폴에게 자신이 원하는 대로 소설을 다시 쓸 것을 명령한다. 이러한 상황은 궁극적으로 작가 스티븐 킹이 보는 이 시대의 글쓰기 풍경이자 작가들이 처해 있는 난처한 딜레마이며, 대중 문학과 순수 문학의 경계에 있는 스티븐 킹의 자기 성찰이기도 하다.

결국 폴은 애니의 폭력과 감시에서 벗어나 악몽의 세계로부터 다시 현실로 돌아온다. 그러나 독자의 집에 감금되어 겪은 악몽 같은 '미저리' 때문에 아마도 그는 그리 쉽게 여주인공 미저리를 죽이지는 못할 것이다. 그래서 진지한 소설 쓰기나 자전적 소설 쓰기를 포기하고, 여전히 대중 소설 작가로 남게 될는지도 모른다. 폴은 애니의 집에 감금되어 있는 동안 비로소 작가의 상황과 글쓰기의 의미에 대해 성찰할 수 있는 기회를 갖게 된다. 저자의 죽음이 선언되고, 독자의 중요성이 부상하는 이 시대에『미저리』는 저자와 독자·비평가의 관계, 그리고 대중 문학과 순수 문학의 관계를 성찰한 훌륭한 문학 작품이라고 할 수 있다. 제임스 칸과 캐시 베이츠가 각기 폴 셸던과 애니 윌크스 역을 맡은 영화 「미저리」역시 원작을 잘 살렸으며, 애니 역을 맡았던 캐시 베이츠는 아카데미 여우주연상을 수상했다.

　『사계(*Different Seasons*)』(1982)에 실려 있는 중편 「리타 헤이워스와 쇼생크 탈출(*Rita Hayworth and the Shawshank Redemption*)」또한 특이한 형태의 심리적 공포를 다루고 있다. 이 소설에 나타나는 공포는 '체제에 길듦의 공포'이다. 예컨대 쇼생크 감옥에서 50년을 보낸 브룩스는 가석방되기보다는 감옥에 남아 있기를 원하며, 막상 가석방된 후에는 사회에 적응하지 못하고 오히려 교도소 생활을 그리워하다가 끝내 자살하고 만다. 모순적이게도, 그에게는 자유로운 바깥세상보다는 오십여 년을 살아온 교도소가 훨씬 더 자유롭고 의미 있는 곳으로 느껴졌던 것이다. 바깥세상에 대한 브룩스의 그와 같은 두려움은 사실 소름 끼치는 체제 적응의 결과이다. 그것은 인간을 순응시키는 모든 체제의 가공할 만한 힘을 은유적으로 보여 준다는 점에서 진정한 공포가 된다.

회계사 앤디 듀프레인은 아내와 정부 살해 혐의로 체포되어 종신형을 선고받고 쇼생크 감옥에 수감된다. 거기에서 그는 역시 종신형으로 복역 중인 레드라는 흑인 죄수와 친구가 된다. 앤디는 자신의 특기를 살려 교도소장의 뇌물 돈 세탁을 해 줌으로써 간수들의 신임을 얻기도 하고, 상급 기관에 끈질긴 청원을 넣어 교도소에 도서관을 만들기도 한다. 그는 또 죄수들에게 모차르트 음악(「피가로의 결혼」)을 들려줌으로써 삶의 의욕을 불어넣어 준다.

앤디는 19년 동안 감옥에서 살면서 자신의 방에 매 시대를 대표하는 여자 배우의 사진을 붙여 놓는다. 처음에는 리타 헤이워스의 사진을, 나중에는 마릴린 먼로의 사진을, 그리고 다시 라켈 웰치의 사진을 벽에 붙여 놓는다. 자신의 무죄가 입증될 기회가 있는데도 돈 세탁의 증거 인멸을 위해 자기를 영원히 가두어 두려는 교도소장의 음모를 눈치 채자, 그는 어느 날 홀연 교도소에서 사라진다. 교도소장이 여자 배우의 사진을 찢어 내자 그 벽 속으로 굴이 뚫려 있다. 지난 19년 동안 앤디는 자유를 포기하지 않고 내내 굴을 팠으며, 그동안 구멍 뚫린 벽을 여배우들의 사진으로 막아 놓았던 것이다. 그런 의미에서, 자신의 감방 벽에 붙여 놓은 여자 배우의 사진은 그에게 희망의 상징이었다.

앤디는 교도소장이 불법으로 세탁한 돈을 모두 가로채 중남미로 가서, 나중에 가석방된 레드와 만나 새로운 삶을 시작한다. 앤디는 닫힌 곳에서 탈출함으로써, 자신에게 내려진 종신형과 체제 순응을 거부하고 자유의 세계로 걸어 나간다. 그런 의미에서 이 작품의 진정한 주인공은 종신 복역수 레드이며, 앤디는 자유를 향해 그의 눈을 뜨게 해주는 텍스트의 역할을 하고 있다고 볼 수 있다.

『돌로레스 클레이본(*Dolores Claiborne*)』은 스티븐 킹이 1992년에 발표한 소설이다.

뉴잉글랜드의 어느 섬 마을에서 베라 도노반이라고 하는 돈 많은 과부가 사고로 사망한다. 사고 현장의 유일한 목격자이자 용의자인 돌로레스 클레이본은 오랫동안 베라의 수발을 들던 하녀로서 이미 과거에도 자신의 남편을 죽였다는 의심을 받은 적이 있는 인물이었다. 돌로레스는 자신의 무죄를 입증하기 위해 29년 동안 함구하고 있던 비밀들을 털어놓는다. 과거, 돌로레스의 어린 시절, 멋모르고 결혼한 남자는 무능하고 무지한 술주정뱅이로서, 상습적으로 아내를 구타했음은 물론, 돌로레스가 평생 하녀 일을 해서 모은 돈 3,000달러를 가로챘으며, 심지어는 막 고등학교에 입학한 자신의 딸까지도 성추행하는 파렴치한이었다. 과부인 베라 도노반은 그 사실을 알자, 자기도 그랬다는 암시를 주며 그런 남자는 죽여야 한다고 돌로레스를 부추긴다. 드디어 분노한 돌로레스는 일식이 일어나던 날, 자신을 폭행하러 쫓아오는 남편을 마른 우물로 유인해 빠뜨려 죽인다.

만일 태양이 남성의 상징이라면, 해가 가려지는 일식은 여성의 순간일 것이다. 바로 그 여성의 순간에 그녀는 불행과 악의 화신인 남편을 제거한다. 돌로레스가 딸의 이름을 그리스 신화에 등장하는 달의 여신인 셀리나라고 지은 이유도 사실은 바로 그런 맥락에서일 것이다.

돌로레스가 과연 남편을 살해한 것인지에 대해서는 물론 법적인 논란이 있을 수 있다. 그러나 돌로레스의 인고의 목적과 희망은 오직 딸 셀리나에게 대학 교육을 시키고 그 섬으로 상징되는 속박의 생활에서 빠져나가게 해 주는 것뿐이었다. 딸 셀레나가 남성의 폭력적 억압에 짓눌려 온 자신의 전철을 밟지 않도록 해 주는 것, 그것만이 돌로레스가 원하는 유일한 것이었다. 그리고 그것을 위해서라면 그녀는 자신의 목숨까지도 바칠 준비가 되어 있었다. 자신의 딸만은 자신과 같은 불행한 생활에서 벗어나게 해 주려고 했고, 그러기 위해 폭군 같은 아버지를 제거한 어머니의 마음을 딸인 셀리나가 비로소 이해했음을 암시하는 에필로그로 작품은 끝맺음을 한다.

주인공이 과거로부터 부름을 받고 다시 옛날로 되돌아가서 현재 자신을 괴롭히고 있는 문제의 근원과 대면해 그것을 극복하고 다시 현재로 돌아오는 것은 미국 문학의 고전적인 장치다. 예컨대 에드거 앨런 포의 『어셔 가의 몰락』에서도 주인공은 옛 친구의 편지를 받고 과거로 돌아갔다가 현재로 다시 되돌아온다. 또 허만 멜빌의 『모비 딕』의 주인공 이슈미얼도 삶의 원초적 근원인 바다로 돌아갔다가 거대한 흰 고래와 대면한 후 살아남아 다시 육지로 돌아온다. 그리고 토머스 핀천의 『제49호 품목의 경매』에서도 여주인공 에디파 마스는 어느 날 과거로부터 날아온 편지를 받고 모험을 떠나 놀라운 사실을 발견하게 된다. 과거로 돌아가 겪는 경험은 물론 그들의 삶을 바꾸어 놓는다.

스티븐 킹의 소설에서도 과거는 언제나 현재의 근원이 되고, 당면 문제의 열쇠와 해답이 묻혀 있는 곳이다. 셀리나 역시 바쁜 도시 생활 중 연락을 받고 과거로 돌아간다. 그런 의미에서 보면

『돌로레스 클레이본』의 진정한 주인공은 셀리나라고 할 수 있을 것이다.

스티븐 킹이 쓴 마흔 편의 장편 소설은 그동안 모두 35개국에서 33개 언어로 번역되었으며, 약 70개의 영화나 텔레비전 영화 및 미니 시리즈로 제작되었다. 그는 공포 소설의 기법을 빌려 인간의 심층 심리를 통한 사회 비판을 훌륭하게 수행해 왔다. 그래서 전미 도서상 위원회 의장인 닐 볼드윈은 "스티븐 킹의 소설은 미국 문학의 위대한 전통 위에 서 있으며 그의 작품에는 심오한 도덕적 진실이 들어 있다."는 찬사를 보내고 있다. 판타지 소설과 과학 소설과 공포 소설의 양식을 빌려 소설의 새로운 영역을 개척해 온 스티븐 킹은 문학을 위협한다는 영상 매체에까지 강력한 영향력을 행사함으로써, 소설이 죽어 가는 이 시대에 소설의 르네상스를 주도해 나가고 있다.

스티븐 킹의 소설들은 무서우면서도 재미있다. 그의 소설들은 언제나 인간 심층의 어두운 면을 탐색하며, 무의식 속에 감추어진 비밀과 두려움의 근원을 드러내기 때문에 강렬한 호소력으로 독자들을 사로잡는다. 그러면서도 그의 소설들은 모두 진지하고 무거운 예술적 주제를 갖고 있다. 바로 그것이 그가 말초적인 공포심만을 자극하는 아류 공포 소설 작가들과 다른 점이다. 그는 공포로 가득 찬 오늘날의 현실 세계를 가장 예리하게 통찰하고 잘 묘사하는 천재적인 작가이다.

미국 흑인 작가 리처드 라이트(Richard Wright)는 소설 『미국의 아들(Native Son)』의 서문에서 "오늘날 포가 살아 있다면 호러

(horror)를 만들어 낼 필요가 없었을 것이다. 호러가 그를 만들어 냈을 것이기 때문이다."라는 유명한 말을 했다. 그렇다면 스티븐 킹은 오늘날 끔찍한 우리 현실의 공포가 만들어 낸 현대의 '포' 인 지도 모른다.

— 김성곤, 서울대학교 영문과 교수 · 한국현대영미소설학회 회장

옮긴이 | 이나경

이화여자대학교 물리학과 졸업한 후 서울대학교에서 영문학과 대학원 박사 과정을 수료했다. 우리말로 옮긴 대표적인 책으로는 『피델 카스트로』, 『파라다이스의 사냥꾼들』, 『폼페이 최후의 날』 등이 있다.

스티븐 킹 걸작선 3

샤이닝(하)

1판 1쇄 펴냄 2003년 11월 21일
1판 18쇄 펴냄 2021년 9월 23일

지은이 | 스티븐 킹
옮긴이 | 이나경
발행인 | 박근섭
편집인 | 김준혁
펴낸곳 | 황금가지

출판등록 | 2009. 10. 8 (제2009-000273호)
주소 | 06027 서울 강남구 도산대로 1길 62 강남출판문화센터 5층
전화 | **영업부** 515-2000 **편집부** 3446-8774 **팩시밀리** 515-2007
홈페이지 | www.goldenbough.co.kr

도서 파본 등의 이유로 반송이 필요할 경우에는 구매처에서 교환하시고
출판사 교환이 필요할 경우에는 아래 주소로 반송 사유를 적어 도서와 함께 보내주세요.
06027 서울 강남구 도산대로 1길 62 강남출판문화센터 6층 민음인 마케팅부

© ㈜민음인, 2003. Printed in Seoul, Korea

ISBN 978-89-8273-803-6 04840
ISBN 978-89-8273-800-5 04840(세트)

㈜민음인은 민음사 출판 그룹의 자회사입니다.
황금가지는 ㈜민음인의 픽션 전문 출간 브랜드입니다.